SYLVIA T. HAYMON
Gefährliche Wissenschaft

SERIE PIPER

Zu diesem Buch

Kein internationaler Kongreß ohne Festbankett: Inspektor Ben Jurnet, abgestellt zum Personenschutz der weltberühmten Atomphysiker in der Burg von Angleby, muß sich in einen Smoking zwängen. Doch auch er kann nicht verhindern, daß dem genial-exzentrischen Nobelpreisträger Max Flaschner ein Glas Orangensaft tödlich auf den Magen schlägt – Zyankali. Wer war der Täter? So einfach die Frage, so schwierig die Antwort für Jurnet, denn unklar ist nicht nur, für wen das Gift bestimmt war. Fein gesponnene Intrigen, gefährliche Leidenschaften und tödlicher Haß hinter der Fassade akademischer Wohlanständigkeit halten Inspektor Jurnet bis zur überraschenden Lösung des Falles ganz schön auf Trab.

Sylvia T. Haymon, geboren in Norwich in England, starb 1995. Außer ihren berühmten Inspektor-Jurnet-Kriminalromanen schrieb sie historische Werke unter anderem über Bonnie Prince Charles und ihre Heimatstadt Norwich. Auf deutsch erschienen die Inspektor-Jurnet-Romane »Ritualmord« (1986), »Blaues Blut« (1986), »Rockstars hängt man nicht« (1990 unter dem Titel »Antichrist«), »Mord im Druidenhain« (1994) und »Mord macht frei« (1997).

SYLVIA T. HAYMON

Gefährliche Wissenschaft

Ein Inspektor-Jurnet-Roman

Aus dem Englischen von
Vera Mansfeldt

Piper München Zürich

Von Sylvia T. Haymon liegen in der Serie Piper
außerdem vor:
Ritualmord (5504)
Blaues Blut (5505)
Rockstars hängt man nicht (5534)
Mord im Druidenhain (5617)
Mord macht frei (5643)

Deutsche Erstausgabe
1. Auflage August 1992
2. Auflage August 1998

Umschlag: Büro Hamburg
Simone Leitenberger, Susanne Schmitt, Annette Hartwig
Foto Umschlagvorderseite: Christoph Seeberger
Satz: Clausen & Bosse, Leck
Druck und Bindung: Ebner Ulm
Printed in Germany   ISBN 3-492-25576-0

1

Die Dunkelheit hatte fast den Rand des Burggrabens erreicht, als die Wagenkolonne im Schneckentempo über die prachtvolle Brücke kroch, die sich über die Kluft zwischen der Stadt und dem normannischen Bergfried schwang. Bei dieser Schrittgeschwindigkeit blieb den beiden ausreichend Zeit, die trutzige Feste direkt vor ihnen zu bewundern – klotzig bei Tag, jetzt aber vom Flutlicht in einen Märchenpalast verwandelt, ein Zuckerwerk vor samtdunklem Himmel.

Auf dem Beifahrersitz des Rover beugte der Kommissar sich nach vorn, klappte die Sonnenblende mit dem integrierten Spiegel herunter und zupfte seine ohnehin perfekt sitzende schwarze Krawatte zurecht. Eingebildeter Schnösel, dachte Jurnet, womit er seiner Wut, die ihm schon im Bauch brannte, neue Nahrung gab. Mußte dieser kleine Bonze unbedingt bis zu den letzten Minuten warten, um seinen Untergebenen davon zu unterrichten, daß er ihn für den Abend zum Dienst auf der Burg eingeteilt hatte? Noch dazu ein Abend, an dem – sofern man dem Typen vom Smokingverleih glauben konnte –, ganz Angleby auf *dolce vita* aus war und sich von den Freimaurern bis zu den Mitgliedern des Modelleisenbahnklubs alle wie die Heuschrecken über die Smokingjacken hermachten. Zum hundertsten Mal zog Jurnet mißmutig die Schleife zurecht, die sich zu seinem linken Ohr hochgearbeitet hatte, und merkte dabei, daß die Smokingjacke über den Schultern spannte und die Ärmel zu kurz waren. Er fragte sich, wie lange seine Hosenträger den schwergewichtigen Beinkleidern noch standhielten, die allem Anschein nach für eine Hochschwangere geschneidert waren, die in allernächster Zeit mit Vierlingen niederkommen würde.

Verletzte Eitelkeit? Kein bißchen – allenfalls ein ganz kleines bißchen. Jurnet hatte die lässige Eleganz seines Vorgesetzten schon lange als ein Kreuz akzeptiert, das zu tragen er verdammt war. Die Wunde saß tiefer. Bei allem, was ihn oberflächlich in Anspruch nahm, hatte der Inspektor den ganzen Tag lang in sämtlichen Fasern seines Wesens gespürt, wie die Minuten langsam verstrichen und sich wie die Ehrenkompanie bei einem Staatsbegräbnis auf jenen Augenblick am Abend zubewegten, in dem Miriam aus Israel anrufen wollte. Das hieß, in sechs – nein fünf – Minuten. Ein Blick auf die Uhr bestätigte die himmelschreiende Unerbittlichkeit der Zeit. Während er, wie es aussah, immer noch auf diesem Steinfloß im Raum festsaß, würde in seiner Wohnung das Telefon klingeln und klingeln und am Ende mit einem enttäuschten Laut verstummen. Seit er am Morgen die Augen aufgeschlagen hatte, fieberte Jurnet dem Anruf entgegen, bis er fest daran glaubte, beim Abheben des Hörers die heiße Wüstenluft auf seinem Gesicht zu spüren und die spießige Atmosphäre der Siedlungsstadt am Ende der Welt, wo Miriam zur Erweiterung ihres aufstrebenden Geschäfts in Angleby eine Strickerei einrichten wollte. Beim Zuhören würde er in die grelle Sonne blinzeln müssen, der es bestimmt gelungen war, die reizenden Sommersprossen auf ihrer Nase hervorzuzaubern und die roten Glanzlichter in ihrem Haar zu einem Goldton zu bleichen.

Er würde ihre Stimme hören. Das war wichtiger als alles andere.

Statt dessen saß er hier auf der Burgbrücke fest, aller Wahrscheinlichkeit nach bis zum Morgengrauen, und das nur, weil die Stadt den dreihundertsten Geburtstag – oder war es der Todestag? – dieses langhaarigen Kauzes in den ausgebeulten Reithosen feierte, der – in Bronze gegossen – mit einem Totenschädel in den Händen auf dem Heumarkt saß, als habe er soeben gespeist und wüßte nicht, wohin mit den Knochen. Sir Thaddeus Brigg. Wissenschaftler, Philosoph und was sonst noch alles; was zumindest bewies, daß nicht jeder ein Trottel sein mußte, der aus Angleby stammte.

Trotz seiner Verstimmung wußte Jurnet nur zu gut, daß seine eigenen unvergleichlichen Kollegen die Kolonne aufhielten. Sie hatten an der Stelle Posten bezogen, wo die Brücke in eine weite, kiesbestreute Fläche überging, die sich bis an die Burgmauern erstreckte. Dort verglichen sie Einladungen mit den Gästelisten auf ihren Klemmbrettern und öffneten die Kofferraumdeckel und die hinteren Fahrzeugtüren für einen kurzen aber konzentrierten Blick auf die Rücksitze. Der Kommissar spähte durch die Windschutzscheibe nach oben und bemerkte: »'ne Menge Platz da oben auf dem Dach. Dutzendweise könnten da Hubschrauber landen. Hoffentlich liegt der Chef richtig, wenn er glaubt, sechs Scharfschützen reichen.«

»Hauptsache, er hat die Fallschirmjäger nicht vergessen«, brummte Jurnet, dem der Geduldsfaden riß, und es scherte ihn überhaupt nicht, wenn auch andere das mitkriegten. Im Geiste hörte er bereits das vergebliche Läuten des Telefons. »Da hat jemand in der Stadtverwaltung die glorreiche Idee, daß man mit einem unserer alten Eierköpfe Geld machen kann, und schon kriegen wir eine Sicherheitsaktion ersten Ranges aufgehalst. Soviel Aufhebens machen wir ja nicht mal bei der Queen.«

Der Kommissar senkte den Blick auf seinen Untergebenen und wies ihn zurecht: »Wir haben ein paar sehr wertvolle Leute hier.«

Der Untergebene hegte die absonderliche Vorstellung, jeder Mensch sei wertvoll, selbst der einfachste und verschrobenste. Es fiel ihm schwer, seine Meinung für sich zu behalten. Mit gespielter Einsicht sagte er statt dessen: »Ich möchte wetten, daß die alle daheim an ihren Hochschulen oder Forschungsinstituten oder wo auch immer wie jeder andere ganz normal ihre Arbeit tun.«

»Höchstwahrscheinlich«, lenkte der Kommissar ein. »Das enthebt die Stadt aber nicht ihrer Verantwortung.« Darauf bedacht, den Sitz seiner Smokingjacke und die jungfräulichen Bügelfalten seiner Hose nicht zu gefährden, brachte er sich in eine Sitzposition, die es ihm erlaubte, seinen Begleiter direkter anzuschauen. »Hier geht's vor allem um die Menge, verstehen Sie? Wenn alle hier sind, beherbergt die Stadt Angleby in ihren Mauern einen beachtlichen Prozentsatz der Leute, von deren Geisteskräften in den kommenden Jahren das pure Überleben unseres Planeten in seiner jetzigen Form abhängt. Das müssen Sie sich mal klarmachen.«

Oder sein Untergang, dachte Jurnet fatalistisch, hielt aber klugerweise wieder den Mund.

»Stellen Sie sich vor, es würde nur eine einzige Bombe in eine solche Versammlung geworfen!« Der Kommissar steigerte sich in seine Vision hinein und klang fast begeistert. »Die ganze Weltgeschichte würde verändert! Oder überlegen Sie mal, wie günstig die Gelegenheit zur Geiselnahme wäre! Relativ gesehen, stünde ein zweiter Einstein doch hoch im Kurs.« Nach diesem ungemein geistreichen Wortwitz zwang sich Jurnet zu dem zweifellos von ihm erwarteten anerkennenden Gesichtsausdruck. Der Kommissar quittierte die Würdigung mit einem wohlwollenden Kopfnicken und fuhr fort: »Zugegeben, die Stadtverwaltung hatte keine Ahnung, was auf sie zukommen würde. Das weiß ich vom Bürgermeister persönlich. Wer hätte schon geahnt, daß sich der gute alte Sir Thaddeus im Ausland solcher Wertschätzung erfreut? Natürlich kennt man sein Meisterwerk über Moralphilosophie, die *Religio Aleatoris* –«

»Natürlich!« bestätigte Jurnet mit unverhohlenem Spott. *Religio was?* »*Ich* weiß über den alten Kerl nur, daß er mal in einem Hexenprozeß durch seine Aussage zwei Frauen an den Galgen gebracht hat.«

»Er war ein Mann seiner Zeit«, wandte der Kommissar nachsichtig ein. »Aber auch ein Mann unserer Zeit, wie es jetzt aussieht. Ganze dreihundert Jahre, bevor sich überhaupt jemand mit dem Thema befaßte, scheint er intuitiv auf die Grundlagen der Quantenphysik gestoßen zu sein – wenn er sie natürlich auch anders bezeichnet hat. Nachdem er nun endlich die gebührende Anerkennung gefunden hat, ist es nicht verwunderlich, daß aus der ganzen Welt Physiker herbeieilen, um seiner zu gedenken.«

»Schade, daß sie das nicht in ihren eigenen Hinterhöfen tun können.«

Der Kommissar erwiderte kühl: »Ihnen geht jeglicher Lokalpatriotismus ab, Ben. Das ist Ihr Problem.«

Zu Jurnets Glück, der seine Heimatstadt abgöttisch liebte, fuhr der Wagen vor ihnen in diesem Augenblick an, und er hatte anderes zu tun, als die ungerechte Anschuldigung mit Worten zurückzuweisen, die er hinterher hundertprozentig bedauert hätte. Nur der hart eingelegte Gang verriet seinen Ärger.

Er fühlte sich so trostlos.

Das Telefon hatte aufgehört zu läuten.

»Was Sie mir nicht gesagt haben, Sir: Wozu bin ich eigentlich hier?« erkundigte sich Jurnet vorsichtig. »Ich nehme an, wir sind im Gebäude genau so zahlreich vertreten wie hier draußen.«

»Ganz im Gegenteil! Wir möchten, daß sich unser Besuch in Angleby wohl fühlt. Solange wir sichergestellt haben, daß sich keiner unerlaubt Zutritt verschafft, spricht nichts dagegen, daß alle einen glücklichen und unbeschwerten Abend hier verbringen. Den Rest des Museums haben wir selbstverständlich sperren lassen.«

Die Burg galt längst nicht mehr als Symbol verhaßter Gewaltherrschaft, auch wenn sie einst als Kerker, Kaserne und als Stallung für Oliver Cromwells Pferde gedient hatte. Nach Anbruch sanfterer Zeiten entwickelte sie sich zur Hüterin des Gemeinwesens von Angleby. »Punkt drei Uhr haben wir alle rausgeschmissen und das Gebäude gründlich durchsucht. Der Kurator, dieser Lackaffe, war ganz und gar nicht begeistert. Führt sich auf wie der Burgherr persönlich, als wäre es eine Gnade, die Leute reinzulassen. Es würde mich überraschen, wenn nach unserer Aktion auch nur eine Küchenschabe ohne Passierschein herumwanderte. Ich will hier bloß ein bißchen nach dem Rechten sehen, und Sie unterstützen mich bei dieser ehrenwerten Aufgabe, wie immer.«

Mit einem Seufzer kam Jurnet zur Sache.

»Was ist mit den Leuten, die für die Bewirtung sorgen?«

»Ah! Das sprichwörtliche schwache Glied in der Kette, wie? Ich kann nur sagen, die Firma Palmers war sehr entgegenkommend, wie nicht anders zu erwarten. Sie haben schon so viele städtische Veranstaltungen ausgerichtet und lassen sich schon nicht die Butter vom Brot nehmen.« Wieder hatte er das Bonmot durch ein kleines affektiertes Lächeln angekündigt. »Keine Kellner – nur Kellnerinnen, und alle in einem Alter, in dem sie gegen die Verführungskünste hinterhältiger Ausländer immun sein dürften. Keine Aushilfskräfte in der Küche. Trotzdem haben wir ein paar von unseren Männern hinter die Schwingtüren beordert. Dann können sie zumindest darauf achten, daß sich das Küchenpersonal die Hände wäscht, wenn es vom Klo kommt.«

Der Kommissar suchte und fand für sein exquisit gekleidetes Hinterteil eine neue, bequemere Position.

»Vor allem aber wollte ich nicht, daß Sie sich übergangen fühlen«, verkündete er, ohne bei dieser kolossalen Schwindelei mit der Wimper zu zucken. »Irgend jemand muß schließlich Innendienst machen; aber Sie haben ein paar Bemerkungen fallenlassen, bei denen ich mich fragen mußte, ob Sie nicht ein bißchen eingeschnappt sind. Geistesgrößen von dem Kaliber, wie sie sich heute abend in Angleby die Ehre geben, laufen einem kaum so schnell wieder über den Weg. Es ist, als sähe man den Halleyschen Kometen. Davon können Sie noch Ihren Enkeln erzählen.«

Falls die Geistesgrößen uns nicht zu interplanetarischem Staub verwandeln, bevor ich Gelegenheit hatte, welche zu zeugen, differenzierte Jurnet in Gedanken. Laut, mit kaum verhohlener Ironie, sagte er: »Sehr freundlich von Ihnen. Allerdings ist mir nicht ganz klar, welche Erkenntnisse es sind, die diese Männer zu potentiellen Opfern von Verbrechern machen.«

»Da dürfen Sie mich nicht fragen«, erwiderte der Kommissar mit – für seine Verhältnisse – überraschender Bescheidenheit. »Subatomare Teilchen und so was. Holen Sie sich doch mal ein Buch aus der Bücherei.«

»Wenn's jeder, der die Leihgebühr bezahlt, schwarz auf weiß nachlesen kann, warum sollte sich dann jemand mit einer Entführung belasten?«

»Es geht um künftige Entdeckungen, Mann! Ein Fakultätsmitglied hat mir erzählt, es ginge ein Gerücht um, einer der

Forschungsberichte, die in der kommenden Woche vorgelegt werden, setze einen neuen Meilenstein in der Menschheitsgeschichte, wie Newton mit seinen Gravitationsgesetzen oder die Erkenntnis, daß die Erde sich um die Sonne dreht statt umgekehrt. Glauben Sie mir, diese Burschen sind dem Wesen aller Dinge auf der Spur. Sie wollen mir doch nicht weismachen, daß der Gedanke Sie völlig kaltläßt, Ben?«

»Ich kriege eine Gänsehaut. Mir wäre es lieber, wir hätten heute abend den Rotary-Club hier, oder die Jahreshauptversammlung der Nadelkissenfabrikanten.«

Der Kommissar runzelte mißbilligend die Stirn. »Sieht Ihnen gar nicht ähnlich, vor so einer schwierigen Aufgabe davonzulaufen.«

»Wenn's möglich wäre, würden Sie nur noch eine Staubwolke von mir sehen! Das ist das Problem mit diesen Klugscheißern: Sie vergessen immer, vorher zu fragen, wer etwas von ihnen wissen will.«

2

Im Vestibül der Burg herrschte heiteres, mehrsprachiges Stimmengewirr. Die Männer lachten, umarmten sich und klopften sich gegenseitig auf die Schultern; sie sahen nicht so aus, als wären sie in der Lage, den letzten Schleier der Illusion zu durchdringen und zum Kern der Realität vorzustoßen. Es hätte sich genausogut um eine Zusammenkunft von Buchhaltern, Großhändlern oder Zahntechnikern handeln können. Jurnet war sich nicht sicher, ob ihn dieser Anschein der Normalität beruhigte oder ängstigte. Welche tödlichen Ausschweifungen des Denkens brauten sich wie Sturmwolken hinter den unauffälligen Stirnen zusammen?

Die dazugehörigen Damen – soweit der Inspektor zwischen den Pressevertretern, die den ganzen Raum für sich beanspruchten, einen Blick auf sie erhaschen konnte – machten einen ganz annehmbaren Eindruck. Die einzige Schönheit in

Jurnets Blickfeld, eine schlanke Blonde, deren Aura der Unschuld durch erstaunlich dunkle Augen Lügen gestraft wurde, befand sich in Gesellschaft eines schlaksigen Mannes in priesterlichem Grau, mit steifem Kragen, und eines blonden jungen Mannes. Er war offensichtlich ihr Sohn und sah seiner Mutter sehr ähnlich, bis auf die Augen, die zwar dunkel waren wie die ihren, aber strahlend und fordernd in die Welt blickten. Als Jurnet seinem umherschweifenden Blick begegnete, hielt der Junge ungeniert stand und wich ihm nicht aus.

Der Geistliche kam ihm irgendwie bekannt vor, so daß es den Inspektor nicht sonderlich überraschte, als er sich mit geübter Zurückhaltung zwischen den munteren Grüppchen zu ihm durchschlängelte. Eine glatte Strähne seines sandfarbenen Haares hatte sich selbständig gemacht und fiel ihm übers Auge. Noch während er auf ihn zusteuerte, wußte Jurnet Bescheid.

»Feldon St. Awdry, stimmt's?« Jurnet war ihm zuvorgekommen. »Richtig getroffen?«

»Vollkommen.« Der Pfarrer entblößte lächelnd seine großen, unregelmäßig im fahlen Zahnfleisch sitzenden Zähne. Er schüttelte dem Inspektor die Hand. »Simon Maslin. Unser Abendmahlskelch und der Hostienteller –«

»Ich weiß! Sie sind nie wieder aufgetaucht.«

»Sie können nichts dafür, Inspektor«, erwiderte Reverend Simon Maslin aufrichtig. Er sah eher wie ein Hilfsgeistlicher aus, nicht wie der Inhaber einer Pfarrpfründe. Unmöglich, sich vorzustellen, er habe eine andere als die niedrigste Sprosse der kirchlichen Karriereleiter erklommen. »Ich bin sicher, Sie haben alles Menschenmögliche getan.« Der Mann wurde wahrhaftig rot, als er das Thema anschnitt, das ihm am Herzen lag. »Ich weiß, ich dürfte damit nicht die kostbare Zeit eines Polizeibeamten vergeuden. Bloß, wen sollte ich sonst darum bitten –«

»Worum geht's denn?«

Mit seiner knorrigen Hand strich sich Mr. Maslin die Haarsträhne aus der Stirn. Er hampelte ständig herum, als hätte er nervöse Zuckungen oder einen Tick.

»Also, wir haben Professor Flaschner als Gast –« Der Pfarrer sprach den Namen voller Ehrerbietung aus. Offenbar war er überzeugt, daß Jurnet mit den beiden geheiligten Silben etwas anfangen konnte. »Er steht sozusagen in unserer Obhut. Er hat ein schwaches Herz, und ich finde, wir sollten ihm die Treppe ersparen. Ich habe überlegt, ob's hier nicht irgendwo einen Aufzug gibt... Obwohl er ja sagt, wir sollen uns keine Umstände machen...«, fügte er mit unsicherer Stimme hinzu.

Jurnet sah zu dem prachtvollen Treppenaufgang hinüber, der aus dem Vestibül direkt in den Festsaal führte. Die Gäste gingen bereits nach oben, auch der Kommissar, der liebenswürdig mit einem ebenfalls superb gekleideten Japaner plauderte. Jurnet hatte sich darauf gefreut, den Weg über die Treppe nehmen zu können. Seit seiner Kindheit, als die Festhalle mit ihrer Waffensammlung sein Lieblingsziel im Museum gewesen war, hatte er sich gewünscht, vom Drehkreuz am Eingang aus direkt nach oben zu stürzen, zwei Stufen auf einmal zu nehmen, auf kürzestem Weg zu seinem Ziel. Aber nein. Höhere Mächte hatten die Treppe in unabänderlicher Torheit zum Ausgang bestimmt und entsprechend beschildert; kein Sterblicher würde sie erklimmen – genausowenig wie die Jakobsleiter. Wenn ein Museumsbesucher in den Festsaal wollte, mußte er erst Norfolks Fauna und Flora, seine Geologie, Agrikultur und Industrie durchwandern; dann ging es vorbei an Gemälden von einheimischen Künstlern, Mementos zu Ehren städtischer Größen und liebevoll zusammengetragenen Resten aus den Kehrichthaufen der Altsteinzeit, der Bronzezeit und des Mittelalters. An dem Abend hatte Jurnet die Lage mit einem Blick erfaßt und sich schon diebisch gefreut, weil es ihm ausnahmsweise gestattet sein würde, die Abwärtstreppe hin*auf*zusteigen.

»Es gibt einen Aufzug«, bekannte er und begrub seinen Kindertraum. »Ich zeige Ihnen, wo er ist.«

»Nein, nein! Wenn Sie uns nur sagen würden, wo –«

»Wahrscheinlich würden Sie ihn allein gar nicht finden. Außerdem ist das Museum gesperrt. Sie brauchen ein bißchen

Schützenhilfe, sonst kommen Sie nicht durch.« Plötzlich fiel ihm etwas ein. »Warten Sie einen Moment, ja?«

Der Geistliche blieb unschlüssig stehen. Seine Hüften und Ellbogen vollführten Bewegungen, die den Eindruck erweckten, bei ihm müßten einmal neue Sehnen eingezogen werden. Unterdessen schlängelte sich Jurnet geschickt zu der Mahagonitheke durch, die neben dem Eingang zum Vestibül stand. Er stellte fest, daß die Dame, die normalerweise Postkarten und Informationsschriften verkaufte, aus echt norfolkischer Vorsicht bis aufs letzte Blättchen alles weggeräumt hatte. Offensichtlich hatte sie gelernt, daß man den neuen Magiern ebensowenig über den Weg trauen kann wie den alten. Die klappbaren Rollstühle standen jedoch noch an ihrem üblichen Platz hinter der Theke.

Mr. Maslin sah nicht sehr glücklich aus, als er das Ding in Jurnets Hand entdeckte.

»Du liebe Zeit! Ich bezweifle, ob der Professor –«

»Kein Problem. Wenn er ihn nicht braucht, kann er *mich* schieben. Ich muß Sie warnen: Es ist ein ganz schöner Marsch.«

Die Menge verlief sich in Richtung des Aufgangs. Weiter vorn konnte Jurnet immer wieder das aschgoldene Haar der Frau mit den dunklen Augen auftauchen sehen. Die Beantwortung der Frage, ob die Trägerin mit der Wahl ihrer Frisur nicht ein bißchen danebengegriffen hatte – die Mähne fiel ihr wie bei einem jungen Mädchen offen über die Schultern –, wollte er zurückstellen, bis er ihr Gesicht richtig gesehen hatte.

Mutter und Sohn gingen quer durch die Halle. Der Inspektor konnte in ihrer Nähe niemanden von der Gestalt des legendären Professors erkennen; doch als er mit dem Pfarrer näherkam, hörte man die Stimme des Kurators Alistair Tring, des kleinen Lackaffen, wie ihn der Kommissar tituliert hatte, der in schrillem Ton mit einem Unsichtbaren zeterte: »Stehen Sie auf! Stehen Sie sofort auf!«

»Ach, du meine Güte!« Reverend Maslin warf seinem Begleiter einen verzweifelten Blick zu und stürzte los. »Das ist

Professor Max Flaschner«, hörte Jurnet ihn mit erhobener Stimme sagen. Er erwartete wohl, mit dieser Vorstellung sei alles in Ordnung.

»Das ist mir egal! Und wenn er der liebe Gott persönlich wäre!« gab der Kurator zurück. Sein kleines, spitzes Gesicht war ganz rot vor Erregung. »In *meinem* Museum setzt sich niemand auf ein Ausstellungsstück!«

Am anderen Ende der Halle sah Jurnet den Buddha noch an seinem gewohnten Platz. Ganz klar. Riesig, wie er war, aus Basaltgestein von einer Dichte, bei der das Wort »Masse« eine neue Dimension gewann, war es offenbar zu umständlich gewesen, die Statue für einen einzigen Abend zu entfernen, wie man es mit kleineren Objekten getan hatte, die sonst die Eingangshalle schmückten. Der Inspektor hatte zu der Skulptur ein eher distanziertes Verhältnis, denn bei den Museumsbesuchen in seiner Kindheit war er meist daran vorbeigeeilt, ohne richtig hinzuschauen, weil ihn der in sich gekehrte starre Blick beunruhigte. Im ausladenden Schoß des Buddha saß ein noch immer stattlicher Mann, dessen Haut ebenso wie der etwas altmodische Abendanzug seine frühere imposante Statur erahnen ließen, als die Wangen noch nicht eingefallen waren und seine Augen, die jetzt schelmisch blitzten, noch nicht so tief in den Höhlen lagen.

»Werter Herr«, sagte der stattliche Mann mit starkem Akzent und einer Stimme, die durch die Krankheit nichts von ihrer Autorität eingebüßt hatte, »ich gestatte Ihnen, ein unauffälliges kleines Schild anzubringen, auf dem steht, daß hier der berühmte Hintern des Physikers, Nobelpreisträgers und Clowns Professor Max Flaschner gesessen hat.« Wie man eine Fliege mit einer gezielten Drehung des Handgelenks verscheucht, ließ er den kleinen Mann stehen, wandte das Gesicht nach oben und sprach in völlig anderem Ton den Buddha an. »Meister, ich danke dir für deine Gefälligkeit.« Leiser fügte er nach einer Pause hinzu: »Und für deine Kraft.«

»Der Kerl ist betrunken!« verkündete Alistair Tring und schaute dabei Jurnet Unterstützung heischend an. Er rückte die goldgefaßte Brille zurecht und warf noch einmal einen genaueren Blick auf das prägnante südländische Gesicht, das seinen Besitzer immer wieder in Schwierigkeiten brachte. »Sie sind von der Polizei, oder? Ich weiß, ich hab' Sie schon irgendwo gesehen. Können Sie denn gegen diesen Spaßvogel nichts unternehmen? Ich hab's dem Bürgermeister prophezeit, daß es nicht gutgehen würde mit der Burg. Aber er wollte ja nicht auf mich hören.« Aufgeblasen vor Selbstzufriedenheit, recht gehabt zu haben, schien der Geck fast zu platzen. »Und eure Leute sind auch nicht viel besser! Wissen Sie, was die oben gemacht haben? Haben von jeder Rüstung den Helm abgenommen und verkehrtrum danebengelegt wie'n verdammten Pißpott. Könnte ja sein, daß sich ein Terrorist drin versteckt hält!«

»Scheint mir eine vernünftige Vorsichtsmaßnahme zu sein«, erwiderte Jurnet.

»So 'n Scheiß!« Wie die Kleidung des Kurators gab auch das Schimpfwort zu erkennen, daß er voll im Trend lag – Altertümer hin oder her. »Sie können sich nicht vorstellen, wie dämlich sie aussehen, ohne Köpfe. Erinnert mich an ein Lied von Gracie Fields.«

»Lieber die Ritter als die Gäste, würde ich meinen.«

»Hm.«

Langsam dämmerte es Jurnet, daß der Kurator nicht von einem Schutzbedürfnis für seine geliebten Ausstellungsstücke geleitet wurde, sondern verzehrende Eifersucht sein Verhalten gegenüber den unwillkommenen Gästen bestimmte. *Was glauben die, wer sie sind*, diese Glückspilze, deren Werke nicht abgestaubt, beschildert oder in Glasvitrinen aufbewahrt werden mußten, die die Kinder mit Rotz beschmierten und mit ausgelutschten Kaugummis verunzierten?

»Ich fühle mich gestärkt«, erklärte Professor Flaschner, während er vorsichtig vom Schoß des Buddha rutschte und aufstand. Der Junge nahm seinen Arm.

»Christopher!« Liebevoll legte ihm der Professor eine Hand an die sanft gerundete Wange. »Groß bist du geworden! Tawno wird sich wundern.« Lächelnd fügte er hinzu:

»Wenn du ihn siehst, laß deine Schultern ein bißchen nach vorn fallen, sonst wird er neidisch.«

Professor Flaschner setzte sich ohne besondere Einladung in den Rollstuhl. Er lehnte sich zurück und holte erschöpft Luft. »Tawno wird's mir übelnehmen, daß ich gefahren bin.«

»Es *war* unvernünftig.« Jurnet hörte die blonde Frau zum erstenmal reden. Als er sie jetzt aus der Nähe sah, mußte er zugeben, daß ihre Frisur stimmte – selbst neben ihrem halb erwachsenen Sohn. Das Haar fiel über ein einfaches, knöchellanges, gerade geschnittenes Kleid aus grauem Seidenstoff, das ihre Arme freiließ. Super sah sie aus. Nur ihre Kleinmädchenstimme fand er ein wenig störend. Mrs. Maslin war schon lange aus dem Alter heraus, in dem man sich eine solche Stimme leisten konnte. Sie sagte zum Professor: »Wir wollten Sie doch vom Bahnhof abholen.«

»Es ist nicht weit von Cambridge nach Angleby. Tawno wäre nicht begeistert gewesen, wenn er drei Tage ohne sein eigenes Auto hier festgesessen hätte.«

»Er hätte unseres benutzen können. Das weiß er.«

»Ja, er weiß es.« Der Mann besaß immer noch einen überwältigenden Charme. Er griff nach Mrs. Maslins Hand, beugte sich darüber und hauchte einen Kuß auf die schlanken Finger. »Vielen Dank für alles. Er ist so froh, bei alten Freunden zu ein. Aber der Kerl ist einfach nicht glücklich ohne sein Spielzeug.« Wieder holte er erschöpft Atem. »Eines Tages wird er wohl erwachsen werden. Mit siebenundvierzig wird's auch höchste Zeit.« Er sah über die Schulter nach hinten. »Und wer ist der liebe Mensch, dem ich dieses hübsche Gefährt zu verdanken habe?«

Reverend Simon Maslin vollführte unter Einsatz seiner Ellbogen und unbeholfener Komplimente eine weitere Vorstellungszeremonie.

»Kriminalinspektor Jurnet wollte uns freundlicherweise den Lift zeigen –«

»Uns? Meine Lieben, ich muß doch bitten! Sollte ich ein Gefolge brauchen, dann sage ich's. Und jetzt geht bitte alle auf dem üblichen Weg nach oben. Und haltet die Augen offen, wenn Tawno kommt. Wenn er mich nicht gleich sieht, macht er sich Sorgen. So so, ein Inspektor!« Mühsam drehte der Professor seinen gesamten Oberkörper nach hinten, um Jurnet ins Blickfeld zu bekommen. Die Anstrengung ließ eine Vene auf seiner Stirn hervortreten. »Ein Kriminalinspektor! Welche Ehre!«

»Ich stehe Ihnen gern zur Verfügung.«

Claire Maslin und ihr Sohn musterten Jurnet, als sähen sie ihn zum erstenmal. Er schien für sie erst zu existieren, seit der Professor ihm Beachtung geschenkt hatte.

Den Jungen irritierte Jurnets Erscheinungsbild – eine Reaktion, die dem Inspektor nicht fremd war. Nach vielen Dienstjahren hatte er sich widerstrebend damit abgefunden, daß sein Äußeres nicht dem entsprach, was die Leute von einem Polizisten erwarteten. Nicht von ungefähr, so mußte er sich eingestehen, bedachten ihn seine Kameraden mit dem gehaßten Spitznamen »Valentino« – wenn auch nur hinter seinem Rücken.

Die Frau wirkte eher irritierend als irritiert.

Jurnet war nicht eitel – im Gegenteil. Sein Aussehen war ihm peinlich wie ein unfreiwilliger Betrug, eine Sache, gegen die er manchmal gern vor Gericht gezogen wäre, hätte er nur gewußt, wo und gegen wen er seine Klage einbringen sollte. Er hatte bloß lange genug damit gelebt, um seine Wirkung auf Frauen zu kennen. Die meisten fühlten sich von ihm angezogen, einige reagierten verstört; doch keine ließ er kalt – es sei denn, sie waren schon anderweitig engagiert. Als Mrs. Maslin auf den großen, dunkelhaarigen Mann hinter dem Rollstuhl aufmerksam wurde, sah sie kurz zu ihm hin und gleich wieder weg.

Reverend Maslin gönnte sie keinen Blick.

3

»Ich will Ihnen was verraten.« Der Professor kicherte in sich hinein. Seine Stimme klang kräftiger.

»Diese kleine Schmeißfliege hatte recht. Ich *bin* betrunken. Nicht mehr so stark – leider –, aber es reicht. Auf der ganzen Fahrt von Cambridge habe ich überlegt, was ich mache, wenn mich die Polizei anhält und – wie heißt das doch – blasen läßt. Was wird Tawno dazu sagen?«

Jurnet manövrierte den Rollstuhl durch den Einlaß neben dem Drehkreuz und schob ihn durch den Korridor, der zur ersten Galerie abbog. »Ich finde, unter den gegebenen Umständen ist Mr. Tawnos Ansicht das letzte, worüber Sie sich Gedanken machen sollten«, antwortete er wie ein guter Polizist.

Daraufhin hörte er vom Professor ein überraschend herzhaftes Lachen.

»*Mr.* Tawno! Ist es denn möglich, daß Ihnen der Name Tawno Smith nicht bekannt ist?«

»Durchaus möglich«, meinte der Inspektor unwirsch.

»Was für eine Freude, das zu hören! Und das soll kein Witz sein, Mr. Jurnet. Ich meine es völlig ernst. Wir nehmen uns ja selbst so ungemein wichtig!« Ruhiger fuhr er fort: »Würde es die Polizei ein bißchen milder stimmen, wenn ich sage, daß ich seit meiner Kindheit in Wien heute zum erstenmal wieder Whisky probiert habe? Damals ist mir davon schlecht geworden. Spricht es nicht zu meinen Gunsten, daß ich sehr wenig getrunken habe? Ich wollte mich gar nicht betrinken. Ich hab' nicht mal bemerkt, was mit mir los war, bis ich ein ziemliches Stück gefahren war – so an die fünfzig Kilometer. Und dann konnte ich genausogut weiterfahren, nicht?«

»So was kommt vor«, meinte Jurnet einlenkend. »Nur hätten Sie bei der nächstbesten Gelegenheit halten sollen, als Sie merkten, was mit Ihnen los war, um Ihre Wagenschlüssel abzugeben, bevor Sie sich oder anderen Schaden zufügen konnten.«

»Was mit mir los war«, wiederholte der Professor. Er hing

einen Augenblick seinen Gedanken nach. »Aber dann hätte Tawno ja seinen Wagen nicht gehabt.«

Sergeant Bowles stand versonnen neben der Gittertür. In der Glasvitrine hinter seinem Rücken steckte ein Reiher seinen Schnabel verdrießlich in einen aufgepinselten Fluß, als erwarte er nichts Gutes. Damit lag er wohl auch richtig. Weiter hinten, im Plastikschilf versteckt, deutete eine Rohrdommel mit ihrem Schnabel himmelwärts, und der stumme Schrei schwarzköpfiger Möwen, die mit gespreizten Schwingen und baumelnden roten Beinen an dünnen Drähten von der Decke hingen, verhallte im erstarrten Sturmwind.

»Da wird einem ja ganz anders«, bekannte Sergeant Bowles, ein stattlicher gutmütiger Mann, der kurz vor der Pensionierung stand. Der Witwer war im allgemeinen froh, wenn sich die Rückkehr in seine leere Wohnung durch Überstunden ein bißchen verzögerte. Sein Gesicht hellte sich auf, als er Jurnet und seinen Begleiter kommen sah. »Ich dachte schon, es gebe nur noch ausgestopfte Wesen auf der Welt – mich inbegriffen.« Er wandte sich an Jurnet: »Möchten Sie hier durch?«

»Bitte. Wir sind auf dem Weg zum Lift.«

»Aha.« Sergeant Bowles ließ das Sicherheitsschloß aufschnappen und zog das Scherengitter so weit zurück, daß der Rollstuhl durchpaßte. »Ich sage den Jungs am besten Bescheid, daß Sie kommen.«

»Das wäre gut. Sonst empfangen sie uns mit einem Kugelhagel.«

»Das würden sie nicht wagen, Mr. Jurnet!« meinte der Sergeant entsetzt. »Wo hier so viel Glas herumsteht!«

In regelmäßigen Abständen kam Jurnet mit seinem Rollstuhl an jungen Polizisten vorbei. Inmitten all der leeren Räume, die trotz der Festbeleuchtung eine Gruftatmosphäre verbreiteten, waren sie mehr als erfreut, die kleine Prozession willkommen zu heißen – und übertrieben enttäuscht, sie wieder davonziehen zu sehen. Als Jurnet den Rollstuhl in den Gang schob, der zum Aufzug führte, bemerkte er: »Wäre gar keine schlechte Idee, nach Museumsschluß ein paar ausgestopfte Gestalten hinzustellen. Dann käme es einem nicht so leer und verlassen vor.«

»Sie sprechen mit einem Atomphysiker«, gab Professor Flaschner zu bedenken. »Leere gibt es für uns nicht. Das ist der Preis, den wir zahlen, wenn wir mehr Einblick in Gottes Schöpfung erstreben, als er uns freiwillig gewährt. Die Erkenntnis verwehrt uns den erhabenen Segen der Einsamkeit.« Er bewegte die Schultern, als wollte er einen bedrückenden Gedanken abschütteln. »Haben Sie beispielsweise schon mal etwas von einem Neutrino gehört?« Das Kopfschütteln des Inspektors erfaßte er intuitiv. »Das Universum ist voll davon, mein Freund. Wir ertrinken fast darin. Sie können den gesamten Globus durchdringen, von einer Seite zur anderen, ohne daß dabei etwas passsiert. Während Sie mich durch diese Räume schieben, die Sie als leer bezeichnen, gehen ständig Tausende durch Ihren Körper. Sie durchbohren Sie wie die Pfeile des Heiligen Sebastian, doch sie verursachen keine Schmerzen.«

»Unverschämte Kerle«, sagte Jurnet gelassen. Solange die Wissenschaftler Dinge entdeckten, die nichts und niemand etwas taten, konnte er ihre kleinen Spielchen tolerieren. Den Professor schien sein vollgepfropftes Universum allerdings ein wenig traurig zu stimmen. Er sackte noch mehr in seinem Rollstuhl zusammen. In der Hoffnung, daß sein Schützling die Ignoranz eines anderen als belebend empfinden könnte, erklärte Jurnet: »Ich für meinen Teil habe mich gerade erst damit abgefunden, daß die Erde keine Scheibe ist. Schade, finde ich. Klar, man hätte aus Unachtsamkeit über den Rand fallen können. Aber jetzt wissen wir alle, sie ist eine Kugel. Damit besteht sie praktisch *nur* aus Rand, wenn man so will.«

Der Trick funktionierte. Der Professor richtete sich auf und lachte aus vollem Halse. »Nun ist mir klar, wieso erwachsene Männer soviel Zeit damit zubringen, lederne Bälle durch die Gegend zu kicken, oder auf runde Gegenstände mit Kricketschlägern, Tennisschlägern, Golfschlägern oder Hockeyschlägern einzudreschen! Sie zahlen's diesem widerlichen runden Ding heim, das im Grunde nur aus Rändern besteht, die nirgends anfangen und nirgends aufhören!«

Er lachte immer noch, als Jurnet den Rollstuhl in den Aufzug schob – einen höhlenartigen Kasten, dessen Mechanismus selbst als Meisterwerk primitiver Technik einen Platz im Museum verdient hätte. Während Jurnet mit den Seilen und Hebeln kämpfte, verschwand die Heiterkeit allmählich aus den Gesichtszügen des Professors. Es war, als verglühten die letzten Funken eines Feuers. Offensichtlich kostete es ihn eine enorme Anstrengung, seine Kräfte für die bevorstehende Festivität zu sammeln.

Mitfühlend meinte Jurnet: »Ich hoffe, Sie nehmen's mir nicht übel. Aber ich finde, Sie wären zu Hause im Bett viel besser aufgehoben.«

Professor Flaschner erwiderte: »Sie waren sehr freundlich zu mir. Ich hätte nicht gedacht, daß es so nette Polizisten gibt. In Zukunft werde ich mich bedenkenlos in polizeiliche Obhut begeben.«

»Solange Sie nicht mit Alkohol am Steuer sitzen. Ich meine es ernst: Mir wäre es lieber, Sie gingen zurück ins Hotel.«

»Das wäre wirklich die absolute Leere! Wie ein Kind, das man ins Bett schickt, während unten die Erwachsenen zur Musik tanzen. Außerdem würde ich dann meinen Tawno nicht treffen.«

4

An der kleinen Tür zum Festsaal unter der Sänger-Empore gab der Professor das Zeichen zum Anhalten. Hinter der Tür hörte man Lachen und Gläserklang. Der Professor hievte sich hoch und holte einige Male tief und erschöpft Atem.

»Von jetzt an, mein Freund, bin ich kein Invalide mehr. Ich hoffe, da drin gibt es Stühle.«

»Falls nicht, organisiere ich einen für Sie.«

»Sie sind schon wieder so nett. Ganz anders als einige meiner Fachkollegen da drin, bedauerlicherweise, die nur darauf warten, mich als gebrochenen alten Mann zu sehen, der sein Pulver verschossen hat und nur noch Unsinn daherredet.«

»Ob es gewisse Leute in den falschen Hals kriegen, wenn Sie sich bei mir einhaken? Oder soll ich lieber vorausgehen und Ihren Tawno suchen?«

»Meinen Tawno!« Schon der Klang des seltsamen Namens schien Balsam für ihn zu sein. Als könne er Gedanken lesen, sagte der Professor: »Eigenartiger Name, nicht? Möchten Sie wissen, wie mein Tawno dazu gekommen ist?« Er wartete die Antwort nicht ab. »In der Zigeunersprache heißt das ›klein‹. Mein Tawno ist ein Zigeuner – wie finden Sie das? Ende siebenundvierzig habe ich ihn in Düsseldorf aufgelesen, in einem Bombentrichter. Ein paar Zigeunerjungen, Strandgut des Krieges, haben sich dort herumgetrieben. Anscheinend war ich der einzige, der wußte, daß auf dem Gelände zuvor eine Fabrik gestanden hatte, wo sie die Chemikalien hergestellt haben, mit denen die Juden in den Gaskammern umgebracht wurden. Der Boden war verseucht, es war gefährlich für die Kinder. Ich habe ihnen gesagt, sie sollten verschwinden. Alle sind weggerannt, bis auf den kleinsten, ein Junge von kaum fünf Jahren. Der kam zu mir und gab mir einen Tritt vors Schienbein, der kleine Schlingel!« Der Professor kicherte anerkennend bei dem Gedanken. »Schon damals war er mein Tawno. Die anderen Jungen nannten ihn so, weil er so klein war. Der Name ist ihm geblieben. Tawno Smith. Den Familiennamen habe ich ihm ausgesucht: Schmied. Viele Zigeuner arbeiten als Schmiede; ein anerkanntes Handwerk bei ihnen, und außerdem – verstehen Sie ein bißchen Deutsch, Herr Polizist? Wissen Sie, was ein Flaschner ist?«

Jurnet schüttelte den Kopf.

»Das ist ein Blechschmied. Somit stand fest, daß mein kleiner Zigeuner und ich füreinander bestimmt waren.«

Professor Flaschner seufzte. War es eine Träne, die langsam die tiefen Furchen zu beiden Seiten der gebieterischen Nase herabrollte? Er müßte ins Bett, der alte Knabe, dachte Jurnet erneut, während sich der Mann betont forsch bei ihm unterhakte.

Jurnet traute kaum seinen Augen. Ihm war bekannt, daß die Stadt den Festsaal schon seit geraumer Zeit privat vermietete, aber bis zu dem Augenblick hatte er sich das nicht so recht vorstellen können. Der Gedanke, daß der weitläufige, karge Raum mit seinen grob verputzten Wänden und Schießscharten als Rahmen für eine Hochzeitsgesellschaft oder für die Damenrunde der Freimaurer dienen könnte, war zu abwegig, um sich ernsthaft damit zu befassen. Als er nun mit eigenen Augen die runden Tische, die diagonal aufgelegten Tischtücher und die silbernen Väschen mit jeweils einer einzigen Rose in der Tischmitte sah, dazu die vergoldeten Stühle, die raffiniert gefalteten Servietten, das protzige Besteck und die zahlreichen Gläser, hätte er sich totlachen können – wenn es ihn nicht so traurig gestimmt hätte, wie sehr der Fortschritt den Dingen unweigerlich ihren Reiz nahm.

Der Auftritt des Professors sorgte für etwas Bewegung unter den Gästen in Türnähe. Einige deutsche Physiker, die sich bereits gesetzt hatten, standen auf und verbeugten sich vor ihm, der eine oder andere unter den Stehenden klatschte verhalten Beifall, während ihre lächelnden Ehefrauen ihm durch kleine Gesten Respekt und Bewunderung bezeugten. Eine vollbusige Dame mit üppigen Hüften – Italienerin dem Aussehen nach – nahm eine knospende Rose aus einem der Väschen, um sie dem Professor ins Knopfloch zu stecken. Als sie bemerkte, daß es am Smokingrevers kein Knopfloch gab, steckte sie sich die Blume kokett hinters Ohr. Ohne Jurnets Arm loszulassen, beugte sich der Professor hinab und küßte ihr juwelengeschmücktes Ohrläppchen – was sie jedoch keineswegs in Verlegenheit brachte. »Der liebe Max!« rief sie. »Immer noch *cavaliere! Il cavaliere errante*!« Sie lachte. »*Soprattutto errante*!«

»Und Sie, Signora – *soprattutto bellissima.*«

»Onkel Max!«

Der Mann, der ihn ansprach, sah entweder jünger oder älter aus als er war: entweder war seine Haut schon vor der Zeit schlaff geworden, oder die Jahre hatten ihm seine jugendlichen Züge nicht genommen, sondern nur verwischt. Der flüchtige, mißtrauische Blick, mit dem er Jurnet bedachte, ließ den Inspektor vermuten, daß er die Vierzig schon überschritten hatte.

»Onkel Max!« wiederholte er, als er Hand und Arm des Professors ergriff; der Händedruck glich mehr einer Umarmung. »Geht's dir gut? Jemand hat erzählt, sie hätten dich im Rollstuhl gesehen.«

Professor Flaschner hatte die Begrüßung freundlich, doch eher kühl über sich ergehen lassen. »Du mußt nicht alles glauben, was du hörst, Adam«, sagte er. »Ich glaube auch nicht alles. Du weißt, wie gern Tawno übertreibt. Er kann nichts dafür, es liegt in seiner Natur. Darum sage ich auch, er soll keinen Stuß reden, wenn er mir erzählt, du raubst ihm den letzten Nerv.«

»Ich *ihm*!« Der Mann war laut geworden. Als er merkte, daß ringsum alles die Ohren spitzte, sprach er leiser, aber mit gleicher Bestimmtheit. »Onkel Max«, bat er, »kann ich ein paar Worte mit dir wechseln? Ganz kurz, unter vier Augen?«

»Uns hört kein Mensch, wenn du nicht so schreist.« Er registrierte den vielsagenden Blick, den der andere auf den Inspektor richtete. Jurnet wäre höflich beiseite getreten, hätte der Professor nicht fest seinen Arm umklammert. »Das ist Mr. Jurnet, ein sehr lieber Freund, vor dem ich keinerlei Geheimnisse habe. Und das ist Mr. Adam Pender, Tawnos Assistent«, stellte er vor.

»Ich merke deutlich, daß Tawno mit dir gesprochen hat«, erbitterte sich Pender. »Nicht Mitarbeiter, wohlbemerkt, noch Kollege noch Mitglied des Arbeitsteams. Assistent – mehr gesteht er mir nicht zu! Einer, der ihm die Tafel wischt, wenn er sie benutzt hat!«

»Hast du denn mehr getan?« erkundigte sich Professor Flaschner höflich.

Der Mann wurde dunkelrot.

»Absolut alles habe ich gemacht, wenn man mich gelassen

hat. Und nicht schlecht. Da kannst du ihn selbst fragen. Kann ich was dafür, wenn Tawno seine Gleichungen mit dem Arm abdeckt, wann immer ich in der Nähe bin?«

»Du Ärmster«, sagte der Professor mitfühlend. »Es ist schon ungerecht, daß der Meister des Universums seine Gaben ungleichmäßig verteilt. Wenn ich recht verstehe, bist du der Meinung, Tawno müßte den Nobelpreis mit dir teilen, den er früher oder später zweifellos bekommen wird, falls nichts Unvorhergesehenes dazwischenkommt. Aber wäre das gerecht? Würde das Komitee nicht wissen wollen, was du dazu beigetragen hast – außer die Tafel zu wischen?«

»Du hast meinen Artikel in *Nature* gelesen!«

»Der mehr von deiner Arroganz zeugt als von deinem Wissen, wenn ich mir als Onkel diese Bemerkung gestatten darf.«

»Du stehst natürlich auf Tawnos Seite! Dr. Turnbull hat mir schriftlich seine Anerkennung ausgesprochen.«

»Wie du sehr wohl weißt, würde Dr. Turnbull alles sagen, wenn er Tawno damit eins auswischen kann, sogar, daß die Erde eine Scheibe ist.« Als gehörte es zum Thema, fragte er als nächstes: »Und wie geht's deiner Frau, Adam?«

»*Hier* sind Sie!« Aufgeregt kam Christopher Maslin auf sie zu. Hübscher Bengel, dachte Jurnet. Würde sich auch auf dem Deckengemälde in der Kirche seines Vaters ganz gut machen – als Engel mit goldener Trompete. Oder vielleicht doch nicht so ganz. Die stolzen Augen waren nicht besonders engelhaft. Seinem geröteten Gesicht nach zu urteilen, hatte er den Kellnerinnen reiferen Jahrgangs, die Champagner auf ihren Tabletts reichten, keinen Korb gegeben.

»Tawno ist noch nicht da. Mutter dachte schon, Sie wären im Lift steckengeblieben. Normalerweise hätten Sie durch die andere Tür kommen müssen. Dann hätte Sie der Mann im roten Frack angekündigt und der Bürgermeister und seine Frau Gemahlin hätten Ihnen die Hand geschüttelt.«

»Wie schade, daß mir diese Ehre entgangen ist!« Professor Flaschner zauste dem Jungen die blonden Haare und lächelte ihm in sein glühendes Gesicht. »Hat der Mann im roten Frack *dich* denn mit entsprechendem Pomp angekündigt?«

Christopher Maslin verzog sein Gesicht zu einer Grimasse, wofür Jurnet ihm im Geiste einen Pluspunkt gutschrieb. Seine körperlichen Vorzüge waren ihm offenbar nicht zu Kopf gestiegen. »Reverend und Mrs. Maslin und Master Maslin – Master! So was Dummes!«

»Was soll's. Wenn er eines Tages Doktor oder Professor oder vielleicht sogar Lord Maslin ankündigen muß, dann hast du deine Genugtuung.«

Das Lächeln des Jungen ging in ein leichtes Stirnrunzeln über.

»Ich hab's Ihnen doch gesagt, Onkel Max! Aber Sie glauben mir nicht. Ich will Priester werden.«

»In dem Fall wird er eben den Erzbischof von Canterbury ankündigen.«

»Sie sind enttäuscht von mir«, beharrte Christopher ernst.

»Tawno vielleicht«, war die Antwort. »Du mußt ihn fragen. Du weißt, welche Erwartungen er in sein Patenkind setzt. Was mich angeht«, sagte der Professor voller Zärtlichkeit, »so würde ich den Weg wählen, der dich glücklich macht. Sofern es einen Gott gibt, ist es gleich, ob wir ihn in der Kirche oder im Innern eines Atoms finden.«

Leicht verlegen schlug Jurnet vor: »Vielleicht könnte der junge Mann Sie erst mal an Ihren Tisch begleiten.«

»Das ist auch Ihr Tisch, mein Freund!« Professor Flaschner verstärkte den Druck auf den Arm des Inspektors. »Sie müssen noch meinen Tawno kennenlernen.«

Jurnet war sich im klaren, daß der Kommissar, der sich in eine nahegelegene Nische zurückgezogen hatte, ihn genau beobachtete, obwohl er den Anschein erweckte, in eine Diskussion mit einem Ausländer vertieft zu sein, dessen Bart sich in der Mitte sorgfältig teilte, um den Orden nicht zu verdecken, den er an einem roten Band um den Hals trug. Jurnet brummelte, er habe sich um die Sicherheit zu kümmern.

»Also deshalb ist ein Polizist auf unserer Party!« rief der Professor. »Damit wir nicht ausreißen!« Seine erhobene

Hand blockte jeden Widerspruch ab. »Machen Sie mir bloß nicht weis, daß Sie *uns* beschützen wollen, und nicht die Bewohner dieser schönen Stadt, die sich durch unsere Invasion bedroht fühlen. Recht haben Sie! *Wir* sind der gefährliche Teil.«

Wenngleich er ihm innerlich zustimmte, protestierte Jurnet. »Sie machen mir keinen besonders gefährlichen Eindruck.«

»Ein Polizist, der sich vom äußeren Schein blenden läßt. Ganz anders als in den Krimis! Lassen Sie sich nicht täuschen, mein Freund. Einstein war knuddelig wie ein Teddybär, den jedes Kind gern mit ins Bett genommen hätte. Und doch hat er mit einer einzigen Gleichung die ganze Welt auf den Kopf gestellt. Ich gebe Ihnen einen Rat, Inspektor – einen Rat als Freund: Wenn Sie heute abend in irgendeiner dunklen Ecke eine Bombe entdecken sollten, verraten Sie's keiner Seele. Lassen Sie sie weiterticken und laufen Sie so schnell Ihre Beine Sie tragen.«

Der Professor entzog Jurnet seinen Arm und hakte sich bei Christopher Maslin ein. Das Grau war aus dem Gesicht des Mannes verschwunden; es hatte eine alarmierend bläulichrote Farbe angenommen. »Ich setze mich jetzt hin und warte auf meinen Tawno.«

Jurnet heftete sich an die Fersen einer Kellnerin, die eine Ladung schmutziger Gläser hinaustrug, und folgte ihr zur Küche. Die Schwingtüren – ein Eingang und ein Ausgang – waren in die Wand unter der Empore eingelassen, die ein mittelalterlicher Regent an eine Front des schmucklosen Flintsteins geklebt hatte, in der vergeblichen Hoffnung, eine gemütlichere Atmosphäre zu schaffen.

An der Balustrade dieses baulichen Auswuchses lehnte Kriminalinspektor Sid Hale mit seinem langen Gesicht, dem ständig die Trauer über die Torheiten der Menschheit anzusehen war, die ihn jedoch keineswegs überraschten. Seinem wie zufällig über die Menge schweifenden Blick entging nichts. *Er* hatte sich nicht dazu verleiten lassen, so einen Frack anzuziehen, stellte Jurnet voller Neid und Selbstverachtung fest. Als hätte dieses Gefühl zwischen ihnen eine Brücke geschlagen, musterte Sid Hale ihn – melancholisch wie immer – von Kopf bis Fuß, führte dann die zusammengepreßten Finger seiner Hand an die Lippen, hauchte einen Kuß darauf und öffnete sie in einer Geste, die französisch elegant wirken sollte. Zur Antwort hielt Jurnet zwei Finger in die Höhe, zu seinem Pech gerade in dem Augenblick, als die Kellnerin über die Schulter zurückblickte, um zu sehen, wer ihr hinterherlief.

»'n Abend«, meinte er entwaffnend. Ihr prüfender Blick brachte ihn so aus dem Konzept, daß er durch die falsche Tür ging und gerade noch einem Tablett voller Appetithappen ausweichen konnte, das in dem Moment herausgetragen wurde.

Sergeant Jack Ellers, in der Küche postiert, kostete gerade gewissenhaft den Lachs vol-au-vent.

»Nichts vergiftet, bis jetzt«, begrüßte der pausbäckige Waliser seinen Kollegen. »Es wäre sowieso egal. Wenn ich heimkomme und Rosie sieht meinen Bauch, dann schlachtet sie mich ohnedies.« Nachdem er den letzten delikaten Bissen hinuntergeschluckt hatte, betrachtete er Jurnet von oben bis unten. »Wie ich sehe, trägt man dieses Jahr Spielanzüge.«

»Mein Beitrag zum internationalen Frohsinn.« Jurnet ließ seinen Blick anerkennend über das geordnete Chaos einer Profiküche im Großeinsatz wandern. Professionalismus beeindruckte ihn immer, selbst ein fachmännisch geknackter Safe bereitete ihm eine gewisse ästhetische Genugtuung. »Alles in Ordnung hier?«

»Sitzt dir der Kommissar auf der Pelle?« fragte Jack Ellers, der Jurnets Frage richtig eingeordnet hatte. »Grüß ihn schön von mir und sag' ihm, das Marengo-Huhn ist ein Gedicht. Wenn *du* mit der Prominenz ißt, dann nimm den Lammrükken.«

»Das Dingsbums-Huhn steht mir wohl nicht zu, wie?«

»Schmeckt nach alten Schuhsohlen. Meine Rosie würde nicht mal die Katze damit füttern.« Ein sonniges Lächeln glitt über sein Gesicht. »Für Kommissare genau das Richtige.«

5

Auf einer Staffelei am einen Ende des Saales hing die Sitzordnung. Jurnet las gar nicht nach; er wußte, daß sein Name nicht draufstehen konnte. Beim Kommissar war das etwas anderes. Ein kurzer Rundblick über die inzwischen auf ihren Plätzen sitzenden Gäste genügte. Er entdeckte ihn am Haupttisch, flankiert von einer zarten kleinen Chinesin und der vollbusigen Italienerin, die die Rose noch hinterm Ohr stecken hatte.

Er fühlte sich fehl am Platz und erwog gerade, wieder in die Küche zurückzukehren, wo ihn Jack Ellers' vertrautes Gesicht lächelnd willkommen heißen würde, als Christopher Maslin neben ihm stand. Mit absurder Freude vernahm Jurnet, daß Onkel Max den Jungen geschickt hatte, um ihn an ihren Tisch zu holen.

»Bist du denn sicher, daß noch Platz ist?«

»Tawno ist noch nicht da, sein Platz ist frei. Wenn er kommt, können wir noch einen Stuhl dazwischenschieben, meint Onkel Max.«

»Ich weiß nicht, ob ich –«

»Ach, kommen Sie doch!« unterbrach ihn der Junge. Er schien in Hochstimmung zu sein. Jurnet sah Weinflaschen auf den Tischen stehen, Rotwein und Weißwein. Was hatte der Bursche diesmal gekippt?

Beinahe im Trab führte Christopher ihn zum Tisch, und dort wurde ihm klar, was den Jungen so berauscht hatte. Neben Professor Flaschner stand Tawno Smiths leerer Stuhl, der im Augenblick Ben Jurnet gehörte. Auf der anderen Seite saß ein großer, breitschultriger Mann mit ergrauender Mähne neben einem jungen Mädchen.

Das Mädchen war umwerfend. Ihr Anblick verschlug einem den Atem – allein schon, weil man wußte, daß solche Schönheit vergänglich war. Was für eine wunderbare Frau würde aus ihr werden, wenn sie sich voll entfaltete! Doch hatte die halbgeöffnete Knospe etwas Ergreifendes, was der vollen Blüte fehlen würde. Sie mochte noch schöner werden, liebreizender als heute konnte sie niemals sein.

Ihre Schönheit stellte die beiden anderen Frauen am Tisch in den Schatten wie die Flamme das armselige Fünkchen. Claire Maslins Kleinmädchengesicht wirkte plötzlich wie eine Karikatur. Die Frau neben Adam Pender – vermutlich seine Ehefrau – war aus anderem Holz geschnitzt: ein Raubtier, das Pender schon ziemlich zugesetzt hatte, wie der Inspektor bei näherem Hinsehen bemerkte.

Was Christopher betraf, hatte Jurnet zum Teil richtig geraten. Er war berauscht, aber nicht vom Wein, sondern von der Liebe. Glückspilz, dachte Jurnet in Erinnerung an die farblosen Liebesobjekte seiner eigenen Jugend.

Professor Flaschners Gesichtsfarbe hatte sich nicht zum Besseren verändert; dunkelrot mit einem Stich ins Blaue, als sei ihm kalt. Doch er schien bester Stimmung zu sein.

»Efrem, mein Freund«, rief er und legte dem Mann zu seiner Rechten den Arm um die breiten Schultern, »darf ich dir meinen Freund Kriminalinspektor Jurnet vorstellen. Mr. Jurnet, das ist mein Freund Efrem Ahilar aus Israel.« Er lächelte dem Inspektor zu, der so unauffällig wie möglich auf dem freien Stuhl Platz genommen hatte. Über die eingefallene Gestalt des Professors hinweg nickten die beiden sich zu in dem stillschweigenden Einverständnis, den alten Mann in Stimmung zu halten.

»Mein Freund Efrem ist auch mein Zwillingsbruder«, erklärte der Professor. »Schauen Sie nicht so ungläubig! Wir können's beweisen, stimmt's, Efrem?« Der Israeli nickte widerstrebend. Unbeirrt redete der Professor weiter. »In Treblinka, als sie uns durchnumerierten wie eine Herde Vieh, stand mein Zwilling hier vor mir in der Reihe. 547160, nicht, Efrem? Die Nummer ist für alle Zeiten in unsere Unterarme tätowiert. Und in unsere Herzen. Wir könnten sie Ihnen zeigen, aber dann würden wir vielleicht die Ärmel unserer bildschönen Abendanzüge zerknittern. Was die Herzen angeht, so müssen Sie uns einfach glauben. Wieso Zwillinge, fragen Sie? Ich werd's Ihnen sagen. Ein wunderbares Zeichen des Himmels, das nur wir beide erkannten: obwohl es nicht danach aussah, waren die Nazis zum Untergang verurteilt.

Durch einen unglaublich kleinen Fehler in ihrem nahezu unfehlbaren System hatten wir beide die gleiche Nummer! 547160. Sie hören, daß ich das herunterbete wie eine Litanei. Damals schöpften wir neue Hoffnung – wie Noah, als er den Regenbogen sah. Dieser eine Fehler zeigte uns, daß die Welt einen neuen Weg aus dem Abgrund finden würde, und wir mit ihr.« Wieder rang er qualvoll nach Luft. Dann legte er Efrem Ahilar die Hand auf den Arm. »Efrem ist mein Gewissen.«

Der Israeli lachte wie ein Mann, der mit sich und der Welt im reinen ist.

»Jedesmal, wenn wir uns treffen, kriegt Max Gewissensbisse, weil er nicht mitgeholfen hat, das Land Israel aufzubauen, so wie ich. Als ob es verdienstvoller wäre, Orangenbäume zu pflanzen, als der Menschheit das Universum näherzubringen.«

»Es *ist* verdienstvoller«, beharrte Professor Flaschner. »Sind Sie schon mal in Israel gewesen, Mr. Jurnet?«

»Nein«, erwiderte Jurnet und hatte dabei Miriam braungebrannt und schön in der Wüstensonne vor Augen.

»Ich verreise nicht mehr.« Der Blauton im Gesicht des Professors war intensiver geworden. »Efrem spielt jetzt für mich den Sendboten. Der Herr wird's verstehen. Wenn Sie ihn fragen, weshalb er in England ist, wird er sagen, er möchte sichergehen, daß es seiner Enkelin in Cambridge an nichts fehlt. Esther war in der Armee. Sie kann aus der Karo-Fünf jede Raute einzeln herausschießen, aber trotzdem braucht sie einen Beschützer! Wissen Sie, mein Zwillingsbruder traut sich nicht, laut zu sagen, daß er gekommen ist, um mir zum letztenmal Lebewohl zu sagen.«

Efrem Ahilar widersprach ihm so ungezwungen, als sähe er das bläuliche Rot und das Grau im Gesicht des anderen nicht. »Ach komm, Max! Du und ich haben uns schon öfter Lebewohl gesagt als die Melba ihrem Publikum! Ich bin hergekommen, weil Esther es wollte. Warum sie auf Biegen und Brechen hinter einem Stück Papier her ist, auf dem ›Cambridge‹ steht, mußt du sie selber fragen. Aber wenn dich deine

Enkelin bittet, ihr Gesellschaft zu leisten, kannst du ihr diese unschätzbare Bitte einfach nicht abschlagen. Sie ist so schön wie ein Showgirl, das darf ich wohl sagen. Aber das arme Kind ist verrückt, total verrückt!«

Eine bezaubernde Röte huschte über Esther Ahilars Gesicht. In beinahe akzentfreiem Englisch behauptete sie: »Ich wollte nach Cambridge, Onkel Max, weil du hier bist und uns in Israel nie besuchst.«

»Ich komme schon noch«, sagte der Professor. »Eines Tages werde ich kommen.«

Atemlos mischte sich Christopher Maslin ein: »Ich gehe im Oktober auch nach Cambridge. Wir könnten uns mal treffen –« Erschrocken über seine Verwegenheit und über die wissenden Augen der Erwachsenen, schloß er kleinmütig: »Wir könnten mal Tennis spielen oder so.«

Freundlich wie einem Kind lächelte Ester Ahilar dem Jungen zu. Sie war mindestens ein Jahr älter als er.

»Ich spiele leider nicht Tennis.«

Mit ihrem großen, roten Mund und vom Rotwein glänzenden Lippen sagte Adam Penders Frau: »Sie könnten doch mit ihm Zielübungen machen. Zum Beispiel auf die Karo-Fünf.«

Jurnet hatte den ersten Gang verpaßt. Als die Kellnerin die Bestellung für den zweiten Gang entgegennahm, entschied sich der Inspektor in einer Anwandlung von Reue, weil er bei Miriams Anruf nicht zu Hause gewesen war, für das Marengo-Huhn.

»Seien Sie so freundlich, meine Liebe, und bringen Sie ein riesengroßes Glas Orangensaft für einen verspäteten Gast mit«, bat der Professor.

Nach einem raschen Blick in die Tischrunde erklärte die Kellnerin mit Genugtuung: »Orangensaft haben wir nicht, Sir. Und außerdem – wenn Sie gestatten – sind Sie bereits vollzählig. Sogar einer zuviel. Acht Mann pro Tisch, und Sie sind neun. Deshalb sitzen Sie so gedrängt.«

Der Professor konterte: »Liebe Dame, wir sitzen so gedrängt, weil wir gute Freunde sind und gern eng beieinanderhocken. Wenn der verspätete Gast eintrifft, wird's noch enger. Er trinkt keinen Wein. Nach der Fahrt hat er immer Durst, und deshalb, liebe Frau, bringen Sie bitte ein großes Glas Orangensaft.«

Das breite Lächeln, das den letzten Satz begleitete, mußte wohl eine versteckte Drohung oder eine verborgene Schmeichelei enthalten haben; denn die Kellnerin glättete ihre Mundfalten und meinte entschuldigend: »Wir haben leider nur Orangenlimonade, Sir.«

»Sehen Sie mal, was Sie tun können. Ich habe unbegrenztes Vertrauen in Ihre Fähigkeiten.«

Als die Frau gegangen war, sagte der Professor zu Jurnet: »Sie als Polizist wissen vermutlich, wie die Zigeuner zum Wein stehen.«

»Ich weiß nur, wie sie jemanden nennen, der nichts verträgt. Mr. Smith ist gut beraten, wenn er das Trinken sein läßt.«

»*Mister* Smith!« Der Professor ließ die Silben auf seiner Zunge zergehen, als hätten sie eine besondere Bedeutung. »*Mister* Smith ist überhaupt ein vernünftiger Mensch, was man von unserem verehrten Sir Thaddeus nicht behaupten kann. Stimmt's, Simon?«

Für Reverend Maslin kam die persönliche Anrede so überraschend, daß er seine ruckartigen Bewegungen nur mit Mühe kontrollieren konnte.

»Dafür kann er aber nichts, Professor! Schuld sind diese viktorianischen Bilderstürmer –«

»Was soll das mit dem Kopf?« wollte Efrem Ahilar wissen.

»Sir Thaddeus hat ihn verloren. Im wahrsten Sinne des Wortes.« Ein zaghaftes Lächeln lag auf den Lippen des Geistlichen. »Oder – sollte man's eher andersrum formulieren: Er hat den Körper verloren. Da in der Krypta, in der Krypta von St. Blaise, wo er begraben war, haben sie entsetzlich gewütet, und das Ganze stürzte ein. Die herrlichen gotischen Spitzbogen! Aufgebrochene Gräber, überall Gebeine, Männer und Frauen, alles durcheinander. Bei den Aufräumungsarbeiten fand man den Kopf von Sir Thaddeus wohlbehalten in den Resten seiner Ruhestätte. In erstaunlich gutem Zustand, wie man hörte. Das kastanienbraune Haar klebte noch beinahe vollständig an seinem Kopf. Aber niemand wußte, welche Skelettknochen dazugehörten, und es schien auch keinen sonderlich zu interessieren. Man erzählt sich, ein Bauer habe sich angeboten, den Knochenhaufen kostenlos abzutransportieren. Als Gegenleistung durfte er ihn angeblich zu Knochenmehl verarbeiten.«

»Wollen Sie damit sagen, daß morgen beim Festgottesdienst nur der Kopf in der Gruft liegt?« fragte Mrs. Pender. »Das ist ja absurd.«

»Noch nicht mal den hatten sie wieder begraben. Ob Sie's glauben oder nicht: Sie haben ihn fast fünfzig Jahre lang im Medizinischen Museum des Krankenhauses von Norfolk und Angleby in einer Glasvitrine zur Schau gestellt. Dann wurde den Leuten langsam klar, was für ein großer Mann Sir Thaddeus war, und sie gründeten einen Förderverein und sammelten Geld für ein schönes neues Grab in St. Blaise.«

»Es ist also wirklich bloß der Kopf?«

»Nicht ganz. Als man nachforschte, fand man selbst nach all den vielen Jahren noch ein paar Gebeine in der Krypta. Herrenlos, sozusagen. Sie wurden eingesammelt und mit in die neue Gruft gelegt.« Mit einer Trockenheit, die auf eine ganz andere Persönlichkeit hinter dem linkischen Gehabe verwies, schloß der Geistliche: »Jedesmal, wenn ich in der Kirche bin, spreche ich ein kleines Gebet für diese unbekannten Gebeine, die sich plötzlich in so erlesener Gesellschaft befinden.«

»Kismet!« meinte Professor Flaschner. »Da entdeckt einer die Grundlagen des Universums – und dann wird er mit irgendwelchen herumliegenden Gebeinen beerdigt! Er und der liebe Gott müssen sich das gemeinsam ausgedacht haben, um zu demonstrieren, wie das Ganze gemeint ist. Wenn ihr morgen in der Kirche still seid, könnt ihr sicher die beiden lachen hören.«

6

Dr. Spencer Turnbull, Präsident der Internationalen Sir-Thaddeus-Brigg-Gesellschaft und Initiator der Dreihundertjahrfeier zu Ehren von Sir Thaddeus, verließ seinen Platz am Honoratiorentisch – neben der Frau des Bürgermeisters – und trat auf den Professor zu. Der Amerikaner hatte sich durch seinen aphoristischen Kommentar zu Heisenbergs Unschärferelation unter den Studenten den Spitznamen »Unschärfenexperte« eingehandelt. War er ein Genie oder ein Scharlatan? Höchstwahrscheinlich konnte nicht einmal Dr. Turnbull diese Frage eindeutig beantworten; vielleicht hätte er sie mit »keins von beiden oder beides« beantwortet. Die jahrelange Arbeit auf dem Gebiet der Quantenphysik hatte sein Gefühl für das, was Nichteingeweihte unter Realitätssinn verstehen, auf Dauer beeinträchtigt. Nur über zwei Dinge war sich Dr. Turnbull völlig im klaren: Er bedauerte, kein Engländer zu sein und deshalb niemals Lord oder sogar Sir vor seinen Namen setzen zu können, und er konnte Männer nicht ausstehen, die mit seiner Frau ins Bett gingen.

Die Kellnerin, die gerade den Hauptgang servierte, sah von Jurnets Marengo-Huhn auf und musterte den Hinzugetretenen kühl. »Das ist doch wohl nicht der Mann, den Sie erwarten?« fragte sie den Professor ungläubig.

»Auf keinen Fall.« Der Professor legte seine Hände um das volle Glas, das sie neben seinen Teller gestellt hatte. »Aber das hier *ist* das Richtige! Sie sind ein Schatz, meine Liebe!«

Die Kellnerin wurde so rot wie Dr. Turnbulls Glatze. Im Schmollton, hinter dem sich ihre Freude verbarg, erwiderte sie: »Nichts von dem künstlichen Zeug! Da draußen lagen ein paar Orangen rum. Ich habe zu einem der Jungs gesagt, preß sie aus.«

»Tawno wird Ihnen dafür die Füße küssen.« Er wandte sich Spencer zu. »Sie wollten Tawno begrüßen, und nun ist der ungezogene Bengel noch nicht da. Sie wissen vielleicht, daß er heute in London ist, um einen Vortrag zu halten. Wahrscheinlich wurde er aufgehalten. Egal. Irgendwann während dieses dreitägigen Zirkus', den Sie so kompetent für uns organisiert haben, bleiben Ihnen sicher ein paar Minuten zum Fachsimpeln.«

Dr. Turnbulls Mienenspiel ließ keine großen Varianten zu. Sein Lächeln wurde nur ein wenig dünner.

»Eigentlich wollte ich zu dir, Max. Du solltest am Honoratiorentisch sitzen. Wir hatten dort für dich einen Platz reserviert.«

»Ich wollte lieber unter Freunden sitzen«, erklärte der Professor trocken.

»Ha, ha! Immer noch der alte! Ich habe gehört, du fühlst dich nicht wohl. Aber du bist und bleibst der alte Max.«

Nach einem rasselnden Atemzug sagte Professor Flaschner mit blauen Lippen: »Wie du siehst, geht's mir blendend.«

»Jedenfalls hast du eine gesunde Gesichtsfarbe. Aber ich wollte dich eigentlich um einen kleinen Gefallen bitten. Sag mal, kann das Komitee damit rechnen, daß du heute abend auf Sir Thaddeus einen Toast ausbringst? Ich halte morgen in der Kirche eine ausführliche Laudatio, deshalb genügen ein paar Worte. Die Leute scheinen zu erwarten, daß ich auch das noch übernehme, aber – ich habe Angst, daß meine Stimme sie ermüdet«, schloß er kichernd.

»Du bist zu bescheiden, Spencer. Und sehr liebenswürdig. Aber die Antwort ist nein. Mir geht's zwar blendend, doch so blendend auch wieder nicht. Wenn du willst, kann ich aber Tawno fragen, wenn er kommt, ob er für mich einspringt.«

»*Falls* er kommt«, erwiderte Dr. Turnbull grämlich. »Er gehört wohl kaum zu den Menschen, auf die man sich verlassen kann. Du weißt vermutlich, daß er sich strikt geweigert hat, dem Komitee vorab zu erklären, worum es bei seinem Vortrag am Mittwoch geht. Du mußt doch einsehen, daß er uns damit in eine peinliche Lage bringt.«

»Unwissenheit, mein lieber Spencer, ist immer peinlich. Aber das brauche ich dir nicht zu sagen. Du brauchst dir nur Tawnos bisherige Arbeit anzusehen, um zu wissen, was der nächste Schritt ein muß. Oder der letzte, wie ich vielleicht in dem Zusammenhang sagen sollte.«

Dr. Turnbulls Augen traten ein wenig hervor.

»Er hat mit dir gesprochen!«

Der Professor schüttelte den Kopf.

»Das ist nicht nötig. Vergiß nicht, daß ich Jude bin. Mich muß man nicht erst überzeugen, daß Gott unteilbar ist.«

Eine braune Hand griff nach dem Glas Orangensaft auf dem Tisch und hob es an volle, sinnliche Lippen.

»Das war mein Lebensretter!« sagte Tawno Smith.

Wie auf ein Signal hin stürzte die gefällige Symmetrie der Tafel in ein Kraftfeld. Besteck fiel klappernd über das kaum angerührte Huhn und den Lammrücken, Stühle wurden zurückgeschoben. Die rosa Servietten glitten den Leuten vom Schoß, als sie sich wie ein Mann erhoben. Händeschütteln, Umarmungen, Küßchen auf den Mund.

Nur Jurnet nahm einen weiteren Bissen Huhn (das längst nicht so übel schmeckte, wie Ellers angekündigt hatte) und blieb sitzen – wie Professor Flaschner. Der Professor breitete die Arme aus und Tawno Smith ließ sich umfangen wie ein Kind. Er umarmte den alten Mann und gab ihm einen liebevollen Kuß.

»Du hast den Porsche zu Schrott gefahren, wie? Bist gegen 'ne Mauer gebrummt, oder hast ihn in den Graben gelenkt. Gib's schon zu, alter Schurke!«

»Wovon redest du eigentlich?« rief der Professor gutgelaunt. »Ich habe ihn von Cambridge mit einer Finesse rübergefahren, daß du feuchte Augen gekriegt hättest.« Er förderte aus der Hosentasche umständlich drei Schlüssel zutage: einen Autoschlüssel am Ring und zwei Zimmerschlüssel, an Metallplatten, mit denen die Hoteliers die Gäste davon abhalten wollen, die Schlüssel mit nach Hause zu nehmen. »Ich habe gleich für uns beide die Zimmer belegt. Der Wagen steht auf dem Parkplatz, ohne den geringsten Kratzer.«

»In dem Fall bin ich der Schurke. Wie konnte ich bloß den Schlüssel aus der Hand geben! Ich muß verrückt gewesen sein. Genau wie du.« Tawno steckte alle drei Schlüssel in seine Jackentasche. »Schleppst eine halbe Tonne Metall mit dir herum, statt sie an der Rezeption zu lassen.« In sanftem, besorgtem Ton fragte er: »Wie geht's dir, Onkel? Fühlst du dich besser?«

»Viel besser.« Der Professor war überglücklich. »Besser, und gleich ganz hervorragend. In ein paar Minuten, wenn ich meine Tablette genommen habe, tanze ich auf dem Tisch!«

»Dann nimm sie jetzt. Ich kann's nicht erwarten!«

Tawno Smith war schlank und mittelgroß – aber er wirkte nicht so. Mit seiner Bräune, seinen weißen Zähnen und dem schwarzen Haar, lockig wie bei einem Faun, nahm er seine Umgebung gefangen. Er war eine Persönlichkeit. Nicht jung, aber die Jahre hatten ihm gutgetan. Die erste grobe Skizze war zu einem Kunstwerk ausgereift. Der flache Bauch, die Spannkraft waren ihm geblieben, während unschlüssiges Zaudern einer allgemeinen Gelassenheit gewichen war, die noch das Kind erkennen ließ. Ein Kind, das stets zu Dummheiten aufgelegt war und sich in seinen Streichen sonnte. Bewegt sich ja wie der reinste Ballettänzer, dachte Jurnet. Er war bemüht, sich dem offenkundigen Charme des Mannes zu entziehen. Wenn ihm bei einem Mann etwas noch verdächtiger vorkam als ein schöner Körper, dann war es ein einnehmendes Wesen.

Aber er mußte zugeben, an dem Kerl war alles dran. Auch wenn der Professor das Gegenteil behauptete: Undenkbar, daß die Neutrinos, die durch diesen flottgewandeten Brustkorb jagten, unbeeindruckt wieder herauskamen. Ihn umgab definitiv ein elektromagnetisches Feld. Die Gäste an den angrenzenden Tischen wurden davon angezogen. Man erkannte es an der größeren Resonanz ihrer Stimmen, der plötzlichen Lebhaftigkeit und dem gesteigerten Appetit. Die Wirkung in Tawnos Umkreis, auf die Leute an seinem Tisch, im Zentrum des Kraftfeldes, war erstaunlich. Claire Maslin und Mrs. Pender lächelten sich anmutig und verständnisvoll zu, nachdem jede ihren Anteil an Küßchen und Komplimenten erhalten hatte. Reverend Simon Maslins Redegewandtheit hätte ihm sicher die Sprache verschlagen, wenn sie ihm aufgefallen wäre. Und Christophers Selbstbewußtsein stieg zusehends, als er wie ein Erwachsener behandelt wurde. Die Blicke, die er zu Esther Ahilar hinüberschickte, waren schon kühner geworden.

Bei dem Mädchen war es genau umgekehrt. Unter Tawnos bewundernden Augen errötete sie, wurde kindisch und haschte nach der Hand ihres Großvaters. Mrs. Maslin und Mrs. Pender wechselten sentimentale, erinnerungsträchtige Blicke.

Mit gespielter Freundlichkeit tauchte Alistair Tring am Tisch auf. Sogar Adam Pender und Dr. Turnbull konnten sich dem allgemeinen Zauber nicht entziehen; hilflos gingen sie Tawno Smith ins Netz. Wer nicht darin zappelte, war nicht frei, sondern verloren.

»Adam!« rief Tawno Smith, als er strahlend die hingestreckte Hand ergriff. »Sie sind mir nicht mehr böse!«

»Doch!« konterte Adam Pender und grinste dabei übers ganze Gesicht.

Dr. Turnbull sagte: »Tawno, ich zähle auf Sie. Sie sollen einen Toast auf Sir Thaddeus ausbringen.«

»Mit Orangensaft? Der alte Knabe würde sich im Grabe umdrehen! Waren's zehn oder zwanzig Flaschen, die er mit dem König gekippt hat, als Charles ihn zum Ritter geschlagen hat? Nein, Spencer. Das müssen Sie machen – eine verwandte Seele.«

Dr. Turnbull hatte eine schwache Blase und trank selten etwas Schärferes als ein stilles Mineralwasser, mit einer Zitronenscheibe und einer Olive als Martini getarnt. Bei diesem Vergleich schwoll ihm der Kamm – er ein Lebemann und Kavalier. »Finden Sie? Ich hatte nur gedacht, weil ich doch morgen schon die Laudatio halte –«

»Vom Guten kriegt man nie zuviel!«

Was für ein Gedöns, dachte Jurnet. Er hätte sich gern mit seinem Marengo-Huhn befaßt. Und jetzt sah es so aus, als sei er an der Reihe.

»Tawno, du Monster, komm mal her!« rief Professor Flaschner.

»Ich möchte dich mit meinem Freund Kriminalinspektor Jurnet bekannt machen.«

Smith kam sofort und beugte sich mit einer Verehrung über den Professor, die seltsam altmodisch wirkte. Schwer, den Kerl nicht zu mögen, dachte Jurnet grollend. Das Huhn auf seinem Teller erstarrte in der schmackhaften Soße.

»Ein Kriminalinspektor!« Wenn Tawno Smith lächelte, schienen in seinen Augen kleine Flämmchen zu tanzen. »Erzählen Sie mir nur nicht, Onkel Max hatte Ärger mit den Bullen.«

»Er gehört zu den Sicherheitskräften.« Der Professor dämpfte seine Stimme zu einem verschwörerischen Flüstern. »Die Bombe soll um zehn Uhr platzen.«

»Hoffentlich dann, wenn Spencer seinen Toast ausbringt! Freut mich, Sie kennenzulernen, Inspektor Jurnet. Machen Sie sich nichts draus. Mein Onkel hat einen eigenartigen Sinn für Humor.« Er umfaßte die hagere Schulter des Professors und legte – völlig frei von Verlegenheit – seine Wange an die des alten Mannes. »Im Grunde ist er der beste Mensch der Welt. Das heißt, falls er mein Manuskript nicht in Cambridge gelassen hat.«

»Natürlich habe ich dran gedacht!« sagte der Professor. »Es ist in meinem Schrank im Hotel. Bist du nicht dort gewesen, um dich umzuziehen?«

»Es war schon so spät. Ich bin direkt vom Bahnhof hierhergekommen. Hab' mich unten in der Herrengarderobe umgezogen, unter den Augen der Göttin Diana. Die mußten sie aus der Eingangshalle ausquartieren, um Platz zu schaffen. War 'ne Offenbarung für das arme Kind. Übrigens habe ich meine Tasche dortgelassen. Erinnere mich dran, wenn wir gehen.«

Die beiden standen immer noch Wange an Wange. Plötzlich richtete sich der Jüngere besorgt auf.

»Onkel, du hast deine Tablette nicht genommen!«

»Hör auf, mich zu bemuttern«, forderte der Professor. Er sah sehr elend aus, während er in seine Hosentasche griff und ein hübsch gearbeitetes Pillendöschen hervorzog. »Ein Geschenk von diesem Burschen«, keuchte er in Jurnets Richtung.

»Das ist doch unwichtig.« Tawno Smith nahm das Döschen, öffnete es und legte dem Professor eine Tablette auf die Hand. »Hier. Du brauchst ein Glas Wasser. Verdammt, keins da. Nimm sie damit.« Tawno Smith setzte dem Kranken das Glas mit dem restlichen Orangensaft an die Lippen.

Der Professor hatte die Tablette gehorsam in den Mund gesteckt, doch nun hielt er die Lippen fest geschlossen und drehte den Kopf von einer Seite zur anderen. Sein Atem ging rasch und flach. Eine Hand hielt er gegen die Brust gepreßt, als habe er dort Schmerzen. Er schien etwas sagen zu wollen.

»Ich hole dir ein Glas Wasser zum Runterspülen. Versuche nicht, zu sprechen«, befahl Tawno Smith. »Trink das.«

Unter großer Anstrengung, die seine Gesichtszüge komisch verzerrte, stieß der Professor einen krächzenden Schrei aus. Er schluckte den Orangensaft hinunter und nickte Tawno zu, als wolle er andeuten, daß die Tablette unten sei.

»Bleib ruhig. Es wird dir gleich bessergehen, alter Kindskopf.«

Aber ganz offensichtlich ging es dem Professor nicht besser – weder gleich noch später. Die Hand auf seiner Brust verkrampfte sich, griff blind ins Leere und bekam einen Zipfel des Tischtuchs zu fassen. Ein Schauder ging durch die ausgemergelte Gestalt. Die Hand umklammerte das Tischtuch noch fester. Glas klirrte, Flaschen fielen um, Rotwein und Weißwein schwappten auf das rosa Leinen; Huhn lag plötzlich neben Lamm, die köstlichen Soßen vermengten sich. Das Saftglas stand wackelnd auf dem Tischrand, bevor sein restlicher Inhalt sich über den Schoß des Professors ergoß und es zwischen seinen gespreizten Beinen auf dem Boden zersprang.

Die Augen des alten Mannes waren weit aufgerissen, als habe ihn etwas überrascht, aber seine Pupillen waren nicht zu erkennen – ausgelöscht. Überall roch es nach Orangensaft.

Tawno Smith schrie: »Onkel Max!«

7

Für Jurnet gab es nichts zu tun. Zwei drahtige Männer vom Johanniter-Unfalldienst erschienen auf der Bildfläche, wie von Aladin mit der Wunderlampe herbeigezaubert. Wenn nicht Sid Hale von seinem Adlerhorst auf der Empore die Situation erfaßt und sie herbeigerufen hatte. Die Männer gingen umsichtig und mitfühlend zu Werke.

»Lassen Sie uns nur machen, Sir.« Einer der Helfer schob Tawno Smith einfach zur Seite; allein seine Sachlichkeit wirkte bereits beruhigend. Die beiden legten den Professor in der typischen Rettungslage auf den Boden. Jurnet erinnerte sich an die Erste-Hilfe-Kurse, die er vor langer Zeit besuchen mußte. Allerdings war er auf dem Gebiet nie gefordert worden, denn für die meisten, mit denen er es heutzutage beruflich zu tun hatte, kam ohnedies jede Rettung zu spät – zumindest in dieser Welt.

Nach dem, was er sah – Nase und ein Stück Wange – gab er dem Professor keine große Chance. Was die Rettungssanitäter mit ihrem ehrenwerten Notfall anstellten, hätte unter anderen Umständen wahrscheinlich Anlaß zu unbändiger Heiterkeit gegeben. Sie kitzelten ihn und fragten: »Hören Sie mich? Hören Sie mich?« – bis zum Geht-nicht-mehr.

Zu all dem schwieg sich der Professor aus. Was von seiner Stirn zu sehen war, war schweißbedeckt; die Grau- und Blautöne seiner Hautfarbe traten fast leuchtend hervor. Es ging schon zu lange, fand Jurnet. Zu lange für die leidende Kreatur dort auf dem Boden; sie menschlich zu nennen, war langsam verfehlt. Es ging mit Sicherheit zu lange für die versammelten Gäste, die, obwohl sie alle Eierköpfe waren, samt und sonders nicht wußten, was die Etikette bei einem derartigen Zwischenfall vorschrieb. Einige standen herum, andere waren sitzen geblieben. Manche stocherten geistesabwesend in ihrem Essen herum und waren überrascht, die Teller schließlich leer zu finden. Gäste mit einer fatalistischeren Einstellung schlugen sich schamlos den Bauch voll. In der leisen Unterhaltung schwang ein kaum versteckter irrwitziger Unterton mit. Wie der Prediger Salomo ganz richtig sagte: Alles hat seine Zeit; geboren werden hat seine Zeit, sterben hat seine Zeit. Und wenn jemand nur im geringsten Rücksicht auf seine Mitmenschen nahm, starb er einfach nicht auf einem Festbankett anläßlich der Dreihundertjahrfeier zu Ehren von Sir Thaddeus Brigg.

Als nun der Krankenwagen kam, der Professor hinausgetragen wurde und die Sanitäter so unauffällig verschwanden, wie sie aufgetaucht waren, machte sich eine etwas ratlose Stimmung breit – wie nach dem Ende einer Kabarettnummer, wenn keiner so recht wußte, wie es mit dem Programm weiterging. Zwei Kellnerinnen räumten auf und breiteten ein frisches Tischtuch aus, brachten neue Gläser und Wein. Jurnet fiel auf, daß man es bewußt unterließ, neues Eßbesteck aufzulegen, nur Dessertlöffel und Dessertgabeln, für den Sherry-Biskuitauflauf oder für *Marquise à l'ananas*, was immer darunter zu verstehen war. Überaus taktvoll wurde für zwei Personen weniger gedeckt, denn Tawno Smith hatte seinen Onkel ins Krankenhaus begleitet. Sogar die überzähligen Stühle verschwanden, damit niemand an den peinlichen Vorfall erinnert wurde. Friede, Freude, Eierkuchen.

Als der Zeremonienmeister im roten Frack um Ruhe gebeten hatte, erhob sich Dr. Turnbull, um den Rest zu erledigen: Er beklagte die Tatsache, daß ein Herzanfall den hochgeschätzten – oder durfte er sagen, geliebten – Kollegen darniedergeworfen hatte und bat die Versammelten, aufzustehen und eine Minute im stillen Gebet für seine baldige Genesung zu verharren.

Dr. Turnbull faltete die Hände über dem Bauch und beugte das Haupt, damit alle sehen konnten, wie man so etwas machte. Gehorsam erhoben sich die Atomphysiker von ihren Plätzen. Jurnet war keineswegs überrascht, daß nur einige wenige ihren Präsidenten imitierten. Hätten sie es getan – so vermutete der Inspektor –, könnten sie genausogut zugeben, daß die Erde *doch* eine Scheibe ist.

Die Freunde des Professors standen überrascht und entsetzt da. Selbst Simon Maslin, der eigentlich am ehesten wissen sollte, wo Trost und Kraft zu finden waren, hampelte mit ausdruckslosem Gesicht herum. Adam Pender wirkte wie vor den Kopf geschlagen, und der Israeli Efrem Ahilar schien gealtert zu sein. Irgendwie hatten sich die Leute neu gruppiert. Esther Ahilar und Christopher Maslin suchten instinktiv die gegenseitige Nähe. Sie standen nun nebeneinander und rückten so weit wie möglich von den anderen ab.

Der Tod war präsent, aber sie waren jung und daher unsterblich und wollten nichts damit zu tun haben.

Jurnets Schulter streifte den Marmorpo der Göttin Diana, als er wartend in der Schlange stand, um Tawno Smiths Reisetasche abzuholen. Der Kommissar kam in den Garderobenraum und fragte, wo in aller Welt er denn bliebe. Die Laune seines Vorgesetzten war schon mal besser gewesen.

»Herzanfall!« raunzte er. Es klang enttäuscht. »Jemand aus dem Krankenhaus hat angerufen. Er ist zwanzig Minuten nach seiner Einlieferung gestorben.«

»Sah aus, als hätte es jederzeit passieren können.«

»Tatsächlich? Sie haben sich offensichtlich gut mit ihm verstanden. Sagen Sie – weshalb stehen Sie hier an? Sie hatten doch gar keinen Mantel.«

Jurnet erzählte von Tawno Smiths Tasche.

»Ich dachte, ich bringe sie ihm ins Hotel. Der Kerl war so aus der Reihe, daß er sie wahrscheinlich vergessen hat.«

»Wer ist dieser Smith? Was hat er mit dem Toten zu tun? Soviel ich weiß, war sein Name doch Flaschner.«

»Tawno Smith«, erläuterte Jurnet, ohne seine Genugtuung zu verbergen, daß er mehr wußte als der Kommissar. »Berühmter Atomphysiker. Eine Art Adoptivsohn. Auf jeden Fall saß er mit im Krankenwagen.«

Die Tasche war aus weichem, teurem Leder. Selbst mit Jurnets Dienstausweis vor Augen, zögerte der Angestellte, sie ihm auszuhändigen. Draußen, in der milden Feuchte der Septembernacht, wartete der Kommissar verdrossen, bis Jurnet das Kleinod im Kofferraum verstaut hatte und sich hinters Steuer setzte. Kaum hatte der Wagen die Brücke passiert, stimmte sein Vorgesetzter schon ein Klagelied über den vergangenen Abend an.

Die beiden Damen an seiner Seite waren ein Reinfall gewesen. Die eine sprach nur italienisch, das zarte Wunder aus dem Morgenland dafür überhaupt nicht. Von dem besten Marengo-Huhn, das ihm je über den Weg gelaufen war, hatte er nur zwei Bissen kosten können, bevor der Aufruhr an Jurnets Tisch alles aus den Fugen geraten ließ. Der Wein war eine Zumutung, eine Beleidigung für den seligen Sir Thaddeus Brigg. Leute mit einem schwachen Herzen sollten doch so rücksichtsvoll sein und soziale Zusammenkünfte meiden, deren Ablauf sie durch einen Herzanfall im falschen Augenblick stören könnten. Jurnet war überrascht, daß nicht auch das Nichtvorhandensein von Terroristen auf der Beschwerdeliste stand. Alles in allem, verkündete der Kommissar zusammenfassend, war es ein äußerst langweiliger Abend, der die Stadt für Polizeischutz eine ganze Stange mehr kosten würde, als die Sache wert war.

»Man weiß nicht, was morgen passiert«, tröstete Jurnet.

»In der Kirche versucht's keiner. Gibt 'ne schlechte Presse.«

Als der Wagen vor einer Verkehrsampel hielt, sah Jurnet zum Burgberg hinauf, wo der trutzige Bergfried, vom Flutlicht erhellt, vor dem nachtdunklen Himmel schwebte. Ein Bilderbuchziel für einen Anschlag.

Die Gedanken des Kommissars waren schon woanders.

»Wußten Sie, daß in den Blumenläden die Nacht durchgearbeitet wird, wenn Großaufträge anstehen? Ich habe Dave Batterby zu Bell & Fortune abgeordert, damit die Blumengrüße für Sir Thaddeus morgen wirklich nur aus Blumen und Bindematerial bestehen. Ein Kranz wäre ein ideales Versteck für eine Plastikbombe.«

»Dave im Blumenladen! Er wird Gottes Segen auf Sie herabflehen! Heute nachmittag konnte er schon vor Heuschnupfen kaum aus den Augen schauen.«

Der Kommissar lehnte sich wohlgelaunt und mit einem befriedigten Lacher im Sitz zurück. »Tatsächlich?« Dave Batterby war eine echte Landplage für das Kommissariat von Angleby, der ewige Yuppie, ein Mann, der überall ein und aus ging – wenn auch letzteres oft nur durch einen Tritt in den Hintern.

Aber trotzdem, überlegte Jurnet, plötzlich haßerfüllt, würden nur wenige seiner Kollegen ihrer Abneigung so deutlich Luft machen wie der Kommissar.

»Ich habe ihn gewarnt. Wenn er ein Antihistamin nimmt und daraufhin einschläft, geht's ihm an den Kragen.«

Batterby ging Jurnet mit seiner Großmannssucht genauso auf den Geist wie allen anderen, doch er enthielt sich jeden Kommentars und änderte seine Route. Statt den Kommissar – wie geplant – zu seiner Vorortsresidenz mit Blick auf den Golfplatz zu chauffieren, peilte er das Präsidium am Marktplatz an. Er hielt vor dem Parkplatz, wo sein eigener Wagen auf ihn wartete, holte Tawno Smiths Tasche aus dem Kofferraum und wünschte seinem Vorgesetzten freundlich gute Nacht.

Der Kommissar wußte sehr wohl, womit er ins Fettnäpfchen getreten war. Ohne ein Wort zu verlieren, rutschte er auf den Fahrersitz. Erst als er den Gurt angelegt hatte, lehnte er sich aus dem Fenster und fragte: »Haben Sie schon mal von der Geodäsie des Raum-Zeit-Kontinuums gehört, Ben? Die illustre Gesellschaft heute abend hat mich wahrscheinlich draufgebracht.«

»Bestimmmt nicht.«

»Wenn ich richtig verstehe, ist das die bequemste Verbindung zwischen zwei Punkten. Nicht unbedingt die kürzeste, aber die bequemste.« Er löste die Handbremse, legte den Gang ein und fuhr langsam an. »Wie kommt es, Ben, daß Sie und ich darauf bestehen, den umständlichsten Heimweg zu wählen?«

Bevor Jurnet nach Hause fuhr, gab er im Hotel Virgin Tawnos Tasche ab. Langsam steuerte er die einsame Behausung an, die auf ihn wartete, und fragte sich dabei, ob der trauernde Zigeuner ähnlich verzagt war wie er. Als die Sanitäter den

Kranken weggebracht hatten und Smith mit ihnen gegangen war, hatte sich die Tischrunde in wenigen Minuten aufgelöst. Traurig und beunruhigt waren sie aufgebrochen, doch niemand hatte davon gesprochen, ins Krankenhaus zu fahren.

Konnten die blonde Mrs. Maslin oder die brünette Mrs. Pender wirklich brav zu Hause in ihr Ehebett steigen und ihren Liebling in der Stunde der Not alleinlassen?

Das geht dich nichts an, dachte Jurnet auf der Treppe, auf dem Weg zum anklagend wartenden Telefon. Alles in seiner Wohnung klagte ihn an. »Eine zweckmäßig gebaute Wohnung«, waren die Worte des Immobilienmaklers gewesen, ohne auf den Zweck näher einzugehen. Aber Jurnet hatte nicht nachfragen wollen. Seinen Wagen hatte er auf dem bröckelnden Beton des Vorplatzes geparkt, wie üblich in Konkurrenz mit prallen Plastiksäcken, die sich offenbar über Nacht wild vermehrten. Durch die verschiedenen Aromaschichten seines Hauses war er gestiegen – den Geruch von Nappi-San bei den O'Driscolls, vor deren Eingangstür bis zu Mrs. O'Driscolls Klimakterium ein Kinderwagen den Durchgang blockieren würde; den Duft der Räucherstäbchen von Miss Whistler, der spät erblühten alten Jungfer im ersten Stock; den alles überlagernden Mief von langsam vor sich hinköchelnder Unterwäsche – bis hinauf zu dem schäbigen Liebesnest, das erst nach seiner Konversion eines werden würde, wie Miriam bestimmt hatte. Wenn er zum jüdischen Glauben übergetreten und mit ihr verheiratet sein würde, dann sollte neben seiner Vorhaut auch der wacklige Garderobenständer verschwinden, dazu die Eßgruppe und das Messingbett, das bei vielen glücklichen Anlässen Töne von sich gegeben hatte wie ein Glockenspiel. Heute abend – und wer weiß wie lange noch? – war er dazu verdammt, allein zu schlafen.

Beim Gedanken an die Erklärungen des Professors sagte er laut vor sich hin: »Mit einem Neutrino ist man nie allein.«

Er setzte sich auf den Bettrand und löste seine Schnürsenkel. Wenn er erst Jude war –! Er riß sich die geliehene Fliege vom Hals und warf sie aufs Telefon. Er traf wie beim Ringwerfen, nur gab es keinen Preis.

8

Auf dem Haymarket saß Sir Thaddeus Brigg auf seinem Sockel und betrachtete den Totenschädel in seiner Hand mit liebevoller Ironie. Die Statue sah aus wie aus dem Ei gepellt, nachdem zu Ehren der Dreihundertjahrfeier der Taubendreck von Generationen entfernt worden war. So hübsch aufpoliert schien Sir Thaddeus – das Werk eines Bildhauers, der zu Beginn unseres Jahrhunderts ziemlich bekannt war – trotz der weiten Ärmel und pludrigen Hosen eher ins Zeitalter König Edwards zu gehören. Er sah aus wie der selige König Edward VII. auf dem Weg zur Fasanenjagd.

Im allgemeinen war der gepflasterte Haymarket ein gern besuchter Ort, zur Mittagszeit besonders beliebt bei den Angestellten der umliegenden Geschäfte, bei Verliebten, denen kein besserer Treffpunkt einfiel, und bei Kauflustigen, denen die Füße wehtaten. Der Platz zog sich die Anhöhe hinauf und war vom Marktplatz nur durch den klotzigen Bau von St. Blaise getrennt. Aus Imbißwagen wurden am unteren Ende Lutscher und Würstchen, Kartoffelchips und Cola verkauft. Einwickelpapier und fettige Servietten, die bedauerlicherweise überall auf dem Boden verstreut lagen, gaben dem Ort einen gewissen verwegenen Charme.

Das Coladosenrollen war hier fast zu einem traditionellen Volkssport geworden, dem die großmütige und alles verzeihende Präsenz des Autors der *Religio Aleatoris* – was soviel heißt wie *Glaubensbekenntnis eines Spielers* – ihren Segen gab. Bei den dazugehörigen Wetten hatte schon mancher Schein den Besitzer gewechselt. Alles in allem, eine Stätte voller Lärm: die Glocke des Eisverkäufers, Rockmusik von der Kassette, Kindergeplärr, Lachen und die Mundart der Norfolker, deren Stimme am Satzende wie die Spitze arabischer Haremsschuhe immer nach oben schwingt, als gäbe es nur Fragen und keine Antworten.

Als Jurnet zur Kranzniederlegung eintraf, hatte die Polizei den Platz schon mit Seilen gesperrt; Reporter und Kameraleute waren auf ihren Posten. Der Kommissar war so taktvoll gewesen, von seinem Untergebenen nicht auch noch zu verlangen, dem Gedenkgottesdienst in der angrenzenden Kirche beizuwohnen, der offenbar bereits in vollem Gange war. Der Inspektor freute sich, zu hören, daß die Festgemeinde etwas Flottes sang. Wer konnte schon trauern um einen Mann, der seit dreihundert Jahren tot war? Dr. Spencer Turnbulls Laudatio war vermutlich der einzig traurige Punkt im gesamten Programm.

Ein gesunder Schlaf hatte offenbar die schlimmsten Befürchtungen des Kommissars in bezug auf Terroristen zerstreut. Die wenigen Streifenbeamten, die sich blicken ließen, sah man entspannt miteinander plaudern. Eine Walküre im geblümten Overall bewachte eine Unmenge von Kränzen, die an der Einfriedung des Kirchhofs von St. Blaise lehnten. Jurnet nahm an, daß die Frau zum Blumenladen gehörte. Das einzige Indiz auf das sündige Volk, das sich normalerweise auf dem Platz tummelte, wurde von zwei Arbeitern geliefert. Sie bemühten sich ziemlich erfolglos, das schöpferische Werk eines voll im Trend liegenden Vandalen zu vernichten, der Sir Thaddeus' Sockel mit dem Slogan EIN HOCH AUF QUARKS UND ATOME! verziert hatte.

Die Glocken von St. Blaise setzten mit freudigem Geläute ein. Die auf den Platz hinausführenden Kirchentüren öffneten sich. Angeführt vom Bürgermeister und seiner Frau traten aus dem gedämpften Kirchenlicht die Festgäste ins Freie. Jetzt hob sich jedes einzelne Gesicht in unbewußter Dankbarkeit der Luft und der Sonne entgegen. Offenbar war jedem ein bestimmter Platz zugewiesen und die Frau im geblümten Overall entsprechend instruiert worden; denn jeder Delegationsleiter erhielt aus ihrer Hand seinen Kranz, bevor er seinen Platz vor der Statue einnahm.

Ein Kranz nach dem anderen wurde verteilt – schmucklose Lorbeerkränze und kunstvolle Gebilde aus Rosen und Nelken. Der Duft von Goldlack lag süß in der Morgenluft. (Sir Thaddeus hatte eine berühmte Abhandlung darüber verfaßt, in der er sich über seine wundersame Kraft ausließ, bei ausbleibender Periode alles wieder ins Lot zu bringen.) Am Schluß blieb noch ein einziger Kranz übrig: ein Würfelpaar aus weißen Tausendschönchen. Die beiden Sechser waren aus dunkelblauen Beeren gesteckt. Stirnrunzelnd sah sich die Blumenfrau um. Als niemand mehr kam, nahm sie verstimmt ihren alten Platz ein.

Sobald alle – auch die herumwieselnden Kameraleute – auf ihrem Posten standen, trat der Vorsitzende der Thaddeus-Brigg-Gesellschaft von Angleby vor. Für den weißhaarigen Mann mit dem langen Hals war der Höhepunkt seines Lebens gekommen. Die *Religio Aleatoris* lag aufgeschlagen in seiner zitternden Hand. Beim Deklamieren der berühmten Worte war seine Stimme jedoch fest und klar.

> »Kein menschliches Wesen, das seine Augen in Ehrfurcht zum Nachthimmel erhebt, wo die Planeten ihre majestätische Bahn ziehen, kann sich der inneren Gewißheit verschließen, daß der Schöpfer des unermeßlichen Universums auch ein Gegenstück geschaffen haben muß – da alle Dinge der Natur ihre Entsprechung haben –, ein winziges Universum als Gegenpol zu dem gewaltigen, darin kleinste Teilchen, die wir mit dem Auge nicht wahrnehmen können, von so geringer Masse, daß sie unseren unzulänglichen Organen selbst mit der besten Linse der Welt nicht sichtbar gemacht werden können, Teilchen, neben denen das feinste Stäubchen wirkt wie ein Gebirge neben einem Erdhäufchen, das ein Wurm aufwirft; Teilchen, die sich bewegen, wenn ihr Dasein sich uns auch entzieht, die aber, dessen können wir sicher sein, nicht müßig kreisen, sondern Teil der göttlichen Ordnung sind, kraftvoll und zielgerichtet.
> Nichts in diesem großen Ganzen ist für mich ohne Sinn, denn Er, der die Welt erschaffen hat und sah, daß sie gut war, hat gewiß keine Leere geschaffen, kein Nichts ohne Form und Raum, wie es geschrieben steht, sondern aus der Leere schuf Er eine wunderbare Fülle.

Ich hege keinerlei Zweifel, daß wir eines Tages, wenn wir die Fähigkeiten richtig einsetzen können, die Gott in seiner Weisheit uns verliehen hat, durch Seine Gnade diese bisher unbekannte Welt entdecken werden wie ein neues Indien. Wir werden zurückkehren mit Schätzen, die nicht mit Edelsteinen aufzuwiegen sind, das heißt, mit dem Stoff, aus dem das Universum gemacht ist.

Lasset mich zum Schluß noch etwas sagen, was fürwahr ein Ärgernis sein könnte für einen jeglichen mit Vernunft und Glauben. Wir haben keine Gewähr, in welcher Weise wir dieses Wissens – wann immer es Ihm gefällt – teilhaftig werden. Doch ich als Spieler bewege meine Figuren auf dem Brett mit aller Geschicklichkeit, die mir zu Gebote steht, und warte voller Vertrauen auf die Antwort Gottes.«

Es waren die Frauen, die Beifall klatschten. Aus den Kehlen der Physiker, die die berühmten Worte sicherlich auswendig wußten, kam ein beifälliger, seufzender Atemzug, ein Ausdruck ungläubiger Dankbarkeit, daß sie, die Auserwählten, dreihundert Jahre später hier auf dem Haymarket von Angleby dabeisein durften. Alle waren sie Spieler in einem Universum des Zufalls, und es war nur noch eine Frage der Zeit, wann sie den Jackpot knacken und die Bank sprengen würden. Schachmatt.

»Hübsch«, fand Sergeant Ellers. Er traf ein, als der Kranzhügel am Fuße des Sockels zu wachsen begann. Über Mikrofon rief Dr. Turnbull unerschrocken jeden einzelnen in seiner eigenen Sprache zur Kranzniederlegung auf. Ob Französisch, Italienisch, Deutsch, Spanisch, Chinesisch, Japanisch oder Hindi: der Präsident kannte keine Gnade. Die Verzögerung aufgrund von Mißverständnissen hielten sich in Grenzen. »Fast so schön wie 'ne Beerdigung. Bloß hinterher gibt's keinen Leichenschmaus.«

»Wer sagt das? Im Empfangssaal des Rathauses ist ein kaltes Bufett aufgebaut.« Lächelnd fügte Jurnet hinzu: »Ich bin überrascht, daß du dir nicht einen Posten in der Küche gesichert hast.«

»Ich kenne diese offiziellen Banketts. Hinterher bist du dann bedient. Ein Klecks Sardellenpaste auf einem Stück Gips, und fertig ist das Canapé. Wie hast du übrigens gestern das Lamm gefunden?«

»Ich habe doch lieber Marengo-Huhn genommen.«

Der kleine Waliser klatschte so laut in die Hände, daß sich ein paar Physiker nervös umsahen.

»Das gibt 'nen Fünfer von Sid Hale! Ich hab' mit ihm gewettet, daß du das Huhn nimmst, wenn ich dir abrate!«

»Wieso das?« fragte Jurnet, ernsthaft interessiert.

»Weil du ein Masochist bist, deshalb. Mit einem übergroßen Mitgefühl für die zu kurz Gekommenen. Hätte ich gesagt, nimm das Huhn, dann hättest du das Lamm gegessen.«

»Wenn es stimmt, was du sagst, warum habe ich dann nicht auf beides verzichtet und mich ans Gemüse gehalten?«

»Weil auch dein Mitgefühl seine Grenzen hat, Mann.«

»Alles Quatsch! Ich hab von beidem nichts abgekriegt. Als ich gerade reinhauen wollte, ist der alte Knabe zusammengeklappt. Dann lag der ganze Krempel auf dem Boden.«

»Erzähl das nicht Sid, sonst sagt er, die Wette gilt nicht.«

»Vermutlich hat er alles beobachtet.«

»So? Dann schaue ich mal lieber, was aus ihm geworden ist. Wenn ich Mitteilung gemacht habe.«

»Mitteilung?«

»Der Große Weiße Häuptling wünscht dich zu sehen.« Ohne den geringsten Anschein von Dringlichkeit schloß er: »Und zwar schleunigst.«

»Weißt du, worum's geht?«

»Hat was mit gestern abend zu tun. Irgendein Anruf – aber frag mich nicht, von wem. Ich wurde erst zu Seiner Durchlaucht gerufen, als er schon aufgelegt hatte. Er wirkte reichlich verbiestert und sagte, ich soll dich umgehend herbeischaffen. Mehr weiß ich nicht.«

Er schaffte es nicht ganz so umgehend. Der letzte Kranz lag an seinem Platz, Dr. Turnbulls letzte gräßliche Sprachversuche waren in der unschuldigen Luft verhallt. Nein – der Blumenwürfel wartete noch an der Einfriedung. Die darüber wachende Dame sah so aus, als würde sie das verdammte Ding gleich selbst hinlegen, wenn es niemand anders tat.

Jurnet und Ellers stahlen sich unauffällig davon, als Jurnet seinen Kameraden am Arm zurückhielt.

Tawno Smith betrat gerade den Haymarket. Die dunkle Gestalt bewegte sich mit der gleichen tänzerischen Anmut, die Jurnet bei ihrem ersten Zusammentreffen auf die Palme gebracht hatte. Voller Stolz schritt er aus, und man konnte nicht sagen, wieso er gleichzeitig den Eindruck vermittelte, vor Gram wie erstarrt zu sein. Seine Kollegen beobachteten mitfühlend und verlegen, wie er hinüber zur Absperrung ging und den letzten Kranz aufhob.

Die Dame im geblümten Overall, die noch wenige Augenblicke vorher vor Wut fast geplatzt wäre, sah ihn mit verschleierten Augen an und berührte in einer Geste scheuer Anteilnahme seinen Jackenärmel. Für Tawno Smith gab es immer eine Frau, die ihn tröstete, wenn er es nötig hatte.

Der Mann nahm das Gebinde und ging mit dem ihm eigenen bühnenreifen und bedeutungsschweren Schritt zur Platzmitte. Da der gesamte Raum um den Sockel mit Beschlag belegt war, legte er das Angebinde des verstorbenen Max Flaschner dem großen Spieler zu Füßen – dem Mann, der es wagte, mit Gott um die Wette zu würfeln in dem sicheren Glauben, daß der Herr nicht falsch spielte. Als er seine Pflicht erfüllt hatte, machte Tawno Smith eine respektvolle Verbeugung vor seinen Kollegen und ging den Platz hinunter. Die Blumendame folgte ihm in geziemendem Abstand.

Kaum war er außer Sichtweite, griff der vortreffliche Dr. Turnbull schon wieder nach dem Mikrofon.

»Es ist mir eine traurige Pflicht, hier an diesem Ort, vor dem Abbild eines Mannes, den ich im wahrsten Sinne des Wortes als unser aller Urahn bezeichnen möchte, unsere kollektive Trauer über das plötzliche und erschütternde Ableben unseres geschätzten Kollegen Professor Flaschner zum Ausdruck zu bringen – meines alten Kumpels, als den ich ihn persönlich in Erinnerung behalten möchte –«, und so weiter, und so weiter. Er tötete den Mann zum zweitenmal und begrub ihn unter einem verbalen Dreckhaufen.

»Verdammt, der Kommissar!« sagte Jurnet.

Beim Betreten des Büros mit dem überdimensionalen Schreibtisch, der sofort erkennen ließ, wer hier zu bestimmen hatte, wußte Jurnet sofort, was los war. Es gab nur eins, was den Kommissar in eine so miese Laune versetzte.

»Sie waren dabei!« donnerte sein Vorgesetzter. »Sie saßen nur Zentimeter daneben, und Sie haben nichts gesehen! Waren wohl zu sehr mit Ihrem Marengo-Huhn beschäftigt, wie?«

»Wenn Sie mir sagen, was ich hätte sehen sollen, kann ich Ihnen gern sagen, ob ich's gesehen habe oder nicht.«

»Gesehen oder nicht!« Mit einem haßerfüllten Blick auf seinen Untergebenen erhob sich der Kommissar, stellte sich ans Fenster, mit dem Rücken zu Jurnet, und richtete sein Augenmerk auf das Marktplatzdreieck in seinem Blickfeld. Jurnet kannte die Tour. Er wartete geduldig, aber irritiert.

»Die in der Notaufnahme drüben im Krankenhaus haben einen hellen Burschen«, vertraute ihm der Kommissar an, während er seine Denkmalposition aufgab und wieder an den Schreibtisch zurückkehrte. Der kühle Plauderton gab mehr Anlaß zur Sorge als ein Ansteigen des Lautpegels. »Er hatte Dienst, als Professor Flaschner eingeliefert wurde. Herzanfall, meinten Sie.«

»Nicht nur ich. Jeder. Die Unfallhilfe, die Sanitäter. Er zeigte die klassischen Symptome.«

»Das dachte zunächst auch der junge Arzt in der Notaufnahme. Bis er genauer hinsah.«

Jurnet starrte seinen Vorgesetzten mit wachsendem Erstaunen über den Tisch hinweg an. »Sie meinen, beim Tod des alten Knaben ging's nicht mit rechten Dingen zu?«

»So würde ich's nicht ausdrücken.« Der Kommissar zog

eine Notiz auf seinem Schreibtisch zu Rate. »Der junge Arzt konnte natürlich auf eigene Faust keine Autopsie anordnen. Also hat er dem Toten mittels einer Sonde Magenflüssigkeit entnommen. Dann steckte er eine Nadel ins Herz zur Blutentnahme. Er verschaffte sich auch eine Urinprobe. Und nicht zu vergessen: er packte die Hose des Professors zusammen. Soweit ich weiß, war sie mit Orangensaft durchtränkt. Ja, die Hose schickte er postwendend und folgerichtig unserem alten Freund Barney Colton zur Analyse.«

»Der Geruch!« Jurnet blickte langsam durch. »Man roch bloß den blöden Orangensaft. Sonst –« Seine eigene Unzulänglichkeit ließ ihn verstummen. »Wenn wir Glück haben, kriegen wir das Ergebnis heute nachmittag«, sagte er zurückhaltend.

»So, meinen Sie?« Der Kommissar übertraf sich an Sanftmut. »Ich sagte, der Notarzt ist jung. Und ich sagte, er ist ein heller Kopf. Zufällig hat er erst vor ein paar Wochen eins von Coltons Seminaren für Krankenhauspersonal besucht. Blitzgescheit, sagt Barney. Er hat Professor Flaschner nach einem Bild im *Argus* erkannt, und natürlich war er über die Dreihundertjahrfeier auf dem laufenden. Er wußte, daß die Festivitäten in ein paar Tagen vorüber sein würden und die Teilnehmer für die nächsten dreihundert Jahre in alle Winde zerstreut.« In freundlichster Manier – bei ihm Alarmstufe eins – lehnte sich der Kommissar über die riesige Schreibtischplatte. »Sagen Sie mal, Ben: Hat es wirklich wie ein Herzanfall ausgesehen?«

»Ich bin kein Arzt. Offensichtlich hatte er genau an den entsprechenden Stellen Schmerzen. In der Brust, um das Brustbein herum, im linken Arm. Daß er ein schwaches Herz hatte, war bekannt. Anscheinend sind alle davon ausgegangen –«

»Klar! Wäre es in seiner eigenen Wohnung passiert, dann hätte sein Hausarzt ohne weiteres den Totenschein ausgestellt. Auf diese Weise gehen uns etliche Mörder durch die Lappen. Dieser blitzgescheite junge Notfallarzt hat folgendes gemacht: Er hat trotz der späten Stunde Barney Colton in seiner Funktion als amtlicher Leichenbeschauer angerufen und ihm seinen Verdacht mitgeteilt. Er hat ihm gesagt, daß es vor allem auf rasches Handeln ankomme und wie wichtig es sei, das Ergebnis der Untersuchungen vor dem Ende der Dreihundertjahrfeier zu haben.«

»Dr. Colton und rasches Handeln?«

»Genau. Ein *mehr* als blitzgescheiter junger Notfallarzt, der es noch weit bringen wird.« Der Kommissar setzte sich aufrecht hin. Seine Augen funkelten vor Zorn – ein Zorn, der sich nicht gegen ihn richtete, wie Jurnet aus langen gemeinsamen Dienstjahren wußte, sondern gegen die unsinnige Verschwendung von Menschenleben bei jedem gewaltsamen Tod. »Daraufhin«, so fuhr er fort, »wurden schleunigst die Labortechniker aus ihren Betten geholt. Die Testergebnisse waren positiv. Dr. Colton hat nicht nur die Autopsie vorgenommen, sondern mir auch noch vorab telefonisch durchgegeben, daß Professor Flaschners ›Herzanfall‹ durch eine tödliche Dosis Zyankali ausgelöst wurde.«

9

Das Telefon klingelte. Der Kommissar hob ab, hörte einen Augenblick zu und sagte: »Er soll warten.« Dann legte er wieder auf. Er sah Jurnet an. »Dr. Tawno Smith möchte Sie sprechen. Denken Sie, er will ein Geständnis ablegen?« Gebieterisch hob er die Hand. »Nein, antworten Sie nicht! Eine Kleinigkeit noch, bevor wir uns zu stark engagieren: Könnte der Professor Selbstmord begangen haben?«

Jurnet schüttelte entschieden den Kopf.

»Ziemlich unwahrscheinlich, und meiner Meinung nach unmöglich. Er hat den Orangensaft speziell für seinen Neffen, oder wie Sie ihn nennen wollen, bestellt. Und der hat, noch bevor er sich hinsetzte, die Hälfte runtergestürzt. Zu dem Zeitpunkt konnte also noch nichts drin sein.«

»Sie haben die Kellnerin von der Liste der Verdächtigen gestrichen«, bemerkte der Kommissar kühl. »Wer ist der nächste?«

Jurnet überhörte den Sarkasmus und sprach weiter.

»Der Saft stand auf dem Tisch, ein ganzes Stück weg vom Platz des Professors. Beschwören kann ich's nicht, aber ich hätte bestimmt bemerkt, wenn er seinen Arm ausgestreckt und etwas ins Glas getan hätte. Sie können sich nicht vorstellen, was am Tisch los war. Es war ein ständiges Kommen und Gehen. Als der Professor seine Tablette nehmen wollte, sah er sich nach einem Glas Wasser um, aber es war keins da. Dann hielt ihm Tawno Smith den Rest Orangensaft hin und sagte, macht nichts, trink das dazu. Wenn das Zyankali da drin war –«

»Kein Zweifel. Das Labor hat die Hose untersucht –«

»Dann kann es kein Selbstmord gewesen sein. Es war Tawno Smiths Werk –«

Der Inspektor hielt inne, aber nicht, weil ihn dieser Gedankengang entsetzte. Zu viele Männer und Frauen waren schon von Menschen umgebracht worden, die ihre Opfer über alles in der Welt liebten und verehrten. Das ging manchmal so weit, daß er sich fragte, ob Mord – allem äußeren Anschein zum Trotz – im Grunde nicht ein Akt der Liebe war. Als fairer Mensch ließ er sich nicht von seinen Vorbehalten gegenüber Tawno Smiths schillernder Persönlichkeit leiten und zu der Vermutung hinreißen, daß dessen offen zur Schau gestellte Zuneigung für seinen Onkel Max gespielt war. Und sollte sie gespielt gewesen sein, so mußte er einräumen, daß Heuchelei nicht unbedingt verwerflich sein mußte. Sie konnte aus Freundlichkeit entstehen, aus dem Wunsch, zu gefallen. »Mein Tawno«, hatte ihn der Professor mit vor Liebe bebender Stimme genannt.

Ein weiterer Punkt war geklärt. Der Kommissar sah zufrieden aus. Zumindest schien sich sein Zorn etwas gelegt zu haben. »Bis jetzt ist uns also folgendes bekannt«, faßte er zusammen. »Dr. Tawno Smith hat Professor Max Flaschner entweder zufällig oder absichtlich getötet. Sollte es ein Zufall gewesen sein, dann müssen wir überlegen, wer den Orangensafttrinker als toten Mann sehen wollte...«

»Smith wird sich denken können, daß etwas im Busch ist. Kein Totenschein –«

»Laien erkennen selten, was das bedeutet. Der Arzt in der Notaufnahme hat ihm nur gesagt, es gäbe einige Ungereimtheiten. Nach meinen Informationen nimmt Smith nun offenbar an, es wäre zusätzlich noch Krebs im Spiel. Er erwähnte, daß sich sein Onkel im letzten halben Jahr Sorgen gemacht habe, weil er so viel Gewicht verlor, und er hat sich laut gefragt, ob der Professor nicht die wahre ärztliche Diagnose vor ihm verborgen habe, um ihn zu schonen.«

»*Mein Tawno*«, dachte Jurnet. So was sähe dem alten Kauz ähnlich.

Der Kommissar hob den Hörer ab.

»Bitte bringen Sie Dr. Smith nach oben, Wachtmeister.«

Tawno Smith trat ganz ruhig ins Zimmer. Doch es wurde ein Auftritt. Der Kerl kann nichts dafür, dachte Jurnet voller Nachsicht, als er ihm entgegenging, um ihn zu begrüßen.

»Ich hatte nach Ihnen persönlich gefragt, weil ich Sie als einzigen namentlich kannte –« Die Gegenwart des Ranghöheren ließ ihn verstummen.

Jurnet machte die beiden miteinander bekannt. Der Kommissar bot dem Besucher einen Platz an und sagte mit wohldosiertem Bedauern: »Professor Flaschners Tod ist ein schmerzlicher Verlust für die Wissenschaft.«

»Nein«, entgegnete Tawno Smith zu ihrer Überraschung. »Nicht für die Wissenschaft. Er hat seit mindestens zehn Jahren nichts mehr gemacht. Er hat seinen Beitrag geleistet.« Der Mann schloß einen Augenblick lang die dunklen, grüblerischen Augen. »Es ist eher ein persönlicher Verlust.«

»Ja, natürlich. Wenn wir Ihnen irgendwie behilflich sein können –«

»Was die Beerdigung angeht, meinen Sie? Danke. Ich habe einen Freund hier, einen Pfarrer, der kennt sich aus. Ich bin hier, um einen Diebstahl anzuzeigen, im Hotelzimmer meines Onkels.« Er sah Jurnet an. »Sie haben doch gesehen, wie er mir die Schlüssel in die Hand gedrückt hat – den Wagenschlüssel und die beiden Schlüssel für unsere Zimmer im Virgin?« Der Inspektor nickte. »Vielleicht haben Sie auch gehört, was er über den Vortrag sagte, den ich morgen vor der Festgesellschaft halten sollte?«

»Er sagte, das Manuskript sei im Schrank in seinem Hotelzimmer.«

»Stimmt. Aber dort ist es nicht. Ich war eben in seinem Zimmer. Ich bin nicht gern hineingegangen, aber der Geschäftsführer drängte mich. Ich dachte, ich packe wenigstens seine Sachen zusammen. Kaum zu glauben, aber wahr: Erst als ich die Schranktür zurückschob und seinen zweiten Anzug vom Bügel nehmen wollte, sah ich das Köfferchen, und damit fiel mir mein weltbewegender Vortrag wieder ein, der mich mit Einstein, Newton und Gott auf eine Stufe stellen sollte. Es war eine Art Dokumentenkoffer, eher chic als sicher. Das Schloß war aufgebrochen und mein Manuskript war weg.«

»Wurde das Zimmer durchwühlt?« fragte Jurnet.

»Sah nicht so aus. Ich habe mit dem Geschäftsführer telefoniert, und er hat das Zimmermädchen kommen lassen. Eine Spanierin. Spricht nicht gut englisch, aber sie machte klar, daß sie aufräumen wollte, wie üblich. Das Bett sei nicht benutzt gewesen.« Smith fiel das Reden schwer. Er schien von großer innerer Leere erfüllt zu sein. Sein Blick wanderte von einem Beamten zum anderen und blieb dann an Jurnet hängen. »Ich habe den Diebstahl auf Anraten des Geschäftsführers angezeigt. Sie haben sich gestern offenbar gut mit Onkel Max verstanden –«

»Gab es Anzeichen dafür, daß ins Zimmer eingebrochen wurde?«

»Glaube ich nicht. Ich habe beim Aufschließen nicht darauf geachtet.«

»Ich fahre gleich rüber und kümmere mich darum.«

»Lassen Sie sich Zeit.« Tawno Smith fuhr sich mit der Hand über Stirn, Gesicht und Kinn, das mit seinen schwarzen Bartstoppeln dem gebräunten Gesicht ein gefährliches, rebellisches Aussehen verlieh. »Um ehrlich zu sein, bin ich nur deshalb hier, weil ich auf andere Gedanken kommen wollte.

Die Welt wird auf meine neuen und erstaunlichen Erkenntnisse über den Dreh- und Angelpunkt des Universums nicht verzichten müssen. Ich habe noch zwei Kopien des Manuskripts in Cambridge liegen. Ich fahre von hier aus gleich hin und hole eine.« Sein Gram gewann wieder die Oberhand. Schluchzend holte er tief Luft. »Ich wußte, daß er bald sterben würde...« Er weinte ungeniert. Die Augen mit den dunklen Wimpern waren weit geöffnet. »Für mich durfte er niemals sterben. Ich brauchte ihn so dringend.«

Die beiden schwiegen.

»Mir ist auch klar«, fuhr Tawno Smith fort, »daß kein gewöhnlicher Dieb einen Stapel maschinegeschriebener Blätter stiehlt, wenn eine Schweizer Uhr und fünfundachtzig Pfund in bar auf der Kommode liegen.«

Der Kommissar äußerte vorsichtig: »Ein Verbrechen mit interessanten Perspektiven –«

»Ich fahre rüber –« begann Jurnet noch einmal.

Der Kommissar überhörte den Einwurf. »Im Augenblick halte ich es für das beste, wenn Inspektor Jurnet Sie nach Cambridge begleitet. Sergeant Ellers kann sich hier um alles kümmern. Wenn Sie mir die Bemerkung gestatten: Meiner Meinung nach sind Sie nicht in der Verfassung, selbst zu fahren. Vielleicht könnte Sie einer Ihrer Freunde begleiten, oder Ihnen den Weg nach Cambridge abnehmen.«

»Freunde«, wiederholte Tawno Smith ausdruckslos, als verstehe er das Wort nicht.

»Dann wollen wir fahren«, entschied Jurnet.

10

Sie ließen Hethersett, Wymondham und Attleborough hinter sich, ohne ein einziges Wort zu wechseln. Satt lagen die Felder und Wiesen von Norfolk im Sonnenlicht. Erst hinter Thetford, in einer völlig anderen Landschaft, wo die Straße kilometerweit schnurgerade durch Heideland und Kiefernwälder führte, fing Tawno Smith zu reden an. Er schien die

Windschutzscheibe anzusprechen und das glänzend schwarze Band der Straße, das unter den Rädern des Rover verschwand. »Ich habe ihn geliebt«, sagte er. »Und gehaßt.«

Jurnet nahm Zuflucht zu einem jener neutralen Laute, die die Norfolker seit Urzeiten ins Gespräch flechten, wenn sie Zeit gewinnen wollen. »Ah ja«, sagte er.

»Es heißt, er hat mich gerettet. Kennen Sie die Geschichte?«

»Er hat was erwähnt. Und?«

»Manchmal denke ich, es stimmt. Aber manchmal denke ich, er hat mich eingefangen, wie ein Vogelfänger einen wilden Vogel einfängt und dann in einen Käfig sperrt.«

»Ah ja«, meinte Jurnet wieder. Ein Seitenblick zeigte ihm Smiths Profil; erneut stellte er widerstrebend fest, daß er nicht immun war gegen die Schönheit des schmerzbewegten Gesichts. »Sie meinen, Sie hätten sich mit Ihren Kameraden aus dem Staub machen sollen, statt dem Kerl gegen das Schienbein zu treten?«

»Das hat er Ihnen also auch erzählt!«

Wohlwollend – aber direkt – fragte Jurnet: »Sie möchten wohl lieber Zigeuner sein als promovierter Akademiker? Frei wie ein Vogel, mit dem Wohnwagen unterwegs, Igel am Feuer braten, ab und zu mal ein Pferd stehlen – der ganze romantische Kram?«

»Eigentlich nicht.« Er antwortete offen wie ein Kind. »Alles, was mir vom ganzen Zigeunerleben in Erinnerung geblieben ist, ist ein verfallenes Haus, wo meine Mutter und ich in einem Rattenloch im Souterrain wohnten. Ich könnte Ihnen nicht mal sagen, in welchem Ort das war. Falls ich je einen Vater hatte, was ich manchmal zu bezweifeln wage, so kann ich mich jedenfalls nicht an ihn erinnern. Ich weiß nicht mal mehr, wie meine Mutter aussah. Aber dieses Loch im Souterrain! Das bleibt mir ewig im Gedächtnis. Wie es aussah, und wie es schmeckte. Ja, schmeckte. Wenn ich hungrig war – damals ein Dauerzustand –, existierten für mich nur noch mein Hunger und dieses Kellergeschoß. Ich kratzte den Fensterkitt von den kaputten Fensterrahmen und kaute ihn. Ich schluckte ihn nicht runter, ich kaute ihn. Das half ein bißchen.«

»Hat Professor Flaschner Sie mit Erlaubnis Ihrer Mutter adoptiert?«

»Zu dem Zeitpunkt gab's keine Mutter mehr. Lange vor dem berühmten Kick gegen das Schienbein kamen drei Soldaten.« Er kniff die Augen zusammen, doch seine Stimme blieb fest. »Ich weiß nicht mal, welcher Armee sie angehörten. Dort im Keller war es dunkel. Sie haben kein Wort gesprochen. Sie griffen sich meine Mutter und vergewaltigten sie, einer nach dem andern. Ich hielt mich hinter einem Schutthaufen versteckt. Ich hatte keine Ahnung, was sie da machten. Ich hörte nur, daß meine Mutter dabei schrie wie ein Tier. Ich hätte ihr helfen müssen. Statt dessen machte ich mich klein und hielt den Atem an vor Angst, daß sie mir sonst auch so was Entsetzliches antun könnten.

Plötzlich schrie meine Mutter auf romani: ›*Plastri lesti!*‹ Das bedeutet, lauf um dein Leben. Ich lief. Statt ihr zu helfen, lief ich um mein Leben.« Tawno Smith legte sich die Hand über die Augen. »Manchmal glaube ich, ich habe bis heute nicht aufgehört damit.«

»Wie wir alle«, meinte Jurnet trocken. Er bog Richtung Cambridge Stadtzentrum ab. »Sie waren ein kleiner Junge! Was hätten Sie schon tun können? Sie hätten Ihnen höchstens an der Kellerwand den Schädel eingeschlagen.«

»Wahrscheinlich.« Tawno Smith richtete sich auf. »Biegen Sie am Rondell links ab. Dann dirigiere ich Sie weiter.« Als der Inspektor seiner Anweisung gefolgt war, fragte Smith: »Wußten Sie, daß die Zigeuner für gestern und morgen das gleiche Wort benutzen?« Es hörte sich so an, als ginge es um eine Skurrilität auf dem Sektor der Allgemeinbildung. »Auch Leben und Tod ist ein und dasselbe Wort.«

»Das ginge bei der Polizei nicht. Da würde der Kommissar ein Wörtchen mitzureden haben.«

Tawno Smith lachte.

»Und ich wollte Sie mit der Poesie der Zigeunerphilosophie einlullen – ein fortwährender Traum, in dem die Zeit nicht existiert. Oder nichts existiert außer der Zeit, wie man's nimmt. Jetzt verstehe ich, warum Onkel Max so von Ihnen eingenommen war!« In munterem Ton fügte er erklärend hinzu: »Das Wort für gestern und morgen heißt *callico*. Tod und Leben heißt *merripen*.«

»Merripen? Komischer Name für den Tod.«

»Komischer Name für das Leben.«

Professor Flaschner hatte in einem stattlichen roten Ziegelhaus mit rustikalen Blendsteinen und einem Steinportal gewohnt, das zu protzig war im Vergleich mit dem restlichen Bauwerk. Die anderen Häuser in der Allee waren nicht schlechter. Jurnet fuhr an den Randstein und fragte sich, was der Streifenwagen aus Cambridge in der Einfahrt zu suchen hatte.

Während die beiden Männer auf das Haus zugingen und Tawno Smith schon in seinen Taschen nach dem Schlüssel kramte, stürzte ihnen aus der Eingangstür eine Frau entgegen. Sie war drall und hübsch, obwohl sie die erste Blüte ihrer Jahre schon hinter sich hatte. Eine rosige Schönheit vom Lande, nach Jurnets Urteil, hätte sie nicht so blaß und verheult ausgesehen.

»Dr. Tawno!« rief sie und faßte nach seinen Händen. »Ich dachte, Sie würden überhaupt nicht mehr kommen! Ist es denn wahr? Ist es wahr?«

»Es ist wahr, Annie«, sagte Tawno Smith in sanftem Ton.

»O Gott!« jammerte die Frau. »Er hätte sich nicht ans Steuer setzen sollen. Ich hab's ihm hundertmal gesagt. Aber Sie wissen ja, wie er ist. Er hat sich nichts sagen lassen.«

»Nein. Sie brauchen sich also keine Vorwürfe zu machen. Er ist so gestorben, wie er es sich gewünscht hätte: unter Kollegen und lieben Freunden.«

Und einer davon hat ihn ganz lieb um die Ecke gebracht, dachte Jurnet, während er schweigend darauf wartete, mit der Frau bekanntgemacht zu werden.

»Ich hätte ihn nicht gehen lassen sollen«, beharrte sie. »Aber er konnte es ja nicht ausstehen, wenn an ihm herumgenörgelt wurde.« Ihr liefen die Tränen herunter. »Das ist ihm nun von mir in Erinnerung geblieben. Eine Meckerliese, die ihm auf die Nerven ging.«

Tawno Smith legte der Frau den Arm um die Taille und schüttelte sie liebevoll.

»Erzählen Sie keinen Unsinn, Annie! Sie wissen doch, daß Onkel Max große Stücke auf Sie gehalten hat.«

Sie kramte nach einem Papiertaschentuch, wischte sich die Augen und strich sich eine Haarsträhne aus der Stirn.

»Ja, ich weiß«, sagte sie verzagt.

Da es sonst niemand tat, stellte Jurnet sich selbst vor und fragte die Frau, wer ihr gesagt hatte, daß Dr. Smith käme. Hatte jemand angerufen?

»Umgekehrt«, erwiderte sie rätselhaft. Entweder wollte oder konnte sie im Augenblick keine Erklärung dazu liefern. »Natürlich habe ich gleich angerufen, als ich reinkam und das kaputte Fenster und das Durcheinander sah. Ich habe die hiesige Polizei verständigt. Sie wollten sofort jemanden schikken. In der Zwischenzeit sollte ich nichts anrühren. Während ich auf sie wartete, rief ich im Hotel an, aber nicht beim Professor. Der Schock wäre nichts für ihn gewesen. Ich fragte nach Ihnen, Dr. Tawno, doch Sie waren nicht da. Dann wollte ich mich mit dem Professor verbinden lassen, einfach um zu fragen, wie es ihm gehe nach der Fahrt, und ihn an seine Tabletten erinnern.« Mit zitternden Lippen schloß sie undeutlich: »Da sagten sie mir, er sei tot.«

»Welches Durcheinander?« fragte Jurnet in scharfem Ton. Tawno Smith bedachte ihn mit einem ironischen Blick. Betroffen – doch nicht überrascht.

Die Frau reagierte gereizt, als sei das Ganze völlig unerheblich. Recht hatte sie, fand Jurnet. Welches Durcheinander, und sei es noch so schlimm, konnte schon mit dem Tod konkurrieren?

»Was stehen Sie dann hier draußen herum?« fragte sie ärgerlich. »Schauen Sie sich's doch an!«

Dr. Tawno Smith stand in dem ruinierten Arbeitszimmer, das er mit seinem Onkel Max geteilt hatte. Es war ein schöner Raum. Die hohen Flügelfenster gaben den Blick frei auf eine wohltuend ungepflegte Rasenfläche, die grün-golden im Spätsommerlicht lag. Dort, wo es am hellsten war, standen – dem Garten zugekehrt – zwei imposante Schreibtische. Das hereinflutende Licht ergoß sich in schöner Gleichmäßigkeit über demolierte Schubladen und zerschnittene Polster. In die lederne Schreibunterlage auf einem der beiden Schreibtische hatte jemand mit einem spitzen Gegenstand einen leicht verunglückten Davidsstern eingeritzt.

Als Smith mit dem Inspektor zur Zimmermitte ging, drehte sich vor dem Fenster ein stattlicher Mann zu ihnen um. Was für ein seltenes Glück, dachte Jurnet voller Galgenhumor, daß mir hier ausgerechnet der Kollege über den Weg läuft, den ich nicht so ohne weiteres aus der Cam fischen würde, wenn er am Ertrinken wäre.

»Ist das nicht Ben Jurnet?« rief der Mann und entblößte bei seinem aufgesetzten Lächeln eine Unmenge von Zähnen. »Was führt Sie zu uns ins Hinterland?«

»Dr. Smith wollte ein paar Unterlagen holen.«

»Was er hier findet, wird ihm reichen.« Der Kollege aus Cambridge sah sich in dem Tohuwabohu um, als wäre er der Eigentümer. Er verließ seinen Platz am Fenster und kam auf Tawno Smith zu, der ihn mit ausdruckslosem Gesicht erwartete; sein Blick wanderte durch den Raum, von den Schreibtischen zum zertrümmerten Bildschirm des Schreibcomputers, zum schwerlädierten Aktenschrank und wieder zurück. Erstaunlich, dachte Jurnet, daß der eher schmächtige Mann nicht von der massigen Präsenz des Inspektors erdrückt wurde.

»Kriminalinspektor Catton, Sir«, stellte sich der Beamte vor. »Üble Sache, das hier. Richtig brutal. Sie können später feststellen, was alles fehlt. Rühren Sie auf jeden Fall nichts an, bis unser Mann die Fingerabdrücke genommen hat. Er muß jeden Augenblick hier sein.«

»Ich weiß, was fehlt«, erklärte Tawno Smith.

»Nämlich?«

»Zwei Exemplare eines Vortrags, den ich zur Dreihundertjahrfeier für Thaddeus Brigg halten soll.« Er deutete auf den Schreibtisch mit der unbeschädigten Lederauflage: »Eins war im mittleren Schubfach, das andere im Aktenschrank.«

»Offenbar wußten sie, wonach sie suchten. Hatte mich schon gewundert, wieso sie den Koffer mit den Münzen dagelassen haben. Gold, wie?«

Tawno Smith schloß kurz die Augen. Er wirkte völlig erschöpft.

»Es spielt keine Rolle –« begann er mit belegter Stimme.

»Keine Rolle!« rief Kriminalinspektor Catton, bevor er einen von Mitgefühl triefenden Ton anschlug, bei dem Jurnet speiübel wurde: »Natürlich sind Sie bestürzt. Dazu noch der Professor...« Mit seinem massigen Körper versuchte er, den Eindringling aus Angleby vom Geschehen auszuschließen.

»Er ist durchs Fenster eingedrungen, wie ich sehe«, bemerkte Jurnet gelassen. Bevor Catton etwas dagegen einwenden konnte, war er schon an der Terrassentür. Aus einem Flügel war das Glas so sauber entfernt worden, daß es eine Pracht war. Kein einziger Splitter, an dem sich eine verräterische Woll- oder Polyesterfaser hätte festhaken können. Unverschämter Kerl, dachte Jurnet. Das Glas so ordentlich an die Außenwand zu lehnen, wenn er drin ein solches Chaos hinterläßt! Sah aus, als wolle er dem Hausbesitzer sagen: »Die Kosten für eine neue Scheibe haben Sie sich jedenfalls gespart.«

11

Als der Kommissar ausgeredet hatte, blieb Tawno Smith stocksteif auf dem Stuhl sitzen, den Jurnet ihm angeboten hatte. Sein Blick klebte am Gesicht des Beamten, als fehle ihm die Kraft oder der Wille, sich abzuwenden. Plötzlich störten die durchs offene Fenster dringenden Marktgeräusche. Als der Kommissar das Fenster geschlossen hatte, hielt der Raum das Schweigen gefangen, das von der stillen Gestalt ausging und beinahe greifbar war. Sogar der Kommissar schien nicht so recht zu wissen, woran er war. Schließlich runzelte er leicht die Stirn, hob den Hörer ab und ließ Tee kommen.

Smith fing an zu lachen.

»Ihr Engländer! Erst macht ihr mir plausibel, daß ich meinen Onkel Max umgebracht habe, und dann bietet ihr mir Tee an!« Das Lachen erstarb. Emotionslos, ohne ein Anzeichen von Hysterie, verkündete Tawno Smith: »Das halte ich nicht aus.«

»Sie haben ihm das tödliche Getränk gereicht«, korrigierte Jurnet. »Umgebracht hat ihn derjenige, der dem Orangensaft das Gift beigemischt hat.«

»Ich hätte ein Glas Wasser holen sollen. Onkel Max sagte immer, Zitronensäure würde die Wirkung der Tablette beeinträchtigen. Er hatte nicht mehr die Kraft, sich durchzusetzen. Hätte ich bloß nicht darauf bestanden!«

»Hätten Sie nicht darauf bestanden«, warf der Kommissar ein, der wieder völlig Herr der Lage war, »dann hätten Sie den Saft selbst getrunken, wie das zweifellos beabsichtigt war. Vorausgesetzt, er hätte seine Herzattacke überwunden, wäre der Professor heute höchstwahrscheinlich am Leben und Sie lägen als Leiche im Sarg.« Er beugte sich nach vorn. »Ich möchte folgendes klarstellen, Dr. Smith: Das Kriminalkommissariat Angleby hat einen Mordfall aufzuklären und einen Mörder der Justiz zuzuführen. Ich kann beim besten Willen keine Rücksicht auf Ihre Seelenqualen nehmen, weil Sie einem geliebten Verwandten unabsichtlich eine tödliche Dosis Zyankali eingeflößt haben.« Sein leichtes Lächeln kündigte einen kleinen Scherz an. »Sollten Sie es jedoch gewesen sein, der den Saft angereichert und dem Professor in krimineller Absicht an die Lippen gehalten hat, so stünde das auf einem anderen Blatt.« Das Lächeln vertiefte sich. »Sie werden natürlich damit rechnen, daß wir unter anderem auch diese Möglichkeit untersuchen.«

»Untersuchen Sie, soviel Sie wollen! Ich erkläre mich von vornherein für schuldig. Schuldig, weil ich trotz allem froh bin, nicht an seiner Stelle tot zu sein.« Nach kurzem Schweigen schloß er: »Nicht, daß es das Schlimmste wäre.«

»Wie meinen Sie das?«

»Ich meine, was wäre die Alternative? An meinem Tisch auf der Burg saßen die Menschen, die mir am meisten bedeuten. Sie erzählen mir, daß einer von ihnen meinen Tod will.«

»Nein. Nur daß *irgend jemand* Ihren Tod will. Mehr nicht.«

»Nur!« seufzte er. »Ich hätte draufkommen müssen, als ich feststellte, daß mein Manuskript aus dem Hotelzimmer verschwunden war. Und erst recht, als auch die beiden Exemplare in Cambridge weg waren. Was nützt es, wenn jemand die Früchte meiner Arbeit stiehlt und ich noch da bin? Ich kann alles neu aufschreiben. Ich selbst mußte aus dem Weg geräumt werden.«

Zögernd fragte der Kommissar: »Worum geht es eigentlich, ganz grob gesagt, bei Ihrem Vortrag?«

»Sie möchten wissen, warum jemand vor nichts zurückschreckt, um das Manuskript in seine Hände zu bekommen.« Tawno Smith hatte sofort verstanden. »Keine Sorge, Herr Kommissar. Ich habe kein neues Rezept für eine größere oder bessere Bombe. Ich bin Theoretiker, eine Art Parasit, der die Arbeit der anderen ausschlachtet. »Nein«, korrigierte er sein Werturteil, »ich bin eher ein Koordinator, ein Mann mit gutem Gespür, der aus den bisher vorhandenen Teilen ein Puzzle zusammenfügt und trotz fehlender Stücke die Lösung findet. Ich versuche zu erraten, welche Teile fehlen und wie sie in das Gesamtbild passen.« Er war unwillkürlich in Schwung gekommen. »Daraufhin kippt der Theoretiker dem Experimentalphysiker das Ganze wieder in den Schoß und bringt ihn sozusagen in Zugzwang. Soll er doch sehen, ob er die Prophezeiungen Wahrheit werden lassen kann.« Tawno Smith lehnte sich in seinem Stuhl zurück. Sein muskulöser Körper blieb angespannt und wachsam. »Und so geht es immer weiter«, schloß er mit einer anderen Metapher, »hin und her, von einem Feld ins andere. Aber mit der Zeit bewegt sich auch das gesamte Spielfeld mit den Spielern, es rückt Zentimeter um Zentimeter heran –«

»An was?« Der Kommissar wurde ungeduldig. »Sie haben immer noch nicht erklärt, weshalb jemand für Ihre Arbeit einen Mord begehen könnte.«

»Da müssen Sie wohl den Mörder fragen, falls Sie ihn finden.«

Jurnet war erstaunt über die plötzliche Feindseligkeit zwischen den beiden Männern. Entsprang sie, was den Kommissar anging, seiner schlecht versteckten Unzufriedenheit über seine unzulänglichen Kenntnisse auf dem Gebiet der Atomphysik? Oder empfand der Ältere plötzlich – wie Jurnet – eine Art Sexualneid auf den gutaussehenden Zigeuner vor seinem Schreibtisch?

»Das habe ich fest vor«, gab der Kommissar ruhig zurück. »Aber Sie werden mir sicher zustimmen, daß Sie das nicht hindern sollte, Ihre eigene Ansicht zu diesem Thema kundzutun.«

»Ich soll meine Freunde verraten!«

»Nur den einen Ihrer Freunde oder Freundinnen – falls das die richtige Bezeichnung ist, der den Mann umgebracht hat, dem Sie alles verdanken – wenn ich recht informiert bin. Ah!« schloß er, als es schüchtern an der Tür klopfte. »Der Tee!« Tawno Smith saß blaß und bebend da und schwieg.

12

Für eine Fahrt aufs Land hätte Jurnet sich nicht diese Ausfallstraße ausgesucht. Fast jede der übrigen Routen, die wie Radspeichen von der Stadt wegführten, hatte mehr zu bieten als diese langweiligen Zuckerrüben – und Kartoffelfelder. Nur gelegentlich sorgte ein Stück Brachland für Abwechslung, das unter der letzten Ladung Superphosphat die Waffen gestreckt hatte. Selbst der unendliche Norfolker Himmel, der zum Ausgleich für mangelnde Dramatik auf der Erde häufig gefährliche Wolkengebirge fabrizierte, hatte sich hinter ein gelblich-weißes Tuch zurückgezogen, dem eine Chlorbleiche ganz gutgetan hätte.

Sergeant Jack Ellers manövrierte den Rover über immer schmälere und immer schlechter gepflasterte Straßen. Er fuhr langsamer, als er an eine Abzweigung mit dem bemoosten Wegweiser kam, dessen beide Arme die Aufschrift »Feldon St. Awdry« trugen.

»Heiliger Bimbam! Als ob nicht ein Weg ans Ende der Welt gereicht hätte!«

»Nimm den linken«, wies Jurnet ihn an. »Da ist die Kirche. Das Pfarrhaus ist gleich gegenüber, knapp zwei Kilometer vom Dorf entfernt. Vom heutigen Dorf. Der Pfarrer hat erzählt, das alte Dorf ist zu Zeiten der Pest verlassen worden. Bis auf die Kirche ist alles verfallen.«

»Richtig anheimelnd.« Der kleine Waliser schaltete herunter und bog weisungsgemäß links ab. Nach weiteren zwei Kilometern auf einem Weg, der offenbar nur dazu diente, den Augenblick der Ankunft hinauszuzögern, tauchte plötzlich Feldon St. Awdry wie von Kulissenschiebern hingestellt am Horizont auf – ein nichtssagender kleiner runder Turm, an dem schüchtern das Kirchengemäuer klebte. Das viktorianische Pfarrhaus mit seinen vielen Schornsteinen, die zahlreiche Herde und wärmende Feuer verrieten, machte dagegen einen imposanten Eindruck.

»Vermutlich sieht die Kirche innen jetzt besser aus als bei meinem letzten Besuch«, sagte Jurnet wie zur Entschuldigung. Seit er seine Konvertierung zum jüdischen Glauben vorbereitete, fühlte er sich sofort solidarisch, wenn ihm im religiösen Bereich irgendwelche Unzulänglichkeiten begegneten. »Damals war alles zugehängt und voller Gerüste. Ich glaube, es ging um Wandmalereien aus dem Mittelalter oder so was. Der Pfarrer war ganz begeistert.«

»Vielleicht hat er gehofft, Gott zieht wieder ein, wenn der Verfall aufgehalten wird.« Ellers betrachtete die Szene nüchtern, bevor er den Kopf schüttelte. »Darauf würde ich aber keine Wette abschließen.«

Die Kirchentür ging quietschend auf und zu. Bei dem Geräusch bekreuzigte sich der Mann, der an der Chorschranke kniete, stand ohne Hast auf und faltete gelassen die Hände über der Soutane, während er auf die beiden Besucher wartete. Hintereinander kamen sie durch den schmalen Mittelgang nach vorn. Ab und zu stolperte einer über eine Unebenheit in den Grabplatten, mit denen der Fußboden gepflastert war. Wie schon bei seinem ersten Besuch wegen der Bagatelle einer gestohlenen Hostienschale fiel Jurnet auch diesmal auf, daß Simon Maslin hier in der Kirche, wo er sich zu Hause fühlte, keine unkontrollierten Bewegungen vollführte. Sein Lächeln allerdings hatte sich nicht verändert. Er sah immer noch reichlich blöd aus.

Da war er wohl nicht der einzige, dachte der Inspektor; denn Jack und er stolperten auf unsicheren Füßen und mit offenem Mund dahin wie zwei Dorftrottel.

Die Tücher und Gerüste waren verschwunden. Da sie nicht mit Buntglasfenstern protzte, war die Kirche voller Licht. Es schien sich an der Wand über dem einfachen Altartisch zu bündeln, auf dem ein Gobelinläufer lag, der auch schon mal bessere Tage gesehen hatte. Das Messingkreuz in der Altarmitte und die beiden Leuchter rechts und links blitzten, und die schicksalhafte Begegnung zwischen Salome und Johannes dem Täufer vollzog sich im besten Licht.

Es war eine Sepia-Malerei, ausgeführt in einer kräftigen Erdfarbe, die sich von dem cremefarbenen Untergrund so herrlich plastisch abhob, daß es gleichzeitig furchtbar komisch wirkte. Der Künstler hatte keine Ahnung von den Proportionen des menschlichen Körpers – doch um so mehr von seinen Ausdrucksmöglichkeiten.

In erstaunlichen Verrenkungen tanzten gleich ein halbes Dutzend Salomes hüllenlos um einen riesigen Kopf, der mit Salatblättern und kandierten Früchten garniert auf einem Tablett lag – ein Comic Strip des vierzehnten Jahrhunderts. Dieser Spezialität des Hauses fehlten nur noch ein Stoß Teller und das in Servietten gewickelte Besteck. Den herumtänzelnden Salomes lief offensichtlich schon das Wasser im Munde zusammen.

Der Heilige sah trotz des fehlenden Körpers nicht wie ein Gemarterter aus. Er schien sich genauso zu amüsieren wie alle anderen, wenn man seine lustvollen Stielaugen betrachtete. Weit oben an der Wand hielt ein älterer Herr mit langem Bart voll väterlicher Nachsicht seine Hand segnend über das Gelage. Quer über seinem Schoß, wie eine wärmende Decke für die alten Knochen, lag ein Körper ohne Kopf, vermutlich der Rest der sterblichen Hülle des Heiligen. In großen, birnenförmigen Tropfen perlte Blut aus dem Halsstumpf über den Stuck und verband auf wunderbar passende Weise die beiden Teile des Meisterwerks.

Jurnet klappte seinen Mund wieder zu. »Das bringt Sie vor den Kadi!« rief er dann.

Der Pfarrer rührte sich nicht vom Fleck, bis die beiden Beamten an seiner Seite waren. Jurnet schüttelte ihm die Hand und machte ihn mit Sergeant Ellers bekannt. »Großartig, nicht?« Maslin lächelte kopfschüttelnd. »Sie mit Ihrem Polizeiblick! Wer das Böse sucht, der wird's auch finden. Der Bischof war schon hier, und der Dekan, und der Generalvikar. Alle waren hingerissen, anders kann man es nicht sagen. Eine transzendentale Allegorie göttlicher und fleischlicher Liebe, hat der Bischof gesagt; ein Zeugnis für die ewige Wahrheit des Evangeliums.« Mit jungenhafter Begeisterung sprach er weiter: »Morgen kommt ein Fernsehteam und dreht einen Film. Wenn die Leute das erst sehen! Unser Ortspolizist hat schon zu Ihrer Verkehrspolizei Kontakt aufgenommen. Sie wollen eine Einbahnregelung einführen, damit die Leute über den Kirchenweg rein- und durch das Dorf wieder rausfahren können.« Der Pfarrer seufzte. »So friedlich wie bisher wird's dann wohl leider nicht mehr zugehen, aber dafür ist dann jeden Sonntag Gottesdienst, bei Bedarf sogar zweimal, statt wie jetzt nur einmal im Monat«, schloß er mit strahlendem Gesicht.

»Klingt phantastisch«, meinte Jurnet. Er fragte sich, wie die künftigen Pilger mit Blick auf die östliche Kirchenmauer den göttlichen Aspekt der Allegorie verinnerlichen sollten, wenn der fleischliche so stark ins Auge fiel. »Wir haben am Pfarrhaus geklingelt«, erklärte er. »Mrs. Maslin schien nicht da zu sein –«

»Sie ist nach Angleby gefahren. Sie will Tawno bearbeiten, damit er zu uns kommt. Als er uns gestern abend anrief und uns die Hiobsbotschaft überbrachte, hat sie ihn schon zu uns eingeladen, aber er lehnte ab. Wir denken vor allem an seine persönliche Sicherheit. Wenn ihn einer umbringen wollte, versucht er's vielleicht noch mal.«

»Höchstwahrscheinlich. Wir haben ihm Polizeischutz angeboten, aber er verzichtete darauf. Schneid hat er, das muß man ihm lassen.«

In der höhlenartigen Pfarrküche, in der noch die Geister der Dienstboten aus König Edwards Zeiten herumzuspuken schienen, machte Simon Tee für seine Gäste. Außerhalb seiner Kirche hatte er wieder zwei linke Hände. Er goß Wasser auf die Teebeutel und füllte die Tassen bis zum Überlaufen. Als versteckte Huldigung an seine Liebste in der Ferne, die in dieser Frage keine Kompromisse kannte, verzichtete Jurnet auf Zucker, rührte aber trotzdem um und fügte der braunen Pfütze auf dem rohen Holztisch eine zweite hinzu.

Sie hatten nicht lange gebraucht, um aus dem Geistlichen herauszuholen, daß er auf dem Festbankett keine Beobachtungen gemacht hatte – oder gemacht haben wollte –, die mit dem Zyankali im Orangensaft zusammenhingen. Ehrlich gesagt – so behauptete er zumindest –, hatte er das Saftglas nicht einmal bemerkt. Alle Blicken hätten sich auf Tawno gerichtet, alle hätten begeistert und aufgeregt um ihn herumgestanden.

»Wir waren in bester Stimmung«, erklärte Maslin mit großen blaßblauen Augen. »Tawno hat ein Talent dafür. In seiner Gegenwart macht einem das Leben plötzlich mehr Spaß.«

»Alle in bester Stimmung?« wiederholte der Inspektor. »Auch der Kerl, der das Gift in das Glas getan hat? Sie sind doch Geistlicher. In Ihrem Beruf müssen Sie auch ein bißchen Psychologe sein. Denken Sie mal genau nach. Gab es nicht irgend etwas Besonderes? Nichts auch nur im geringsten Ungewöhnliches oder Beunruhigendes?«

Die Antwort kam unverändert: »Wir waren alle in bester Stimmung.«

Jurnet rührte wieder in seinem Tee herum.

»Nachdem Sie mit Ihrer Familie das Bankett verlassen hatten, sind Sie vermutlich zu Dr. Smith ins Krankenhaus gefahren?«

»Zu Dr. Smith stimmt nicht ganz. Wir sind zusammen mit Adam und Nina Pender hingefahren, aber als wir ankamen, war schon alles vorüber. Tawno wollte gerade gehen. Weil er so mitgenommen aussah, boten wir ihm unsere Begleitung an. Doch er wollte lieber allein sein. Er sagte, die Ahilars – die Israelis – hätten ihm den gleichen Vorschlag gemacht, und er habe ebenfalls dankend abgelehnt.«

»Schrecklich, so was«, äußerte Jurnet vage. In bewußt vertraulichem Ton fügte er an: »Ich bin in einer absurden Lage, Sir. Ich hoffe, Sie können mir helfen.«

»Ich weiß nicht recht...«

»Sehen Sie, Sir: Immer, wenn wir auf dem Kommissariat einen Mord aufzuklären haben, müssen wir als erstes das Opfer kennenlernen. Was war es für ein Mensch? Gab es etwas in seinem Leben, das auf einen gewaltsamen Tod hindeutete? Leider ist es uns nicht möglich, den Betroffenen selbst zu fragen, denn er liegt in der Leichenhalle und steht niemandem mehr Rede und Antwort. In diesem besonderen Fall haben wir es mit einer Abweichung von der Norm zu tun. Professor Flaschner, die arme alte Seele, ist zwar tot, aber in gewissem Sinn ist er nicht das Opfer – falls unsere Annahme stimmt, daß der vergiftete Orangensaft einem anderen zugedacht war. Der Professor ist ihm nur in die Quere gekommen.«

»Tawno –«

»Richtig!« bekräftigte der Inspektor nachdrücklich. »Dr. Tawno Smith.« Er beugte sich über den Tisch. »Sie meinen vielleicht, das erleichtert die Sache. Ausnahmsweise ist unser *corpus delicti*, wenn man so will, noch gesund und munter. Wir können den Mann selbst befragen und ermitteln, wer ihm an den Kragen wollte.« Er schüttelte den

Kopf. »Weit gefehlt. Möglicherweise hat er nicht die geringste Ahnung, wer ihm nach dem Leben trachtet. Vielleicht ist er sogar der irrigen Meinung, der Mörder sei sein bester Freund.«

»Sein bester Freund«, echote Simon Maslin.

»Durchaus«, bestätigte der Inspektor sachlich, als sei der andere auf die Idee gekommen. »Ein Fall wie dieser – das gebe ich gern zu – bedeutet sozusagen Studium am Objekt. Schon manchmal ging mir beim Anblick einer Leiche mit eingeschlagenem Schädel durch den Kopf, wie gut es wäre, wenn Tote reden könnten. Und jetzt habe ich sozusagen einen Toten, der sich bester Gesundheit erfreut, und muß trotzdem bei denen die Runde machen, die ihn kannten, oder vielmehr kennen.« Jurnet nahm einen ordentlichen Schluck Tee. Die Tasse setzte er genau auf den Ring, den sie vorher dort hinterlassen hatte. »Eine verrückte Welt!«

Simon Maslins idiotisches Lächeln paßte nicht zu seinen Worten.

»Sie fragen sich vermutlich, Inspektor, wie es möglich ist, daß ein Niemand wie ich Tawno Smith seinen Freund nennt.« Da Jurnet schwieg, sprach der Mann in warmem, belustigtem Ton weiter. »Ihre Überraschung kann nicht größer sein als meine. Vielleicht denken Sie, Tawno braucht einen Hofnarren, wie jeder Herrscher, und ich bin – weiß Gott – für diese Rolle wie geschaffen. Aber Sie würden sich irren. Der Grund ist auch nicht, daß er mit meiner Frau schläft und ich ein wohlwollender Ehemann bin, wie es so schön heißt. Obwohl beides zutrifft. Wir sind Freunde, weil wir durch Bande der Liebe in ihrer reinsten und selbstlosesten Form verbunden sind. Sie gründet auf gegenseitigem Respekt und ist nicht besudelt von geschlechtlicher Rivalität oder anderen Formen der Gier.«

Man hörte den hastigen Tritt von Gummisohlen auf der blanken Treppe, dann leiser auf dem gefliesten Fußboden. Eine Tür ging auf und fiel ins Schloß. Der Geistliche lächelte noch breiter und verdoppelte damit scheinbar die Anzahl seiner Zähne.

»Christopher«, meinte er. »Eigentlich wollte er zur Dreihundertjahrfeier, aber der Tod von Onkel Max hat ihn ziemlich aus der Fassung gebracht. Ich nehme an, er läuft eine Runde. Hoffentlich. Wird ihm guttun. Laufen Sie auch, Inspektor Jurnet?«

»Nur, wenn mir einer auf den Fersen ist.«

»Schade. Laufen ist das beste Regenerationsmittel überhaupt.« Der Geistliche trat ans Fenster und spähte hinaus. »Aha, er läuft ins Dickicht. Dann dreht er die Sieben-Kilometer-Runde. Es sei denn, er biegt zum Steinbruch ab, das wären über zehn. Großartig!«

Zärtliche Erinnerungen legten sich über Simon Maslins Idiotenlächeln.

»Durchs Laufen wurden Tawno und ich Freunde. Ich kannte ihn natürlich schon vorher. Bereits damals, an der Universität, war er eine Größe. Ich kannte ihn, wie man die Queen oder Prinz Charles kennt, wenn man am Bordstein steht und sie vorbeifahren sieht. Er wußte nichts von meiner Existenz. Weshalb sollte jemand an einem armseligen, unbeholfenen Wesen wie mir interessiert sein, das außer seiner unerschütterlichen Liebe zu allen Mitmenschen nichts zu bieten hat? Meine Kindheit war sehr einsam, Inspektor. Ich war das einzige Kind nicht mehr junger Eltern, mein Vater Pfarrer in einer abgelegenen Gemeinde in den Niederungen von East Anglia, wo das feuchte Klima und finstere, abergläubische Vorstellungen die Leute wunderlich machten. Laufen wurde zum entscheidenden Bestandteil meines Lebens, seit mich als Vierzehnjähriger einmal einer aus dem Ort verfolgte – ein großer Mann mit kleinem Kopf, der die Augen immer halb geschlossen hielt. Ich wußte nicht, was er im Schilde führte, aber ich hatte eine Heidenangst und rannte auf einem Deichweg davon. Besessen von meiner Angst rannte ich immer schneller, bis etwas mit mir geschah. Ich kann es kaum beschreiben; aber plötzlich war meine Furcht wie weggeblasen, und zugleich auch meine körperliche Unbeholfenheit, die zu mir zu gehören schien. Durch Gottes Gnade war es mir vergönnt, die wunderbaren Möglichkeiten meines eigenen Körpers zu erkennen. Unvorstellbar! So phantastisch, daß ich auf dem Absatz kehrtmachte und an meinem Verfolger vorbeirannte. Ich lächelte ihn sogar an, als wir auf dem schmalen Pfad mit den Ellenbogen aneinanderstießen.«

Der Pfarrer schwieg einen Augenblick lang. Dann sagte er: »Ich glaube, ohne zu laufen hätte ich mein erstes Jahr in Bilney nicht überstanden. Jeden Morgen war ich bei Tagesanbruch draußen. Aber mein Laufen hatte nichts mit eurem erbärmlichen Joggen zu tun. Ich rannte buchstäblich um mein Leben: raus aus dem College, raus aus der Stadt, raus in die taufrischen Felder. So sammelte ich Kraft, um wieder einen Tag durchzustehen.«

Reverend Maslin schmunzelte: »Urkomisch, wie ich Tawno kennenlernte – beziehungsweise er mich. Er war schon mindestens eine Viertelstunde neben mir hergelaufen, bevor ich ihn überhaupt bemerkte. Später erzählte er mir, daß er – als Frühaufsteher – mich öfter über den Hof laufen sah. Ich hatte offenbar Spaß an der Sache, und deshalb entschloß er sich eines Morgens spontan, mitzulaufen. Er wartete auf mich an der Treppe und fiel einfach in den gleichen Trott, als hätten wir das seit Urzeiten trainiert.

Sie werden's nicht glauben, aber wir haben mindestens zehn Tage gemeinsam unsere Runden gedreht, bevor wir ein einziges Wort wechselten.«

»Ich glaube es Ihnen«, warf Jurnet ein. »Man geht auf im Rhythmus.«

»Genau das! Wollen Sie mir wirklich weismachen, daß Sie nicht laufen? Der Rhythmus ist es.« Der Geistliche ließ das Wort auf der Zunge zergehen. »Als wir dann anfingen, miteinander zu reden, waren wir bereits alte Freunde. Wir verstanden einander vom Start weg, und so ist es bis heute geblieben.«

»Laufen Sie noch?«

»Bei Tawno bin ich nicht sicher. Christopher und ich ziehen jeden Morgen los. Er nimmt auf seinen alten Vater Rücksicht und rennt mir nicht davon. Wenn ich mir manchmal überlege, was aus mir werden soll, wenn ich nicht mehr laufen kann, tröste ich mich mit der Hoffnung, daß Gott der Herr für dieses alternde Wrack schon noch Verwendung haben wird; obwohl ich mir beim besten Willen nicht denken kann, wofür.«

»Erzählen Sie mir jetzt von Mrs. Maslin«, forderte Jurnet.

Der Pfarrer zwang sich sichtlich zur Ruhe. Er atmete ganz behutsam, um das labile Gleichgewicht nicht zu stören, bevor er erklärte: »Ich habe schon alles gesagt, was Sie wissen müssen.«

»Nicht alles.«

»Also gut, vielleicht nicht alles«, räumte der andere ein. Er sah hinüber zu Sergeant Ellers, der diskret sein Notizbuch bereithielt. »Ich sehe schon, ich muß Ihnen den Rest auch noch sagen, sonst setzen Sie mich ganz oben auf Ihre Liste der Verdächtigen. Sie könnten denken, der Diebstahl von Tawnos Unterlagen sei nur inszeniert worden, um Sie auf eine falsche Fährte zu locken.«

»Sie können uns glauben, daß wir diese Möglichkeit schon erörtert haben.«

»Natürlich. Sie sind hier die Profis.« Er runzelte die Stirn. »Ich habe ein Problem: Erzähle ich Ihnen ›alles‹, wie Sie das so schön nennen, so bestätigt das unter Umständen Ihren Verdacht, und ich lande genau zu der Zeit bei Ihnen im Knast, zu der ich den Auflauf in die Röhre schieben soll, falls Claire bis dahin nicht zurück ist. Entschuldigen Sie.« Der Geistliche erhob sich. Seine unruhigen Schultern und Arme brachten auch die Falten seiner Soutane aus der Ruhe. »Ich bin nur so frivol, weil ich Angst habe. Am liebsten würde ich davonrennen.«

»Später«, meinte Jurnet. »Da haben Sie jede Menge Zeit.«

Zu ihrer Überraschung sagte Maslin: »Am Roudhamer Kreuz standen mindestens drei Fahrzeuge. In dem einen wurde gerade gevespert. Es muß mich jemand gesehen haben.«

»Am Roudhamer Kreuz?«

»Dort, wo der Peddar's Way die A 11 kreuzt.«

»Vom Peddar's Way habe ich schon gehört.«

»Natürlich«, bestätigte der Pfarrer verbindlich. »Es ist die alte Römerstraße, die quer durch Norfolk zur Nordküste führt. Ein zauberhafter Weg im Grünen, auf dem ich zur Abwechslung hin und wieder ein Stück laufe, und zwar mit dem größten Vergnügen.« Er ließ kurz sein Mammutgebiß sehen. »Bestimmt hätte ich meinen freien Nachmittag auch angenehmer nutzen können, als mich auf halbem Weg zwischen hier und Cambridge zu postieren, wenn an dem Tag bei Professor Flaschner eingebrochen wird. Ganz zu schweigen von der Riesendummheit, auf dem Rückweg bei der Reinigung in Angleby vorbeizufahren.«

»Wieso das?«

»Ich wollte Onkel Max' Abendanzug abholen. Er hat ihn wahrscheinlich absichtlich vor ewigen Zeiten bei einem Wochenendbesuch hier ›vergessen‹. Er zog sich nicht gern fein an, und so hatte er immer eine gute Entschuldigung. Doch für die Dreihundertjahrfeier mußte es sein. Als Claire nun den Anzug aus dem Schrank nahm, roch er ein bißchen modrig. Sie brachte ihn zur Reinigung, und ich holte ihn auf dem Rückweg vom Peddar's Way ab und fuhr damit zum Hotel.«

»Bis jetzt klingt es noch nicht besonders verdächtig«, warf Jurnet ein.

»Es kommt gleich!« Sein idiotisches Lächeln überzog das ganze Gesicht. »An der Rezeption hörte ich, daß Onkel Max vor sechs Uhr nicht gestört werden wollte. Ich erklärte die Sache mit dem Anzug. Er steckte in der Plastikhülle von der Reinigung, und der Angestellte grapschte ihn wie einen Kartoffelsack. Mir ging das so gegen den Strich, daß ich ihm das gute Stück wieder abnahm und sagte, ich wolle es selbst in Professor Flaschners Zimmer bringen. Weil er nicht gleich einverstanden war, mußte ich ihm erst noch ein paar Pfund in die Hand drücken und schwören, ich würde reinhuschen wie ein Mäuschen. Genau das habe ich getan.« Simon Maslin sah von einem zum andern. »Onkel Max schlief tief und fest. Sein Atem ging schwer. Ich schlich auf Zehenspitzen zum Schrank und hängte den Anzug hinein, während das Zimmermädchen vor der Tür wartete. Vor der Tür«, wiederholte er. »Tawno hat Claire erzählt, sein Vortrag sei aus einem Aktenkoffer aus eben diesem Schrank gestohlen worden.«

»Sieht so aus. Haben Sie bemerkt, daß der Aktenkoffer aufgebrochen war?«

Der Pfarrer schüttelte den Kopf.

»Ich habe nicht mal den Aktenkoffer bemerkt. Aber das würde ich wohl auch behaupten, wenn ich der Täter wäre, oder?«

Jurnet ging nicht darauf ein. »Sergeant Ellers hat alles notiert.« Er wartete wie einer, der sich nicht abwimmeln läßt.

Resigniert fragte Simon Maslin: »Claire?«

»Wenn's Ihnen recht ist.«

»Sie hat Talent«, erklärte Maslin, »und sie ist bildschön. Schon während ihrer Ausbildung hat sie sich einen Namen gemacht. Als Studentin stellte sie ihre Ohrringe bereits bei Liberty's aus.«

»Haben Sie sie zu der Zeit kennengelernt?«

»Später. Ich hatte gerade in Culverton, in der Nähe von St. Neots, meine erste Stelle als Hilfspfarrer angetreten. Kennen Sie den Ort? Hübsche Kirche mit einem herrlichen Taufstein. Ein wahres Kleinod. Claire stammt aus Wimbledon, doch zu jener Zeit arbeitete sie für einen Juwelier gleich hinter Cambridge, an der Straße nach Huntingdon. Freiberuflich entwirft sie immer noch Schmuck für die Firma. Sie halten große Stücke auf sie.«

»Sie haben Ihre Frau also in Cambridge kennengelernt?« erkundigte sich Jurnet geduldig.

Der Pfarrer sah ihn erstaunt an.

»Habe ich das nicht erwähnt? Sie lebte mit Tawno zusammen.«

»Mit Dr. Smith?«

»Sie führten keine wilde Ehe, wie man so sagt. Tawno wohnte bei Onkel Max in der Heathcote Avenue, und Claire hatte eine kleine Wohnung in Trumpington. Aber sagen wir mal, sie gehörten zusammen.« Er strahlte. »Es war die reinste Freude, es mit anzusehen.«

»Damals waren Sie also nicht mit im Rennen?«

»Im Rennen?« Er wirkte belustigt. »Im Rennen um Claires Gunst, meinen Sie? Dafür reichte es bei mir nicht, obwohl ich hart am Ball war. Doch immer, wenn ich die beiden besuchte – und ich war ein häufiger und, wie ich hoffe, gern gesehener Gast – sonnte ich mich in ihrem Glück.«

»Und wieso ist sie jetzt Mrs. Maslin, und nicht Mrs. Smith?« fragte Jurnet absichtlich brutal.

»Schade, daß Sie Tawno nicht besser kennen!« Falls Maslin Jurnets Bemerkung übelnahm, so höchstens stellvertretend für seinen abwesenden Freund. »Er liebt seine Freiheit und läßt sich nicht binden, nicht einmal durch die Bande inniger Liebe. Er, der so von Liebe erfüllt ist, würde auch niemals eine einzige lieben und allen anderen entsagen. Wissen Sie, was *Camo-mescro* in romani bedeutet? Tawno hat's mir gesagt: Es heißt Liebhaber. *Cam* bedeutet Liebe, und Tawno lebt in Cambridge! Ist das nicht ein bemerkenswerter Zufall?«

»Verblüffend! Darf ich fragen, ob die Dame mit dem Arrangement zufrieden war?«

»Die Dame war sehr zufrieden, und sie ist es noch.«

»Christopher«, sagte Simon Maslin. Er trat zum zweitenmal ans Fenster. »Wahrscheinlich ist er die Strecke über den aufgelassenen Steinbruch gelaufen. Der Nachmittag ist zu schön. Dort ist jetzt ein Baggersee mit unvorstellbar klarem Wasser. An einem Tag wie heute spiegelt sich der Himmel darin –« Er brach ab und kam an den Tisch zurück. »Christopher«, sagte er noch einmal. »Das ist die Antwort auf Ihre Frage, Inspektor. Claire wurde nämlich schwanger.«

»Und trotzdem wollte Tawno sie nicht heiraten?«

Der Geistliche schüttelte belustigt den Kopf.

»Wie erfrischend altmodisch Sie sind! Claire hatte beschlossen, das Kind abtreiben zu lassen. Sie sprachen ganz offen darüber, als ginge es um einen Termin beim Zahnarzt.

Anscheinend dachte keiner der beiden daran, daß ich als Pfarrer zwangsläufig dagegen protestieren würde. Es war ihnen einfach nicht in den Sinn gekommen, daß jemand zu dem Thema eine so feste Meinung vertreten könnte.« Er lächelte ein bißchen verlegen. »Ich habe mich ganz schön schändlich verhalten damals; denn als ich mich darüber ausließ, daß das menschliche Leben heilig sei und den üblichen Schmus, merkte ich, wie ich immer mehr in ein egoistisches Fahrwasser geriet. Ich sah plötzlich, daß der impotente Clown – ja, Inspektor, impotent –, der ich war, und den sie aus Gutmütigkeit tolerierten, an dem Glück der beiden teilhaben konnte. Einmal in meinem Leben wuchs ich über mich selbst hinaus in meiner Eloquenz. Am Ende waren beide nicht nur überzeugt, daß Abtreibung ein unverantwortliches Verbrechen war, sondern auch davon, daß das in die Welt gesetzte Kind einen rechtmäßigen Anspruch auf ein sicheres und gesellschaftlich vertretbares Leben hatte. Mitten aus meinem Egoismus heraus Selbstlosigkeit zu predigen, war ein Streich, auf den ich noch heute uneingeschränkt stolz bin. Damit hatte ich Christopher den Weg geebnet.«

Jurnet brauchte einige Augenblicke, um die Neuigkeit zu verdauen. »Und der Junge? Weiß er es?« fragte er dann.

»Der Junge weiß von nichts. Wenn er schwarze Haare und einen dunklen Teint hätte, brauchte ihn niemand aufzuklären. Zum Glück ist er ein blonder Typ, wie seine Mutter, und deshalb gibt's keine Probleme.« Der Mann wurde plötzlich bleich. »Ihnen ist doch klar, daß alles, was ich Ihnen sage, absolut vertraulich ist. Es darf unter keinen Umständen bekanntwerden.«

»Natürlich.«

Maslins Bedenken waren nur zum Teil zerstreut. »Er ist *mein* Sohn!« rief er. »Verstehen Sie? Meiner!«

»Ich verstehe.«

»Meiner und Claires, aber vor allem meiner. Claire ist eine gute Mutter, und ich bin ganz sicher, daß Christopher sich nicht über fehlende Mutterliebe beklagen kann. Aber in ihren Gedanken und in ihrem Herzen nahm er immer nur den zweiten Platz ein. Wären Tawno und Christopher im gleichen Haus vom Feuer bedroht, so würde sie Tawno retten, selbst, wenn sie dafür ihr eigenes Leben opfern müßte. Ich akzeptiere das.« Nach kurzem Schweigen fügte er hinzu: »Wenn ich ganz ehrlich sein soll, kommt es mir sogar entgegen. Das Verhältnis zu meinem Sohn wird dadurch noch viel intensiver.«

Ein bißchen hektisch und mit zwei linken Händen räumte Simon Maslin die Tassen in die Spüle. »Überlegen Sie mal, wie mein Leben aussehen würde ohne die beiden! Lebendig begraben in einer obskuren Gemeinde, ungeliebt – fürchte ich –, selbst von Gott, dem ich mit Herz und Seele dienen möchte.« Das Gesicht des Geistlichen strahlte. »Statt dessen habe ich eine Familie, die ich liebe, und von der ich geliebt werde.«

»Und Dr. Smith? Paßt es ihm, daß er im Hintergrund bleiben muß? Christopher scheint ein vielversprechender junger Mann zu sein.«

In liebevollem Ton erwiderte Maslin: »So war er schon seit frühester Kindheit. Kein Wunder, wenn er Tawnos Geist und Claires Schönheit und künstlerische Ader geerbt hat. Irgendwoher hat er auch seine christliche Gesinnung und seinen starken, unerschütterlichen Glauben. Mag sein, daß ich da ein klein wenig meine Hand im Spiel hatte. Christophers Qualitäten sind Tawno durchaus bekannt. Er liebt ihn, nimmt Anteil an allem, was er tut – aber mehr nicht. Wir wetteifern nicht miteinander. Nach seinen eigenen Worten ist er nicht zum Vater geboren – außer im biologischen Sinn.«

Jurnet lehnte sich in seinem Stuhl zurück und sagte obenhin: »Ich glaube, es täte ihm trotzdem nicht leid, wenn der Junge Physiker würde, wie er.«

»Tawno ist mit allem einverstanden, wenn es den Jungen nur glücklich macht.« Es klang nicht besonders überzeugend. »Countdown beendet«, meinte er ausweichend. »Zeit für den Auflauf. Ich glaube, ich mache noch schnell ein Zitronenbaiser zum Nachtisch, wenn ich schon dabei bin. Christopher putzt eine halbe Schüssel alleine weg, wenn's drauf ankommt!« Sein Lächeln wirkte auf Jurnet nicht mehr ganz so blöde. »Inspektor, falls Sie mit Ihrer letzten Bemerkung andeuten wollten, daß ich Tawno ohne weiteres umbringen könnte, falls ich das Gefühl hätte, er würde Christopher zum Physikstudium drängen, obwohl der Junge eine gottgewollte Neigung zum Priesteramt hat, so muß ich zugeben: Ich könnte ihn umbringen. Nur nicht ohne weiteres.«

13

In Angleby ließ sich Jurnet von Jack Ellers am Burggraben absetzen. Er wollte mit dem Kurator ein paar Worte reden.

»Er gehört zu den Leuten, die sich um den Zigeunerbaron drängten. Ich entsinne mich, daß ich dachte, ›was hat der dort zu suchen?‹«

»Soll ich dich zur Brücke hochfahren? Sie machen bestimmt bald Feierabend.«

»Gut.« Jurnet hatte eine unerklärliche Abneigung gegen Alistair Tring entwickelt. »Ein Kerl, der's eilig hat, ist weniger auf der Hut. Ich steige hier aus, danke. Muß mir ein bißchen die Beine vertreten.«

Sergeant Ellers blieb noch ein Weilchen stehen und sah ihm zu, wie er die verkehrsreiche Straße überquerte und sich auf den Weg nach oben machte. Der Pfad führte – teilweise über Treppen – im Zickzack zu dem Plateau, auf dem der Bergfried wie eine Riesenkröte hockte, die auf die Stadt hinunterstarrt. Jurnet bewegte sich leichtfüßig auf seinen langen Beinen und bremste seinen Schritt auch nicht, als die Stufen steiler und schmaler wurden und dem Fuß nur wenig Halt boten.

»Nur zu, Valentino!« Der pausbäckige Waliser lächelte, als er den Gang einlegte.

Oben lehnte sich Jurnet völlig ausgepumpt ans Geländer. Er hatte sich während des ganzen Anstiegs beobachtet gefühlt und fragte sich nun, bei wem er Eindruck schinden wollte, und warum.

Mit aufrichtiger Schadenfreude sagte der Aufsichtsbeamte am Drehkreuz: »Wir schließen in fünf Minuten.« Als Jurnet ihm seinen Ausweis unter die Nase hielt und nach dem Kurator fragte, machte er ein Gesicht, als hätte man ihm kurz vor dem Ziel ein Bein gestellt. Er hängte sich ans Telefon. Jurnet hatte inzwischen Gelegenheit festzustellen, daß die Göttin Diana mit ihren steifen Brustwarzen wieder am alten Platz im Vestibül stand. Soweit ersichtlich, hatte ihr der Abstecher in die Herrengarderobe nicht geschadet. Weiter hinten im Gang saß – geheimnisvoll wie immer und mit leerem Schoß – der riesige schwarze Buddha.

In das schrille Läuten der elektrischen Klingel hinein, die zum Verlassen des Museums aufforderte, sagte der Museumswärter, Dr. Tring sei im Ausstellungssaal zu finden, den Gang hinunter, dritte Tür links. »Sie müßten ihn dann bitten, Sie hinauszulassen«, fügte er hinzu. Sein warnender Ton deutete an, daß eine solche Bitte anscheinend nicht immer erfüllt wurde.

Der Saal lag in einem Kirchenschiff. Licht drang nur durch Buntglasfenster herein, deren künstlerische Gestaltung in irgendeiner Weise Erinnerungen weckte... Nichts dergleichen, korrigierte sich Jurnet sofort, als die auf ihn einstürzenden Gefühle der Freude und des Mißbehagens verebbt waren. Er befand sich in einer ganz normalen Galerie, und die Ausstellungsobjekte wurden indirekt beleuchtet. Was die Bilder mit ihren Farbwirbeln auf schwarzem Untergrund darstellen sollten, stand auf einem ganz anderen Blatt. *Kunst der Blasenkammer und des Teilchendetektors* hieß es auf einem Schild über dem Eingang.

»Nicht schlecht, wie?« tönte es aus dem Halbdunkel. Alistair Trings kleines Vogelgesicht glänzte vor Selbstzufriedenheit. »Die beste Ausstellung des Jahres, finde ich. Hat lange gedauert, bis wir alles unter Dach und Fach hatten, aber das Warten hat sich gelohnt. Was wollen Sie überhaupt?« Er sagte es ohne Feindseligkeit. In seiner gegenwärtigen Hochstimmung war dem Kurator jeder Zeuge seines Triumphs willkommen.

»Was soll das sein?«

»Das? Subatomare Teilchen oder so was. Dinger, die nachts herumschwirren. Ist das wichtig?«

»Und wer hat das gemalt? Oder sind es Fotos?«

Die riesenhaft vergrößerten Augen hinter der überdimensionalen Brille schickten einen Blick zur Decke.

»Muß denn für euch Bullen überall ein Schildchen dranhängen, bevor ihr euren eigenen Augen traut? Ich könnte Ihnen ja sagen, es sind die Startkurven von Raketen, oder die Spuren von tropischen Schnecken. Werden die Bilder dadurch schöner oder häßlicher?«

»Ich möchte wissen, womit ich's zu tun habe«, beharrte Jurnet eigensinnig.

»Sie können mich mal!« sagte Alistair Tring und drückte auf einen Schalter an der Wand. Die Galerie wurde von Licht überflutet, die Bilder traten zurück. Vorbei der Zauber. Abstrakte Kunst, ganz und gar nicht Jurnets Sache.

Er deutete mit dem Kopf auf einen Stoß Prospekte auf einem Tisch an der Tür: »Steht da alles drin, was ich wissen will? Dann nehme ich einen mit.«

»Das macht fünfunddreißig Pence«, meinte Tring und steckte die Münzen ein. »Wir schließen jetzt.«

Jurnet verstaute den Prospekt in seiner Tasche und sagte: »Eigentlich wollte ich Sie fragen, warum Sie beim Festessen an Professor Flaschners Tisch gegangen sind.«

»Um Zyankali in Smiths Orangensaft zu tun – warum sonst? Außerdem wollte ich ihn fragen, ob er diese Ausstellung hier eröffnen würde. Wo er ist, sind auch Presse und Fernsehen, und ich wollte so viel Reklame wie möglich. Aber bei den vielen Busen und Hintern kam ich nicht mal auf einen Kilometer an ihn ran.« Er verzog angewidert das Gesicht.

»Ach ja? Mir kam's so vor, als wären Sie näher herangekommen. Egal. Haben Sie irgend etwas bemerkt? Etwas Außergewöhnliches?«

Der Kitzel, etwas zu sagen, was er vernünftigerweise für sich behalten sollte, färbte Alistair Trings hochrote Wangen noch einen Schein dunkler: »Ein Junge war dort, der sah aus wie ein junger Gott.«

»Ah!« erwiderte Jurnet betont gleichmütig. »Das muß Christopher gewesen sein. Reverend Maslins Sohn. War das alles?«

»Ja. Es sei denn, Sie rechnen den fremdländisch aussehenden Typen mit dem Gestrüpp auf dem Kopf hinzu.« Er strich sich unbewußt über sein dünnes Haar. »Einer – Sie wissen schon.«

»Sie haben's erfaßt. Mr. Ahilar stammt tatsächlich aus Israel.«

»Dachte ich mir schon, als ich das Glas Orangensaft in seiner Hand sah.«

»In seiner Hand!« Jurnet gönnte dem Mann das zufriedene Glitzern hinter den Brillengläsern. »Hat er auch getrunken?«

Alistair Tring zog die Schultern hoch.

»Höchstens mit seinem Zinken. Das Glas war nur halb voll, und er hat seine lange Hakennase so tief reingesteckt, daß er sie anschließend an der Serviette trockenwischen mußte. Ich hielt es für einen alten jüdischen Brauch«, schloß er trocken.

Jurnet wurde durch eine Seitentür hinausgelassen, vor der sich der Müll aus der Cafeteria stapelte. Langsam schlenderte er vor zur Westfront mit ihren Arkaden, der Schokoladenseite der Burg, die immer auf den Ansichtskarten abgebildet war. Von unten drangen die Abendgeräusche der Stadt herauf: Autos und Busse im Stoßverkehr, Stimmen, Fußgetrappel. Die Stadt Angleby streifte die Fesseln des Tages ab.

Jurnet blickte hinunter auf die Straßen, die ihm so ans Herz gewachsen waren. Eine wundervolle Stadt, wie es im Werbeprospekt hieß, mit einer normannischen Kathedrale und mehr Kirchen, als der Monat Tage hat. Und mit Verbrechern und Zuhältern und Fixern – obwohl das in den Hochglanzprospekten nicht erwähnt wurde. Eine Stadt, wo's Orangensaft gab, nach dessen Genuß alte Herren wie Professor Flaschner tot umfielen.

Er hatte noch die Bilder im Kopf, die er gerade gesehen hatte. Sie schoben sich zwischen ihn und die Realität dort unten; ihre zauberhaften Linien kreiselten durch die schimmernde Luft über den roten Ziegeldächern. Er blinzelte leicht verlegen, um das Trugbild zu vertreiben, und konzentrierte seine Aufmerksamkeit auf die Gestalten aus Fleisch und Blut, die da unten zum Tee nach Hause eilten.

Die Welt bestand also aus subatomaren Teilchen. So ein Käse! Kannten diese Atome Gefühle? Empfanden sie den Schmerz des Todes, die Freuden der Liebe? Diese Physiker, dachte er nachsichtig. Wie Kinder beim Murmelspiel.

Im Präsidium winkte ihn der diensthabende Sergeant heran, gerade als Jurnet versuchte, sich unauffällig an dem Mann vorbeizudrücken, den er lieber von hinten sah.

»Nicht Ihr Glückstag, Ben«, verkündete er. »Zwei tolle Frauen wollten Sie besuchen, und Sie sind nicht da.«

»Sie hätten sie zum Kommissar schicken können.«

»Hätte ich, klar! Aber nein – für sie kam nur Inspektor Jurnet in Frage.« Der Sergeant vom Dienst rollte mit den Augen auf eine Weise, die er anscheinend für unwiderstehlich hielt. Jurnet schluckte und brachte es fertig, einigermaßen freundlich zu fragen, ob die beiden zusammen gekommen seien.

»Die Blonde mit dem Kindergesicht – einsame Klasse! Name und Uhrzeit hab' ich notiert. Sie wartete schon gut und gern zwanzig Minuten, als die Dunkle kam. Zeit und Namen habe ich aufgeschrieben. *Olé!* Fehlten bloß noch Kastagnetten und Flamencoschuhe, und es wäre wie ein Samstagabend in Benidorm.«

»Sind sie zusammen weggegangen?«

»Sie kennen sie, was?« Der Kerl ließ nicht locker. »Ein Glück haben manche Leute! Ja, sie sind gemeinsam gegangen. Störte sie anscheinend, daß sie sich begegnet sind. Hab' ihnen 'ne Tasse Tee eingeschenkt. Die Dunkle hat mich vielleicht angelächelt, mein lieber Mann! Heiße Type, aber das brauche ich Ihnen ja nicht zu sagen. Die andere sah ein bißchen mitgenommen aus. Zum Schluß sagten sie, sie könnten nicht länger warten, sie kämen morgen wieder. Ich riet ihnen, vorher anzurufen, Sie seien sehr gefragt.«

Das fröhliche Gelächter des Sergeant vom Dienst verfolgte Jurnet noch auf der Treppe. Oben war der Kommissar gerade dabei, seinen goldenen Füllhalter vom Schreibtisch in die Brusttasche zu befördern – ein untrügliches Zeichen, daß er Feierabend machen wollte. Morgens plazierte er das gute Stück als erstes feierlich vor sich auf dem Schreibtisch, eine Art Zepter, mit dem er signalisierte, daß der Laden jetzt lief. Nach der unerfreulichen Begegnung im Parterre legte Jurnet ohne Umschweife los: »Dieser Israeli, Ahilar. Könnte da nicht Spionage im Spiel sein?«

Bestürzung spiegelte sich auf dem Gesicht des Kommissars, bevor sein sardonischer Humor die Oberhand gewann, wie gewöhnlich.

»MI 5? Oder MI 6?«

»Vermutlich beides. Der Mann wurde mit einem halbvollen Glas Orangensaft beobachtet. Er hat daran gerochen.«

»Hat vielleicht selber eine Plantage zu Hause und wollte sich mal ein Urteil über die Konkurrenz bilden.« Völlig Herr der Lage, stand der Kommissar auf. »Wenn Sie ihn vernehmen, werden Sie ihn bestimmt fragen, ob er sich seinen Lebensunterhalt als Spion verdient.«

»Dürfte im Augenblick schwer sein. Zunächst war er mit seiner Enkelin im Krankenhaus. Als sie hörten, daß Professor Flaschner gestorben war, bot Ahilar Dr. Smith an, ihn ins Hotel zu begleiten, was Smith ablehnte. Soviel ich weiß, nahm Ahilar dann den Zug nach London, um von Heathrow nach Israel zurückzufliegen.«

»Mit seiner Enkelin?«

»Ich glaube, die ist jetzt in Cambridge.«

»Aha. Hübsches Mädchen, nicht? Keine Spionagestory ohne *femme fatale*.« Der Kommissar setzte sich wieder hin. Er nahm zwar seinen Füllhalter nicht aus der Brusttasche, aber sein dienstlicher Ton bewirkte das gleiche.

»Was, zum Kuckuck, könnte bloß in Smiths Manuskript stehen?«

»Ganz gleich, was es ist: Über kurz oder lang weiß es die

ganze Wissenschaft – falls Dr. Smith am Leben bleibt, um es neu auszuarbeiten. Sollte es *tatsächlich* Ahilar gewesen sein, der es gestohlen hat oder stehlen ließ, dann muß ihm gleich nach Flaschners Tod klargeworden sein, daß er seinen besten Freund für nichts und wieder nichts umgebracht hat.«

»Die besten Freunde waren sie? Die bringen einen oft ins Grab.«

Jurnet stimmte ihm zu und dachte dabei an Miriam; er spürte plötzlich ein heftiges Verlangen, in ihren Armen dahinzuschwinden. Laut sagte er: »Sie waren zusammen in Treblinka, im Konzentrationslager.«

»Ich weiß, was Treblinka war«, gab der Kommissar zurück. »Nein, weiß ich nicht«, meinte er einlenkend. »Ebensowenig wie Sie. Ebensowenig wie jeder, der nicht durch diese Hölle gegangen ist.« Seine nächste Frage schien nicht an Jurnet gerichtet, sondern an ihn selbst. »Kann einer, der Treblinka überlebt hat, jemals einen Lagergefährten umbringen?«

»Wir waren uns einig, daß das Zyankali für Dr. Smith bestimmt war.«

»Ja, natürlich.«

»Wäre trotzdem ganz gut zu wissen, ob dort unten was gegen ihn vorliegt«, meinte Jurnet unverblümt.

»Ihnen schwebt wohl eine Reise ins Heilige Land vor?« erkundigte sich der Kommissar mit einer Spur von Bosheit. Solche versteckten Anspielungen waren das Äußerste, was er sich im Hinblick auf die bisher vergeblichen Bemühungen seines Untergebenen gestattete, zum jüdischen Glauben überzutreten. Aufgrund einer stillen Übereinkunft war das Thema Miriam zwischen ihnen tabu; daher wußte Jurnets Vorgesetzter auch nicht, daß sie sich gerade in Israel aufhielt. Er hatte keine Ahnung, wie Jurnets Herz hüpfte bei dem Gedanken an ein Wiedersehen – und sei es noch so kurz.

Aus ihrer zwanghaften Haßliebe heraus, dem Spiel ohne Gewinner oder Verlierer, das die beiden hingebungsvoll miteinander spielten, verstand der Kommissar vielleicht besser, weshalb Jurnet es vorzog (möglicherweise ohne darüber nachzudenken), jeden möglichen persönlichen Vorteil in den Wind zu schlagen, und ihm nicht sofort erzählte, daß seine Verlobte vorübergehend in Israel arbeitete und er sich unter diesen Umständen freuen würde, wenn er beruflich in ihrer Nähe zu tun hätte.

Der Kommissar verzog keine Miene. »Um Gottes willen, Ben, machen wir's nicht so kompliziert. Sie wissen genausogut wie ich, wie diese Geheimagenten sind. Sie warten nur auf ihre Pensionierung, damit sie ihre Memoiren an die *Sunday Times* verkaufen können. Wir sind nicht verpflichtet, noch das Szenario zur Verfügung zu stellen.«

»Nein, Sir.« Nachdem er sinnlos alle Brücken hinter sich abgebrochen hatte, lächelte Jurnet den Handlanger seines Verderbens an. »Also nicht nach Jerusalem. Ist Cambridge genehmigt?«

»Genehmigt.«

Jurnet saß in Hemdsärmeln am Küchentisch und verspeiste das Schinkenbrötchen, das er sich auf dem Heimweg in einem Feinkostladen gekauft hatte. Er hatte absichtlich Schinken verlangt, wenn er auch nicht wußte, wogegen er mit dieser kleinen Trotzhandlung protestierte: gegen Miriam, gegen den Judaismus im allgemeinen, oder gegen das Telefon neben dem ungemachten Bett.

Wie immer, wenn er sich zu einer symbolhaften Geste hinreißen ließ, war er der Gelackmeierte. Selbst die verschwenderische Menge Senf konnte nicht darüber hinwegtäuschen, daß der Schinken verdorben war. Jurnet beförderte das angebissene Brötchen in den Abfalleimer und machte sich eine Tasse Tee, um den üblen Geschmack loszuwerden. Zitronentee, natürlich. Das sollte ihn versöhnen, den Herrn der himmlischen Heerscharen, der gewaltig ist in seinem Zorn.

Nach diesem Witz von einer Mahlzeit hielt er die Tasse unter die Wasserleitung und fischte den Museumsprospekt aus seiner Jacke, die in der Küche über der Stuhllehne hing. Als er sich in den Wohnzimmersessel fallen ließ, ächzten die Federn, als würden sie endgültig ihren Geist aufgeben.

Der Prospekt brachte eine vielversprechende Einleitung über das zweite Gesetz der Thermodynamik, dessen Prinzip Jurnet voller Freude wiedererkannte. Er stand also nicht auf verlorenem Posten: Die hervorragendsten Köpfe der Welt kamen zu dem Schluß, daß das ganze verdammte Universum mit jedem Tag ein bißchen mehr ins unausweichliche Chaos schlitterte. Man brauchte kein Isaac Newton zu sein, um das herauszufinden. Das hätte einem jeder Streifenpolizist in Angleby erzählen können, ohne dafür eine so hochtrabende Bezeichnung wie Entropie zu strapazieren. Mit dem einzigen Unterschied, daß man bei der Entropie anscheinend vorhersagen konnte, daß alles irgendwann einmal im Zustand des Gleichgewichts sein Ende finden würde. Das war mehr, als man hinsichtlich des Verfalls von Recht und Ordnung in seiner Heimatstadt erwarten durfte.

Jurnet kam jedoch rasch zu der Erkenntnis, daß ein 35-Pence-Blättchen nicht ganz reichte, um auch nur den Aufbau des Universums faßbar zu machen, geschweige denn, ihn zu hinterfragen. Elektronen, Quarks, Positronen, Protonen, Neutronen und – nicht zuletzt – seine alten Freunde, Professor Flaschners Neutrinos... Sie schwirrten aus allen Richtungen auf Jurnet zu, rutschten auf Sonnenstrahlen herab, wirbelten durcheinander wie in einem Wäschetrockner, hüpften wie übergeschnappte Akrobaten von einem Stern zum andern.

Den Inspektor betrübte die Erkenntnis, daß es sich bei den Bildern in der Galerie um einen raffinierten Schwindel handelte. Technisch ausgeklügelte Prozessoren hatten die juwelenhaften Farbtupfer gesetzt; die Sternennebel und Spiralen, die seinen Geist und sein Gefühl auf geheimnisvolle Weise angesprochen hatten, waren nur Talmi.

Jurnet ging zurück in die Küche und warf das Blättchen dem verdorbenen Brötchen hinterher, besann sich aber gleich darauf anders. Vielleicht fand er darin wenigstens ein paar Namen, mit denen er den Kommissar bei passender Gelegenheit beeindrucken konnte.

Als das Telefon klingelte, stand er unter der Dusche.

Er sprang aus der Wanne und stürzte ins Schlafzimmer. Wasser rann ihm aus dem Haar ins Genick. Er riß den Hörer von der Gabel, keuchte »Hallo?«

Falsch verbunden.

14

Der Hauseingang lag in einer etwas heruntergekommenen Einkaufsstraße zwischen einem Laden, der indische Gerichte zum Mitnehmen anbot, und einer Zoohandlung. Die Goldfische im Aquarium hinter den Schaufensterscheiben sahen die Passanten an, als kämen sie aus dem Staunen nicht heraus. An der schäbigen Tür klebte ein Kärtchen: »Anthea – Hüte etc. Einmal klopfen. Mrs. J. Piercy-Gibbs. Zweimal klopfen. Tracy Marberger. Dreimal klopfen und warten. Muß erst die Treppe runter.«

Jurnet klopfte dreimal. Er fühlte sich wohl in seiner Haut, obwohl es Inspektor Jim Catton während ihres gemütlichen Plauderstündchens darauf angelegt hatte, ihn zu vergraulen. Ihm gefiel die etwas verwahrloste Straße, die glücklicherweise so ganz anders war, als die Academe-Allee am Cam-Ufer. Dort hörte das voreingenommene Ohr des Inspektors selbst noch die Bäume überheblich rauschen, als wüßten auch sie Dinge, die dem gemeinen Volk verborgen blieben. Nach einiger Zeit klopfte Jurnet erneut. Er mußte sich beherrschen, nicht nach dem ersten Klopfen aufzuhören und Anthea mit den Hüten etc. zu fragen, was das etc. bedeutete.

Er hatte keine Angst, daß Catton ihn auf eine falsche Fährte gelockt haben könnte. Der Mann verstand sein Handwerk. Wenn sie eines Tages alt und grau waren, würden sie bei einem Glas Bier darüber nachgrübeln, weshalb sie einander nicht ausstehen konnten.

Oben ging ein Schiebefenster auf. Eine Stimme fragte: »Wer ist da?«

Jurnet trat auf den Gehsteig zurück, damit Esther Ahilar ihn sah. Er blickte hinauf in ihr bildschönes Gesicht.

»Sie sind der Polizist –«

»Richtig. Ich hätte Sie gern gesprochen.«

»Im Augenblick ist es sehr ungünstig.«

»Ich bin extra aus Angleby gekommen. Sicher möchten Sie der Polizei bei ihren Ermittlungen im Mordfall Professor Flaschner helfen.«

Das Mädchen starrte einen Moment auf ihn herab und sagte dann: »Ich komme runter und mache Ihnen auf.«

»Im Oktober, wenn das Semester beginnt, ziehe ich ins College.« Esther Ahilar saß in ihrem dürftigen kleinen Zimmer auf dem Sofa. Sie trug ein ärmelloses gelbes Sackkleid und hielt die Knie so eng aneinandergepreßt, als hätte sie Sorge, ihre Unschuld zu verlieren. Jurnet erinnerte sich nicht, daß sie mit so starkem Akzent gesprochen hatte. Wahrscheinlich war sie nervös. »Die Wohnung gehört einer Freundin. Sie besucht zur Zeit ihre Familie in Amerika. Ich muß vor Semesterbeginn noch einiges lesen, um mithalten zu können.«

Versunken in ihre Schönheit, aber mehr noch in die Kraft, die aus ihren dunklen Augen sprach, dachte Jurnet: Schätzchen, du wirst immer mithalten können. Du stehst immer in vorderster Front – ob im Krieg oder in der Liebe.

Als wollten sie sein Urteil Lügen strafen, füllten sich ihre Augen plötzlich mit Tränen.

»Onkel Max! Ich versuche, nicht an ihn zu denken, und dann müssen Sie kommen und mich wieder an alles erinnern. Suchen Sie doch lieber seinen Mörder!«

»Tun wir doch. Was meinen Sie, weshalb ich hier bin?«

»Wenn Sie glauben, ich hätte ihn umgebracht, dann sind Sie total verrückt!«

»Habe ich das behauptet?« fragte Jurnet ruhig. »Sie müssen mich verstehen, Esther.« Als er sie beim Vornamen nannte, sah sie ihm forschend ins Gesicht. Beruhigt blickte sie wieder zur Seite. »Wie soll ich jemals etwas herausfinden, wenn ich keine Fragen stelle?«

»Was möchten Sie wissen?«

»Das klingt schon besser!« Der Inspektor rutschte von dem hohen Hocker, auf dem er mehr schlecht als recht gesessen hatte – dem einzigen Sitzmöbel neben dem Sofa und einigen mit Kelims dekorierten Kissen. Erleichtert ging er im Zimmer umher. Bis zum Fenster oder zur nächsten Wand waren es immer nur ein paar Schritte. »Fangen wir mit dem Galadiner an. Nach Ankunft von Dr. Smith. Ist Ihnen irgend etwas aufgefallen? Etwas Außergewöhnliches?«

»Nur Mrs. Pender«, gab sie launig zurück. »Eine Frau wie sie habe ich noch nie gesehen. Entschuldigen Sie, ich weiß, daß Sie an etwas anderes gedacht haben. Aber Sie sagten, *nach* Ankunft von Dr. Smith. Nach seiner Ankunft habe ich sowieso nichts mehr gesehen.«

Nichts und niemanden außer Tawno Smith, meinte sie wohl. »Haben Sie bemerkt, ob außer Dr. Smith und Ihrem Onkel Max noch jemand das Glas Orangensaft angefaßt hat?«

»Nur Zeider.« Jurnet sah sie verständnislos an. »So hat er als Junge seinen eigenen Großvater in Litauen genannt. Er handelt mit Orangen und weiß mehr darüber als sonst einer. Er roch an dem Saft und meinte, er käme aus Zypern. Man muß schon ein Fuchs sein, um das zu erkennen«, schloß sie allerliebst.

»Er fand nicht, daß der Saft einen komischen Geruch hatte?«

Esther Ahilar schüttelte den Kopf.

»Er sagte nur, er käme aus Zypern. Er greift sich immer Gläser mit Orangensaft – ganz automatisch.« Röte stieg ihr in das goldbraune Gesicht. »Wenn Sie ihn fragen und er sagt, er hätte es nicht in der Hand gehabt, dann bedeutet das nichts Schlimmes. Dann hat er es unbewußt genommen.«

»Ich werd's mir merken.« Jurnet schrieb umständlich etwas in sein Notizbuch. Sein Eintrag lautete: »Pluspunkt für den Kommissar. Lag richtig mit den Orangen.« Als er das Notizbuch wieder verstaut hatte, fragte er weiter: »Sind Sie und Ihr Großvater von der Burg direkt ins Hotel gegangen? War es nicht das Cotman?«

»Das Cotman, ja. Aber wir waren selbstverständlich zuerst im Krankenhaus.« Wieder standen Tränen in ihren Augen. »Warum weine ich eigentlich, verdammt noch mal! Onkel Max war alt und krank. Ich habe gesehen, wie ein Bus mit israelischen Soldaten von Arabern in die Luft gejagt wurde, und habe nicht geweint. Das waren junge Leute, die das Leben noch vor sich hatten. Warum weine ich jetzt um einen kranken alten Mann?«

Weil du Tawno Smith liebst und seinen Kummer zu deinem machst, dachte Jurnet. Laut sagte er: »Ich finde das ganz natürlich.«

»Und Großvater, der Arme! Sie waren wie Brüder. Nicht nur wegen der KZ-Nummer. Sie haben gemeinsam Dinge erlebt, an denen kein anderer Anteil nehmen konnte. Er ist öfter nach England gefahren – geschäftlich, wie er sagte. Aber wir wußten alle, daß er in Wirklichkeit Onkel Max besuchen wollte.«

»Sind Sie jemals mit hiergewesen?«

»Nein. Ich bin zum erstenmal in England.«

»Sie sprechen so gut englisch, daß ich annahm –«

»Danke.« Sie neigte anmutig den Kopf. »Wissen Sie, meine Mutter war Engländerin. In ihrer Studienzeit arbeitete sie mal in einem Kibbuz. Sie hat dort meinen Vater kennengelernt und ist nicht mehr nach England zurückgekehrt.«

»Wenn Sie zum erstenmal hier sind und trotzdem Ihren Onkel Max so gut kennen, dann ist er wohl nach Israel gekommen?«

»Natürlich. Vor seiner Krankheit sehr oft.«

»Mit Dr. Smith?«

Esther Ahilar senkte den Blick. Ihre langen Wimpern lagen dunkel auf der goldbraunen Haut. »Einmal war er dabei«, sagte sie leise.

»Erzählen Sie.«

»Onkel Max redete immer so viel von ihm. Ein Schlawiner sei er, und ein Genie. Ein seltsames aber wunderbares Wesen. Ob Dichtung oder Wahrheit: Nach Onkel Max' Beschreibung machte ich mir ein Bild von Tawno.«

»Waren Sie enttäuscht, als Sie ihn sahen?«

»Ich habe ihn nie gesehen.« Ihre Augen lösten sich von dem abgetretenen Linoleum. »Damals war ich bei der Armee. Wir kampierten draußen in der Wüste. Als meine Mutter mir schrieb, er sei da, er wohne sogar bei uns und schlafe in meinem Bett, bin ich in die Wüste gelaufen und habe mit Gott gehadert. Ich konnte nicht fassen, daß er so grausam war.« Sie sah Jurnet ein bißchen mitleidig an. »Es ist schwer, jemandem von Liebe zu erzählen, der –« Verlegen brach sie ab.

»Noch nie geliebt hat?« Jurnet verzog keine Miene. »Wie recht Sie haben.«

»Ihr Großvater muß doch froh gewesen sein, Sie bei sich zu haben«, bemerkte der Inspektor ein bißchen scheinheilig.

Esther Ahilar warf ihm einen raschen Blick zu.

»Er mußte nach Heathrow zum Flughafen. Mein Großvater ist sehr stark, Inspektor. Das Leben hat ihn gelehrt, alles zu ertragen. Wenn er dageblieben wäre, hätte er Onkel Max auch nicht helfen können. Hätte er gewußt, daß es um Mord ging, so wäre das natürlich etwas anderes gewesen.«

»Inwiefern?«

»Dann wäre er in England geblieben, hätte herausgefunden, wer es getan hat, und dann den Mörder getötet«, erklärte Esther Ahilar gelassen.

»Sie haben ein lobenswertes Vertrauen in die Fähigkeiten der englischen Polizei«, bemerkte Jurnet. »Meinen Sie, wir sollten ihn kommen lassen, damit er uns zeigen kann, wie man das macht?«

Die Israelitin bemühte sich nicht einmal, ihre Geringschätzung zu verbergen. »Ihr würdet ihn wahnsinnig machen mit eurer Habeas-Corpus-Akte, euren erkennungsdienstlichen Untersuchungen und euren Überlegungen, ob die Beweise für eine Anklage ausreichen –«

»Wir nennen das Gerechtigkeit«, warf der Inspektor freundlich ein.

»– und während ihr brav eure Formulare ausfüllt, macht sich der Mörder aus dem Staub.«

»Das gäb's bei Ihrem Großvater nicht, wenn er anfinge, das Gesetz in seine eigenen Hände zu nehmen. Ich fürchte, Sie müssen sich wohl oder übel mit uns komischen Käuzen abfinden, auch wenn wir uns aufspielen und Fragen über Fragen stellen. Zum Beispiel diejenige, wo Sie sich aufgehalten haben, nachdem Sie Ihren Opa zum Zug nach London gebracht hatten.«

Sie überlegte eine Weile, bis sie antwortete. Aufgrund langjähriger Erfahrung erkannte Jurnet an der Art, wie sie an ihrer Lippe nagte und hoffnungsvoll auf die Tür starrte, als erwarte sie von dort die Rettung, daß sie mit sich kämpfte, ob sie ihn belügen sollte oder nicht. Er war außerordentlich gespannt auf ihre Entscheidung. Als sie schließlich getroffen war, setzte sie sich in Positur und sah ihm forsch in die Augen. Er lächelte sie aufmunternd an wie ein Vater, der stolz ist auf sein Kind.

Esther Ahilar sagte: »Ich ging ins Virgin. Zu Tawno.«

»Ich weiß nicht genau, ob ich Tawno trösten oder verführen wollte«, fuhr sie fort. »Vermutlich beides. Ich hab's ziemlich raffiniert angestellt. Der Mann an der Rezeption sah mich abschätzig an, als ich fragte, ob Dr. Smith in seinem Zimmer sei. Es ist sicher ein sehr anständiges Hotel, und wenn eine Frau mitten in der Nacht nach einem Mann fragt, wirkt das unanständig.« Sie lachte. »Wahrscheinlich nahm er an – Sie wissen schon. Zuerst wollte er Tawno nicht mal anrufen. Der Doktor habe Anweisung gegeben, ihn nicht zu stören. Also sagte ich, es ginge um seinen soeben verstorbenen Onkel, es sei sehr wichtig. Ich buchstabierte meinen Namen: Miss Ahilar. Das klang seriöser als Esther. Zum Schluß wählte er doch Tawnos Nummer, und als er endlich abhob, sagte der Angestellte: ›Zimmer 314? Eine Miss Ahilar ist hier an der Rezeption‹, und so weiter. Er hat meinen Namen so eigenartig ausgesprochen, daß es alles mögliche hätte heißen können. Aber ich kannte jetzt die Zimmernummer. Tawno muß wohl gesagt haben: ›Hatte ich nicht Anweisung gegeben, mich nicht zu stören‹, denn der Empfangschef sah mich ärgerlich an. Dann legte er auf und erklärte mir grinsend, Dr. Smith hätte gesagt, es müßte bis zum Morgen warten. Ich bedankte mich und ging. Er hatte die Treppe und den Aufzug voll im Blickfeld, deshalb lief ich ums Haus herum auf den Parkplatz. Als ich meinen Wagen dort abgestellt hatte, war mir eine Tür mit der Aufschrift *Personaleingang* aufgefallen. Ich kam dort über eine schmale Treppe zum Zimmer 314.«

»Erzählen Sie weiter.«

»Ich klopfte und gab mich zu erkennen. Nach einer ganzen Weile machte mir Tawno auf. Er trug den seidenen Hausmantel, den mein Großvater Onkel Max zum Geburtstag geschenkt hatte. Er sah aus wie ein kleiner Junge, der sich Sachen von seinem Vater angezogen hatte. Trotz allem mußte ich lächeln.«

Mit unsicherer Stimme sprach sie weiter. »Er war alles andere als erfreut, mich zu sehen. Er hatte geweint, und vielleicht dachte er, das sei unmännlich. Wenn ich sage, er war nicht erfreut«, differenzierte sie, »so meine ich, rational – oder wie Sie es nennen wollen. Aber der überweite Hausmantel gab vorn den Einblick frei, verstehen Sie, und ich konnte sehen, daß sein Körper mehr als erfreut war. Einen Augenblick lang dachte ich, alles wäre in Ordnung, aber dann schob er mich plötzlich weg und schleuderte mir ein Wort in Romani entgegen – ein Schimpfwort, so klang es jedenfalls. Er nahm einen Schlüssel vom Toilettentisch und warf ihn mir zu. Es war der Schlüssel zum Nebenzimmer.«

»Nummer 315. Das Zimmer des Professors.«

»Ja.« Esther Ahilar bedachte den Inspektor mit einem düsteren Blick. »Ich habe dort geschlafen, falls man es so nennen kann. Ich lag auf dem Bettüberwurf und hoffte verzweifelt, daß Tawno zu der Einsicht kommen würde, wie natürlich es wäre – auch im Sinne von Onkel Max –, gerade diese Nacht mit mir zu verbringen. Ich zog mich aus, um für ihn bereit zu sein.« Frei von falscher Scham und albernem Stolz bekannte sie: »Ich bin noch Jungfrau, Inspektor Jurnet. Unter gläubigen Jüdinnen in Israel ist das auch heute noch so üblich, aber ich bin nicht gläubig. Ich will nicht bestreiten, daß ich zu gewissen Zeiten am Liebesakt Gefallen gefunden hätte. Aber es wäre keine Liebe dabeigewesen.« Sie beugte sich vor, als wäre das Urteil des Inspektors für sie wichtig. »Vielleicht denken Sie, ich bin zu sentimental, wenn ich rein bleibe für meine wahre Liebe, wie in alten Romanen. Aber darum ging's mir nicht. Ohne Liebe war es mir die Sache einfach nicht wert.«

»Ja«, sagte Jurnet, der die Geschichte seines Lebens zu hören glaubte. Betont eindringlich fragte er: »Und Ihre Sachen – haben Sie die in den Schrank gehängt?«

»Ich – ich glaube nicht. Ich hab sie auf einen Stuhl geworfen.« Teilnahmslos schloß sie: »Er ist nicht gekommen. Sobald es hell wurde, zog ich mich an, verschwand über die Hintertreppe und fuhr hierher.«

Jurnet war nicht traurig darüber, daß die Schlafzimmerstory zu Ende war. Sie rief ihm zuviel Negatives ins Gedächtnis: ein Telefon, das nicht klingelte, eine Geliebte, die nicht kam. »Wie ist das mit Ihrem Wagen?« fragte er. »Ich dachte, Sie und Ihr Großvater seien erst kurz vor der Dreihundertjahrfeier hergeflogen?«

»Stimmt. Wir kamen am Morgen hier an. Ursprünglich wollte mein Großvater nach Bonn, aber da ich plante, rechtzeitig in Cambridge zu sein und Onkel Max uns zum Festbankett eingeladen hatte, erlaubte er sich den kleinen Abstecher.«

»Und das Auto? Ist es ein Mietwagen?«

»Nein. Es ist mein verfrühtes Geburtstagsgeschenk. Mein Großvater ist unglaublich lieb zu mir. Als er hörte, daß ich in Cambridge einen Studienplatz bekommen hatte, unterschrieb er den Kaufvertrag und ließ den Wagen mit Papieren und allem Drum und Dran am Flughafen bereitstellen.«

»Sie sind also direkt von Heathrow nach Angleby gefahren?«

»Fast direkt. Es war ein Traum. Selbst im Sommer ist England so wunderbar grün. Wir waren auf der M11, als wir die Abzweigung nach Cambridge sahen. Wir hatten eine Menge

Zeit, und ich sagte, fahren wir doch hin, dann zeige ich dir mein College.«

»Es war also eindeutig *Ihre* Idee?«

»Ja, ich denke schon. Spielt das eine Rolle? Wir fuhren durch die herrlich grüne Landschaft, der Wagen schnurrte wie ein Kätzchen.« Lächelnd erinnerte sie sich an das Fahrvergnügen. »Ich hatte noch nie ein eigenes Auto. Der Abstecher nach Cambridge war irgendwie ganz natürlich. Mein Großvater sagte: ›Onkel Max sollte nicht fahren. Warum holen wir ihn nicht ab und nehmen ihn mit nach Angleby?‹«

»Ja, gut. Wann sind Sie beide denn nun in Cambridge eingetroffen?«

Esther Ahilar runzelte die Stirn.

»Halb drei? Drei? So um diese Zeit. Zuallererst haben wir von einer Telefonzelle Onkel Max angerufen, aber es hat sich keiner gemeldet. Vom College aus haben wir's dann noch mal versucht. Er muß sehr früh gefahren sein, und wir machten uns beide Vorwürfe, weil wir nicht daran gedacht hatten, von Heathrow aus anzurufen.«

»Waren Sie und Ihr Großvater in Cambridge ständig zusammen?«

»Das habe ich Ihnen schon gesagt.«

»War er nie alleine – nicht mal auf der Toilette?«

»Was sollen diese Fragen?« Ihre wunderbaren Augen blitzten. »Er ist zum Tanken weggefahren, falls Sie das interessiert. Der Wagen sollte vollgetankt am Flughafen stehen, aber aus irgendwelchen Gründen haben sie nur zwanzig Liter reingefüllt. Ich habe ihm die Schlüssel gegeben, und er ist zur Tankstelle gefahren, während ich mich an der Universitätsbibliothek einschrieb.«

»Wie lange war er weg?«

»Wenn ich geahnt hätte, daß ein englischer Polizist mir diese Frage stellen würde, hätte ich's mir notiert. Ich kann nur sagen, daß ich das Anmeldeformular ausgefüllt und auf meinen Ausweis gewartet habe. Dann bin ich noch ein bißchen zwischen den Regalen entlanggeschlendert. In der Handbibliothek habe ich in einem Lexikon unter dem Stichwort

›Zigeuner‹ nachgelesen, bis mein Großvater zurückkam.« Bei den letzten Worten war sie zauberhaft errötet.

»Ich glaube, Sie haben mir noch nicht gesagt, an welchem College Sie studieren.«

»Magdalene.«

»Aha.« Jurnet überschlug im Geiste die Entfernung zwischen dem College und dem Haus des Professors in der Heathcote Avenue, wieviel Zeit man für Hin- und Rückfahrt brauchte, wieviel für das Entfernen der Glasscheibe, das Zerstören der Polstermöbel, den Amoklauf im Arbeitszimmer. Unter Esther Ahilars mißtrauischen Augen schlug er einen legeren Ton an. »Und was stand in dem Lexikon über Zigeuner?«

»Daß sie eine verfolgte Rasse sind, wie die Juden«, antwortete sie im Tonfall freudloser Genugtuung. »Sie sind ein Wandervolk, das seine Integrität wahrt – genau wie die Juden. Im Grunde sind sie noch tapferer, denn sie können keine Hoffnung auf Zion setzen. Tawno und ich haben vieles gemein«, schloß sie, stolz wie ein Kind.

»Das würde mich nicht überraschen. Haben Sie ihn schon gesehen, seit Sie in Cambridge sind?«

»Wie wäre das möglich gewesen? Als ich heute früh anrief, erfuhr ich von der Haushälterin, daß er noch bis zum Ende der Dreihundertjahrfeier in Angleby bleibt. Falls Sie's noch nicht wissen sollten: Die Haushälterin heißt Mrs. Venables. Onkel Max hat oft erzählt, wie gut sie für ihn sorgte. Seinem Reden nach zu urteilen, war sie seine Geliebte.«

Sie hielt sich die Hand vor den Mund. »Das hätte ich nicht sagen sollen. Es war nur so ein Gedanke, und es geht mich auch nichts an.«

»Ich habe nichts gehört«, meinte Jurnet lächelnd. »Kommt Ihr Großvater zur Beerdigung?«

Das Mädchen schüttelte den Kopf.

»Ich glaube nicht. Zeider hält nicht viel von Beerdigungen. Er meint, seit dem Holocaust gibt es für einen Juden nur zwei Antworten auf den Tod: Schweigen oder Rache.« Sie erschauerte. »Wahrscheinlich wird er das *Kaddish* beten: ein

Gebet, das man spricht, wenn jemand aus dem Familienkreis gestorben ist. Es ist ein Gebet für das Leben, zum Lobe Gottes und voller Hoffnung. Aber er ist kein gläubiger Jude.«

15

Auf den ersten Blick konnte man kaum verstehen, wie der Mann zu dem Spitznamen »Dandy« gekommen war. Doch mit etwas Phantasie ließen sich die hängenden Schultern und der Bauch straffen, und man entdeckte in den schlaffen Zügen noch das jugendlich anmaßende Gesicht. Doch selbst in seinem jetzigen Zustand trat der Mann noch mit einem Rest von jungenhaftem Elan in das stickige Kabuff, das Kriminalinspektor Catton zum Vernehmungszimmer auserkoren hatte.

»Donnerwetter!« rief Dandy Venables. »Was sehen meine trüben Augen? Valentino und Taffy Pausbacke!« Sergeant Ellers, der mit aufgeschlagenem Notizbuch in der Ecke saß, quittierte die Begrüßung mit einem Grinsen. Jurnet preßte die Lippen aufeinander und ärgerte sich, obwohl er sich denken konnte, daß einem altgedienten Knastbruder nichts, aber auch gar nichts verborgen blieb.

Ohne eine Aufforderung abzuwarten, nahm Venables auf dem einzigen freien Stuhl Platz und sah den Inspektor über den Tisch hinweg an.

»Was steht an, Chef?« fragte er munter. »Was soll ich heute gestehen? Vergewaltigung oder Brandstiftung? Hab' ich meine kleine Schwester an'n arabischen Scheich verhökert? Suchen Sie sich's aus. Tu Ihnen doch gern den Gefallen.«

»Sie werden alt, Dandy. Einbruch laß ich mir noch eingehen. Aber sinnlose Zerstörungswut?« Jurnet schüttelte eher traurig als unmutig den Kopf. »Warum haben Sie die Polsterstühle aufgeschlitzt?«

»Mein Gott, schon wieder! Wie oft muß ich noch sagen, daß ich nichts mit irgendwelchen Stühlen am Hut habe! Würde ich mir dann ausgerechnet das Haus aussuchen, wo meine Alte arbeitet?«

»Weiß ich nicht. Käme auf die Umstände an.«

»Sie meinen, daß sie's mit diesem krausköpfigen Zigeuner treibt, während ich im Knast dafür blute?«

Jurnet verbarg sein Erstaunen über die unverhoffte Wendung, die das Gespräch genommen hatte, und bemerkte sachlich: »Das würde die Sache natürlich erklären.«

Dandy Venables lachte.

»Annie kann meinetwegen mit dem Prinzen von Wales bumsen. Daß ich mit ihr vor den Altar gezogen bin, war der Fehler meines Lebens. So was kann einem passieren, wenn man einen zuviel intus hat. Kaum haste ›Ja‹ gesagt, tätste dir am liebsten die Zunge abbeißen. Aber was willste machen. Die Hochzeitsgäste grinsen sich eins, und da stehen drei brandneue Schwäger mit Muskeln wie King Kong. Der blöde Pfaffe war auch noch katholisch, wie Annie. Bist auf immer und ewig gebunden. Kommst da erst raus, wenn du'n Löffel abgibst, wenn überhaupt.«

»Sie hätten sich ordnungsgemäß scheiden lassen können.«

»Ich rede von Annie. Mir paßt das, Mann. Paßt mir total. Hab immer ein trautes Heim, ein Essen auf dem Tisch und ein warmes Bett, weil's nämlich 'ne Todsünde ist, seinem angetrauten Ehemann die ehelichen Rechte zu verwehren. Auch, wenn er ein kriminelles Arschloch ist. Wenn Sie glauben, ich würde riskieren, daß Annie rausfliegt, dann sind Sie bekloppt.«

»Inspektor Catton sagt, Sie seien am Morgen Ihrer Entlassung aus dem Gefängnis in der Heathcote Avenue gewesen.«

»Wollte mir nur den Wohnungsschlüssel holen und Annie Bescheid geben, daß ich wieder mitmische.«

»Saubere Arbeit, Dandy«, sagte Jurnet. »Zu sauber. Nur einer kann eine Scheibe so herausnehmen: Dandy Venables. Ganz zu schweigen von den Fingerabdrücken.«

»Fingerabdrücke?« Er vergaß seine Leutseligkeit und sah den Inspektor böse an. »Sie wollen mir wohl was anhängen, wie? Ich hab' mich nur umgeschaut, als Annie ans Telefon gegangen ist, mehr nicht. Hätte sie mir den Schlüssel gleich gegeben, wäre ich sofort wieder verschwunden. Das habe ich auch getan, sobald ich ihn hatte. Da hat sie immer noch telefoniert.«

»Waren Sie in der Wohnung, als sie dann später nach Hause kam?«

Der Mann rutschte unruhig auf seinem Sitz herum.

»Sie legen ganz schön los!« beschwerte er sich. »Bin vielleicht mit 'n paar alten Freunden auf 'n paar Bier, hab' mich umgehört, was so läuft.«

»Vielleicht haben Sie auch gewartet, bis Ihre Frau Professor Flaschners Haus verließ und haben sich dann auf Ihre gewohnte fachmännische Weise Zutritt verschafft. Weisungsgemäß haben Sie Dr. Smiths Unterlagen an sich genommen und das Zimmer verwüstet.« Jurnet sah sein Gegenüber forschend an. »Was hat man Ihnen für die Arbeit bezahlt?«

»Ach, lecken Sie mich doch sonstwo!«

Mrs. Venables sah nicht mehr aus wie das blühende Leben. Sie blickte Jurnet geistesabwesend an und schien sich zu fragen, ob er nun der Milchmann sei oder nicht.

Jurnet sagte knapp: »Kriminalinspektor Jurnet vom Kommissariat in Angleby.« Langsam stahl sich ein Ausdruck des Wiedererkennens in ihr Gesicht.

»Jetzt erinnere ich mich. Dr. Smith ist nicht da.«

»Ich wollte nicht Dr. Smith sprechen, sondern Sie, falls ich nicht ungelegen komme.«

»Mich?« Ihre Stimme drückte die Bestürzung aus, die er in ihren Augen las. Keine Meisterin im Verstellen, dachte Jurnet. Ihr fehlt die Übung. »Wieso wollen Sie mich sprechen? Ich kann Ihnen nichts Neues erzählen.«

»Es wird Ihnen sicher noch was einfallen.« Er lächelte sie charmant an und ärgerte sich gleichzeitig darüber, daß er seine Fähigkeiten so unangemessen vergeudete. »Müssen wir uns zwischen Tür und Angel unterhalten?«

Die Haushälterin öffnete ihm widerstrebend die Tür. Er zog sie hinter sich zu, denn sie hatte sich sofort abgewandt. »Sie müssen mit in die Küche kommen. Ich setze gerade Suppe auf.«

Jurnet folgte der Frau durch eine stoffbespannte Tür in die supermodern eingerichtete Küche. Voll echter Bewunderung rief er: »Das nenne ich Küche!« Er kannte sich aus; denn in seinen Träumereien über ein Eheleben mit Miriam blieb er nämlich manchmal vor Kaufhausfenstern stehen, um zu sehen, was die ausgestellten Arbeitsplatten und Küchenblöcke, Kochmulden und Grillkombinationen so kosteten.

Der Schatten eines Lächelns huschte über Mrs. Venables' Gesicht, bevor es von dem Gedanken an ihren Kummer ausgelöscht wurde.

»Das Beste war ihm für mich gerade gut genug«, sagte sie. Feindselig sah sie das Gemüse auf dem Tisch an. »Ich muß verrückt sein. Für wen mache ich das?« Sie räumte alles in eine Schüssel und schüttete es in den Mülleimer. Dann spülte sie die Schüssel aus, trocknete sie ab und stellte sie in einen Schrank. Dieses Ritual schien sie irgendwie zu erleichtern. Sie wandte sich dem Inspektor zu, als sähe sie ihn zum erstenmal, und bot ihm einen Platz an. »Ich mache uns eine Tasse Tee.«

Bei der zweiten Tasse gab er zu verstehen, daß er sich auch mit Dandy Venables unterhalten hatte – was sie nicht überraschte.

»Damit habe ich gerechnet. Als ich hörte –« ihre Stimme brach. Nur mit Mühe bekam sie sich wieder unter Kontrolle. »Als ich hörte, daß der Professor nicht auf natürliche Weise gestorben war, wußte ich, daß jetzt alles über meine Ehe rauskommen würde.«

»Professor Flaschner war doch bestimmt im Bilde?«

Annie Venables schüttelte den Kopf.

»Ich wollte es ihm immer sagen.« Sie sah Jurnet unsicher an. »Sie werden fragen, warum ich's nicht getan habe. Was hat mich davon abgehalten? Als ich mich damals auf die Anzeige meldete und sagte, ich sei Witwe, war das etwas anderes. Ich habe die bittere Erfahrung gemacht, daß man keine Stelle kriegt, wenn man sagt ›ich bin verheiratet, aber mein Mann sitzt leider zur Zeit im Gefängnis‹. Bei seiner humanen Einstellung hätte es jedoch überhaupt nichts ausgemacht, wenn ich ihm nach all den Jahren reinen Wein eingeschenkt hätte. Ich konnte es nur einfach nicht ertragen, zuzugeben, daß ich mich mit einer Lüge bei ihm eingeführt hatte.«

»Mit ihm wären Sie auch klargekommen, wenn Sie's ihm gleich am Anfang gesagt hätten.«

»Wie sollte ich das wissen!« rief sie verzweifelt. »Ich war so drauf versessen, daß er mich nimmt; nicht nur, weil ich das Geld brauchte. Schon in den allerersten Minuten spürte ich, wie nett er war. Netter als irgend jemand in meinem bisherigen Leben. Ich konnte nicht riskieren, mir diese Chance zu vermasseln.« Sie hatte die Hände in den Schoß gelegt und schwieg eine Weile. Dann sagte sie: »Er hat mir achtzigtausend Pfund hinterlassen. Wissen Sie das schon?«

»Nein. Wir haben noch nichts von den Anwälten gehört.«

»Dr. Tawno hat's mir erzählt.« Sie hob den Kopf und sah dem Inspektor direkt in die Augen. Ein zittriges Lächeln spielte um ihre Lippen. »In Krimis wird immer die Testamentseröffnung abgewartet, damit man sieht, wer profitiert. Falls Sie glauben sollten, ich hätte mit dem Tod des Professors etwas zu tun, so sage ich Ihnen gleich, daß ich das Erbe nicht annehme.«

»Wieso das? Er hätte es Ihnen doch nicht vermacht, wenn er nicht gewollt hätte, daß Sie's auch kriegen.«

»Aber ich habe ihn belogen!«

»Sie sind nicht die erste und nicht die letzte, die jemanden anlügt.«

»Aber nicht jemanden, den man liebt.«

Jurnet erwiderte leise: »Vor allem jemanden, den man liebt.«

»Hören Sie auf mich«, riet Jurnet. »Erzählen Sie Dandy nichts davon. Der käme gar nicht schnell genug ins Wettbüro.«

»Ich weiß nicht.« Annie Venables senkte müde den Kopf. »Vielleicht will er einen neuen Anfang machen. Diesmal hat er keinen einzigen Penny von mir verlangt. Das ist sonst das erste. Sobald er auftaucht, hole ich mein Portemonnaie. Aber er wollte nur den Schlüssel. Er sagte, seine finanziellen Sorgen hätten ein Ende. Im Gefängnis ginge man mit der Zeit, wie überall. Es wäre wie an der Börse, und er sei drauf und dran, einen Riesengewinn zu machen.«

»Haben Sie ihn gefragt, worum es ging?«

»Ich saß auf Kohlen, weil ich Angst hatte, der Professor könnte jeden Augenblick runterkommen und wissen wollen, mit wem ich mich unterhielt. Ich hatte ihm gerade einen Teller Suppe und ein paar Scheiben Knäckebrot raufgebracht und ihm das Versprechen abgenommen, sich auszuruhen, bis es Zeit wurde, nach Angleby zu fahren. Aber bei ihm wußte man ja nie... Ich kann Ihnen gar nicht sagen, wie nervös ich war, als Dandy auftauchte. Fast hätte ich beim Bügeln das Smokinghemd versengt, das der Professor anziehen wollte. Sein Abendanzug war zwar noch bei den Maslins, aber er meinte, Mrs. Maslin würde sein Hemd nie so hinkriegen wie ich.« Ihre Brust hob sich, als sie die gesamten Ärgernisse jenes Morgens aufzählte: »Das Hemd war zu bügeln, der Koffer zu packen, und dann machte ich mir die ganze Zeit Sorgen, weil er unbedingt Dr. Tawnos Wagen nehmen wollte. Plötzlich stand auch noch Dandy vor der Tür. Ich wußte gar nicht mehr, wo mir der Kopf stand. Zu allem Überfluß rief gerade in dem Moment die Teppichreinigung an. Sie sollten kommen, während der Professor weg war. Als ich telefonierte, sah ich Dandy ins Arbeitszimmer gehen –«

»Wie lange war er dort allein?«

»So lange, wie ich brauchte, um durch die Diele zu rennen und ihn rauszuwerfen. Ich hab' mich nicht mal bei den Leuten am Telefon entschuldigt. Dann holte ich meine Tasche, gab ihm die Schlüssel und schob ihn praktisch zur Tür hinaus.«

Mit einem befreienden Seufzer erholte sich Mrs. Venables von der Erinnerung an jenen aufregenden Moment. »Es war keine Sekunde zu früh. Als ich mich umdrehte, stand der Professor in Unterhosen auf dem Treppenabsatz und wollte wissen, wo ich seine Socken gelassen hätte.« Die Haushälterin vergoß ein paar Tränen und schneuzte sich in ein Papiertaschentuch. »Als ich den Hörer wieder in die Hand nahm, standen die Leute von der Reinigung kurz vor einem Tobsuchtsanfall.«

»Um welche Zeit ist der Professor nach Angleby gefahren?«

»Es muß so gegen zwei gewesen sein.«

»Und Sie haben das Haus unmittelbar danach verlassen?«

»Nicht unmittelbar. Erst habe ich noch im Zimmer des Professors aufgeräumt und sein Bett gemacht. Als ich im Arbeitszimmer nachsehen wollte, ob die Fenster zu waren, entdeckte ich etwas, das mich mehr aufregte als alles andere: Auf dem Kaminsims stand ein Glas mit einem Rest Whisky. Whisky! Vermutlich war dem Professor der Porsche genauso wenig geheuer wie mir. Aber wenn Tawno ihn in Angleby brauchte, dann mußte er ihn haben. Dieses Glas! Ich trug es in die Küche und knallte es in die Spüle. Idiotische Reaktion. Die schönen Gläser! Es war ganz und gar unnötig.«

»Wir tun alle mal etwas, was wir hinterher bedauern. Was haben Sie anschließend gemacht?«

»Ich habe meinen Mantel angezogen, meine Tasche genommen und abgeschlossen. Dann habe ich für Dandy einen Räucherhering gekauft. Er ist schwach, das wissen Sie. Sie hatten ja mit ihm zu tun. Und er erkennt nicht, wenn's gefährlich wird. Wenn Sie zusehen, wie er eine sechsspurige Straße überquert, kriegen Sie graue Haare.«

Jurnet bemerkte, daß Annie Venables trotz allem noch etwas für diesen Galgenvogel übrig zu haben schien. »Wir haben noch keine Anklage gegen ihn erhoben«, verriet er. Bei seiner nächsten Frage wurde sein Ton härter. »Kennen Sie irgend jemanden unter den Festgästen, der über Sie und Dandy Bescheid wußte?«

Der Haushälterin schoß das Blut ins Gesicht. Sie starrte Jurnet an.

»Nur Dr. Tawno.«

»Seinetwegen brauchen Sie sich keine Sorgen zu machen. Wir haben alles nachgeprüft – seine Abreise aus der Schweiz und seinen Auftritt in London. Selbst wenn er aus irgendeinem unerfindlichen Grund einen fingierten Einbruch in sein eigenes Haus in Szene gesetzt haben sollte, hätte er keine Möglichkeit gehabt, sich mit Dandy zu arrangieren.«

Annie Venables war wieder blaß geworden. Sie sagte leise: »Mrs. Pender betreut Häftlinge.«

Im Arbeitszimmer betrachtete Jurnet stirnrunzelnd die Fotografie im silbernen Rahmen, die mitten auf dem Kaminsims aus Eichenholz stand. Mrs. Venables fröstelte, trotz der beinahe stickigen Luft. Alle Fenster waren geschlossen; vom Garten her prallte die gespeicherte Sonnenhitze gegen das Glas. Jurnet sah, daß die fehlende Scheibe ersetzt worden war.

Die Haushälterin sah die verunstalteten Stühle mit einem so haßerfüllten Blick an, als hätten sie den Einbruch verübt.

»Ich kann es kaum erwarten, bis sie zum Polstern abgeholt werden.« Dann brach es plötzlich aus ihr heraus: »Ich habe Dr. Tawno nichts von Dandy erzählt. Er weiß es von ihm selbst. Hat ihm eines Tages vor dem Labor aufgelauert und ihm gesagt, wer er ist und daß er weiß, was zwischen uns läuft. Er verlangte Schweigegeld.«

»Ah ja?« Jurnet sah von der Fotografie auf. »Hat Dr. Tawno ihm welches gegeben?«

»Ihm welches gegeben?« Der Inspektor zuckte innerlich zurück vor der Entrüstung, die aus den drei Worten sprach. »Was soll das heißen? Dr. Tawno hat sich fast totgelacht. Er hat mir alles erzählt, als er heimkam. Ich weiß es noch wörtlich.« Mrs. Venables holte tief Luft. »Er sagte: ›Ihr Mann hat sich den Falschen geschnappt, was, Annie?‹«

So zartfühlend wie möglich sagte Jurnet: »Ich vermute, der Richtige war der Professor?«

»Da haben Sie richtig vermutet.« Zum erstenmal, seit Jurnet das Haus betreten hatte, sah die Haushälterin glücklich aus. Sie warf ihren Kummer ab wie eine Schlange ihre Haut. »Er war alt und krank. Gäbe es Preise für Leistungen im Bett, so hätte er nur einen Trostpreis bekommen. Es heißt, er sei mal ein Frauenheld gewesen – vor meiner Zeit.« Sie schwieg und dachte an die entgangenen Freuden; aber sie empfand kein Bedauern. »Er war zärtlich und liebevoll. Er gab mir das Gefühl, etwas Besonderes zu sein. Er schenkte mir Wärme und Geborgenheit. Ja, Geborgenheit«, wiederholte sie streitbar, als hätte der Inspektor zu widersprechen gewagt. »Auch, wenn ich meinen Glauben und mein Seelenheil dafür verlor. Ich konnte doch Pater Donovan nicht beichten, daß ich Ehebruch beging. Er hätte mir nur gesagt, daß ich damit aufhören soll, und das wollte ich um keinen Preis. Was die Bibel auch dazu sagen mag: Unser Verhältnis war keine Sünde, und ich hätte weder auf einen Priester noch auf Gott gehört. Es war gut so und richtig. Und wunderschön.« Einen Augenblick lang verharrte sie in der Erinnerung an ihr Glück, bevor der Kummer sie wie Nebel umhüllte.

»Dr. Smith wußte über Ihr Verhältnis Bescheid?«

»Selbstverständlich! Sonst hätte *er* was mit mir angefangen. Er ist ein ganz reizender Mann, und wenn der Professor nicht gewesen wäre, hätte ich bestimmt nicht nein gesagt. Aber ich gehörte seinem Onkel, und damit basta. Er schätzte mich sicher noch mehr, weil ich den Professor glücklich machte. Und darüber gab's keinen Zweifel. Fragen Sie Dr. Tawno!« Sie ließ nun ihren Tränen freien Lauf und rang die Hände. »Der Professor hat fürchterliche Dinge erlebt, die ihm keine Ruhe ließen. Manchmal hat er im Schlaf die Namen von Leuten gerufen, die in Konzentrationslagern ermordet wurden. Er fühlte sich schuldig, weil sie tot waren und er lebte. Wenn so was passierte, habe ich ihn immer geweckt und ihn wie ein Kind in den Armen gewiegt, bis er wieder einschlief –«

Irritiert sah Jurnet zum Kamin hinüber.

»Aber er hat doch ein signiertes Foto von Göring auf dem Kaminsims stehen, einem der schlimmsten Nazis.« Mit schräggelegtem Kopf versuchte er, die diagonal über die untere Ecke geschriebene Widmung zu entziffern.

»Es heißt: ›Meinem unvergessenen Freund‹.« Annie Venables stellte sich neben Jurnet auf den Kaminvorleger. »Der Professor hat gesagt, es sei als Witz gedacht. Göring sollte gehängt werden, aber er ist dem zuvorgekommen und hat sich vergiftet. Mit ›unvergessen‹ meinte er, ihm bliebe keine Zeit mehr, den Professor zu vergessen – oder sonst jemanden. Der Professor arbeitete als Übersetzer bei den Nürnberger Prozessen; wußten Sie das nicht? Aus irgendeinem Grunde hatte er bei Göring einen Stein im Brett, obwohl er Jude war.«

»Göring muß wohl auch bei ihm einen Stein im Brett gehabt haben, sonst hätte er sein Foto nicht auf den Kaminsims gestellt.«

»Es sollte ihn an etwas erinnern.«

»An was?«

»Weiß ich nicht«, sagte Annie Venables langsam. »Ist mir nie in den Sinn gekommen, ihn zu fragen.« Wieder traten Tränen in ihre geröteten Augen. »Und nun ist es zu spät.«

16

»Ein einziger Abdruck auf dem Türgriff, der sich ohne Schwierigkeiten erklären läßt.« Kriminalkommissar Catton saß auf einer Ecke seines Schreibtischs und ließ ein Bein baumeln. Er gab sich keine Mühe, ein zufriedenes Grinsen zu unterdrücken. »Wir müssen den Kerl laufenlassen.«

»Sehr schön!« meinte Jurnet beifällig, worauf das Grinsen wie die Teilchen eines geschüttelten Kaleidoskops sofort in sich zusammenfiel und einem gekränkten und mißtrauischen Ausdruck Platz machte. Offenbar hielt er seine legere Sitzhaltung im Hinblick auf die veränderte Sachlage für unpassend; denn er setzte sich hinter seinen Schreibtisch und spielte den Mann, der alles im Griff hat, was Jurnet nicht im geringsten beeindruckte. Verglichen mit seinem Chef waren alle anderen nur machtgeile Waisenknaben.

»Ich weiß nicht, was daran sehr schön sein soll«, maulte Catton und machte kein Hehl daraus, wem seiner Meinung nach das Fehlen eines überzeugenden Schuldvorwurfs anzulasten sei.

»Ich sagte ›sehr schön‹, weil wir jetzt herausfinden können, zu wem er Kontakt aufnimmt – oder umgekehrt.«

Das Grinsen kehrte in Cattons Gesicht zurück. »Wenn Sie

glauben, wir lassen Leute wie Dandy Venables beschatten, dann sind Sie schief gewickelt. Wir sind schließlich nicht Klein Scotland Yard.«

»Stimmt. Cambridge ist eine Kleinstadt«, konterte Jurnet unverfroren. »Es war mir nur nicht klar, wie klein. Trotzdem muß es doch auch bei Ihnen Leute geben, die Augen und Ohren offenhalten.«

»Wenn wir was Sensationelles zu melden haben, schicken wir euch 'ne Karte«, versprach Catton.

Jurnet durchquerte den Innenhof des King's College mit einem Gesichtsausdruck, der sein Hochgefühl nicht erkennen ließ – aber auch nicht ein gewisses Unbehagen, das ihn in der Erinnerung an die Baptistenkirchen seiner Kindheit befiel. Sergeant Ellers wartete auf ihn. Mit aufgestützten Armen stand er am Geländer der hübschen kleinen Brücke, die sie zum Treffpunkt bestimmt hatten. Begleitet von einer Kopfbewegung in Richtung Fluß, fragte er seinen Vorgesetzten: »Zahle ich dafür meine Steuern? Damit sich diese Tagediebe im gewohnten Stil über Wasser halten können?«

Eitle junge Männer mit schlanken Taillen, die wohl wußten, wie dekorativ sie vor dem Hintergrund der grasbewachsenen Uferböschung und der Trauerweiden wirkten, stakten wohlproportionierte junge Frauen auf der Cam hin und her. Ihr Geschick im Umgang mit den unhandlichen Staken ließ auf lange Übung schließen.

»Das sind keine Studenten«, entschied Jurnet. »Erstens sind sie zu gut angezogen, und zweitens können sie's zu gut. Für mich sind das Handwerker, die Mittag machen. Das Semester fängt erst in ein paar Wochen an.«

Der Inspektor lehnte sich ans Geländer und genoß die Wärme des Altweibersommers. Das Bild gefiel ihm: diese Ruhe, das Extravagante; sehr angenehm. Aber die dem Platz eigene Herablassung kränkte ihn, und schärfer als beabsichtigt fragte er: »Gibt's was Neues?«

Der kleine Waliser zog – etwas erstaunt – sein Notizbuch hervor und blätterte darin herum.

»Holbride & Tate«, verkündete er dann. »Eine der ältesten Firmen am Platz. Wird seit Abrahams Zeiten im gleichen Stil geführt. Unter anderem gewinnen sie Gold und Silber aus feinkörnigem Erz, und zwar – jetzt halte dich fest – durch Spülen mit einer Lösung aus Natrium- oder Kaliumzyanid.«

»Erst muß mal einer der Beteiligten Zugang gehabt haben.«

»Zugang, und ob! Nicht gerade über den Edelmetallbereich. Anscheinend handelt die Firma auch mit Bestecken. Und wer macht die Entwürfe? Dreimal darfst du raten: Mrs. Maslin! Sie hat in der Fabrik alles über Galvanisierung und Einsatzhärtung von Stahl mitbekommen.«

»Da wird auch mit Zyankali gearbeitet?«

»Der Typ, der mich herumgeführt hat, ist schon siebenundzwanzig Jahre bei der Firma. Der hat mir das Zeug gezeigt, was sie zum Galvanisieren brauchen. Natriumzyanidkristalle. ›Ein Eßlöffel davon, unter die Cornflakes gemischt, das erledigt ein ganzes Regiment‹, hat er sich gebrüstet. Zum Stahlhärten setzt man es einer sehr heißen Lösung zu. Achthundert Grad sagte er, glaube ich. Die Lösung besteht aus sechzig Prozent Zyanid in Natriumchlorid. Auf jeden Fall gibt's bei Holbride & Tate 'ne ganze Menge davon.«

»Hoffentlich hast du dir nicht anmerken lassen, daß es eigentlich um Mrs. Maslin ging.«

»Wofür hältst du mich? Ich hab denen vorgeflunkert, mein bestes Stück hätte von mir so einen Claire-Maslin-Anhänger zum Hochzeitstag gekriegt und wäre total begeistert. Gott sei Dank hatte der Bursche keine Ahnung, was ein Sergeant verdient, sonst wäre er vielleicht stutzig geworden. Er hätte sich ja fast überschlagen. Wollte sich sofort ans Telefon hängen und feststellen, ob die Dame im Hause sei, damit ich sie persönlich kennenlernen könnte. Ich sagte, ich hätte leider keine Zeit mehr.«

Von unten her kam das gemütliche Plätschern der Ruderstangen. Hoch am Himmel zog ein Düsenflugzeug einen Kondensstreifen quer über den blaßblauen Himmel.

»Dann sollten wir wohl Mrs. Maslin besuchen«, sagte Jack Ellers träge.

»Sollten wir.«

Die Empfangssekretärin in der Eingangshalle des Instituts war erfrischend menschlich. Jurnet hätte eher erwartet, eine hochtechnische, computergesteuerte Überwachungsanlage passieren zu müssen, die sämtliche Formalitäten erledigte – angefangen von der Überprüfung seiner Personalien bis hin zu einem möglichen Karateschlag, um ihn nötigenfalls außer Gefecht zu setzen. Er erwiderte das Lächeln des Mädchens, dessen üppige Haarpracht sich beinahe mit der Miriams messen konnte, und registrierte mit unvoreingenommenem Blick die hübschen Gesichtszüge – auch wenn sie einen Vergleich mit Miriams Schönheit nicht aushielten. Die mitgelieferte Software, dekorativ unter dem rosa Pullover eingeordnet, schien dem Original ziemlich nahezukommen...

»Bitte?« Das Mädchen war sich seiner Wirkung auf den gutaussehenden Besucher bewußt und fühlte sich geschmeichelt.

»Dr. Pender wollte sich vor zehn Minuten hier mit mir treffen.«

»Ich sage ihm, daß Sie hier sind. Wie ist Ihr Name?«

»Kriminalinspektor Jurnet vom Kommissariat Angleby.«

»Mein Vater ist auch bei der Polizei«, sagte sie freundlich; dann meldete sie ihn telefonisch an und ließ ihn wissen, Pender käme sofort herunter. »Was hat er angestellt?« fügte sie kichernd hinzu. »Seinem Kindermädchen den Teddybären über den Kopf gehauen?«

»Was meinen Sie damit?«

»Kleiner Scherz«, erklärte sie, bevor sie wieder ans Telefon mußte.

Adam Pender zog eine Schachtel Zigaretten aus der Tasche seiner Cordjacke, warf einen unglücklichen Blick auf die Pakkung und steckte sie wieder ein. An den weißgestrichenen Wänden der Eingangshalle hingen etliche Schilder mit überdimensionalen Zigaretten, die von einer diagonalen roten Linie durchkreuzt wurden.

»Wenn Sie wollen, können wir rausgehen«, schlug Jurnet entgegenkommend vor.

»Lohnt sich nicht. Ich kann Ihnen nichts sagen, was Ihnen weiterhelfen könnte. Ich habe nichts bemerkt.« Plötzlich fing seine Unterlippe an zu zittern. »Herrgott! Müssen wir wirklich die ganze Tragödie noch mal durchkauen?«

»Leider ja.«

Pender erhob sich von der Ledercouch, auf der beide Platz genommen hatten. »In dem Fall gehen wir vielleicht doch lieber nach draußen.«

Im gedämpften Tageslicht, zwischen den zahllosen Autos auf dem asphaltierten Gelände rings um das Institut, wurde deutlich, daß Pender nicht so jung war, wie er bei etwas schmeichelhafterer Beleuchtung aussah. Selbst seine jugendliche Kleidung – Cordhose und kariertes Hemd – schien sich von ihrem Träger zu distanzieren. Der Physiker führte Jurnet zu einer Bank auf einem Rasenstück, wo ein paar junge Frauen ein Sonnenbad nahmen. Als die Männer herankamen, standen sie auf, zogen ihre Röcke und Blusen zurecht, nickten den beiden zu und gingen ins Gebäude zurück. Jurnet machte es sich auf der Bank bequem. Er wartete, bis Pender die Zigarette angezündet und den ersten Zug gemacht hatte. Dann sagte er ohne Umschweife: »Alles deutet darauf hin, daß das Gift für Dr. Smith bestimmt war. Könnten Sie mir vielleicht sagen, worüber Sie mit ihm gestritten haben?«

»Sehr diplomatisch!« rief Adam Pender. Erstaunlicherweise wirkte er plötzlich gelassen, ja sogar erleichtert. »Sie waren doch dabei, als ich mich bei Onkel Max beschwerte. Sie wissen genau, worum es ging.«

»Ich möchte keine falschen Schlüsse ziehen. Ich hatte den Eindruck, sie fühlten sich betrogen, weil Ihr Anteil an Dr. Smiths augenblicklicher Forschungsarbeit nicht ausreichend gewürdigt wurde. Ist das richtig?«

»Hundertprozentig! Ich war fuchsteufelswild. Und noch mehr, nachdem Onkel Max mich hatte abblitzen lassen. Natürlich wußte ich, daß Tawno in seinen Augen nie etwas falsch machen konnte, aber Onkel Max hatte einen Sinn für Gerechtigkeit. Er war immer so nett zu mir gewesen.« Pender schwieg einen Augenblick lang. Darauf sagte er: »Aber dann kam Tawno –«

»Ja?«

Pender zog einige Male heftig an seiner Zigarette und warf sie weg – zu drei Vierteln ungeraucht. Sofort zündete er sich eine neue an, inhalierte tief und stieß langsam und genüßlich den Rauch aus. Es dauerte eine Weile, bis der Inspektor merkte, daß der Mann weinte.

Jurnet wartete. Nach einer Weile hatte Pender sich wieder in der Gewalt. Er murmelte: »Verzeihen Sie. Anscheinend kann ich mich nicht daran gewöhnen –«

»Kein Grund, sich zu schämen. Sie sagten, der alte Herr sei sehr nett zu Ihnen gewesen –«

»Ich habe ihn wie einen Vater geliebt. Mehr sogar. Meine Eltern hatten in Balham einen Zeitschriften- und Süßwarenladen. Als mein Vater starb, rief mich meine Mutter an und fragte, was sie mit einem Karton Marsriegel tun solle, die am Morgen geliefert worden waren. Ob sie den Großhändler bitten könne, sie zurückzunehmen. Ich dachte, sie hätte 'ne Schraube locker, weil sie mich deswegen anrief. ›Warum, zum Kuckuck, willst du sie zurückgeben?‹, fragte ich, und sie antwortete: ›Weil dein Vater gerade gestorben ist. Hab' ich dir das nicht gesagt?‹«

Mit der zweiten Zigarette machte er das gleiche wie mit der ersten. Als er sich die nächste angesteckt hatte, meinte er: »Sie denken jetzt sicher, ich bin ein gräßlicher Snob.«

»Auf die eine oder andere Art sind wir das doch alle.«

»Ich glaube aber, ich bin keiner. Ich war vor Freude wie berauscht, weil ich Gast in einem Haus sein durfte, wo es jede Menge Bücher gab, und Bilder an den Wänden; wo Gespräche geführt wurden, die mir eine völlig neue Sicht auf die Möglichkeiten der Sprache eröffneten. Der Professor zählte nicht zu den tranigen Dozenten, die ihren Studenten nach der Vorlesung einen guten Tag wünschen und nicht schnell genug ins Professorenzimmer zu ihrem Sherry kommen können. Ich war nicht der einzige Student, den er zu sich nach Hause einlud – aber der einzige, der ihn ›Onkel Max‹ nennen durfte. Tawno hat mich wie seinen kleinen Bruder behandelt.« Adam Pender lächelte beglückt. »Ich kann Ihnen gar nicht sagen, was diese ersten Jahre in Cambridge für mich bedeuteten. Ich kam mir vor wie ein König. Wenn man sich vorstellte, daß das Universum nicht bloß ein Haufen toter Materie war, sondern ein pulsierendes, lebendiges Geflecht, und ich ein Teil davon – eine Unzahl von Möglichkeiten, Wissen zu erlangen, von dem man bisher nicht mal zu träumen wagte! Ich kann Ihnen gar nicht sagen, wie herrlich ich es fand, jung und intelligent zu sein!« Das Lächeln verschwand. Sein Gesicht verlor den glückseligen Ausdruck. »Das Dilemma war, daß es einfach nicht reichte. Ich schaffte hundert Meter, aber fünfzehnhundert waren verlangt.« Wegwerfend schloß er: »An manchen Tagen sage ich mir, verflixt und zugenäht, ich habe doch promoviert! Ich *muß* doch was im Kopf haben!«

»Wie schätzte der Professor Ihre Fähigkeiten ein?«

»Oh, er war der erste, der es geschnallt hat. Er war sehr liebenswürdig – aber gnadenlos. Man muß der Wahrheit ins Gesicht sehen, und sei sie noch so schmerzlich – das war seine Philosophie. Er hat alles getan, um den Schlag zu mildern. Er hat mir die Stelle hier verschafft, mit einer Amtsbezeichnung auf dem Türschild, die meiner akademischen Qualifikation entspricht. Aber in Wirklichkeit bin ich nicht mehr als ein protegierter Laufbursche.« Die Bitterkeit verschwand, sein Gesicht gewann den Abglanz seiner verlorenen Jugend zurück. »Ich glaube, ohne Nina hätte ich es nicht ertragen.«

»Erzählen Sie von ihr«, bat Jurnet.

»Eins möchte ich vorausschicken«, sagte Adam Pender, »damit Sie nicht dem gleichen Irrtum erliegen wie alle – außer den dreien, die es besser wissen.«

»Welchem Irrtum?«

»Daß ich entweder blind oder impotent sein muß, oder ein gehörnter Ehemann. Daß Nina Tawnos Geliebte ist.«

»Wieso sollte ich auf diese Idee kommen?«

»Machen Sie mir nichts vor, Inspektor! Sie waren doch am Tisch, als Tawno ankam. Sie haben gesehen, wie sie sich aufführte.«

»Mir schien, als hätte sich jeder irgendwie aufgeführt, als Dr. Smith eintraf.«

»Stimmt«, räumte Pender ein. »Tawno setzt etwas in Bewegung. Aber trotz allem: Wollen Sie mir weismachen, daß Sie nicht gewisse Schlüsse daraus zogen?«

»Polizeibeamte sind darauf geeicht, keine voreiligen Schlüsse zu ziehen.«

»Sie stützen sich nur auf eindeutige Beweise, wie? Wenn ich Ihnen nun verrate, daß Nina im Grunde ein schüchterner, introvertierter Mensch ist? Ihr Gehabe und das entsprechende Image dienen ihr nur dazu, ihre Verletzlichkeit zu kaschieren. Was sagen Sie nun?«

Nach kurzem Zögern beschloß Jurnet, es zu sagen.

»Offen gestanden: Das erste, was mir in den Sinn kommt, ist, daß Sie ein Heiliger sein müssen, um sich das gefallenzulassen. Oder der geborene Fußabstreifer.«

Adam Pender lachte. »Ein Heiliger bestimmt nicht. Masochist oder Fußabstreifer, vielleicht, aber kein geborener.« Er überlegte einen Augenblick. »Es gibt noch einen dritten Grund, Inspektor.«

»Ah ja?«

»Ich liebe Nina. Und was noch wichtiger ist: Wir lieben einander.«

Jurnet unterdrückte das Neidgefühl, das heiß in ihm aufstieg, und sagte nüchtern: »Sie verstehen sicher, daß ich Dr. Smith dazu befragen muß.«

»Tawno würde Nina niemals im Stich lassen und behaupten, er hätte nicht mit ihr geschlafen«, erklärte Pender zuversichtlich.

»Das verstehen Sie unter ›im Stich lassen‹!«

Mit rührender Naivität erwiderte Pender: »Tut mir leid, daß Sie mich nicht verstehen.«

17

Auf dem Rückweg nach Angleby ließ Jurnet Jack Ellers am Peddar's Way anhalten.

»Wollen mal sehen, wo Reverend Maslin seine Ruhe und seinen Frieden findet.«

Gehorsam lenkte der kleine Waliser den Wagen von der A11 auf einen breiten Weg, der so aussah, als würde er geradewegs ins Nichts führen. Weiter vorn kündigte eine geschlossene Bahnschranke einen durchfahrenden Zug an, und noch während Ellers vor dem Bahnwärterhaus einparkte, zischte der Intercity von Angleby nach Birmingham vorbei und löste bei einer Krähenversammlung beinahe Hysterie aus. Ungemütlich nahe ratterte ein Maschinengewehr.

»Rechts von mir vorbeibrausende Züge, links von mir Gefechtslärm, über mir verrückte Aasgeier, die sich dumm und dämlich scheißen«, gluckste Ellers. »Der wahre Frieden.«

Jurnet stieg aus und besah sich das Gelände jenseits der Bahnlinie, wo der Weg in einen dichten, finsteren Nadelwald führte. »Vielleicht wird's weiter hinten besser«, gab er ohne Überzeugung zu bedenken.

»Sie haben die rote Flagge aufgezogen«, verkündete der Bahnwärter, der aus seinem Häuschen gekommen war. Er machte einen zufriedenen Eindruck – ein Einzelgänger, wie es aussah, dem seine Ruhe über alles ging. Nichts war besser geeignet, irgendwelche Spaziergänger fernzuhalten, als ein ordentliches Gewehrfeuer. »Nato«, erklärte er. »Große Gefechtsübung die nächsten vierzehn Tage. Sie hätten auf die Warnschilder achten sollen. Im übrigen ist hier Parkverbot.«

Jurnet zeigte ihm seinen Ausweis und sagte friedfertig: »Wir wollten uns nur mal umsehen.«

»Ah ja? Schon wieder 'ne Leiche? Wenn im Umkreis von hundert Kilometern jemand verschwindet, fangen sie immer hier an zu suchen.«

»Nein, nein. Wie ich schon sagte: Wir sehen uns nur um.«

»Wonach? Seit der Vergewaltigung im April vor zwei Jahren ist hier nichts mehr passiert.« Brummelnd zog er in Richtung Haustür ab. »Man meint, man wär' auf dem Piccadilly Circus.«

Wie immer, wenn er in seine Heimatstadt zurückkehrte, war Jurnet überzeugt, daß ihr keine andere Stadt, was Schönheit und Atmosphäre anging, auch nur annähernd das Wasser reichen konnte. War Cambridge denn etwas anderes als eine größenwahnsinnig gewordene Kleinstadt? In Angleby hatte man wenigstens genug Vernunft besessen, die Universität außerhalb des Stadtbereichs anzusiedeln, wo sie erwachsenen Männern, die einer anständigen Arbeit nachgingen, nicht in die Quere kam.

Sein Hochgefühl hielt genau bis zum Stadtring an, wo er sich langsam Gedanken über den Tagesbericht machte, den er seinem Chef vorlegen wollte.

Im Präsidium begrüßte ihn der Kommissar mit einer Herzlichkeit, die ihn völlig aus dem Konzept brachte, bis er den Grund erfuhr.

»Mrs. Maslin war hier«, sagte sein Chef. »Charmante kleine Frau.«

Dieses »kleine« sagte alles. So mochte er sie. Hypernervös und hilflos, und vorzugsweise blond. Vielleicht, weil er mit einer Brünetten verheiratet war, die auf dem Golfplatz Hackfleisch aus ihm machen konnte, ohne vom Damentee abzuschlagen.

Jurnet fuhr ihm sofort in die Parade. »Es ging vermutlich um das Zyankali.«

Der Kommissar war nicht besonders begeistert, daß ihm hier die Schau gestohlen wurde. »Sie waren in ihrer Firma?«

»Jack war dort. Er wird's Ihnen erzählen.«

»Holbride & Tate«, erläuterte der pausbäckige Waliser unverzüglich. »Sie arbeiten mit Natrium- und Kaliumzyanid. Mit ihren Vorräten könnten sie eine ganze Armee vernichten. Das Zeug wird ordnungsgemäß gelagert und verwaltet, aber sie haben es da. Und durch ihre Mitarbeit an den Bestecken kommt Mrs. Maslin ganz bequem dran.«

»Hm.« Der Kommissar ordnete ein paar Papiere auf seinem Schreibtisch. »Herrliches Haar«, bemerkte er mißmutig, als habe jemand seine Gutmütigkeit auf unfaire Weise ausgenützt. Er lehnte sich in seinem Stuhl zurück und drückte die Fingerspitzen beider Hände gegeneinander – eine Geste, die nach den Erfahrungen seiner Untergebenen nichts Gutes verhieß. »Was gibt es noch Neues?« fragte er.

»Nichts Konkretes.« Jurnets Tonfall ließ erkennen, daß er sich nicht entschuldigen wollte. »Es gibt ein paar Fingerzeige. Ich gehe in meinem Bericht darauf ein.«

»Wie wär's mit ein paar Appetithäppchen?«

»Gern. Ganz kurz: Mrs. Venables, die Haushälterin des Professors, ist zufällig mit dem Einbruchsspezialisten Dandy Venables verheiratet. Ich glaube, Sie hatten schon mit ihm zu tun –« Ohne eine Miene zu verziehen, wartete der Kommissar, bis er ausgeredet hatte. Dann schüttelte er den Kopf.

»Mir gefällt das nicht. Die Haushälterin und der alte Mann, der Zigeunergalan, die Penders, die Maslins, die junge Israelitin. Mir ist da einfach zuviel Liebe im Spiel.«

Jurnet war der gleichen Meinung.

»Ich weiß, was Sie meinen. Wo zuviel Liebe ist, ist leicht zuviel Haß. Das Gesetz des Pendels.«

»Genau!« Der Kommissar erhob sich. Jurnet und Ellers strafften beim Anblick der hochgewachsenen, eleganten Gestalt automatisch die Schultern. »Das schwingende Pendel erinnert mich daran, daß ich langsam nach Hause müßte. Wird ein harter Tag, morgen.«

Ellers schlüpfte in seine Hofnarrenrolle. »Zumindest können wir unseren genialen Gästen morgen Lebewohl sagen«, meinte er.

»Ein Kreis außergewöhnlicher Menschen. Es war eine Ehre für unsere Stadt, sie beherbergen zu dürfen«, erwiderte der Kommissar bedächtig. »Morgen wird ein würdiger Schlußpunkt gesetzt. Die feierliche Übergabe aller Vortragsmanuskripte an die hiesige Universität ist sicher ein eindrucksvolles Ereignis. Sie werden als erstes Werk des neugegründeten Universitätsverlags von Angleby in Druck gehen.«

Respektlos warf Jack Ellers ein: »Wird so was wie Hamlet

ohne Prinz, oder? Ohne die Streitschrift unseres Zigeunergalans, meine ich.«

»Ganz und gar nicht. Man hofft, daß Dr. Smith seinen Beitrag rechtzeitig vor der Drucklegung nachreicht. Das wird ein hervorragendes Aushängeschild für Angleby. Vom geschäftsführenden Rektor Dr. Brant hörte ich, daß Dr. Smith sie nicht allzu lange warten lassen will. Er muß nur noch ein paar Gleichungen überarbeiten, mit denen er nicht so ganz einverstanden war. Das ist wichtig«, erklärte der Kommissar. »Ich habe Dr. Brant gesagt, er möge das klar und deutlich sagen, damit es in die Medien kommt.«

Jurnet kapierte sofort.

»Man will den Tätern klarmachen, daß sie nicht die endgültige Fassung in Händen haben. Falls sie Tawno immer noch an den Kragen wollen, halten sie sich zumindest zurück, bis das korrigierte Manuskript steht. Wenn ihnen das Papier schon einen Mord wert ist, dann lohnt es sich auch zu warten, bis es auf den neuesten Stand gebracht ist.«

»Richtig.«

»Und wenn wir Glück haben«, schloß Jurnet, »dann ist inzwischen jemand anders dafür zuständig.« Er gab sich der angenehmen Vorstellung hin, die Täter könnten sich weit außerhalb des Einsatzbereichs der Polizeikräfte von Angleby auf die Lauer legen.

Der Kommissar sah ihn kühl an und bemerkte: »Ich möchte Sie daran erinnern, Inspektor, daß wir für die Untersuchung des Mordes an Professor Flaschner zuständig sind und bleiben.« *Jetzt kommt's*, dachte Jurnet. Und schon kam sie, die unvermeidliche Provokation: »Hören Sie, Ben«, sagte der Kommissar in überaus freundlichem Ton. »Sie werden sicher Hilfe brauchen.«

18

Hintereinander betraten die Physiker, die anläßlich der Dreihundertjahrfeier Vorträge vorgelegt hatten, den Hörsaal. Sie wurden bereits von ihren Kollegen, den Fakultätsmitgliedern aus Angleby und dem geschäftsführenden Rektor erwartet. Jurnet betrachtete die kleine Prozession mit nüchternen Augen. Rührend anachronistisch kamen sie ihm vor, diese Gestalten in ihrer akademischen Staatstracht. Oder wie stümperhafte Laiendarsteller in einem verstaubten Kostümstück.

Begleitet vom höflichen Applaus ihrer Kollegen durchquerten sie langsam den farbenfreudig gestalteten Raum und bestiegen das Podium am anderen Ende. Jeder von ihnen trug eine elegante Ledermappe unter dem Arm, in der sich vermutlich das geheiligte Manuskript befand. Nach wechselseitigem Hüteziehen und albernen Verbeugungen vor dem Rektor sowie Dr. Turnbull und dem Vorsitzenden der Sir-Thaddeus-Brigg-Gesellschaft von Angleby, die ihn links und rechts flankierten, wurden die Mappen auf einem Tisch deponiert. Das Fernsehteam trat in Aktion. Nach beendeter Mission nahmen die ehrenwerten Doktoren in der ersten Reihe Platz.

Als in der kurzen Pause vor der Rede des Rektors leichte Unruhe entstand, gesellte sich Dave Batterby zu Jurnet – die ihm vom Kommissar zugedachte Hilfe aus Fleisch und Blut. Jurnet quittierte seine Ankunft mit einem nicht allzu ermutigenden Kopfnicken.

Aber Dave Batterby brauchte keine Ermutigung, denn er war überzeugt, daß ihn sein Mitstreiter genauso einschätzte wie er sich selbst sah, nämlich als künftigen Polizeichef.

»Hab' mich mit diesem Turnbull unterhalten. Ist angeblich nicht an den verdammten Tisch rangekommen. Hätte auch sofort die Flucht ergreifen müssen, weil er Migräne kriegt, wenn's irgendwo nach Orangen riecht. Behauptet, seine Frau hätte nie mit Tawno Smith geschlafen, und wenn er den Kerl erwischt, der solche Lügen erzählt, dann, ja dann passiert was.«

Der Mann plauderte drauflos, obwohl der Rektor inzwischen mit seiner Rede begonnen hatte und die Physiker auf den Nebenplätzen ihn mißbilligend ansahen. Flüsternd befahl Jurnet seinem Helfer: »Schnappen Sie ihn sich noch mal und lassen Sie sich die Quantenphysik erklären. Lassen Sie ihn erst gehen, wenn Sie alles von A bis Z kapiert haben.«

»Ist das nötig?«

»Absolut!«

In vollem Redefluß beugte sich der Rektor über den Tisch und nahm eine Mappe in die Hand, die schon vor Beginn der Feier auf dem Tisch gelegen hatte. »Als Historiker und Anhänger einer Disziplin, deren Zeit- und Realitätsverständnis – wenn ich mir die Bemerkung erlauben darf – durch Sie schwer erschüttert worden ist, wäre man vielleicht geneigt, mir eine gewisse ironische Genugtuung zu vergeben, die sich meiner bemächtigt haben könnte, als ich unter den vielen Patengeschenken für unseren jungen Verlag auch dieses hier erhielt: eine Mappe voll leerer Blätter.« Er schlug den Ordner auf und präsentierte der Zuhörerschaft die jungfräulichen Blätter. »Meine Damen und Herren, ich empfinde keine solche Genugtuung. Die Ereignisse der vergangenen Woche haben uns aufgerüttelt und mit Trauer erfüllt. Wir können sicher sein, daß die Polizei alles in ihrer Macht Stehende tut, um den oder die Schurken der Gerechtigkeit zuzuführen. Wir wünschen ihnen Erfolg in diesem ehrenwerten Bemühen. Unseren großen Kollegen Max Flaschner haben wir bereits an anderer Stelle gewürdigt, und ich möchte hier nur noch sagen: Die beste Antwort auf die finsteren Kräfte der Barbarei und der Ignoranz wird die Veröffentlichung des später nachgereichten Beitrags von Dr. Tawno Smith sein. Möge er ihn bald vollenden!«

Tawno Smith löste sich aus der Gruppe, die sich in der Mensa um ihn geschart hatte, und gesellte sich zu Jurnet. Wie es aussah, war der Inspektor drauf und dran, den Kampf mit seinem Krabbensalat zu verlieren. Beim Essen mit dem Teller auf den Knien war er nicht der Geschickteste.

»Ich dachte, Sie wollten mich vielleicht sprechen, bevor ich nach Cambridge zurückfahre. Da sparen Sie sich den Weg.«

Jurnet stellte seinen Teller auf einem Fensterbrett ab.

»Ich wollte Sie nicht beim Essen stören.«

»Danke, ich bin schon fertig.« Ganz zu schweigen davon, daß ihm ein bißchen spät eingefallen war, daß Krabben für einen zukünftigen Juden auf der Verbotsliste standen.

»Dann holen wir uns doch einen Kaffee und gehen an die frische Luft.«

Draußen auf der Terrasse, hinter ihnen die Betontürme der Universität, vor ihnen das sanft zum Fluß abfallende Gelände, sagte Jurnet: »Sie fahren also heute?«

»Sobald Christopher auftaucht. Er kommt mit nach Cambridge, damit er sich vor Semesterbeginn ein bißchen eingewöhnen kann.« Tawno Smith verzog skeptisch die vollen, sinnlichen Lippen. »Damit mache ich mir was vor. In Wirklichkeit kann ich den Gedanken nicht ertragen, allein in das Haus zurückkehren zu müssen.«

»Mrs. Venables hat die Stühle zum Polstern wegbringen lassen –« Es war ein armseliger Versuch, ihn zu trösten, aber der Physiker quittierte die gute Absicht mit dankbarem Nikken. Das schalkhafte Blitzen in seinen Augen war verschwunden.

»Ich möchte wenigstens in einer Hinsicht ehrlich sein: Ich wollte unbedingt mit Ihnen reden. Komisch, aber seit Onkel Max tot ist, sind Sie der einzige, mit dem ich das kann. Wir beide sind auch die einzigen, die sich mit nichts anderem befassen als mit seinem Tod.«

Der Inspektor betastete Miriams Karte in seiner Jackentasche, bevor er guten Gewissens zustimmte.

»*Mit nichts anderem*, das ist das Entscheidende. Ich weiß, Sie sind Polizist; Sie verdienen damit Ihre Brötchen. Trotzdem spüre ich Ihr Engagement –« Er brach ab. Sein Lächeln war so gewinnend, daß Jurnet sich vorsorglich dagegen abschottete. »Oder mache ich mich lächerlich?«

»Ich bin engagiert«, erwiderte Jurnet bedächtig. »Aber wir

werden weder heute noch morgen herausfinden, wer den Professor umgebracht hat. Wenn Sie sich mit nichts anderem befassen, was wird dann aus Ihrem Manuskript?«

»Da sehen Sie mal, was ich für dummes Zeug rede!« Wieder hatte Dr. Smith das Bedürfnis, den Charme des Mannes an sich abprallen zu lassen. »Ich habe Christopher schon vorgewarnt, daß ich voll mit meiner Arbeit beschäftigt sein werde. Er muß sich allein amüsieren.«

»Das wird ihm sicher nicht schwerfallen. Schließlich wohnt Miss Ahilar auch in Cambridge.«

»Esther? Tatsächlich? Na, wunderbar! Wir müssen uns nach ihrer Adresse erkundigen.«

»Soviel ich weiß, hat sie bei Mrs. Venables eine Nachricht hinterlassen.«

»So, Sie haben mit Annie gesprochen.«

»Und mit Esther.«

Tawno Smith sagte: »Ich nehme an, Sie hat Ihnen erzählt, daß sie ins Virgin gekommen ist?«

»Hat sie. Allerdings hätte ich es gern zuerst von Ihnen gehört.«

»Ich wollte Ihnen nicht sagen, daß sie die Nacht in dem Zimmer verbracht hat, in dem das Manuskript lag – oder besser, gelegen hatte. Es muß lange vor ihrem Besuch gestohlen worden sein. Ich wollte sie nicht in eine unangenehme Lage bringen, mehr nicht.«

»Jeder, der bei Ihrem Onkel am Tisch gesessen hat oder an den Tisch gekommen ist, war bereits in einer unangenehmen Lage.«

»Ich konnte keinen klaren Gedanken fassen. Tut mir leid, daß ich Ihnen nichts davon erzählt habe.« Er hob den Lokkenkopf und sah den Inspektor mit seinen schwarzen Augen so umwerfend ehrlich an, daß er ihm nicht trauen konnte. »Noch mehr bedaure ich, daß ich sie nicht in mein Bett gelassen habe. Hätte sie die Nacht in Zimmer 314 statt 315 verbracht, dann wäre sie über jeden möglichen Verdacht erhaben. Außerdem wäre es sehr tröstlich für mich gewesen.«

Tawno Smith stellte seine Tasse auf einem der zahlreichen grünen Metalltischchen ab. »Wissen Sie, was bei den Zigeunern Brauch ist, wenn jemand in der Familie stirbt? Ich sag's Ihnen. Noch am Todestag, bevor der Tote unter der Erde ist, schlafen sie miteinander. Sie lieben sich mit größerer Leidenschaft als sonst je in ihrem Leben. Hat eine Frau ihren Mann verloren, dann nimmt sie sich für diese Nacht einen Liebhaber. Sie hat die Wahl. Keiner aus der Sippe wird nein sagen. Es ist ein unausweichlicher Zwang, eine Bestätigung, daß *merripen* Leben und Tod gleichzeitig bedeutet, und daß das Leben die Oberhand behält. Kinder aus solchen Verbindungen sind immer schön und geheimnisvoll. Sie besitzen besondere Fähigkeiten.«

»Christopher kann man vermutlich als schön bezeichnen.« Jurnet bemühte sich, mit ausdrucksloser Stimme zu sprechen. »Ob er besondere Fähigkeiten hat, weiß ich nicht.«

Tawno Smith sah den Inspektor aufmerksam an. »Sie haben sich gut informiert!« Seine blitzenden Augen verdüsterten sich. »Sie haben doch Christopher nichts erzählt?«

Jurnet schüttelte den Kopf.

»Dafür bin ich Ihnen dankbar.« Sein Gesicht hellte sich auf. »Sieht so aus, als würde ich der Vaterschaft nicht entgehen.«

»Christopher und Mr. Maslin scheinen sich hervorragend zu verstehen«, konterte Jurnet zurechtweisend.

»Der gute alte Simon! Gesegnet sei, der da läuft! Wieder so eine Schnapsidee, die er dem Jungen in den Kopf gesetzt hat.«

»Wie der Wunsch, Geistlicher zu werden, meinen Sie?«

»Der Junge hat eine natürliche Begabung für Mathematik, Inspektor. Es wäre ein Verbrechen, so ein Talent verkümmern zu lassen.«

»Mr. Maslin scheint anzunehmen, daß er eine natürliche Begabung für den geistlichen Stand hat.«

»Mr. Maslin, Mr. Maslin! Keiner verlangt von Christopher, daß er sich zwischen Gott und der Wissenschaft entscheidet! Wenn einem der Sinn danach steht, läßt sich das eine durchaus mit dem anderen vereinbaren. Onkel Max war gläubiger Jude, aber er hatte nicht das Gefühl, Rabbiner werden zu müssen. Auch von Christopher kann nicht verlangt werden, seine Geistesgaben zu verplempern, indem er den Kranken Trost spendet oder darüber diskutiert, wie viele Engel auf einer Nadelspitze tanzen können.«

Tawno Smith kniff die Augen zusammen, weil ihn die Sonne blendete. »Sie denken sicher, ich bin egoistisch«, meinte er herausfordernd. »Simon hatte die ganze Arbeit mit Christophers Erziehung, und jetzt, wo er aus dem Gröbsten raus ist, komme ich einfach an und will ihn übernehmen.« Er schüttelte seine dichten Locken. »So ist es ganz und gar nicht. Simon ist am Ende seiner Aufgabe angekommen. Christopher ist ihm entwachsen.«

»Entwachsen nicht alle Kinder ihren Eltern?« Jurnet ließ nicht locker: »Christopher ist klug und sieht gut aus. Hätten Sie die gleichen Gefühle für ihn, wenn er dumm und häßlich wäre?«

»Nie und nimmer.« Tawno Smith legte den Kopf schräg und sah Jurnet voll ins Gesicht. »Als Schnüffler, der seine Nase in meine Angelegenheiten steckt, haben Sie für mich wahrscheinlich nur Verachtung übrig. Sollten Sie jedoch mein Freund sein und mein Beschützer, was ich hoffe, so werden Sie mir glauben, wenn ich Ihnen sage, daß ich bereit wäre, mein Leben für Christopher zu opfern, genau wie Onkel Max für mich sein Leben gegeben hätte – und wohl auch hat.«

Als der Junge auf die Terrasse hinaustrat, verlieh die Sonne dem hellblonden Haarschopf einen goldenen Glanz. Er kniff die Augen zusammen, und in dem Moment erkannte Jurnet zu seiner Überraschung, daß er Zigeunerblut in den Adern hatte. Warum ihn diese momentane Erkenntnis nach allem, was er wußte, noch überraschte, hätte er nicht sagen können.

Christopher zeigte sich verwundert, Tawno Smith in Gesellschaft eines Polizeibeamten anzutreffen.

»Gott sei Dank! Ich dachte schon, du wärst ohne mich gefahren.«

»Du weißt genau, daß ich das nie tun würde. Was ist mit deinem Gepäck?«

»Es steht beim Pförtner in der Eingangshalle.«

»Gut. Dann fahre ich dort vor und hole dich ab.« Der Mann war kleiner als der Junge. Obwohl sie sich anlächelten, war beiden offenbar nicht ganz wohl in ihrer Haut.

»Du erinnerst dich bestimmt noch an Inspektor Jurnet.«

Der Junge nickte leicht mit dem Kopf und ließ seinen Blick über die Terrasse schweifen.

»Herrlicher Tag. Wär' schön, wenn du mich fahren ließest.«

»Den Porsche? Ich wußte nicht mal, daß du deine Fahrprüfung gemacht hast.«

»Habe ich auch nicht.« Er warf dem Inspektor einen herausfordernden Blick zu. »Aber ich weiß, wie's geht.«

»Und das vor dem Inspektor! Willst du, daß er uns ins Gefängnis bringt?«

»Damit hat er's nicht so«, erwiderte Christopher boshaft. »Er hat nicht mal Onkel Max' Mörder ins Gefängnis gebracht.«

Diese Bemerkung brachte den Physiker sichtlich aus der Fassung. Jurnet meinte beruhigend: »Regen Sie sich nicht auf. Das machen sie alle. Polypen provozieren, gehört offenbar zu den Männlichkeitsritualen.« Er zog sein Notizbuch aus der Tasche, schrieb ein paar Worte, riß die Seite heraus und reichte sie dem Jungen. Dieser wurde rot, denn er wußte nicht, wie er sich verhalten sollte.

»Nimm schon«, drängte ihn Jurnet. »Wenn wir Glück haben, ändert sich dann deine Meinung über die Hüter von Recht und Ordnung.«

Christopher Maslin griff widerwillig nach dem Zettel und errötete noch stärker, nachdem er einen Blick darauf geworfen hatte.

»Danke«, murmelte er.

»Was geht da vor?« wollte Tawno Smith wissen. »Was haben Sie ihm gegeben?«

»Nur Esther Ahilars Adresse.«

19

Diesmal machte sich Jurnet allein auf den Weg nach Feldon St. Awdry. Er wollte sich unter anderem das Wandgemälde noch einmal ansehen, und seiner Meinung nach würde ihm das ohne Sergeant Ellers' fortlaufende Kommentare wesentlich mehr bringen.

Fortlaufend. Als hätte es nur dieses Wortes bedurft, um Tatsachen zu schaffen, bemerkte der Inspektor links vorn eine Gestalt in Shorts und Trikot, die mit so geschmeidigen Bewegungen über die Felder davonlief, daß es Freude machte zuzusehen. Er hielt an und verfolgte Reverend Simon Maslin mit seinem Blick. Die Zuckerrübenfelder waren abgeerntet, der lehmige Boden noch nicht geeggt, doch der Mann lief so sicher wie auf einer gepflegten Aschenbahn.

Die verlassene Straße, die menschenleere Landschaft und das Gefühl, am Ende der Welt zu sein – alles deutete darauf hin, daß die Medien die tanzenden Salomes noch nicht auf ihren Touristenfahrplan gesetzt hatten. An der Straßengabelung wählte Jurnet diesmal den Weg über das Dorf, das sich als häßliche Ansammlung von Ziegelhäusern entpuppte, deren Farbe an rohen Schinken erinnerte. Claire Maslin schnitt im Pfarrgarten Chrysanthemen. Ein großer Strauß füllte bereits einen Weidenkorb.

»Sie sind für die Kirche«, sagte sie zur Begrüßung. »Sie waren schon da, bevor wir herzogen. Ich mag sie überhaupt nicht.« Sie ließ die Schere fallen, streifte die Gummihandschuhe ab und richtete sich auf. Das aschblonde Haar strich sie hinter die Schultern zurück. Ihre Schönheit, dachte Jurnet, war schillernd, wie alles in Feldon St. Awdry. Manchmal trat sie zutage, manchmal nicht. In einem Augenblick sah man die verzauberte Prinzessin in einem viktorianischen Pfarrhaus, im nächsten die dumme Pute, die nicht erkannte, daß es Zeit wurde, ihr Haar hochzustecken und sich wie eine erwachsene Frau zu benehmen.

»Es liegt am Geruch«, erklärte sie. »Sie riechen wie alte Frauen, die das Wasser nicht halten können. Nein, lassen Sie

sie liegen«, bat sie, als Jurnet den Korb mitnehmen wollte. »Ich kann sie im Haus nicht ertragen. Simon ist joggen gegangen. Wollten Sie ihn oder mich sprechen?«

»Sie. Ich halte Sie nicht lange auf.«

»So lange Sie wollen. Schön, wenn man mit jemandem reden kann.«

Sie führte ihn durch die Diele ins Wohnzimmer. Ein Erkerfenster gab den Blick auf den Garten und den dahinterliegenden Friedhof frei, und mit etwas Mühe hätte man den Raum durchaus reizvoll gestalten können. So standen zu viele Sessel mit schäbigen Ripsbezügen herum, und die vielen kleinen Messingtischchen – runde Tabletts auf Gestellen aus irgendeinem indischen Holz – sahen aus, als wären sie von den Möbelpackern dort abgestellt worden und warteten auf eine ordnende Hand.

Mrs. Maslin kuschelte sich wie ein Kätzchen in einen Sessel, sah den Inspektor durch ihre gesenkten Wimpern an und fragte liebenswürdig: »Geht es um das Zyanid? Ich war im Kommissariat, um Ihnen davon zu erzählen, aber Sie waren nicht da. Was nicht heißen soll, daß ich jemals etwas damit zu tun hatte. Ich kriege schon eine Heidenangst, wenn ich nur an Gift denke.«

Hier hakte Jurnet ein. »Haben Sie übrigens schon mal jemandem aus Ihrer Familie oder aus Ihrem Freundeskreis gezeigt, was Sie bei Holbride & Tate so machen?«

Die Frau formulierte seine Frage klipp und klar: »Sie meinen, ob einer der Festgäste Gelegenheit hatte, das Gift zu stehlen?« Sie richtete sich auf, rutschte vor auf die Sesselkante und zog sich den Rock schamhaft über die Knie. Der Rock war mit grellbunten Blumen bedruckt, die ein wenig welk aussahen. Die Zeit der Sommerkleider war vorüber – wie die der Trägerin, dachte Jurnet.

»Irgendwann waren alle einmal da«, erklärte Claire Maslin gleichmütig. »Außer Tawno und Onkel Max, natürlich. Die hatten nie Zeit. Es gefällt mir, den Leuten zu zeigen, daß ich nicht nur Frau Pfarrer bin, sondern ein eigenständiger Mensch.« Sie umfaßte ihre Knie mit den Händen und fragte wie ein braves kleines Mädchen: »Möchten Sie mich sonst noch etwas fragen?«

»Eins noch. Als der Professor vor dem Bankett im Schoß des Buddha saß … Sie erinnern sich? Er hat Ihnen für alles gedankt. Was genau hat er damit gemeint?«

»Was, *genau*?« Mrs. Maslin erhob sich. »Das will ich Ihnen gern sagen. Ich werde Ihnen sagen, wofür der alte Schleimer sich bei mir bedankt hat: Daß ich mich manipulieren ließ wie ein dummes Gör, als ich Tawno damals kennenlernte. Ich tat nur, was er für das Beste hielt für seinen Liebling. Kein Tamtam, wenn das junge Genie mit anderen Frauen ins Bett ging, keine Forderungen, mich zu heiraten – nicht mal, als ich schwanger war.« Sie hielt inne und musterte Jurnet mit leicht verächtlichem Blick. »Wahrscheinlich haben Sie Simon die Geschichte mit der verhinderten Abtreibung abgekauft?«

»Stimmt sie nicht?«

»Natürlich nicht! Obwohl ich zu behaupten wage, daß er inzwischen glaubt, was er sagt. Wenn er sich einredet, er allein habe Christopher davor bewahrt, im Abflußrohr des Krankenhauses zu landen, dann fühlt er sich ihm noch mehr verbunden. Nein, ich *wollte* ein Kind. Nicht aus mütterlicher Gefühlsduselei heraus, wie ich zugeben muß, sondern weil ich hoffte, Tawno würde mich heiraten, wenn er wußte, daß ein Kind unterwegs war. Wäre Onkel Max nicht gewesen, so hätte er es auch getan.«

»Wie konnte er es verhindern? Und weshalb?«

»Was soll ich zuerst beantworten? Er wollte Tawno nicht verlieren – deshalb. Weder an mich noch an jemand anders. Was fürs Bett, das war in Ordnung. Onkel Max war selbst kein Kind von Traurigkeit. Aber eine lebenslange Verpflichtung einem anderen gegenüber, das kam nicht in Frage. Schließlich hatte er ihn aus dem Dreck geholt und großgezogen und ihm mehr Liebe geschenkt, als er je von einer Frau erwarten konnte!«

Claire Maslins verzerrtes Gesicht wirkte wie ein Fremdkörper in ihrem wallenden Haar. Jurnet fragte behutsam: »Hatte Tawno denn nichts dazu zu sagen?«

»Ach, Tawno! Tawno liebt absolut jeden!« erklärte sie in liebevoller Verzweiflung. »Es ist seltsam, denn manchmal habe ich mich schon gefragt, ob er überhaupt ein Herz hat. Nichts scheint ihn so zu berühren, wie das bei anderen Menschen der Fall ist. Aber wie kann man lieben, wenn man kein Herz hat? Ich weiß nur, daß er seinen Onkel Max über alles liebte. Ich weiß, es klingt verworfen –« sie wurde dunkelrot. »Aber ich fragte mich manchmal, ob sie nicht miteinander ins Bett gingen. Ihre Liebe war so leidenschaftlich – wie in einer Liebesbeziehung, nicht wie bei Vater und Sohn.«

Claire Maslin dachte einen Augenblick über das nach, was sie gerade gesagt hatte. Achselzuckend ließ sie es dabei bewenden.

»Ich merkte bald, daß ich Tawno mit vielen anderen Frauen teilen mußte. Bis es nicht mehr wehtat, brauchte ich etwas länger. Aber schließlich schaffte ich es doch. Moslemische Frauen, so sagte ich mir damals, wachsen auf mit dem Gedanken, ihren Mann mit was weiß ich wie vielen Ehefrauen und Konkubinen teilen zu müssen, also kann es nicht gegen die Natur der Frau sein, sie muß sich wohl damit abfinden. Tawno ist so gut im Bett, kein Wunder, daß die Frauen verrückt nach ihm sind. Und wenn sie nach einiger Zeit aus seinem Leben verschwinden, weil sie erkennen müssen, daß sie der liebende Teil waren, so vergessen sie doch nie die herrliche Zeit mit ihm.«

»Sie sind nicht aus seinem Leben verschwunden –«

»Vergessen Sie nicht, daß ich keinen Mann habe – jedenfalls nicht das, was man darunter versteht –, zu dem ich zurückkehren könnte. Außerdem ist da noch Christopher.« Sie lächelte bitter. »Komisch, nicht? Solange Christopher klein war, hat sich Tawno kein bißchen um ihn gekümmert. Erst jetzt zeigt er Interesse.«

»Sie haben mir immer noch nicht erzählt, wie Professor Flaschner eine Ehe zwischen Ihnen und Tawno verhindert hat«, warf Jurnet ein.

»Ganz einfach! Er brauchte Tawno bloß an seine eigene Vergangenheit zu erinnern: an den Vater, der ihn im Stich gelassen hatte, und an die Mutter, die ihm ›Lauf um dein Leben!‹ zurief, während sie vergewaltigt wurde. Konnte ein Mensch mit so negativen Erinnerungen überhaupt bereit sein, Verantwortung für Frau und Kind zu übernehmen? Und ich sage Ihnen noch etwas: Woher wissen wir, ob das alles stimmt?« Sie sah jetzt verschlagen aus. »Möglicherweise ist alles ein Lügengespinst. Onkel Max hat das Ganze erfunden, weil er damit Macht über Tawno gewann. Nach dem Krieg herrschte in Deutschland ein solches Durcheinander, da wäre alles möglich gewesen –«

»Aber Dr. Smith erinnert sich doch, daß er mit seiner Mutter in dem Keller war –«

»Woran kann sich ein Kind von vier oder fünf Jahren tatsächlich erinnern? Besonders, wenn es um etwas geht, das ihm immer wieder eingetrichtert wurde? *›Weißt du noch, wie du mir einen Tritt gegen das Schienbein versetzt hast? Weißt du noch, wie die Soldaten in den Keller kamen, und was sie mit deiner Mutter gemacht haben? Wie sie dir in romani etwas zugerufen hat, und wie du weggerannt bist?‹*«

»Sie haben den Professor wirklich gehaßt.«

Die Frau überhörte die Unterstellung. »Ich sage Ihnen noch etwas: Tawno ist beschnitten. Ich habe alles gelesen, was ich über Zigeuner finden konnte, aber nirgends steht etwas von Beschneidung. Üblich ist das bei Juden. Liegt nicht der Schluß nahe, daß Onkel Max einen armen jüdischen Waisenjungen aufgelesen hat? Eine Menge Juden sehen so aus wie Tawno.«

»Aber aus welchem Grund sollte der Professor eine solche Geschichte erfinden?«

»Aus Gründen der Macht, das sagte ich doch schon. Ich weiß, daß Juden gern als Außenseiter angesehen werden, und ich glaube, in gewisser Hinsicht sind sie es sogar. In anderer Hinsicht sind sie genau das Gegenteil. Sie bilden eine Gemeinschaft, und sie halten mehr zusammen als alle anderen. Solange es noch Juden auf der Welt gibt, steht keiner von ihnen völlig allein. Onkel Max wollte aber, daß Tawno einzig und allein von ihm abhängig sein sollte.«

»Unterstellen wir mal, daß Sie richtig liegen«, sagte Jurnet. »Könnte doch sein, daß er das Kind schützen wollte. Vielleicht fand er, der Junge hätte schon genug antisemitische Erfahrungen gemacht.«

»Könnte doch sein!« wiederholte die Pfarrfrau ironisch. »Offensichtlich sind Sie – wie alle – dem Charme des berühmten Flaschner erlegen! Wer weiß denn, was Onkel Max wirklich im Sinn hatte? Ich sagte mir immer: Er als Wissenschaftler lebt von der Wahrheit, also muß ich mich täuschen. Er kann nicht Wissenschaftler sein und gleichzeitig so ein fürchterlicher Lügner. Doch dann wurde mir klar, daß zumindest sein und Tawnos Fachgebiet nichts mit den wissenschaftlichen Formeln und Gesetzen zu tun hatte, die ich aus meiner Schulzeit kannte. Es gibt so viele Veränderungen und Zufälligkeiten und nur wenig feste Größen.«

»Haben Sie je mit Dr. Smith über diese Fragen diskutiert?«

»Ich habe niemals mit Dr. Smith diskutiert«, erwiderte Claire Maslin trocken. »Dr. Smith ist der Mann, dem ich mich körperlich hingegeben habe. Körper diskutieren nicht. Sie berühren sich, sie verschmelzen miteinander. Sie werden eins. Wie sollten sie diskutieren? Es wäre ein reines Selbstgespräch.«

»Mit mir haben Sie jedenfalls geredet«, sagte Jurnet, als er sich erhob. »Und ich bin Ihnen dankbar.«

»Dankbar – wofür? Weil ich Ihnen gesagt habe, was ich in Wahrheit von Onkel Max halte? Wie scheinheilig muß Ihnen das Theater vorgekommen sein, das ich ihm vorgespielt habe! Soll ich Sie wirklich nicht ins Präsidium begleiten und Ihnen bei Ihren Ermittlungen helfen?«

»Wirklich nicht«, erwiderte Jurnet mit ernstem Gesicht. »Jedenfalls jetzt noch nicht.«

»Gut«, sagte Claire Maslin. »Ich möchte nämlich nach Cambridge umziehen. Ich habe schon einige Makler mit der Wohnungssuche beauftragt. Onkel Max wollte nicht, daß ich mich dort niederlasse. Ich hätte Tawno von der Heathcote Avenue fernhalten können. Nachdem er tot ist, hält mich nichts mehr.« Ihr Blick wanderte durchs Zimmer, als würde es gar nicht mehr existieren.

»Mr. Maslin weiß es?«

»Ach, Simon!« Irritiert hob sie die zarten Schultern. »Der ist Meister im Verzeihen! Wissen Sie, was er gesagt hat, als er es erfuhr? Kein Wort, daß *er* mich halten wollte. Er meinte nur, Christopher sei nicht begeistert. In seinem Alter seien die jungen Leute bestrebt, von ihren Eltern loszukommen. Deshalb suchten sie sich Universitäten in einer anderen Ecke des Landes, selbst wenn sie eine direkt vor der Haustür hätten.«

»Da hat er irgendwie recht.«

»Du lieber Himmel!« rief sie. »Als ob wir nicht beide in Cambridge Platz hätten! Erst war's Onkel Max, jetzt ist's Christopher. Wann kann ich mal tun und lassen, was *ich* will? Und ich will ständig in Tawnos Nähe sein, so lange ich lebe.« Ihre Augen wurden noch dunkler. Bemerkenswert, dachte Jurnet ungerührt, aber voller Bewunderung. Bei der hellen Haut und dem aschgoldenen Haar… »Ich sag' Ihnen eins, Inspektor. Nicht aus Sentimentalität, oder weil ich vielleicht zu viele Frauenzeitschriften gelesen habe, sondern weil es die Wahrheit ist: Hätte Tawno den vergifteten Saft getrunken, dann hätte ich das Glas ausgeleckt, um mit ihm zu sterben.«

Als Jurnet die Kirchentür aufstieß, beschlich ihn ein Gefühl, als würde er einer Versuchung nachgeben. Ob der Archetyp im schmutzigen Regenmantel das gleiche empfand, wenn er sich hinten im Sexladen die Leckerbissen zeigen ließ, die unter dem Ladentisch gehandelt wurden?

Davon konnte bei den sechs Salomes nicht die Rede sein. Der Inspektor wurde von ihrer offenkundigen Sexualität förmlich erschlagen und schloß aus reinem Selbstschutz die Augen. Er machte sie erst auf, als er so ziemlich sicher war, daß die kleinen Verführerinnen ihren Platz wieder eingenommen hatten und ihm nicht mehr gefährlich werden konnten.

Die Aufmerksamkeit der nackten Tänzerinnen konzentrierte sich immer noch auf den abgetrennten Kopf in ihrer Mitte, der sie mit ungezügelter Geilheit ansah. Jurnet bemerkte jetzt allerdings, daß eine der Salomes den bärtigen Herrn mit dem kopflosen Körper des Heiligen über den Knien oben an der Wand entdeckt hatte und ganz offen mit Gott flirtete.

Jurnet mußte laut lachen und freute sich an dem Widerhall in der kleinen Kirche. Er tastete nach der Postkarte aus Israel. Sobald Miriam wieder in England war und er Professor Flaschners Mörder gefunden hatte, würde er sich das Vergnügen gönnen, mit ihr nach Feldon St. Awdry zu fahren.

Daß er weder das eine noch das andere Ziel in absehbarer Zeit erreichen würde, ernüchterte den Inspektor umgehend. Nach seinem Besuch im Pfarrhaus fühlte er sich irgendwie optimistisch. Bald würde er alles verstehen. Nun erdrückte ihn die Scham, seine Nase obszön in die intimen Angelegenheiten anderer Menschen stecken zu müssen. Er kam sich vor wie ein kleiner Junge, der mit einem Stock im Abfluß herumstochert und darauf hofft, unter all dem schmierigen Zeug auf ein hartes Steinchen zu stoßen, das die Wahrheit in sich birgt.

Ein Mann war tot – der falsche, wie es schien. Die verdammten Physiker mußten außer sich sein vor Begeisterung über die Unwägbarkeit ihres Zufallsuniversums. Hätte sich der alte Herr doch nur auf natürliche Weise verabschiedet! Er war ja nahe dran gewesen. Doch wenn man's recht bedachte: Gab es etwas Natürlicheres als Mord? Man konnte sich nicht damit infizieren, wie mit dem Grippe-Bazillus oder mit Aids. Der verrückte Gott selbst hatte den Menschen mit diesem Potential ausgestattet und konnte es kaum erwarten, seine neue Erfindung auszuprobieren. Die Menschheit bestand nur aus vier Personen. Man könnte sagen, das Unternehmen befand sich noch in der Planungsphase. Und da mußte er Kain schon aufstacheln, seinen Bruder Abel zu töten. Fünfundzwanzig Prozent der Menschheit mit einem Streich ausgelöscht. Kein Zweifel: Es funktionierte.

20

Das Telefon klingelte um sechs Uhr morgens. Im Halbschlaf griff Jurnet nach dem Hörer und erkannte sogar die leicht spöttische Stimme.

»Ich hab' dem Sergeant vom Dienst mit List und Tücke Ihre Privatnummer entlockt«, sagte Kriminalinspektor Jim Catton. »Sicher wollten Sie nicht erst auf dem Dienstweg hören, was es so Neues gibt. Sagen Sie Ihrem Schnuckelhäschen, es täte mir leid, falls ich sie aus ihrem Schönheitsschlaf gerissen habe. Oder ist grade was Interessantes gelaufen?«

Jurnet knallte den Hörer auf die Gabel. Einen Augenblick später legte er ihn auf den Nachttisch, damit Catton nicht zurückrufen konnte. In den folgenden Sekunden verlor Kriminalinspektor Benjamin Jurnet einen inneren Kampf mit sich und seiner Selbstachtung und stellte den Kontakt zur Welt wieder her, die möglicherweise auf seine Dienste angewiesen war. Prompt klingelte das Telefon erneut.

»Wie ich schon sagte, bevor wir so unverschämt unterbrochen wurden«, plauderte Catton drauflos, »wir haben ihn im Fluß gefunden, und nicht mal in unserem wunderschönen Revier. Unten beim Gaswerk. Für uns Ausland. Aber das Wasser ist dort genauso naß, Mann.«

Jurnet schwieg, bis der andere hörbar weniger naßforsch fragte: »Wollen Sie denn nicht wissen, um wen es sich handelt?«

»Wollen Sie es mir nicht sagen?«

Wie die Kinder! »Sie können mich mal«, tönte die Stimme des Kollegen aus Cambridge aus dem Hörer. Er gab sich geschlagen. »Dandy Venables hat's erwischt.«

»Wo brennt's denn?« wollte Jurnet wissen, als Sergeant Ellers die Sirene einschaltete und der Wagen auf der langen Geraden von Thetford Warren davonschoß. Fichtengruppen und Heidekrautteppiche jagten abwechselnd vorüber, bis der Rover in so wahnwitzigem Tempo über die Kreuzung am Peddar's Way preschte, daß sogar den Geist eines römischen Zenturios das kalte Entsetzen gepackt hätte, wäre er zufällig dort vorbeigeschwebt.

Der kleine Waliser stellte die Sirene ab und nahm frech grinsend den Fuß vom Gaspedal.

»Ich dachte, Sie wollten nicht zu spät zur Autopsie kommen. Der Kommissar meinte –«

»Ich habe gehört, was er meinte.« *Wie oft, zum Teufel, war der Kommissar in den letzten fünf Jahren bei einer Autopsie anwesend?*

»Schnappen Sie sich den Amtsarzt, diesen Hutton, oder wie er sonst heißt. Nein, Humphrey«, hatte der Große Weiße Häuptling befohlen – griesgrämig, weil er beim Frühstück gestört worden war. »Im Vergleich mit ihm arbeitet unser lieber Colton wie ein geölter Blitz, und Sie wissen selbst, wie schnell *er* ist.«

»Jawohl, Sir. Catton rechnet nicht unbedingt mit einem Verbrechen. Sagt, er hatte den Kanal mehr als voll, bevor sie ihm in der letzten Kneipe kurz vor der Sperrstunde den Hahn zudrehten. Das war im Cock and Battledore, nur eine Querstraße vom Fluß entfernt, wo es keine Geländer mehr gibt. Direkt am Ufer sind ein paar kleine Werkstätten. Catton vermutet, daß er aus Versehen in eine der Zufahrtsstraßen eingebogen ist. In seinem Tran fand er da wohl nicht mehr raus.«

»Vielleicht sollten wir alles Inspektor Catton überlassen und uns da raushalten«, nörgelte der Kommissar. »Dann können wir uns alle wieder schlafenlegen. Falls Sie um Ihren Schinken mit Ei Angst haben, Ben –«

»Kein Schinken«, korrigierte Jurnet freundlich. Ihm kam der Gedanke, daß es mit seiner Konvertierung wohl vorangehen mußte, wenn er sich so leicht auf die Schippe genommen fühlte. »Austern und Blutwurst waren's.«

»Ah ja«, bemerkte der Kommissar. Aus seinem Munde klangen die beiden Silben wie Wörter einer merkwürdigen fremden Sprache.

Egal, dachte Jurnet, während der Rover nun langsamer dahinrollte. Eigentlich hatte sein Frühstück aus einer Tasse Pulverkaffee und einem ungesalzenen Keks bestanden, den er in einer Ecke gefunden hatte – ein Übrigbleibsel vom letzten Passahfest. So versorgt, konnte er der Obduktion gelassen entgegensehen. Es würde nichts zum Vorschein kommen, wofür sich ein gestandener Polizeibeamter schämen müßte. Nichts, was Zeugnis geben könnte von seiner übergroßen Empfindlichkeit, wenn er einen Schädel mit abgesägter Schädeldecke vor sich liegen sah wie ein Osterei, das so gut verpackt war, daß man nur auf diese Weise an die Leckereien im Innern herankam. Kein Hinweis darauf, daß ein totes Gesicht, das ihm nichts zu sagen hatte, beredter sein konnte als die Gesichter der Lebenden mit ihren Geheimnissen, die ihm tagtäglich begegneten. Nichts verriet, daß Leber und Lunge, aus dem von oben bis unten aufgeschlitzten Torso hervorgezaubert wie Kaninchen aus einem Hut, für ihn einen brutaleren Eingriff in die Intimsphäre symbolisierten als das gnadenloseste Kreuzverhör. Und vor allem gab er durch nichts seine unermeßliche Wut preis, die ihn unweigerlich überfiel, wenn er es mit einem gewaltsamen Tod zu tun hatte.

An Jack Ellers' Timing war nichts auszusetzen. Als die beiden Beamten den Obduktionsraum betraten, war Dandy Venables schon wieder in seiner Gefrierbox verschwunden. Dr. Humphrey schrubbte sich am Waschbecken in der Ecke die Hände, ein Helfer spritzte den Metalltisch und den Fußboden ab. Der Gestank war wahrscheinlich weniger entsetzlich als während der Obduktion.

»Sie haben den ganzen Spaß versäumt!« begrüßte Jim Catton sie frohgemut.

Der Pathologe sah müde aus. Er schürzte die Lippen und setzte zum Sprechen an, besann sich aber eines Besseren. Mit einer jovialen Handbewegung stellte der Kollege aus Cambridge vor: »Das sind die beiden Neugierigen aus Angleby, von denen ich Ihnen erzählt habe.«

Dr. Humphrey schien sich unter den Toten wohler zu fühlen als unter den Lebenden. Aufgrund dieser Einführung wurde er jedoch etwas zugänglicher. Er schüttelte den beiden die Hand und erkundigte sich nach Dr. Colton.

»Natürlich müssen Sie meinen Bericht abwarten, Inspektor. Und den Laborbefund über den Mageninhalt. Aber ich glaube, es gibt keine Schwierigkeiten. Sieht nach einer klaren Sache aus.«

»Ein Unglücksfall, meinen Sie?«

»Das muß der Untersuchungsrichter entscheiden«, meinte er leicht tadelnd. »Ich kann im Augenblick nur sagen, daß der Tote ertrunken ist, vermutlich gestern nacht zwischen zehn Uhr abends und zwei Uhr morgens. Er lebte noch, als er ins Wasser fiel. Er hat keine Verletzungen, außer ein paar kleinen Kratzern. Kurz vor seinem Tod hat er eine Menge Alkohol konsumiert.«

»Mit anderen Worten«, verkündete Catton auf seine muntere Art, »ein stinknormaler Todesfall.«

Dr. Humphrey schlüpfte in seinen Regenmantel und knöpfte ihn pedantisch zu. Dann ergriff er seine Tasche und verabschiedete sich mit einem Kopfnicken von Jurnet und Ellers. An der Türe, die Hand schon auf dem altmodischen Türknopf aus Porzellan, wandte er sich um und sah Catton an. Dann sagte er völlig emotionslos: »Vielleicht kann ich das nächste Mal mehr für Sie tun.«

»Dreimal kurz gelacht!« Kriminalinspektor Catton führte die Neugierigen aus Angleby in sein Zimmer. Sein Kommentar galt Dr. Humphrey. Kaum zu glauben: Zum erstenmal in ihrer nicht unbelasteten Beziehung fühlte sich Jurnet zu ihm hingezogen. Ein Mensch von so mitreißendem Selbstvertrauen konnte doch nicht der übelste sein.

Sergeant Ellers sah mit verhaltenem Vergnügen, wie sein Vorgesetzter es sich bei Kaffee und belegten Broten gutgehen ließ. Die beiden Inspektoren nannten sich inzwischen beim Vornamen. Allem Anschein nach war der bedauernswerte Dandy Venables doch nicht ganz umsonst gestorben.

Jim Catton lehnte sich wild gestikulierend über den Schreibtisch.

»Ich hatte Ihnen doch angekündigt, daß ich den Kerl nicht beschatten lassen könnte. Das werden Sie nicht bestreiten, Ben.«

»Sie wollten die Augen offenhalten.«

»Haben wir gemacht. Sonst hätten wir in der kurzen Zeit niemals so viel über den Toten gewußt. Ich erzähle Ihnen jetzt, wie Dandys letzter Tag auf dieser Welt ausgesehen hat: Er besuchte zwei Wettbüros. Hatte einen guten Tag. Er gewann 175.15 Pfund. Anschließend ging's verständlicherweise ans Feiern. Zunächst in den Bussey Arms, dann im Bag o' Nails, zum Schluß im Cock and Battledore. Es gab nirgends Zoff. In allen drei Kneipen war er brav wie ein Lämmchen. Als er im Cock and Battledore einlief, fand der Chef, er hätte genug getankt. Der hat da 'ne Menge Erfahrung. Er sagte, Dandy solle ein lieber Junge sein und nach Hause gehen, solange seine Beine noch mitmachten.«

»Ist ihm aufgefallen, ob noch jemand anders mit ihm das Lokal verlassen hat?«

»Sachte, sachte! Wir sind erst paar Stunden mit dem Fall befaßt. Wir werden nachfragen – o. k.? Jedenfalls hat Dandy nicht die Eingangstür benutzt. Er wollte noch pinkeln gehen. Als er nicht zurückkam, hat der Chef seinen Barkeeper hinterhergeschickt. Aber der kam zurück und sagte, er sei weg. Neben der Toilette führt eine Tür zum Parkplatz, er meinte, Dandy sei dort hinausgegangen.« Catton trank seinen Kaffee aus, rülpste dezent hinter vorgehaltener Hand und sagte: »Manieren sind alles!«

»Hat ihn danach noch jemand gesehen?« fragte Jurnet merklich kühler.

»Bis jetzt haben wir niemanden gefunden. Die Gasse neben dem Parkplatz führt direkt zum Fluß hinunter. An der Ecke steht eine Straßenlampe, und damit hat sich's. So was könnte jedem passieren.«

»Hm.«

»Sie wollen sich natürlich nicht festlegen. Da ist die Verbindung zu Flaschner. Ich persönlich würde, ohne mit der Wimper zu zucken, auf Unfalltod setzen – wenn das Geld nicht wäre.« Catton freute sich so über die gelungene Überraschung, die er sich bis zuletzt aufgespart hatte, daß Jurnet nicht umhin konnte, seine Freude zu teilen.

»Welches Geld?« Jurnet spielte sein Spiel willig mit.

»175.15 Pfund hat er beim Hottehü gewonnen. Klar? Ein unbestimmter Betrag ging für die Sauferei drauf. Zieht man das eine vom anderen ab, so kommt man noch immer nicht auf die 515 Pfund, die er bei sich hatte, oder?«

»Fünfhundertfünfzehn Pfund!« Zu Cattons Genugtuung pfiff Jurnet durch die Zähne. »Er kann nicht mehr gewonnen haben, als Sie vermuten?«

Der Mann aus Cambridge schüttelte entschieden den Kopf. »Auf keinen Fall. Es steht fest, daß Dandy nur in den beiden genannten Läden war. Fünfhundertfünfzehn Pfund, fast lauter Fuffziger.« Catton rülpste erneut und lehnte sich mit dem befriedigten Ausdruck eines Schauspielers zurück, der weiß, daß er seine Rolle gut gespielt hat. »Haben Sie schon eine Theorie, wie Dandy zu seiner unverhofften Barschaft kam, Ben?«

21

Die Penders wohnten in einer Gegend, die früher den Betuchten vorbehalten war, ihren Status zwischenzeitlich verloren hatte und nun wieder nach Höherem strebte – auch wenn die einstige vornehme Großzügigkeit in weite Ferne gerückt war. Neben jeder Eingangstür zeugten Reihen von Klingelknöpfen davon, daß die Gebäude dank des unwahrscheinlich missionarischen Eifers von Maklern eine Wiedergeburt erlebt hatten, mit Zentralheizungen und Einbauküchen, diesen Anzeichen feiner Lebensart. Ein perverser modischer Trend, der Jurnet auf die Palme brachte, hatte dazu geführt, daß die Originaltüren aus gemaserter Eiche oder gemasertem Mahagoni durch farbig gestrichene – schmutzig blaue, grüne und braune – ersetzt worden waren. Die wenigen Häuser in dieser Straße, deren Türen man nicht gestrichen hatte, erschienen dem voreingenommenen Inspektor wie Oasen der Wirklichkeit in einer Scheinwelt.

Mrs. Nina Pender war eher Sphinx als Scheinwesen. Angetan mit einer Djellabah in wildem Schwarzweißmuster, bat sie die beiden Beamten mit all der unverfrorenen Gier einer Spinne, der ein paar leckere Fliegen ins Netz gegangen waren, in ihr Wohnzimmer.

»Was wollten Sie gleich wieder?« fragte Mrs. Pender in einem Ton, der keinen Zweifel daran ließ, daß sie selbst ausgefallensten Wünschen Rechnung tragen würde. »Nehmen Sie doch bitte Platz.«

Die beiden Kriminalbeamten setzten sich auf die Sofakante, was für den kleinen Waliser einigermaßen bequem war, während Jurnet sich idiotisch vorkam, weil seine Knie fast an sein Kinn stießen. Mrs. Pender sank anmutig auf ein Kissen zu ihren Füßen nieder. Sie präsentierte ihnen ihr stark zurechtgemachtes Gesicht mit leicht geöffneten Lippen und ein großzügiges Dekolleté. Ein Vamp der zwanziger Jahre wäre mit mehr Raffinesse zu Werk gegangen. Jurnet mußte ein Lachen unterdrücken. Er suchte bereits nach einem Anzeichen von Schüchternheit und Introvertiertheit – Eigenschaften, die Pender seiner Frau attestiert hatte –, als ihm ein entsetzlicher Gedanke kam: Sollten sie mit der Vamp-Imitation auf eine falsche Fährte gelockt werden? Wie konnte man sicher sein, daß hinter dem Rauchvorhang nicht ein weiterer Rauchvorhang zum Vorschein kam, und hinter dem – mein Gott! Wie viele Schichten mußten abgetragen werden, bis man zu der wahren Nina Pender vordrang?

Oder zu irgendeinem anderen Menschen?

Mehr zum Selbstschutz zog der Inspektor die Liste hervor, die Dave Batterby ihm mitgegeben hatte.

»Christlicher Hilfsfonds, Oxfam, Königlich Britisches Institut zur Unterstützung Tauber«, zählte er auf.

Mrs. Pender lief rot an und saß stocksteif auf ihrem Kissen. Auf das Register ihrer guten Werke reagierte sie bestürzt wie eine jungfräuliche Vestalin, die sich mit unwiderlegbaren Beweisen sexueller Ausschweifungen konfrontiert sieht. Sie kam nicht besonders elegant auf die Füße, gewann dabei jedoch ihre Fassung wieder. »Ich bin eine richtige kleine Wohltäterin, nicht?« Mit einem Grinsen, das einem optischen Rippenstoß gleichkam, sprach sie weiter: »Alles Alibis, mein lieber Watson! Sie haben ja keine Ahnung, wie rührig Wohltätigkeitsvereine sind! Ausschußsitzungen am laufenden Band. Ich brauche nur zu Adam zu sagen, ›Heute habe ich eine Ausschußsitzung, Schatz. Ich weiß nicht, wann sie zu Ende ist‹ – und schon bin ich bei Tawno in der Heathcote Avenue. Ich habe völlig freie Hand.«

Jurnet warf erneut einen Blick auf die Liste. »Wie ich sehe, betreuen Sie unter anderem Gefängnisinsassen in Angleby.«

Nina Pender verzog das Gesicht. »Betreute, meinen Sie. Das war, als wir noch in Angleby wohnten. Adam hat damals an der Uni gearbeitet. Es ging um ein Experiment: Frauen sollten Männer betreuen. Etwas völlig Neues. Klang interessant. Und außerdem –«

»Noch ein Alibi?«

»Genau!«

»Seltsam!« Jurnet spielte den Verwunderten. »Sowohl der Anstaltspfarrer als auch der Vorsitzende des Besucherkomitees haben letzte Woche bestätigt, daß Sie immer noch eine der gewissenhaftesten Betreuerinnen sind. Auf Sie sei hundertprozentig Verlaß.«

Mrs. Pender fuhr sich mit der Hand über den glatten schwarzen Bubikopf. »Ach so. *Das* meinten Sie. Das hat nichts zu tun mit Spendensammlungen und Wohltätigkeitsbasaren. Man trifft da manchmal wirklich interessante Leute –«

»Wie Dandy Venables, zum Beispiel?«

Die Nachricht von Dandy Venables Tod ging Nina Pender ziemlich an die Nieren – mehr als seiner Witwe, wenn man Jim Catton glauben konnte. Nach seiner Version hatte Annie Venables nach einem kurzen Blick auf ihren ertrunkenen Ehemann gesagt: »Das ist er.« Dann war sie mit unbewegtem Gesicht gegangen. Sie hatte es abgelehnt, mit dem Wagen nach Hause gebracht zu werden, weil sie auf dem Rückweg noch etwas einkaufen wollte. Mrs. Pender brach in Tränen aus. Ihr Kummer konnte nicht gespielt sein – sonst wäre sie eine wahre Meisterin gewesen. Lippenstift, Rouge und Maskara liefen ineinander und verliehen ihrem Gesicht das Pathos eines albernen Kindes.

Die Nachricht, daß Dandy seinen letzten Gang betrunken angetreten hatte, löste pures Entsetzen bei ihr aus.

»Das war meine Schuld«, flüsterte sie. »Wenn ich nicht gewesen wäre, hätte er das Geld nicht gehabt.«

»Wie das?«

»Ich habe durchgesetzt, daß er aus dem Willigton-Rideout-Fonds eine Beihilfe erhält. Der Fonds dient vorwiegend der Resozialisierung entlassener Strafgefangener. Das Geld sollte zu seinem Lebensunterhalt beitragen, während er zum Glaser ausgebildet wurde.«

»Zum Glaser!« Trotz größter Anstrengung konnte der Inspektor ein Grinsen nicht unterdrücken. Sergeant Ellers sank wie von Krämpfen geschüttelt über seinem Notizblock zusammen.

»Eigentlich geht es um die Restaurierung von Buntglasfenstern in Ely. Sämtliche Fenster der Kathedrale müssen restauriert werden, und der Fonds stellt die Mittel für eine entsprechend ausgerüstete Werkstatt zur Verfügung.« Nina Penders Augen füllten sich wieder mit Tränen. »Es wäre eine einmalige Chance für diesen sensiblen, künstlerisch veranlagten Mann gewesen, ein Handwerk zu erlernen, das ihm zeitlebens von Nutzen sein würde. Zumal er nie Gelegenheit hatte, diese Seite seiner Persönlichkeit ins Spiel zu bringen. Seinem Reden nach zu urteilen, hatte er ein wahres Faible für Glas.«

»Das kann man wohl sagen«, bestätigte Jurnet. Jack Ellers saß auf dem Sofa und japste nach Luft. »Die Beihilfe, von der Sie sprachen – wie wurde sie ausbezahlt?«

»Eine gewisse Summe als Starthilfe, der Rest als eine Art Lohn mit der Aussicht auf eine Zulage nach Ablauf von drei Monaten, falls er sich bewährte.«

»Aha. Diese Starthilfe, wieviel war das?«

»Vierhundert Pfund.«

»Wie und wo ausgezahlt?«

»Er sagte, er komme mit Banken und Schecks nicht zurecht, ob er's nicht bar haben könne. Er wollte es auf ein Postsparbuch einzahlen. Nachdem wir zur Dreihundertjahrfeier sowieso in Angleby waren, habe ich ihn auf dem Haymarket getroffen – und zwar am Denkmal von Sir Thaddeus Brigg. Dort habe ich ihm das Geld gegeben. Sechs Fünfzig-Pfund-Scheine, den Rest in Zehnern.«

Jurnet dachte einen Augenblick nach. »Sie sind sicher, daß Sie ihm nicht mehr als vierhundert Pfund gegeben haben?«

»Selbstverständlich.«

»Sie haben ihn nicht zufällig mit Freunden in Cambridge oder sonstwo zusammengebracht?«

»Aber nein.« Die Frau sah den Inspektor verständnislos an. »Ich war nicht darauf erpicht, deswegen ins Gerede zu kommen. Die Leute hätten einen falschen Eindruck gewinnen können.« Aus Gewohnheit gab sie ihren Sätzen einen anzüglichen Unterton. »Nicht mal Adam weiß etwas davon.«

»Auch Mrs. Venables nicht?«

»Annie?« Sie sah ihn groß an. »Sie meinen, weil sie mit Dandy verschwägert ist? Nein, sie weiß von nichts. Dandy meinte, sie habe ihn schon immer von oben herab behandelt, auch als ihr Mann noch lebte. Sie glaubte, unter ihrem sozialen Niveau geheiratet zu haben, als sie einen Venables nahm. Nach dem Tod seines Bruders habe sie den Kontakt zur Familie abgebrochen. Wenn er durchblicken ließ, daß er ein paar Pfund in der Tasche habe, käme sie vielleicht plötzlich wieder an. Ich sagte ihm, Annie sei bestimmt nicht eine von der Sorte, aber er behauptete, man könne einen Menschen erst dann beurteilen, wenn man ihn durch und durch kenne, und selbst dann sei es noch schwierig.«

»So, seine Schwägerin«, kommentierte Jurnet. »Das hat er Ihnen also erzählt. Haben Sie eigentlich jemals mit Mrs. Venables über Dandy gesprochen?«

Nina Pender schüttelte den Kopf. »Natürlich war mir der Name schon von Anfang an aufgefallen. Ursprünglich wollte ich fragen, ob sie miteinander verwandt wären, aber vielleicht hätte ich sie in Verlegenheit gebracht. Möglicherweise wußte sie gar nicht, daß er im Gefängnis saß, und wäre nicht besonders begeistert gewesen.«

»Sie hätten sich nicht den Kopf zerbrechen müssen. Sie

wußte es. Frauen wissen meistens, was mit ihren Männern los ist.«

»Sie haben mich mißverstanden«, erklärte sie. »Er war ihr Schwager, nicht ihr Mann. Annie ist Witwe.«

»Das steht fest«, bestätigte Jurnet. »Seit ihr Mann in der Cam seinen Geist aufgegeben hat.«

Einen Augenblick lang schwieg sie ungläubig. »Sie machen Witze!« sagte sie schließlich.

Mrs. Pender durchmaß mit fliegenden Gewändern ihr Wohnzimmer.

»Diese Eröffnung scheint Sie aus der Fassung zu bringen.« Aus der Stimme des Inspektors sprach kein Mitgefühl. »Hatten Sie und Dandy ein Verhältnis?«

»Im Besucherzimmer im Gefängnis? Mitten auf dem Haymarket? So eine Lüge!« Nina Pender ließ sich wieder auf ihr Kissen fallen – diesmal ohne jedes Getue. »Lügen sind mir ein Greuel! Ich kann sie nicht ertragen!«

»Freut mich, das zu hören. Hat die Dame, die Lügen nicht ausstehen kann, je mit Dandy über den Professor oder Dr. Smith gesprochen? Hat sie ihm etwas über den Vortrag erzählt, den Dr. Smith auf der Dreihundertjahrfeier halten sollte? Hat sie einem Freund oder Bekannten Dandy Venables' Dienste für einen gutbezahlten Job vermittelt?«

Ihre von Wimperntusche verschmierten, eulenhaften Augen sahen ihn an. »Ich verstehe Sie nicht«, sagte sie. »Es geht doch gar nicht um Dandy, oder? Es geht um mich. Das Komische an der Sache ist, daß ich im Präsidium vorbeigekommen bin, um Ihren Rat wegen der Beihilfe für Dandy einzuholen, aber Sie waren nicht da. Sie sahen so sympathisch aus, und jetzt versuchen Sie, mich mit dem Mord an Onkel Max in Verbindung zu bringen!«

Jurnet schüttelte den Kopf.

»Ich versuche, den Mörder mit dem Mord in Verbindung zu bringen. Sonst niemanden. Im übrigen glaube ich, daß Sie mich sehr gut verstehen.«

22

Grau und ausgelaugt tauchte Annie Venables unter der Tür auf.

»Sie schon wieder! Was wollen Sie denn noch? Dr. Tawno ist hier, mit Christopher. Sie müssen später wiederkommen – wenn überhaupt.«

»Sie haben Besuch, wie ich sehe«, bemerkte Jurnet liebenswürdig und deutete mit dem Kopf auf Esther Ahilars kleinen Wagen, der in der Auffahrt stand.

»Ich muß rein. Sie warten auf den Kaffee.«

»Wir werden Sie nicht lange aufhalten«, versprach Jurnet. Er hatte bereits einen Fuß auf dem Abstreifer hinter der Tür. »Ich wollte Ihnen nur mein Mitgefühl ausdrücken, wegen Dandy.«

Kalte Wut spiegelte sich plötzlich in dem grauen Gesicht. Mit einem unübersehbaren Blick auf den zudringlichen Fuß sagte sie: »Gut. Das haben Sie ja jetzt getan. Vielen Dank und auf Wiedersehen!«

»Ach, Annie! Seien Sie doch nicht so!« Jurnet ließ seinen ganzen Charme spielen, doch Sergeant Ellers war der einzige, der ihm Bewunderung zollte.

»Wie soll ich nicht sein, zum Kuckuck?« Die Haushälterin verzog spöttisch die Lippen. »Sagen Sie's schon, Dr. Allwissend! Sagen Sie's der lieben Annie Venables, die nicht mehr aus noch ein weiß und langsam durchdreht! Ach, kommen Sie schon rein! Den Kaffee kann sowieso keiner mehr trinken.«

Sie eilte davon, die beiden Beamten hinterher. Ellers schloß sorgsam die Haustür, durchquerte rasch die Diele und hielt die Tür zum Küchentrakt auf, als die Frau mit einem beladenen Tablett erschien. Die beiden erwarteten sie in der Küche, in der es nach frischgebackenem Kuchen roch. Plätzchen lagen zum Abkühlen auf einem Drahtgitter.

»Kein Vergleich mit Rosies«, verkündete Jack Ellers, nachdem er mit Kennermiene eins gekostet hatte. Mrs. Venables kam herein. »Zum Zimt noch eine Prise Muskat«, empfahl er ihr. »Probieren Sie das mal. Sie werden staunen!«

Die Haushälterin seufzte gereizt und setzte sich an den Küchentisch. »Legen Sie los«, sagte sie zu Jurnet, »damit wir's hinter uns bringen.«

»Ich wollte Ihnen keine Unannehmlichkeiten bereiten«, erklärte Jurnet. »Ich wäre zu Ihnen in die Wohnung gekommen, wenn ich nicht sicher gewesen wäre, Sie hier zu finden. Arbeiten ist immer noch besser, als seine vier Wände anzustarren.«

Die Frau stützte den Kopf in eine Hand. »Von jetzt an bin ich hier zu Hause. Die Wohnung habe ich nur wegen Dandy behalten. Am liebsten ginge ich gar nicht mehr hin. Schon gar nicht, seit Catton und seine Männer sie auf den Kopf gestellt haben.« Mit plötzlich erwachtem Interesse sah sie Jurnet an. »Sie haben Dr. Tawnos Unterlagen gesucht, nicht? Als ob Dandy etwas aufgehoben hätte, womit sich was verdienen ließ! Als nächstes werden Sie noch behaupten, ich hätte gewartet, bis der Professor weg war, um Dandy zu helfen. Vielleicht hat das ja schon jemand getan.«

»Das wäre unlogisch«, versicherte ihr Jurnet, obwohl Catton genau das mehr als einmal aufs Tapet gebracht hatte. »In dem Fall hätte bestimmt keiner die Scheibe herausgenommen.«

»Da ist was dran.« Sie schien nicht besonders erleichtert über diese Lösung zu sein. »Wieviel Muskat?« fragte sie, als Ellers nach dem nächsten Plätzchen griff.

»Vergessen Sie's. Ich hab' mich getäuscht. Sie sind köstlich.«

Annie Venables stand auf und sah sich in der Küche um, als suche sie eine Beschäftigung. Schließlich nahm sie sich die Backbleche vor. Mit beiden Armen bis zum Ellenbogen im heißen Abwaschwasser, ließ sie die Bleche gegeneinanderscheppern wie Becken. Die beiden Beamten beobachteten sie schweigend. Sie warteten. Als die Bleche zum Trocknen auf der Ablaufplatte lagen und sich die Frau zu ihm umdrehte – attraktiv und herausfordernd, mit roten Armen und rotem Gesicht – war Jurnet trotzdem nicht darauf vorbereitet.

»Wissen Sie, was mir am meisten gegen den Strich geht?« Sie beantwortete ihre Frage selbst: »Daß ich mir wichtig vorkomme. Ich bin es nämlich nicht und werde es auch nie sein. Beide Männer, die es in meinem Leben gab, sind tot. Einer davon, vielleicht auch beide, ermordet. Allein das ist schon schlimm genug. Und dann kommt noch was dazu, was selbst ihr Schlaumeier euch nicht vorstellen könnt: Irgendwie bin ich stolz, Mittelpunkt dieses Dramas zu sein. Es tut mir gut. Ich fühle mich wie in einem Theaterstück oder wie auf der Opernbühne.« Ihre Stimme wurde hart vor Selbstverachtung. »Demnächst stehen vielleicht Reporter von *News of the World* vor der Tür und bieten mir 'ne Stange Geld für meine Lebensgeschichte. Dandy hätte sich totgelacht. Er sagte immer, er würde mich als reiche Witwe zurücklassen.« Sie trat an den Tisch und sah Jurnet halb feindselig und halb flehend an. »Sagen Sie mir um Himmels willen, was los ist! Ist Dandy umgebracht worden, wie der Professor? Vom gleichen Mörder?«

»Im Augenblick kann ich Ihnen dazu wirklich noch nichts sagen, Annie. Wir ziehen alles in Betracht.«

Die Runde im gemütlichen Wohnzimmer schien ganz froh über den Besuch des Inspektors zu sein. »Sie müssen eine Tasse Kaffee mit uns trinken!« rief Tawno Smith. Esther Ahilar löste ihren Blick kurz von Tawno und lächelte ihm zur Begrüßung zu, Christopher Maslin löste den seinen kurz von Esther Ahilar und nickte unverbindlich in Jurnets Richtung.

Der Inspektor seufzte innerlich. Er tastete nach der Postkarte in seiner Tasche. *Immer die alte Geschichte.*

Liebe.

»Die Jugend will gerade ins Kino. Falls Sie vorher noch Fragen haben...«

»Es ist nur eine Werbeveranstaltung für den Filmclub. Für Erstsemester«, warf Esther Ahilar rasch ein. »Wir müssen nicht unbedingt hin.« Christopher Maslin war die Enttäuschung anzusehen. Sie hatte Mitleid mit ihm und lenkte sogleich ein – auf eine mütterliche Art, deren fatale Bedeutung er allerdings nicht erfaßte. Seine Augen leuchteten wieder, seine Wangen glühten, als sie sagte: »Ich meine, wir müssen nicht pünktlich auf die Minute sein.«

»Ich wollte nur kurz mit Dr. Smith reden und Mrs. Venables mein Beileid aussprechen«, erkärte Jurnet. Er lächelte dem Mädchen zu. »Wir beide haben ja schon unser kleines Schwätzchen gehalten.« Zu Christopher sagte er: »Als ich in Feldon St. Awdry war, hast du gerade eine Runde gedreht.«

»Tatsächlich?« Der Junge stellte ein Desinteresse zur Schau, das an Beleidigung grenzte. »Na wenn schon. Auf jeden Fall habe ich kein Gift in Tawnos Orangensaft getan, und ich habe auch niemanden dabei beobachtet. Mal ehrlich: Hätten Sie wirklich geglaubt, ich würde es zugeben, wenn ich's gewesen wäre?«

»Inspektor Jurnet braucht jede erdenkliche Hilfe«, meinte Tawno Smith vermittelnd.

»Entschuldigung«, murmelte der Junge, offenbar selbst überrascht von seiner schlechten Laune. »Es ist nur... Ach, ich weiß selbst nicht!«

Ich schon, dachte Jurnet. Tot ist tot, aber du lebst und bist verliebt.

»Und jetzt noch Annie«, fuhr der Junge fort, als würde es ihm nun wahrhaftig reichen. »Wir wußten nicht mal, daß es in ihrem Leben einen Ehemann gab, und jetzt liegt er tot im Fluß. Gut, Tawno hat's wohl gewußt, aber er hat nie darüber gesprochen.«

Voller Nachsicht bemerkte Smith: »Ich kann mich nicht entsinnen, daß wir mal über Annies Privatleben geredet hätten.« Aus seinen glänzenden schwarzen Augen sprach Mitgefühl. »Sie hätte heute früh nicht kommen dürfen, die arme Seele. Ich wollte sie nach Hause fahren, aber sie lehnte ab. Sie käme am besten zurecht, wenn sie ihren normalen Tagesablauf hätte.«

»Verständlich«, meinte Jurnet.

»Sie hat gefragt, ob sie von jetzt an im Haus wohnen könne. In ihrer Sozialwohnung hielte sie es keinen Tag länger aus. Mir war das natürlich mehr als recht.« Er sah die beiden jungen Leute abwechselnd an; er schien zu spüren, daß sie nicht glücklich über den Verlauf des Gesprächs waren. Komisch, dachte Jurnet, als er die verschlossenen jungen Gesichter betrachtete. Der Tod ist die einzige unumstößliche Gewißheit in einer wandelbaren Welt, und doch gilt es als unfein, darüber zu reden. »Lassen Sie die Kinder jetzt laufen, Inspektor?« fragte Tawno Smith betont liebenswürdig. »Oder wollen Sie sie ausquetschen? Kein dringender Mordverdacht?«

Lächelnd erwiderte Jurnet: »Im Moment nicht.«

»Wenn Sie meinen...« Esther Ahilar schien es nicht eilig zu haben. Sie beugte sich über das Tablett auf dem Beistelltischchen und hob den Deckel der Kaffeekanne. »Sie haben gar keinen Kaffee getrunken«, erinnerte sie den Inspektor. »Ich weiß nicht, ob er noch heiß ist.«

»Danke. Sergeant Ellers und ich haben in der Küche mit Mrs. Venables ein Täßchen getrunken. Er unterhält sich noch mit ihr.«

»Ja?« Sie sah enttäuscht aus und wandte sich beinahe flehend an Tawno: »Wenn wir lieber hierbleiben sollen...«

»Das ist Sache des Inspektors«, erklärte der Physiker. Sein sorgsam desinteressierter Blick, mit dem er das Mädchen streifte und dem nicht das geringste entging, sprach für sich.

»Viel Spaß im Kino«, sagte Jurnet.

Das Arbeitszimmer wirkte nicht mehr so gediegen mit seinem zweckmäßigen Schreibtisch, den Polstersesseln in nichtssagendem Blau und dem ebenso unauffälligen neuen Teppich. Nur der eindrucksvolle Garten hinter den vorhanglosen Fenstern war urwüchsig und üppig wie zuvor.

»Sie haben einiges verändert«, bemerkte Jurnet.

Tawno Smith sah sich nicht ganz zufrieden im Zimmer um. »Nicht genug. Auch wenn ich mich noch so sehr bemühe: Onkel Max ist immer gegenwärtig. Sein Geist hindert mich daran, mein Leben wieder in den Griff zu kriegen.« Ohne sich seiner Tränen zu schämen, bekannte er: »Ich kann Ihnen nicht sagen, wie sehr mir dieser verrückte alte Mann fehlt.«

»Verrückt?«

Der andere lachte. Die weißen Zähne blitzten in dem braunen Gesicht, als er dem Inspektor mit einer Handbewegung einen Sessel anbot.

»Ein echter Polizist! Zielsicher stürzten Sie sich auf das entscheidende Wort! Ich muß mich fragen, ob Sie mich nicht von neuem verdächtigen, den Orangensaft mit Zyankali versetzt zu haben.«

Jurnet zauberte ein gleichwertiges Lächeln auf sein Gesicht. »Sie setzen voraus, daß ich je damit aufgehört habe.« Höflich fügte er hinzu: »Neben allen anderen Alternativen, selbstverständlich.«

»Selbstverständlich.« Der Physiker senkte bestätigend den Lockenkopf. »Und wenn ich Ihnen jetzt noch sage, daß ich an dem Tag, an dem Dandy Venables aus dem Fluß gefischt wurde, stundenlang mit seiner Frau im Bett war – machen Sie sich dann noch mehr Gedanken?«

»Dafür werde ich bezahlt. Aber mal eins nach dem andern. Wieso bezeichnen Sie den Professor als verrückt?«

Tawno Smith ging zum Kamin. Wie Jurnet bemerkte, stand die silbergerahmte Fotografie Görings immer noch an ihrem Platz.

»Ich hätte gedacht, die würde als erstes verschwinden«, bemerkte der Inspektor.

»Ganz und gar nicht! Onkel Max sagte immer, sie sei eine ständige Erinnerung an die Verführungskraft des Bösen. In jeder Wohnung sollte so was stehen.« Er betrachtete das Foto eingehend. »Es zeugt auch von unverwüstlicher Eitelkeit. Die Aufnahme muß, lange bevor er so gräßlich in die Breite ging, gemacht worden sein. Können Sie sich vorstellen, ständig einen Stapel Fotos aus kraftvollen Jugendtagen auf Lager zu haben – sogar in Nürnberg? Aber ob Sie's glauben oder nicht: Onkel Max sagte, er sei nie einem einfühlsameren Menschen begegnet.«

»Haben solche Dinge Sie genervt?«

»Nicht sehr.« Tawno Smith setzte sich in den anderen Sessel. Er versank fast darin. Jurnet fiel wieder ein, wie klein er war. Seine Stärke und seine Distanziertheit täuschten darüber hinweg. »Wir waren einfach zwei ganz unterschiedliche Menschen, trotz unserer gegenseitigen Zuneigung. Jeder hatte seine eigenen Ansichten.«

»Allgemein gesprochen, oder in wissenschaftlicher Hinsicht?«

»Auch in wissenschaftlicher Hinsicht. In allem. Meinen Sie etwa, man könne die Wissenschaft ausgrenzen und sie allein den Wissenschaftlern überlassen?« Vor Eifer war ihm das Blut zu Kopf gestiegen. »Ehrlich gesagt, ich hätte Ihnen mehr zugetraut.«

Betroffen murmelte Jurnet etwas davon, daß er in der Schule keine große Leuchte in diesen Fächern gewesen sei.

»Und deshalb haben Sie alles sofort ad acta gelegt, zusammen mit Ihren Turnhosen und Ihrer Schuluniform! Mein Gott, bin ich frech!« Zu seinem Eifer gesellte sich sein Charme. Du bist nicht nur hinter Frauen her, dachte der Inspektor. »Ich verstehe einfach nicht«, fuhr Tawno Smith fort, »wie die Leute so *unbewußt* durch die Welt laufen können. Die Schöpfung ist für sie nichts anderes als ein farbiger Hintergrund für ihre faden kleinen Spielchen. Daß die Sonne tagtäglich ohne deine Hilfe auf- und untergeht, heißt doch nicht, daß du nichts damit zu tun hast!«

Jurnet wies nüchtern darauf hin, daß er nicht viel daran ändern könne, selbst beim besten Willen nicht.

»Jetzt machen Sie sich über mich lustig. Das geschieht mir ganz recht.« Sein Lächeln überspielte nicht den Ernst hinter seinen Worten. »Ich versuche nur, dem Trugschluß entgegenzuwirken, der Mensch sei unabhängig von der physikalischen Welt, statt ein Teil davon. Beides gehört zusammen – wie Mann und Frau. Es ist ein gegenseitiges Geben und Nehmen – die Definition von Realität schlechthin.« Tawno Smith sah den Inspektor forschend an. Dann sagte er: »Ich werde Ihnen jetzt etwas über meine Arbeit erzählen.«

»Die Theoretiker unter den Physikern erschaffen nichts Neues. Sie sind eher Forscher. Sie beschäftigen sich mit dem, was bereits vorhanden ist – wenn auch verborgen an schwer zugänglichen Stellen. Ihre Gleichungen sind zum Teil die reinsten Kunstwerke, zum Teil kodifizierte Anleitungen, die nur den Eingeweihten etwas sagen – wie chinesische Schriftzeichen.

Wissenschaftler geben sich nie mit etwas zufrieden. Es ist ihr Job, den Dingen immer weiter auf den Grund zu gehen. Im Lauf der Jahrhunderte konstruierten sie ein für die damalige Zeit ideales Sonnensystem. Sonne, Mond, Sterne, Planeten – alles bekam seinen Platz in dem edlen wissenschaftlichen Tempel des Universums. Großartig war es und wohlgeordnet, aber nicht gerade auf das tägliche Leben zugeschnitten. Es blieb kein Raum für liebenswerte Schludrigkeit. In anderen Worten: keine Kaffeeflecke auf dem frisch gestärkten Tischtuch! Kein Wunder, daß sich einige Wissenschaftler nach einem Universum sehnten, das mehr ihrer anarchistischen Natur entsprach. Ein Universum, in dem – wie im Leben – nicht alles schablonenhaft ablief, wo noch Raum blieb für den Zufall und die Wahrscheinlichkeit.«

Tawno Smith runzelte die Stirn. Es fiel ihm schwer, in wenigen Worten komplexe Zusammenhänge zu erklären. »Genialen Physikern gelang es eines Tages, das Universum zu entdecken, von dem sie geträumt hatten: eine subatomare Welt, unvorstellbar klein, geschaffen aus den Bausteinen des Universums.« Der Physiker musterte seinen Zuhörer ein wenig zweifelnd. »Hoffentlich kann ich Ihnen vermitteln, wie aufregend allein das Wissen um das Vorhandensein dieser Bausteine ist.«

»Ich bin perplex«, bekannte Jurnet. »Und darum geht es also in Ihrer Arbeit?«

Der andere fing an zu lachen.

»Mein lieber Inspektor! Das war nur die Einleitung. Beginnen wir mit der zweiten Lektion.« Tawno Smith straffte die Schultern, als müsse er ein Hindernis aus dem Weg räumen. »In der Natur – und das müssen Sie mir einfach glauben – finden sich vier grundlegende Wechselwirkungen, Kräfte, wenn Sie so wollen, von denen alles abhängt: die starke, die schwache, die elektromagnetische und die der Gravitation.

Das höchste Ziel der theoretischen Wissenschaft ist heute, die Gesetze ihres Zusammenwirkens zu entdecken. Nicht nach dem alten, unbeugsamen Gesetz, sondern nach einem neuen, das die Unwägbarkeiten des Universums berücksichtigt und damit zu Rande kommt. Die Schwerkraft mit den drei übrigen Kräften in Einklang zu bringen, war dabei das größte Problem.

Und ich habe es gelöst«, erklärte Tawno Smith. Es klang nicht prahlerisch, sondern eher etwas traurig, als ob es ihm leid täte, am Ende seines beglückenden Forschungsweges angelangt zu sein. »Sie wollten wissen, worum es in meiner Arbeit ging. Jetzt wissen Sie es.«

»Ich habe gehört, was Sie sagen«, erklärte Jurnet. Sein alter Physiklehrer hätte den zögernden Tonfall, das qualvolle Bemühen um Verständnis, sofort erkannt. »Aber was hat es zu bedeuten? Wieso ist jemand bereit, dafür einen Mord zu begehen?«

»Ich weiß nicht.«

»Sie müssen es doch wissen!«

»Ich weiß es nicht«, wiederholte Tawno Smith. »Ich halte Sie nicht zum Besten. Wie ich schon sagte: Ich bin Theoretiker. Über die praktischen Anwendungsmöglichkeiten kann ich nichts sagen. Ich weiß nur, daß wir einen weiteren Berg erklommen haben – vielleicht sogar ein kleines Gebirge. Und daß die Aussicht von diesem neuen Gipfel interessant sein muß.« Er befreite sich mit einer fließenden Bewegung aus dem Sessel und blickte auf den sonnenüberfluteten Garten hinaus. »Phaeton soll versucht haben, den Sonnenwagen seines Vaters über den Himmel zu lenken. Er verlor die Kontrolle über die vier feuerschnaubenden Rösser und stürzte mit ihnen auf die Erde.«

Er drehte sich um und blieb mit dem Rücken zum Fenster stehen, so daß der Inspektor seinen Gesichtsausdruck nicht erkennen konnte. »Wie ich schon sagte: Ich kenne den Grund nicht, aber ich könnte raten.« In seiner Stimme mischten sich Triumph und Bestürzung. »Können Sie sich vorstellen, welche Macht ein Mensch in seinen Händen hält, der den Schlüssel zum Universum besitzt? Wird er wie Phaeton zur Erde stürzen und sie verbrennen, oder wird er die Kräfte beherrschen wie der Sonnengott Apollon?« Er zuckte amüsiert die Achseln und sagte in völlig verändertem Ton: »Fragen Sie mich was anderes! In meiner Arbeit gebe ich nur die allgemeine Richtung an.«

»Nur!«

»Ja, nur.« Tawno Smith kam wieder in die Mitte des Raumes. »Ich kenne meine Grenzen, Inspektor Jurnet. Eine alte Wahrsagerin hat mir mal prophezeit, keiner würde mehr geliebt und mehr gehaßt werden als ich. Ich würde mal an höchster Stelle enden, wie sie es ausdrückte. Was meinte sie wohl damit? Kriege ich den Nobelpreis, sterbe ich auf dem Mount Everest, oder an einem Supergalgen für Superschlaue?« Er breitete die Arme aus wie ein Tänzer in Triumphpose. Seine Augen blitzten schalkhaft. »Und jetzt soll ich Ihnen vermutlich etwas über Annie Venables erzählen.«

»Nein, über Esther«, sagte Jurnet.

23

Der Kommissar sah grau aus. Jurnet brauchte einen Augenblick, bis ihm klar wurde, daß nur sein Besucher auf ihn abgefärbt hatte. Wenn es ihm paßte, war sein Chef in dieser Hinsicht wandelbar wie ein Chamäleon.

Der Besucher trug einen dunkelblauen Nadelstreifenanzug, ein Hemd im gleichen Rosa wie sein Gesicht und eine ziemlich auffällige Krawatte. Sein Haar war rotblond, sein Bart noch mehr und nikotinverfärbt. Einzeln betrachtet, gab es nichts Graues an dem Mann, höchstens sein Gebiß; vielleicht brachte er aus dem Grund beim Sprechen auch die Lippen nicht auseinander. Trotzdem machte er einen grauen Eindruck. Er schleppte seinen Grauschleier mit sich herum wie die Schnecke ihr Haus und würde sich im Notfall dahinter verbergen. Als ihn der Kommissar als Major Coxon-Barringford vorstellte, schwebte der Name mitsamt seinem Bindestrich wie ein graues welkes Blatt zu Boden. Der Kommissar fixierte seinen Untergebenen mit einem vielsagenden Blick. »Major Coxon-Barringford wird uns etwas über Efrem Ahilar erzählen.«

»Freut mich, Ihnen behilflich sein zu können«, erklärte der Major in ernstem Ton und ließ keinen Zweifel daran, wer für seine Anwesenheit in Angleby verantwortlich war. »Außergewöhnlicher Bursche. Stand jahrelang auf unserer Liste. Hat uns schwer zu schaffen gemacht. Aber seit der israelischen Staatsgründung ist alles in Butter. Ein Meer von Orangensaft! Würde für 'ne ganze Flotte reichen. Ansonsten Fehlanzeige. Wenn sich einer all die Jahre so bedeckt hält, muß er schon was auf dem Kasten haben.«

Der Mann schlug die Beine übereinander und rückte seine teuren Schuhe ins Blickfeld. Die doppelt gebundenen Schnürsenkel machten ihn Jurnet auch nicht sympathischer. In seinen Augen demonstrierten solche Leute damit, wie pedantisch und kleinkariert sie waren.

»Orangensaft und nichts dahinter!« bemerkte Jurnet.

»Ha!« blaffte der Major; ob wohlwollend oder voller Hohn über den flapsigen Spruch, war nicht zu erkennen. »Das ist gut! Und dazu schwimmt jetzt noch so 'n Knabe in der Cam. Soll mit Professor Flaschners Haushälterin verheiratet gewesen sein.«

»Stimmt«, bestätigte Jurnet. »Stockbesoffen. Vermutlich ein Unfall.«

»Bißchen zu einfach, finden Sie nicht? Wenn hier in der Gegend was nach Unfall aussieht, ist das von vornherein mit Vorsicht zu genießen.«

»Hervorragendes Arbeitsprinzip!« warf der Kommissar ein. Niemand außer Jurnet, der ihn kannte wie sein zweites Ich, wäre auf die Idee gekommen, daß er sich das Lachen verbeißen mußte. »Besonders im vorliegenden Fall. Hier scheint schon von Anfang an der Zufall seine Hand im Spiel zu haben. Wir zweifeln kaum noch daran, daß der vergiftete Orangensaft für Dr. Tawno Smith bestimmt war.«

»Ha!« Diesmal klang es ausgesprochen skeptisch. Jurnet kam allmählich auf den Gedanken, daß der Major prinzipiell an allem etwas auszusetzen hatte. Er konnte nicht anders. »Das Zigeunergenie! Soweit mir bekannt ist, erfreut sich dieser Herr bester Gesundheit.«

»Dr. Smith glaubt nicht, daß ihm jemand an den Kragen geht, bevor er seine Gleichungen wieder auf die Reihe gebracht hat«, sagte Jurnet.

»Tatsächlich! Und was glauben *Sie*, Inspektor?«

»Ich lege mich nicht fest«, erwiderte Jurnet gelassen.

»Aber, aber. Kein guter Standpunkt. Lassen Sie sich das gesagt sein, junger Mann.«

»Und wenn sich rausstellt, daß man auf das falsche Pferd gesetzt hat – was dann?« warf der Kommissar ein.

»Um so besser!« Der Major strahlte ein wundervolles Selbstvertrauen aus. »Dann haben Sie eine Möglichkeit ausgelotet und können eine weitere in Angriff nehmen in der Gewißheit, daß zumindest dieser eine Weg nicht zum Ziel führt.« Der Major beugte den hageren Oberkörper, offenbar, um den Sitz seiner Schnürsenkel zu überprüfen. Beruhigt richtete er sich wieder auf und sprach weiter: »Glauben Sie mir: Bei diesem Efrem Ahilar sind Sie zum Beispiel auf der falschen Fährte. Die liebreizende Esther hat den Professor ins Jenseits befördert und Venables ertränkt. Wußten Sie, daß sie den schwarzen Karategürtel hat? Jawoll! Und im Augenblick macht sie sich an Dr. Smith ran, damit sie ihm mühelos sein welterschütterndes Manuskript klauen kann, sobald er's überarbeitet hat.«

Betont obenhin fragte Jurnet: »Hat sie vor, Dr. Smith danach umzubringen, damit er die Arbeit nicht noch einmal schreiben kann?«

»Sie haben's erfaßt«, meinte der Major anerkennend. »Sie sehen schon, wie sich alles ineinanderfügt.«

»Nur wird sie bei Tawno Smith nicht landen können.«

»Sind Sie verliebt?« hatte Smith ihn gefragt, als er vor dem kalten Kamin stand. Selbst wenn er sich nicht bewegte, schien er gerade im Aufbruch zu fernen Welten zu sein. Man ahnte die Dynamik in jedem Teil seines gepflegten straffen Körpers. »Mir ist klar, daß ich jetzt auf unverschämte Weise die Rollen tausche. Sie stellen schließlich die Fragen.«

Außerdem geht es Sie einen Dreck an! Die Hand in seiner Jackentasche strich über Miriams Postkarte. »Ich glaube kaum, daß meine persönlichen Gefühle etwas mit dem Fall zu tun haben«, sagte Jurnet betont förmlich.

»Seien Sie doch nicht so zimperlich, Mann!« Die weißen Zähne des Physikers blitzten. »Es geht einzig und allein um die Semantik. Wenn wir miteinander reden wollen, müssen wir doch sicher sein, daß wir die gleiche Sprache sprechen. L-I-E-B-E. Ein komisches Wort. Hat nichts zu tun mit reiner Sinneslust. Ich habe mit Frauen hinreißende Spiele gespielt. Aber Liebe –!« Er zuckte die Achseln.

Jurnet sagte: »Wir reden natürlich über Miss Ahilar.«

Der andere senkte zustimmend den Kopf. »Die schöne Esther. Wir reden aber auch über meinen Sohn Christopher.«

»Ah ja.«

»Der Rückzieher für jeden Zweck! Ich brauche Hilfe, Inspektor – keinen Tierstimmenimitator!« Er strich sich die schwarzen Locken aus dem Gesicht und sagte nörgelnd wie ein trotziges Kind: »Onkel Max ist schuld. Als er noch da war, hatte ich nicht den Drang, mich auf so schreckliche, besitzergreifende Weise an jemanden zu binden. Ich war mein eigener Herr. Aber jetzt –« Er sah nicht aus wie einer, der litt, sondern wie ein Rebell. »Jetzt ist er nicht mehr da, und ich bin diesen fünf kleinen Buchstaben ausgeliefert.«

Jurnet brachte es auf den Punkt: »Es ist nicht das erste Mal, daß sich Vater und Sohn in die gleiche Frau verknallen.«

»Heiland! Hab' ich das gesagt? Sie liegen völlig falsch, Mann! Ich hab' mich nicht in Esther verknallt, wie Sie das so hübsch bezeichnen. Wobei ich nicht ausschließen möchte, daß ich mit ihr unter anderen Voraussetzungen vielleicht eine wunderbare Zeit verbringen könnte. Zu meinem Pech nimmt sie aber das kleine Wörtchen Liebe viel zu ernst. Genau wie Christopher. Ich bin zwischen den beiden gefangen und kann mich nicht von ihnen lösen.«

»So sehe ich das nicht«, wandte Jurnet ein. »Sie ermutigt den Jungen kein bißchen. Gäbe es keinen Tawno Smith, so käme Christopher bei ihr trotzdem nicht zum Zug. Er wird's verkraften. Er ist ja noch jung.«

Der Physiker seufzte.

»Das bezweifle ich. Schauen Sie sich meinen Sohn an, Inspektor. Ein englischer Schuljunge, stimmt's? Sieht phantastisch aus, ist jedoch ein bißchen zurückgeblieben, wie alle heutzutage – trotz Sexualkunde und was sonst noch. Aber nachdem ihn sein sogenannter Vater von Geburt an mit diesem religiösen Humbug vollgestopft hat, ist Christopher noch weiter hinter dem Mond als die meisten. Doch das ist längst nicht alles.« Er sprach mit rührendem Stolz und voller Selbstzufriedenheit. »Er ist ein begabter junger Mann und von einer Zielstrebigkeit, die ich respektieren muß, selbst wenn sie mir angst macht. Er liebt Esther, und ich schwöre Ihnen: Er wird nie eine andere lieben, und wenn er mit noch so vielen Frauen ins Bett geht. Ich habe sein Leben schon genug umgekrempelt, als ich ihn überredete, Mathematik statt Theologie zu studieren. Er hat was gut bei mir. Allein schon aus diesem Grund muß ich Esthers überdeutliches Angebot ablehnen. Er darf nicht sehen, daß ich Erfolg habe, wo er versagt hat.«

Ungläubig wiederholte der Major: »Nicht bei ihm landen können? Kann mir nicht vorstellen, wo Sie das herhaben, alter Junge. Der Kerl ist ein notorischer Weiberheld.«

»Ich hab's von dem Kerl selbst.«

»Na gut.«

Major Coxon-Barringford machte einen zufriedenen Eindruck. Er inspizierte von neuem seine Schnürsenkel. Alles in bester Ordnung. Als er liebevoll an einer der beiden Schleifen zupfte, ging die obere auf. Der Kommissar und sein Untergebener sahen schweigend zu, während ihr Besucher den Schaden reparierte.

»Um auf Jaffa-Joe zurückzukommen«, hakte der Major leicht kurzatmig nach, »so kann ich Ihnen nicht versprechen, daß seine Akte nach all den Jahren noch ganz auf dem laufenden ist. Aber wenn Sie sich für den neuesten Stand der Dinge interessieren, sind wir jederzeit zu Informationen bereit.«

»Sie haben uns sehr geholfen«, erklärte der Kommissar knapp. Unversehens hatte er die graue Tarnung abgelegt wie einen Overall, den man in den Wäschesack stopft, wenn er seinen Dienst getan hat. »Großartige Idee Ihres Chefs, Sie hierherzuschicken, damit Sie uns fachkundig unter die Arme greifen können. Zum Glück brauchen wir weder Sie noch Ihre Abteilung zu bemühen ...« Er vermied es, Jurnet anzusehen, als er mit energischer Stimme schloß: »Kriminalinspektor Jurnet fährt nämlich übermorgen nach Israel.«

24

Die Straße führte erbarmungslos aufwärts, hinein in die dünner werdende Luft und einen blaßblauen Himmel, der so von Hitze durchdrungen war, daß man das Blau höchstens erahnte, aber gar nicht sah. Eigentlich war der Himmel gelb, und das Land lag wie eine gelbe Haut über einem gelben Skelett, von dem sich diverse Teile gelöst hatten und wie aus der Erde gepflügte alte Knochen auf der Oberfläche verstreut lagen. Voller Befriedigung sagte der junge Fahrer mit Birminghamer Akzent und – nach seiner Fahrweise zu urteilen – einem grenzenlosen Vertrauen in den Gott Israels: »Im Frühling, wenn die Mandelbäume blühen, ist es noch schöner hier.« Als sie an einer Zementfabrik vorbeikamen, die sich in ihrer steinernen Kahlheit perfekt in die Landschaft einfügte, sagte der Junge: »Das ist die alte Straße. Bei Beth Shemesh kommen wir wieder auf die neue. Ich wollte Ihnen Gelegenheit geben, sich ein bißchen umzusehen.«

Damit du mit dem Gegenverkehr russisches Roulett spielen kannst, dachte Jurnet. »Wie aufmerksam von Ihnen«, sagte er.

Weil er geglaubt hatte, es ihm schuldig zu sein, hatte er

Rabbi Schnellman in seiner Wohnung über der Synagoge besucht und ihm erzählt, daß er auf dem Weg ins Gelobte Land sei. Der entrückte Ausdruck auf dem Gesicht des Rabbiners hatte Jurnets freudige Erwartung noch gesteigert.

»Das ist ja großartig!« hatte Rabbi Schnellman ausgerufen und die Hand des Inspektors ergriffen. Seine Worte überstürzten sich. Er wußte gar nicht, was er zuerst sagen sollte. Er erzählte von Orangenbäumen und Olivenhainen, von der Wüste, die bei Sonnenaufgang und Sonnenuntergang in allen Farben des Regenbogens erglühte. Hauptsächlich erzählte er aber von der goldenen Stadt Jerusalem, von dem geistigen Hochgefühl, das jeder Jude erlebt, wenn er auf dem geheiligten Boden steht und sich der einzigartigen Stimmung hingibt, die ihn unfehlbar dort erwartet.

Der Enthusiasmus des guten Mannes war so ansteckend gewesen, daß Jurnet glatt vergessen hatte zu fragen, wie ein Konvertierungswilliger wie er in das euphorische Bild paßte. Noch nie hatte er sich so als Jude gefühlt. Die Hochstimmung begleitete ihn auf der gesamten Reise, bis zur Landung in dem fremden Land, in dem er sich eigentlich sofort wie zu Hause fühlen sollte.

Auf dem Weg nach Jerusalem fühlte er sich nicht wie zu Hause. Er fühlte sich wie im Ausland. Wie an der Costa Brava, der Algarve, den blöden griechischen Inseln und all den übrigen Ferienorten, an die Miriam ihn geschleppt hatte. Da hatte ihm Israel gerade noch gefehlt. Noch so ein gottverlassenes Land, wo einem die Sonne fast die Eier schmorte, und keine Spur von Norfolkschem Grün zu sehen war. Die stumme Zwiesprache mit sich selbst wurde immer wieder durch waghalsige Fahrkunststückchen des Jungen aus Birmingham oder anderer Verkehrsteilnehmer unterbrochen. Bei manchen dieser Manöver blieb ihm beinahe das Herz stehen. Jurnets Begeisterung kühlte nach und nach ab.

Die Ernüchterung bewirkte, daß ihm das langersehnte Wiedersehen mit der Geliebten immer unwahrscheinlicher und auch immer weniger wünschenswert erschien. In Gedanken sah er Miriam vor sich, wie sie ihm mit ihren wunderbaren Augen forschend ins Gesicht blickte. Auch bei den freudigsten Anlässen lag in diesen Augen noch ein Hauch von Melancholie. Er sah, wie sie sich traurig abwandte. Dieser Norfolker Klotz, würde sie denken, dieser engstirnige Provinzheini! Für den nicht mal die goldene Stadt Jerusalem seinem Angleby das Wasser reichen konnte!

Und war es nicht wirklich so? Jurnet kniff vor dem grellen Licht die Augen zusammen und ließ den Blick auf der Suche nach etwas Bewundernswertem methodisch über das Gelände gleiten. Der Junge aus Birmingham erzählte gerade, daß dies sein letzter Job sei vor der Einberufung. Wie bei einer militärischen Übung schoß er mit dem Mercedes an einem Taxi vorbei und rutschte wenige Zentimeter vor dem Kühler eines entgegenkommenden Busses wieder in die Wagenschlange.

»Mr. Ahilar tut es leid, daß er den heutigen Termin nicht einhalten kann. Er mußte überraschend verreisen und kommt erst am späten Abend nach Jerusalem zurück. Er sagte, wenn Sie damit einverstanden wären, sollte ich Sie morgen früh Punkt neun zu ihm rüberfahren.«

»In Ordnung. Danke.«

»Er meinte, ich soll mich heute abend zu Ihrer Verfügung halten.« Er lieferte einem Volvo mit schwedischem Nummernschild bis zur nächsten Kurve ein Rennen und gab erst dann widerwillig auf, als ihm ein mit Avocados beladener Lastwagen entgegenkam. »Ich fahre Sie, wohin Sie wollen. Sie brauchen's nur zu sagen.«

Jurnet unterdrückte den aufkeimenden Verdacht, daß Efrem Ahilars Großzügigkeit angesichts der fahrtechnischen Eskapaden seines Chauffeurs einen leicht makabren Beigeschmack haben könnte. »Sehr freundlich von Mr. Ahilar«, sagte er. »Aber wenn Sie ein paar Minuten warten, bis ich mein Gepäck in Meyerson's Hotel gebracht und mich etwas frisch gemacht habe, könnten Sie mich gleich zum Polizeipräsidium fahren. Danach brauche ich Sie nicht mehr.«

»Zum Polizeipräsidium?« Der junge Mann drehte sich lässig zu ihm um und sah ihm forschend ins Gesicht. Obwohl der Mercedes bei gleichbleibender Geschwindigkeit unbeirrt die Spur hielt, wurde Jurnet nervös. Vielleicht spürte der junge Mann dieses Mißbehagen, denn als er Jurnet lange genug betrachtet hatte, verkündete er: »Sagen Sie bloß, Sie sind von der Polizei. So sehen Sie gar nicht aus.«

»Vielleicht haben Sie vergessen, wie ein englischer Polizist aussieht.«

»Ich und vergessen!« Er lachte. »Die englischen Bullen waren meine Busenfreunde. Wir haben uns immer Weihnachtskarten geschickt. Wenn mal Flaute herrschte im Knast, oder wenn sie ihren Frust loswerden wollten, hieß es immer: ›Geh'n wir doch auf ein Schwätzchen zum kleinen Danny. Mal sehen, was er wieder angestellt hat.‹ Und natürlich hatte ich immer was angestellt. Ich war der Star unter den jugendlichen Straftätern –«

»Und hier in Israel laufen Sie als Resozialisierter?«

»Genau«, sagte der Junge mit todernster Miene.

Jerusalem war nicht schlecht. *Nicht schlecht!* Jurnet konnte sich Rabbi Schnellmans Befremden vorstellen. *Das ist alles, was Sie dazu zu sagen haben?*

Na gut. Dann eben *interessant*, das hört sich besser an. Jerusalem war ganz interessant, wenn man etwas für altes Gemäuer und alte Religionen übrig hatte. Und für die Leute auf den Straßen, die nach Jurnets Ansicht fast *un petit détour* rechtfertigten, wie es in den französischen Reiseführern hieß; vorausgesetzt, man hatte genug Zeit und der Umweg war nicht allzu groß. Wenn man die Touristengruppen abrechnete, die wie eine Hammelherde von einem Heiligtum zum anderen und von einem Souvenirladen zum nächsten geführt wurden, bis sie das eine kaum noch vom anderen unterscheiden konnten, so bevölkerte immer noch eine erstaunliche Vielfalt menschlicher Spezies die Straßen.

Der Lärmpegel lag etliche Dezibel über dem, was man in England als normal empfunden hätte. Hastig und rücksichtslos – wie Älpler auf der Flucht vor einer Lawine – quetschten sich die Menschen in die Busse. Sie begrüßten sich mit Jubelschreien und verabschiedeten sich so dramatisch, als würden sie sich im irdischen Leben niemals wiedersehen. Doch hinter all dem Überschwang und der Spannung, die Jurnet in den überfüllten Straßen und noch mehr in den engen Gassen mit ihren dunklen Ecken von Anfang an gespürt hatte, pulsierte ein allumfassender Rhythmus, ein kollektives Bewußtsein dieses Ortes, nicht bloß wegen seines ehrfurchtheischenden Alters, sondern weil dieser Ort ein unerschöpflicher und immerwährender Born des Lebens war.

Jurnet, der Jude in spe, fühlte sich zutiefst getroffen von der Erkenntnis, daß er nie dazugehören würde. Hätte Gott ihm in diesem Augenblick verkündet, er habe beschlossen, entweder Jerusalem oder Angleby vom Erdboden verschwinden zu lassen, und er – Ben Jurnet – habe die Wahl, dann hätte er die Antwort gewußt.

Und wie sollte es dann mit Miriam weitergehen?

Schade, irgendwie, daß er nicht gemütlich im Polizeipräsidium in der Sheikh-Jerach-Road auf seinen Termin mit Efrem Ahilar warten konnte. Es war herrlich kühl dort und beinahe wie zu Hause: die gleiche Geschäftigkeit, die gleiche gespannte Wachsamkeit.

Aber alles sah ganz anders aus als zu Hause, besonders die dunkeläugigen Schönheiten in ihren schicken Kostümen mit Achselschnüren und Schulterstücken und die lässig gekleideten Männer – Bedienstete des Kriminalkommissariats, wie Jurnet annahm. Sein Ansprechpartner Yacoov Ben-Peretz dagegen, blond und blauäugig, war das Ebenbild eines typischen Engländers, wenn man von den fremdartig blitzenden drei Sternen an der Schulterpartie seines kurzärmeligen hellblauen Hemdes einmal absah.

Die beiden hatten sich die Hände geschüttelt und sich ein bißchen länger als üblich angesehen – mit amüsiertem Lächeln über die ethnische Absurdität ihres Aussehens: der levantinische Engländer und der angelsächsische Israeli. Als dann der Oberinspektor mit ihm sprach, und zwar nicht im schneidigen Tonfall der Public Schools, wie seine Erscheinung erwarten ließ, sondern mit breitem Brooklyn-Akzent, fühlte sich Jurnet wieder wie in Jerusalem.

Obwohl von London aus alles geregelt worden war, mußte die Form gewahrt werden.

»Sehr freundlich von Ihrem Kommissar, mich mit Mr. Ahilar reden zu lassen.«

»Keine Ursache. Soviel ich weiß, hat Mr. Ahilar auch nichts dagegen.« Die blauen Augen des Oberinspektors verfinsterten sich merklich. »Außerdem sind wir hier in Israel mindestens genauso interessiert daran, daß Sie den Kerl erwischen, der Professor Flaschner umgebracht hat. Er war ein großer Mann und ein guter Freund unseres Landes.« Der Oberinspektor griff nach ein paar beschriebenen Blättern, die Jurnet bekannt vorkamen. »Wir danken Ihnen für den ausführlichen Bericht, den Sie uns geschickt haben.«

»Sie sollten zumindest wissen, worum es geht. Falls Ihnen beim Lesen noch irgend etwas dazu eingefallen ist, so sagen Sie es mir. Ich wäre Ihnen sehr dankbar.«

Der andere lachte. Sie verstanden sich. »Mein einziger Gedanke war: Wie schön, daß es nicht mein Fall ist.« Er wurde wieder ernst und runzelte die Stirn. »Sie rechnen doch nicht damit, Efrem Ahilar die Sache anhängen zu können? Ich habe mich umgehört. Jeder sagt, die zwei waren wie Geschwister.«

»Ich rechne nicht damit, die Sache irgend jemandem anzuhängen – außer dem Täter oder der Täterin.«

»Entschuldigen Sie. Das war nur mein amerikanischer Slang. Mal sehen, ob ich das wieder gutmachen kann –«

Der Oberinspektor trat ans Fenster und sah auf die Straße hinab. Das Ganze erinnerte Jurnet so an den Kommissar, daß er seinen Unmut vergaß und sich fast neben ihn gestellt hätte – und sei es nur, um sich davon zu überzeugen, daß hinter der Scheibe tatsächlich Jerusalem lag und nicht der Marktplatz von Angleby.

»Ich könnte Ihnen ja den Unterschied zwischen einem Engländer und einem Israeli erklären«, fuhr der Oberinspektor fort. Er setzte sich wieder auf seinen Platz. »Sie denken vielleicht, es gibt keinen nennenswerten Unterschied.

Schließlich sind wir alle menschliche Wesen, und wir sind inzwischen ein Volk wie andere Völker auch. Kein Haufen blauäugiger Verrückter, die in dieses Land kamen, um den Traum zu verwirklichen, der uns Juden half, Jahrhunderte der Ablehnung und Verfolgung zu überstehen. Wir sind erwachsen geworden. Wir genießen nicht nur die üblichen Vorzüge eines demokratischen Staates – Parlament, freie Presse und so weiter; bei uns gibt es auch die offenbar unentbehrlichen anderen Dinge: Zuhälterei, Prostitution, Drogen – alles, was zu einer fortschrittlichen Gesellschaft gehört.«

»Und Mord?«

»Den gibt's auch. Darüber will ich Sie aufklären. Eigentlich eher über die Einstellung der Israelis zum gewaltsamen Tod, denn sie ist bezeichnender für uns als alles übrige. Wir mußten kämpfen, im Notfall sogar töten für unser Land. Kämpfen und töten, um es zu bekommen, zu gestalten und zu behalten. Im Gegensatz zu euch Engländern. Zu eurem Glück hattet ihr eure schmutzige Arbeit schon geleistet, bevor es das Fernsehen gab und die Medien alles nach Gutdünken ausschlachten konnten. Euch hat man eure nationale Identität auf silbernem Tablett serviert, und deshalb denkt ihr vielleicht, wir achten das menschliche Leben geringer als ihr im Westen –«

»Nein«, unterbrach ihn Jurnet. »Ich denke, da ist kein Unterschied.«

»Ihre Einstellung ehrt Sie«, sagte Oberinspektor Ben-Peretz und nickte anerkennend mit dem Kopf. »Aber trotzdem liegen Sie falsch, mein Lieber: Wir achten es mehr. Sie haben den Holocaust vergessen, die sechs Millionen, die in Konzentrationslagern umgekommen sind. Weshalb sollten Sie sich auch mehr als vierzig Jahre danach noch an etwas anderes erinnern als an eine grauenhafte Statistik, die es niemals wieder geben darf? Für uns ist das etwas anderes. Für uns sind das nicht sechs Millionen, eine hübsche runde Zahl, sondern einer und noch einer und noch einer – meine Brüder...« Der Polizeibeamte brach ab. »Verstehen Sie, was ich meine?«

»Vermutlich wollen Sie mir sagen, daß Professor Flaschner Ihrer Meinung nach nicht von Efrem Ahilar ermordet wurde.«

Der Oberinspektor mußte laut lachen. Er sah seinen englischen Kollegen über den Schreibtisch hinweg fast liebevoll an. »Mehr nicht?«

»Doch.«

In der Eingangshalle hörte sich eine der dunkeläugigen Schönheiten mitfühlend die stockend vorgebrachte Frage des englischen Besuchers an, ob es irgendwo in Jerusalem eine Behörde gebe, der die Wüstensiedlung Tel Tzevaim unterstellt sei. Er hoffe, eine alte Bekannte dort zu treffen, die zur Zeit dort arbeite – falls der Ort leicht zu erreichen und nicht zu weit weg sei. Er bleibe nur ein paar Tage in Israel und habe wenig Zeit –

»Tel Tzevaim!« wiederholte Sergeant Shoshana Kishon strahlend. »Da haben Sie Glück! Es stand erst gestern in der Zeitung. Meine Mutter ist Beschäftigungstherapeutin. Sie will sich freinehmen und hingehen. Sie scheinen wahre Wunder vollbracht zu haben!« Sie bemerkte Jurnets Verwirrung. »Ach, mein Englisch! Es ist miserabel. Ich sag's noch mal, aber langsamer.«

Jurnet widersprach: »Nein, es ist sehr gut. Ich bin schuld. Wie war das mit dem Glück?«

»In der Kronberghalle ist eine Ausstellung«, erklärte die Polizistin mit reizendem Stirnrunzeln, als sie langsam die Laute der fremden Sprache formte. »Zu Fuß ist es nur eine Viertelstunde. Ist das nicht ein wunderbarer Zufall? Möglich, daß die junge Dame schon in Jerusalem auf Sie wartet«, schloß sie, ohne mit der Wimper zu zucken.

»Was ist denn da los, in dieser Kronberghalle?«

»Eine Ausstellung zum fünfjährigen Bestehen der Siedlung. Sie feiern Geburtstag. In der Zeitung stand, sie haben Beachtliches geleistet in der kurzen Zeit. Es gibt viele Behinderte, einige sind auch geistig – geistig –«

»Geistig zurückgeblieben?«

»Ja, geistig zurückgeblieben. Andere kommen aus Äthiopien und haben eine Menge Probleme. Aber in den Zeitungsberichten heißt es, sie leisten ganz außergewöhnliche Arbeit.«

Jurnet fühlte sich irgendwie bedrückt. Eine blöde Kunstgewerbeausstellung. Miriam zwischen geflochtenen Körben und Wollhandschuhen – schöne Aussichten! Aber eventuell konnte er ihr über einen Mittelsmann eine Nachricht zukommen lassen. (Was, zum Kuckuck, sollte er denn schreiben? *Komm sofort zurück. Ich vergehe fast vor Liebe.*) Trotz seines Kummers empfand er ein boshaftes Vergnügen, wenn er sich vorstellte, wie überrascht sie auf seinen Besuch in Jerusalem reagieren würde – und auf die Tatsache, daß er sein eigenes aufregendes Leben führte, auch ohne ihre Hilfe.

»Heute ist ein großes Fest«, sagte die Beamtin. »Der Bürgermeister ist anwesend, und die wichtigsten Geldgeber –«

»Ja. Vielen Dank.« Jurnet zwang sich, nicht gleich davonzustürzen. »Wenn ich Zeit habe, hole ich mir vielleicht ein Stück vom Geburtstagskuchen. Kronberghalle – das kann ich mir merken.«

Sergeant Kishon breitete einen Stadtplan vor ihm aus.

»Ich zeige Ihnen genau, wo es ist.« Mit einem makellosen, gepflegten Fingernagel tippte sie auf einen Punkt. »Hier! Sie sehen, es ist nicht weit. Aber wenn Sie wollen, können Sie auch den Bus nehmen, den Neuner. Der hält direkt vor der Tür.«

»Danke. Sie waren sehr nett.«

Ihre strahlenden Augen zwinkerten ihm zu. »Außer dem Bürgermeister und den Geldgebern werden sämtliche Bewohner der Siedlung Tel Tzevaim erwartet. Sie werden mit Bussen hergebracht. Sie kommen alle, da können Sie sich drauf verlassen. Auch Ihre alte Bekannte.« Es klang, als hätte sie einem Vorgesetzten Meldung gemacht.

Jurnet wartete nicht auf den Bus. Er mußte sich bewegen, rennen, Luftsprünge machen. Nachdem er sich so lange an die vage Möglichkeit geklammert hatte, Miriam wiederzusehen, warf ihn die Gewißheit fast um, daß sein wunderschönes Traumbild nun in Fleisch und Blut vor ihm stehen sollte.

Er eilte durch die Straßen, achtete kaum auf den mörderischen Verkehr, wenn er auf die andere Seite hinüberwechselte, aus der Sonne in tiefen Schatten und wieder zurück, weil er meinte, ein Fleckchen erspäht zu haben, auf dem er rascher vorankommen würde. Die Fremdheit der Stadt ging unter in seinem Glück. Was bedeutete ihm Jerusalem? Was bedeutete er dieser Stadt? Es reichte, daß er seine Liebste hier finden würde.

Selbst nach zwei unfreiwilligen Umwegen langte er noch gut zwei Minuten früher auf dem sonnenüberfluteten heißen Platz an, als die Polizistin mit den dunklen Augen veranschlagt hatte. Die Leute schienen alle auf einmal zu reden, während auf den Stufen eines mäßig beeindruckenden Gebäudes mit der Aufschrift *Kronberghalle* ein Mann in weißem Sporthemd und Freizeithose lächelnd eine Rede hielt. Ungläubig schloß Jurnet, daß es sich um den Bürgermeister handeln mußte, der sich von dem gegen ihn anbrandenden Lärm nicht aus der Ruhe bringen ließ. Etliche fahnengeschmückte Busse parkten bereits leer auf dem Platz, weitere rollten langsam heran. Die Menge räumte erst dann lässig das Feld, wenn es so aussah, als würde sie unter die Räder kommen, und drängte sich sogleich wieder zusammen – noch enger, aber unvermindert lautstark.

Dem Ausländer wurde gutmütig Platz gemacht. Ungeduldig wartete Jurnet, während der Busfahrer sich zu den vier jungen Frauen gesellte, die den Leuten beim Aussteigen halfen. Wie durch Zauberei war plötzlich ein Aufgebot junger Polizisten zur Stelle, die den Weg zur Eingangstür freimachten. Zusammen mit anderen Hindernissen hätten sie in ihrem Eifer beinahe auch den Bürgermeister mit weggefegt. Er trat ein paar Zentimeter zur Seite und sprach unbeirrt weiter.

Die meisten der vorwiegend jungen Passagiere litten am Down-Syndrom. Ihre breiten Gesichter glänzten vor Aufregung, als sie mit ihren hübschen Betreuerinnen in die Halle gingen. Miriam war nicht dabei. Es hatte auch keinen Zweck, nach dem rotgoldenen Haarschopf Ausschau zu halten, an dem er die Geliebte sonst schon von weitem erkannte; denn aus Respekt für die Tempelstadt trugen die jungen Frauen

Kopftücher, die so sittsam gebunden waren, daß man die Haare kaum sah. Miriam mit Kopftuch – aus Respekt für die Stadt Jerusalem. Der Gedanke riß Jurnet ein wenig aus seinem Glückstaumel.

Der Bürgermeister beendete seine Ansprache. Alle klatschten – außer Jurnet – und redeten dabei munter weiter. Der Inspektor fragte sich, ob Miriam nicht mit einem früheren Bus gekommen und schon in der Halle verschwunden war. Erneut fühlte er sich fremd, für immer von allem ausgeschlossen. Das Gefühl beschlich ihn wie ein kalter Nebel. Es machte ihm das Herz schwer und dämpfte seine frohen Erwartungen. Bei seiner verzweifelten Suche nach einem Zeichen fiel ihm ein, daß auch Golgatha und Gethsemane zu dieser Stadt gehörten.

Es half nichts. Es gab kein Zurück mehr.

Wieder rollte ein Bus auf den Platz – ein Fahrzeug mit Schiebetüren auf einer Seite und einer ausklappbaren Rampe. Junge Helferinnen schoben ihre Rollstuhlpatienten vorsichtig hinaus auf den Platz. Dort machten sie es ihren verkrüppelten Schützlingen in den Rollstühlen bequem und gaben das Lächeln zurück, das in den vertrauensvoll zu ihnen aufschauenden Gesichtern lag. Danach setzten sie ihren Weg über eine zweite Rampe fort, die Polizisten über die Stufen zur Kronberghalle gelegt hatten.

Eine Welle der Sympathie und des Mitleids ging durch die Menschenmenge. Die Unwägbarkeiten des Schicksals machten die Leute nicht stumm, aber nachdenklich. Die Krüppel mit ihren nutzlos baumelnden Gliedmaßen sahen die Umstehenden voller Mitgefühl an.

Miriam stieg als letzte aus. In ihrem Rollstuhl saß ein verhutzeltes kleines Wesen, ein Kind, wie man meinte, bis man das von unendlicher Qual gezeichnete Gesichtchen sah. Von dem einen Wunsch erfüllt, seine Liebste anzusehen, ihre Gegenwart in jedem Winkel seines Bewußtseins zu spüren, konnte Jurnet dennoch seine Augen nicht von dem Krüppel abwenden. Zum Kuckuck mit euch, dachte er verärgert, als es ihm schließlich gelang, seinen Blick loszureißen.

Miriam war niemals schöner gewesen. Sie hatte sich verändert. Jurnet sah, daß sie dünner geworden war. Ihre Augen lagen tiefer in dem sonnengebräunten Gesicht. Der Körper in dem bescheidenen langärmeligen Kleid wirkte zwar nicht weniger anziehend, hatte aber etwas von seiner Sinnlichkeit eingebüßt. Jurnet sah auch, daß diese Äußerlichkeiten bedeutungslos waren im Vergleich zu den Veränderungen in ihrem Wesen. Verschwunden der Hauch von Melancholie, der sie ständig umgab, verschwunden der Eindruck von Unzufriedenheit, oder eher Unfertigkeit. Leicht bestürzt erkannte er, daß er sie nie zuvor so bedingungslos glücklich gesehen hatte wie jetzt – nicht einmal im Bett, auf dem Höhepunkt ihrer Leidenschaft, oder wenn sie danach friedlich neben ihm lag.

Ein Rad des Rollstuhls war zwischen den alten Pflastersteinen hängengeblieben. Miriam beugte sich hinab, um es freizubekommen. Mit einer Hand zog sie daran, mit der anderen hielt sie den Rollstuhl fest. Dabei rutschte ihr das Tuch vom Kopf. Ihr Haar quoll darunter hervor wie ein rotgoldener Wasserfall. Jurnet kamen die Tränen.

Obwohl er nur wenige Meter von ihr entfernt stand, schreckte er davor zurück, sich bemerkbar zu machen. Miriam war nur mit ihrem Rollstuhl beschäftigt. Ein junger Polizist kam ihr zur Hilfe – nur zu gern, wie der Inspektor eifersüchtig feststellte. Es freute ihn, daß sich das Rad immer noch nicht bewegte. Als Miriam auf hebräisch etwas zu ihm sagte, nickte der Polizist und löste den Gurt, mit dem das verkrüppelte Wesen angeschnallt war. Miriam nahm die arme Seele auf den Arm und trug sie in den Schatten des Säulengangs. Mit einem zufriedenen Seufzer kuschelte sich die Kleine an Miriams Brust.

Und Miriam? Lange und forschend, verzweifelt und liebevoll ließ Jurnet seinen Blick auf ihrem verklärten Gesicht ruhen. Dann drehte er sich um, kämpfte sich zum Ende des Platzes durch und fand nach vielen Irrwegen seinen einsamen Weg zurück ins Hotel.

25

Efrem Ahilars Haus in Rehavia, nicht weit von der Knesseth, war das Domizil eines reichen Mannes in der goldenen Stadt. Großzügiger Wohnraum bedeutete hier Reichtum. Um dieses kostbare Gut noch hervorzuheben, gab es in Ahilars Haus viele Freiflächen. Die wenigen rustikalen Möbelstücke in dem riesigen Wohnzimmer erfüllten ihren Zweck. Die perfekte Wohnung für einen echten Juden, dachte sich Jurnet, der darauf wartete, daß sein Gastgeber vom Balkon hereinkam. Du schnürst dein Bündel – und schon bist du weg, von einer Minute zur anderen, bevor die Kosaken kommen oder SS-Leute dir die Tür eintreten. Wurzeln schlagen ist gefährlich, schien der Raum zu verkünden. War es möglich, daß Efrem Ahilar selbst hier in Jerusalem unter dieser zermürbenden Unsicherheit litt?

Ahilar schloß rasch die Glasschiebetür zum Balkon, um die Hitze auszusperren. Seine Shorts und sein T-Shirt ließen muskulöse Arme und Beine sehen und einen kräftigen Hals, der nicht zu dem grauen Haar passen wollte. Das zerfurchte Gesicht hatte Jurnet allerdings jünger in Erinnerung.

Efrem Ahilar sagte: »Bevor wir zur Sache kommen, müssen Sie mir erst erzählen, wie es meiner Esther geht. Wie sieht sie aus?«

»Ich habe sie erst vor einigen Tagen getroffen. Sie sah blendend aus.«

»Schön, das zu hören. Ihre Briefe – oh, entschuldigen Sie!« Er trat mit ausgestreckter Hand auf Jurnet zu. »Ich benehme mich wie ein Rüpel. Es gibt gleich Kaffee. Sie sind zum erstenmal in Jerusalem, sagten Sie?« Jurnet nickte. »Wir haben einen hebräischen Segenswunsch für so einen erfreulichen Anlaß. Nach unserem Gespräch bringe ich Ihnen die Worte bei, dann ist Ihrem Besuch in jeder Hinsicht Erfolg beschieden.«

Jurnet verheimlichte, daß Rabbi Schnellman ihm schon den Spruch eingeimpft hatte, den man zum Himmel schicken mußte, wenn man die Stadt Davids zu Gesicht bekam. Sein Nicken zeugte von echter Dankbarkeit.

»Ich muß Sie fast beneiden!« rief Efrem Ahilar. »Dieses erhebende Gefühl, wenn man Jerusalem zum erstenmal sieht! Ob Jude, Christ oder Moslem: Es ist für alle das gleiche. Eines Tages, das schwöre ich, mache ich mal ein wissenschaftliches Experiment. Ich hole mir einen Indianer aus Tierra del Fuego und einen Kopfjäger aus Neuguinea, und dann werden wir feststellen, daß auch sie von dem gleichen erhebenden Heimatgefühl erfaßt werden, selbst wenn sie noch nie etwas von dieser Stadt gehört haben.«

Ein schlankes junges Mädchen brachte den Kaffee, stellte das Tablett auf einem niedrigen Tischchen ab und flüchtete förmlich aus dem Zimmer. »Sie ist wie ein junges Reh«, erklärte Efrem Ahilar. »Sobald sich ein Blättchen bewegt, kriegt sie's mit der Angst.« Er goß den Kaffee in dicke weiße Keramiktassen. Es war türkischer Mokka – stark, süß und fremdartig. Jurnet brachte ihn irgendwie hinunter.

»Ich möchte ganz offen mit Ihnen reden«, sagte Efrem Ahilar. »Ich mache mir Sorgen um Esther. Sie wollte unbedingt nach Cambridge, aber ihre Briefe klingen alles andere als heiter. Soll das heißen, so frage ich mich und jetzt Sie, daß sie noch nicht mit Tawno, diesem Teufelskerl, geschlafen hat?« Ein Lächeln glättete sein zerfurchtes Gesicht. »Ich habe Sie ein bißchen schockiert, nicht? Ein Großvater hat nicht so zu reden, wie? Besonders ein jüdischer Großvater, der sich für seine Enkelin einen netten jüdischen Jungen wünschen müßte – einen Anwalt oder einen Wirtschaftsprüfer.« Er hob amüsiert die breiten Schultern. »Was hätte das für einen Sinn? Selbst wenn sie mit so einem unter der *Chupa*, dem Hochzeitsbaldachin, stände, brauchte Dr. Tawno nur mit dem kleinen Finger zu winken, und sie liefe mit wehendem Schleier zu ihm. Ihr Bräutigam würde dastehen wie ein dummer Esel, ein *Mudnik*.« Efrem Ahilar seufzte. »Sie hat ihn schon als Kind geliebt.« Er lachte in sich hinein. »Cambridge! Ein englisches Universitätsdiplom! Wie ernsthaft haben wir das Für und Wider gegeneinander abgewogen! Als hätten wir nicht beide gewußt, daß Cambridge für sie nur eins bedeutete: Tawno und Tawno und noch mal Tawno. Und trotzdem scheint sie jetzt nicht glücklich zu sein«, schloß er mit gerunzelter Stirn.

»Christopher Maslin ist in sie verliebt.«

»Es wird immer Männer geben, die sich in meine Esther verlieben – selbst wenn sie hundert ist. Wer ist schon Christopher Maslin? Ein Kind! Esther könnte niemals –«

»Nein. Aber er ist Dr. Smiths Patenkind. Wenn ich recht verstehe, möchte Dr. Smith ihm nicht die Tour vermasseln.«

»Patenkind!« höhnte Efrem Ahilar. »Daß ich nicht lache! Was bedeutet diesem Heiden ein Patenkind?«

»Eine Menge, wenn ich mich nicht täusche. Er will den Jungen nicht demütigen.«

»Lächerlich!« Ahilar lief im Zimmer auf und ab. Seine Ungeduld und seine offensichtliche Besorgnis füllten den großzügigen Raum. »Wäre Max noch am Leben, dann gäbe es kein Problem. Dann hätte ich einen Vorwand, nach Cambridge zu fahren. Wenn ich jetzt dort auftauche, komme ich als überdrehter Opa, der seinem Goldschatz nicht zutraut, sein Leben selbst in die Hand zu nehmen.« Er trat dicht an den Inspektor heran und verharrte mit einem verklärten Lächeln. »Ich hab's! Sie brauchen mich nur zu verhaften und mich in England wegen Mordes anzuklagen. Ich verzichte auf den ganzen Auslieferungsquatsch. Wenn Sie mich zwangsläufig aus Mangel an Beweisen laufenlassen, fahre ich nach Cambridge und erhole mich von den Strapazen. Was könnte natürlicher sein?«

»In Cambridge hat es auch einen Toten gegeben«, sagte Jurnet gleichmütig. »Vielleicht haben Sie davon gehört?«

»Sie meinen Annies Mann?« Efrem Ahilar nickte. »Esther hat mich angerufen. Sie hält mich immer auf dem laufenden. Jedenfalls hat sie's bis vor kurzem so gehalten. Neuerdings schickt sie nur noch hingekritzelte kleine Briefchen, die mir sagen, daß etwas nicht stimmt.«

»Hat sie Ihnen erzählt, daß Venables in der Cam gefunden wurde?«

Ahilar nickte. »Betrunken, sagt sie. Schrecklich für die arme Annie. Sie war gut zu Max, und auch gut *für* ihn. Esther meint, man muß das amtliche Untersuchungsergebnis abwarten, bevor man etwas Genaues sagen kann.«

»Ganz richtig«, bestätigte der Inspektor. »Sicher war der Mann betrunken. Ob er deshalb in der Cam gelandet ist, steht auf einem anderen Blatt.«

»Noch ein Mord, meinen Sie? Gibt es eine Verbindung zu den Ereignissen auf der Burg?«

»Es ist alles möglich«, sagte Jurnet. Damit beantwortete er gleich beide Fragen – eigentlich aber keine. »Sind Sie Dandy Venables nie begegnet?«

»Dandy! Wenn das kein Name ist! Nein, ich wußte nicht mal, daß Annie einen Mann hatte.« Plötzlich bekam er einen spitzbübischen Gesichtsausdruck. »Es wäre natürlich denkbar, daß ich mit ihm verabredet war, während sich Esther in ihrem College einschrieb und ich angeblich Benzin holen ging.«

»Das ist eine Möglichkeit«, räumte der Inspektor ungezwungen ein. »So, wie die Scheibe in der Heathcote Avenue entfernt worden war, trug das unübersehbar Dandys Handschrift. Eines ist sicher: Wenn Dandy tatsächlich in das Arbeitszimmer eingestiegen sein sollte, um Dr. Smiths Manuskript zu stehlen, hat er es nicht für sich gewollt. Eine Abhandlung über die Kräfte, die das Universum zusammenhalten, ist für einen Null-Acht-Fünfzehn-Einbrecher völlig uninteressant. Es muß ihn jemand angeheuert haben.«

Der Israeli griff in seine Hosentasche und zog ein Stück Papier hervor.

»Heben Sie das gut auf, Inspektor«, bat er. »Es ist die Benzinquittung aus Cambridge, in Fotokopie. Das Original behalte ich im Augenblick noch. Ich bin sehr gewissenhaft. Wenn ich im Ausland bin, führe ich immer genau Buch über meine Ausgaben.« Er lachte. »Vielleicht ist das in Ihren Augen ein Fehler. Wird in englischen Krimis nicht immer behauptet, der Unschuldige habe kein Alibi?«

»Man muß nicht alles glauben, was man liest.« Jurnet betrachtete die blasse Kopie. Er erkannte den Firmenaufdruck Herbert Robinson Ltd., Newmarket Road, und das Datum.

»Ich muß allerdings sagen, daß das nicht viel wert ist als Alibi. Sie hatten nach dem Tanken noch viel Zeit.«

»Klar. Wenn ich mich beeilte, konnte ich zu Max' Haus fahren, meinen Komplizen dort treffen, einbrechen und das Manuskript an mich nehmen.« Schweigend hing er seinen Gedanken nach. Mit einer seiner Sandalen zog er die Maserung des Holzfußbodens nach. Dann sah er Jurnet ernst an. »Auch wenn Ihr Geheimdienst mich eventuell bei Ihnen auf ungehörige Weise denunziert hat, möchte ich Ihnen den Beweis liefern, daß ich Tawnos Manuskript nicht gestohlen haben kann. Machen wir uns nichts vor: Mir wäre durchaus zuzutrauen, daß ich diesen Venables gekauft habe. Ich könnte auch die Manuskriptseiten an mich gebracht haben, auf denen Himmel und Hölle neu definiert werden, und später das Gift in Tawnos Orangensaft getan haben. Selbst die Tatsache, daß meine Esther ihn liebt, hätte ihn nicht gerettet, wenn die Interessen meines Landes auf dem Spiel gestanden hätten. Männer meines Schlages, die durch ihren Einsatz viele unserer Brüder und Schwestern vor den Gaskammern bewahrten und sicher ins Gelobte Land brachten, gingen immer aufs Ganze. Eins aber hätte ich unter keinen Umständen getan: Ich hätte niemals die Lieblingsstühle meines guten alten Freundes ramponiert.«

Ohne jedes Anzeichen von Besorgnis stellte Efrem Ahilar fest: »Sicher haben Sie meine Fingerabdrücke auf dem Glas gefunden.«

»Wir haben das Glas natürlich untersucht«, entgegnete Jurnet etwas hölzern. Er sah nicht ein, weshalb er zugeben sollte, daß die einzigen verwertbaren Abdrücke von Tawno Smith stammten – und von der Kellnerin, die den Saft serviert hatte.

»Meine und die von Mrs. Pender«, ergänzte der Israeli. »Ich sollte der Dame beibringen, wie man Orangen am Geruch erkennt. Sie nahm mir das Glas aus der Hand und roch daran. Ich kann mir nicht denken, was sie daraus lernen wollte, die dumme Gans. Aber sie ließ nicht locker. Eines weiß ich allerdings genau: Als ich an dem Glas roch, war noch kein Gift drin.«

»Wollen Sie damit sagen, der Orangenduft hätte den Mandelgeruch des Zyankalis nicht überlagert?«

»Für Leute wie Max oder Tawno, vielleicht. Aber nicht für meine geübte Nase. Die spürt sogar ein Staubkörnchen auf, oder ein Körnchen Zucker.«

Jurnet besah sich Ahilars imposantes Riechorgan. Praktisch, dachte Jurnet. Ein einfaches Organ leistet die ganze Arbeit; erriecht sich unfehlbar die Lösung sämtlicher Probleme.

»Sehr freundlich von Ihnen, daß Sie der hiesigen Polizei gestattet haben, uns Ihre Fingerabdrücke zu schicken.«

Der Israeli grinste. »Wie hätte ich sonst dagestanden?« Er schenkte sich noch einmal Kaffee ein und bot auch Jurnet eine zweite Tasse an. Jurnet schüttelte dankend den Kopf. »Habe ich Ihnen jetzt alles gesagt, was Sie wissen wollen?«

»Nur noch eins. Auf dem Festbankett wurde entweder von Ihnen oder vom Professor darüber gesprochen, daß Sie Botschaften für ihn mit nach Israel nehmen sollten.« Jurnet schlug sein Notizbuch auf und hielt seinen Stift bereit. »Ich würde gern wissen, an wen diese Botschaften gerichtet waren. Wurden sie mündlich oder schriftlich übermittelt? Würden Sie mir bitte Namen nennen –«

»Einen einzigen Namen, und nur eine Adresse – eine Deckadresse, wie ich fürchte. Stecken Sie Ihr Notizbuch ein«, sagte Efrem Ahilar. »Ich bezweifle, daß der Adressat zu Hause ist, wenn Sie bei ihm vorbeischauen. Max' Botschaften – alle schriftlich – waren immer an denselben Empfänger gerichtet: an Gott, in der Westmauer.« Als er Jurnets ratlosen Gesichtsausdruck bemerkte, fügte er freundlich hinzu: »Sie haben doch bestimmt von unserem merkwürdigen alten Brauch gehört?«

»Meinen Sie die Klagemauer?« Jurnet ließ sich nicht aus der Fassung bringen. »Ich habe gelesen, daß die Leute Zettel mit ihren Anliegen und Gebeten in die Mauerritzen stecken.«

»Genau. Die einzigen Überreste vom zweiten Tempel. Aber es heißt Westmauer, nicht Klagemauer. Einfache Gemüter glauben immer noch, der nächtliche Tau, der sich auf die geheiligten Steine legt, sind Tränen – über Jahrhunderte hinweg geweinte Tränen, vergossen aus Kummer über die Zerstörung des Tempels und die Leiden des jüdischen Volkes. Der Brauch, von dem Sie sprachen, besteht noch fort. Sie müssen sich das unbedingt mal ansehen, falls Sie nicht schon dort waren. Sie können auch selbst einen *Kvittel* hinterlassen, wie wir es nennen. Man weiß nie! Viele Besucher führt ihr allererster Weg gerade dorthin. Aber Sie sind schließlich kein Jude.« Ein neugieriges Funkeln in seinen tiefliegenden Augen war nicht zu übersehen.

»Nein. Ich bin kein Jude.«

»Komisch, daß Sie mich danach fragen«, sagte Efrem Ahilar. »Es ist nämlich erst zwei Tage her, daß ich Max' Wunsch zum letztenmal erfüllt habe. Ich bin hier ständig auf Trab. Jeden Morgen habe ich mir gesagt: ›Heute muß ich zur Mauer!‹, und jeden Abend: ›Morgen gehe ich ganz bestimmt.‹ Nicht, daß ich ein schlechtes Gewissen hätte. Ich bin sicher, Max hat seine Botschaft inzwischen persönlich überbracht. Er war ein großer Mann – aber kein guter. Bei weitem nicht. Aber falls der Allmächtige gern mal laut und herzlich lacht, was ziemlich wahrscheinlich ist, wenn man sich so umsieht, dann wird er auf die Gesellschaft des alten Gauners kaum verzichten wollen.«

Jurnet schämte sich für seine nächste Frage, stellte sie aber trotzdem: »Ich nehme an, Sie haben keinen Blick auf seine letzte Botschaft geworfen?«

»Sie meinen, ob ich sie gelesen habe?« Der Inspektor senkte den Kopf. Er nahm dem anderen den geringschätzigen Ton nicht übel. »Welches Interesse sollte ich daran haben? Und vor allem Sie? Versteckt sich die englische Polizei heutzutage sogar im Beichtstuhl?«

»Ich konnte nicht umhin, mich zu fragen«, fuhr Jurnet unbeirrt fort, »ob der Professor vielleicht irgend etwas darin erwähnt haben könnte, was uns weiterhilft.«

»Soll ich die Zwiesprache eines Mannes mit seinem Schöpfer stören?« Verbittert nahm Efrem Ahilar seinen Marsch durchs Zimmer wieder auf. Er erinnerte den Inspektor an eine gefangene Raubkatze.

»Hören Sie«, sagte er schließlich in eisigem Ton. »Ich habe die Botschaft an denselben Platz gelegt wie sonst: in der ersten horizontalen Mauerritze, vier – nein, fünf Quader von der Barriere zum Frauenbereich entfernt. Aus dem oberen Quader ist eine fast architektonische Wölbung herausgewaschen, wie eine kleine Höhle. Sie finden den Platz sofort – genau wie Max' Botschaft. Die meisten legen nur Zettel hin. Die Leute sind bescheiden. Sie wissen, daß Gott mit wichtigeren Dingen zu tun hat, und fassen sich kurz. Aber nicht Max!« Aus seiner Stimme sprach Zuneigung. »Eine Chuzpe hatte der Mensch! Wenn ich manchmal sah, was ich da abzulegen hatte, dachte ich: Er sagt dem Herrn, wie Er mit seiner Schöpfung umzugehen hat.«

»War die letzte Botschaft von der Sorte?«

»Sie war von der Sorte.« Er wurde merklich kühler. »Ein paar Seiten, wie's aussah, in einem schmalen braunen Umschlag. Sie finden ihn sofort und können ihn leicht an sich nehmen.«

Jurnet verschlug es die Sprache.

»Weshalb sehen Sie mich so überrascht an? Das haben Sie doch vor.« Er blieb unversöhnlich. »Die Leute an der Mauer konzentrieren sich auf zwei Dinge: auf sich selbst und auf das Ewige. Polizei und Armee müssen die Augen nach Terroristen offenhalten und kümmern sich nicht um die Pilger. Wenn Sie einigermaßen geschickt sind, was ich annehme, so wird außer Gott niemand bemerken, was Sie tun.« In etwas freundlicherem Ton schloß er: »Ich sollte Ihnen vielleicht noch sagen, daß Max mir mal erzählt hat, er schreibe dem Herrn immer auf hebräisch, der Sprache der Thora. Das sei ein Mindestmaß an Höflichkeit. Aber Sie können es bestimmt übersetzen lassen.«

Es ist eine Mauer, sagte sich Jurnet. Eine Mauer – weiter nichts. Etwa fünfzehn Meter hoch, hier und da mit Grünzeug bewachsen. Für einen gläubigen Juden der heiligste Ort in der heiligen Stadt Jerusalem, wenn man den Reiseführern Glauben schenkte.

Jurnet stand auf dem belebten Platz, starrte die Mauer an und dachte an Miriam. Es war richtig gewesen, sie ohne ein Wort ziehen zu lassen. Nein, korrigierte er sich. Ohne es zu wissen, hatte sie *ihn* ziehenlassen; sie hatte sich in das Allerheiligste dieser verdammten heiligen Stadt zurückgezogen, in diesem verfluchten heiligen Land, wohin er ihr nicht folgen konnte. Statt einer schäbigen, verwahrlosten Mauer sah sie... Was wohl! Den Tempel, Salomon in seiner Herrlichkeit? *Sagt's mir doch,* forderte er, ohne eine Antwort zu erwarten. Er bekam auch keine.

Wie hatte er bloß glauben können, daß es einfach sei, Jude zu werden – fast so einfach wie Golfspielen oder Billard. Du kaufst das entsprechende Outfit, lernst die Regeln auswendig, nimmst dir für den Anfang einen Trainer, und – schwuppdiwupp – schon bist du dabei.

Pustekuchen!

Der Inspektor zog das kleine Häkelkäppchen aus schwarzer Wolle, das ihm Miriam einmal aus Israel mitgebracht hatte, aus der Hosentasche und setzte es auf. Passend angezogen näherte er sich der Mauer aus gelbem Kalkstein. Er zählte die Quader ab dem Frauenbereich.

Dicht vor der Mauer beschlich Jurnet ein unangenehmes Gefühl. Ihre Höhe, ihre Kompaktheit schienen die Menschen zu verhöhnen, die wie flügellahme Fliegen um ihr Fundament herumschwirrten. Die Höhlung im Stein war nicht zu verfehlen, genau wie Professor Flaschners Botschaft an den Allmächtigen. Er brauchte sie nur an sich zu nehmen und davonzurennen. Nein – nicht rennen. Er mußte so tun, als würde er beten. Er konnte sogar das Gebet sprechen, das ihm Rabbi Schnellman beigebracht hatte. Es schadete ganz bestimmt nicht, wenn man dem Gott dieses Orts Respekt zollte. Wenn der Brief sicher verstaut war, würde er noch eine angemessene Zeit warten und dann langsam weggehen. *Von Zion soll ausgehen das Gesetz, und das Wort Gottes von Jerusalem.*

Kein Problem!

Ein bis zwei Meter von ihm entfernt betete ein alter Mann. Jurnet sah, wie sich seine Lippen bewegten, und hörte sein Gemurmel. Er brauchte eine Weile, bis er bemerkte, daß sein Nachbar weinte.

Der alte Mann weinte mit unbewegtem Gesicht. Im Profil erkannte Jurnet in dem wäßrig blauen Auge die ganze Trostlosigkeit eines Kindes, dem man sein Spielzeug kaputtgemacht hatte. War es möglich, so fragte er sich ungläubig, daß ein normaler Mensch ein Ereignis beweinen konnte, das unter den alten Römern stattgefunden hatte? Der alte Knabe hatte sicher seine Frau verloren oder sein Geld – oder sonst etwas.

Oder sonst etwas.

Jurnet wußte nicht warum, aber er war plötzlich überzeugt, daß der alte Mann wirklich die Zerstörung des Tempels im Jahre 70 A.D. beweinte. Er hätte auch nicht sagen können, weshalb er sich betroffen fühlte. Er streckte tastend die Hand aus und berührte einen der Quader – nicht den mit der Höhlung, sondern den nächsten. Der Stein war von der Sonne erwärmt und fühlte sich an wie ein alter Baumstamm. Als seine Hand über die Unebenheiten glitt, hatte er den seltsamen Eindruck, als würde nicht seine Hand, sondern der Stein sich bewegen und wie etwas Lebendiges auf seine Berührung reagieren.

Die Bewegung schien ihm wie ein Signal die Männer ins Gedächtnis zu rufen, die den Quader in die Mauer gehievt hatten. Sie mußten ihr Handwerk verstanden haben, um solche geschichtsträchtigen Steine zu verarbeiten. Kerle dieses Kalibers konnte man heute mit der Lupe suchen, dachte Jurnet.

Der Stein war warm, die Sonne heiß – viel zu heiß. Das komische kleine Käppchen schützte ihn nicht vor ihren erbarmungslosen Strahlen. Jurnet bemerkte, daß er hin und her schwankte, seltsamerweise genau wie der alte Kauz nebenan, mit leicht eingeknickten Knien und hängenden Schultern. Anscheinend haben wir beide einen Sonnenstich, dachte der Inspektor.

Der gleißende Ball über ihm wurde größer und größer, bis

er den gesamten Himmel ausfüllte. Er nahm von ihm Besitz und verwirrte ihn, so daß er einen Augenblick lang nicht mehr genau wußte, wo er sich befand und wer er war. Er wurde eins mit der Sonne, den Quadern und dem alten Mann, der um den zerstörten Tempel weinte.

Einen Augenblick lang hatte Jurnet das Gefühl, das Rätsel Jerusalem zu verstehen. Er ahnte, was es hieß, Jude zu sein – nicht allein hier und heute, sondern der ewige Jude, der teilhatte an den wechselhaften Leiden und den immerwährenden Freuden dieses Volkes.

Der Augenblick ging vorüber.

In der schattigen kleinen Höhlung lag die Botschaft des ermordeten Professors an seinen Herrn und Schöpfer für Jurnet bereit. Der Inspektor sah den Umschlag an und schloß kurz die Augen: Er lag noch an seinem Platz. Dann fischte er Miriams Postkarte aus der Tasche und zog das Käppchen vom Kopf, das sie ihm geschenkt hatte. Er warf beides in die Höhlung und ging davon, ohne dafür etwas herauszuholen.

26

»Peddar's Way«, verkündete Sergeant Ellers. Er trat ein wenig stärker aufs Gas. Auf der Lichtung hinter dem Schienenstrang bereitete ihnen die Heide ein purpurnes Fest.

Der kleine Waliser sah sich voller Besitzerstolz um.

»Ich wette, du hast auf deinen Reisen kein schöneres Fleckchen gesehen.«

»Die Wette gewinnst du spielend.« Jurnet streckte die langen Beine aus und lächelte. Ein prächtiges Purpurrot. Hatte der Anblick eines Heidekrautteppichs in den kühlen Ländern des Nordens das Herz der römischen Söldner ebenso höher schlagen lassen wie jetzt das seine? Norfolk. Das hieß goldgelbe Weizenfelder und purpurne Heide, und an Stelle der goldenen Stadt eine Stadt mit rosa Ziegelhäusern und leuchtendem Flintstein. Er konnte sich nicht entsinnen, daß ihm eine Autofahrt je so viel Freude gemacht hatte.

Großmütig sagte er: »Gut, es war mitten in der Dürreperiode. Im Frühling, wenn die Mandelbäume blühen, soll's dort wunderschön sein.«

»Ah ja?« Die beiden Silben erweckten in Jurnet noch heimatlichere Gefühle – selbst wenn sie spöttisch und walisisch angehaucht klangen. »Mußt zusehen, daß du dann noch mal hinkommst, falls der verdammte Fall bis dahin nicht abgeschlossen ist. Besonders, wenn Miriam noch da unten sein sollte.« Jurnet überhörte die offensichtliche Anspielung. »Rosie ist schon ganz neugierig, wie es ihr geht«, fuhr Jack Ellers fort. »Du hast gar nichts erzählt.«

»Es geht ihr gut. Sie sieht fabelhaft aus.«

»Das ist ja nichts Neues.« Der kleine Waliser gönnte ihm sein Glück von Herzen. »Muß das ein Wiedersehen gewesen sein!« sagte er genüßlich.

»Kann man wohl sagen.«

Zum x-tenmal seit ihrer Abfahrt von Angleby griff Jurnet ins Handschuhfach, nahm den Umschlag in die Hand, den er dort abgelegt hatte, und zog den postkartengroßen Inhalt heraus.

»Wie hast du das vorhin genannt?« fragte Jack Ellers.

»Ein Mikrograf. Das hat man mir jedenfalls gesagt. Es bedeutet nur, mikroskopisch kleine Schrift; nicht unbedingt kreisförmig angeordnet, wie hier. Kannst du dir vorstellen, daß einer so gute Augen hat und so viel Geduld aufbringt, ein ganzes Buch der Bibel in einem Kreis von knapp zehn Zentimetern Durchmesser unterzubringen? Vom nötigen Geschick wollen wir gar nicht mal reden.«

»Muß meschugge gewesen sein.«

»Rabbi Schnellman sagt, es ist eine alte Tradition.«

»So. Tradition.«

Jurnet verschwieg, was der Rabbi außerdem noch gesagt hatte: daß es sich bei dem quadratischen Stück Papier um eine Opfergabe handelte, dargebracht aus dankbarer Freude über die gottgegebene Fingerfertigkeit des Schreibers. Als Jurnet im fahrenden Wagen die konzentrischen Schriftkreise betrachtete, auf die manchmal der Schatten der Bäume fiel, dann wieder helles Sonnenlicht, kam es ihm so vor, als würden die hebräischen Schriftzeichen selbst vor Freude hüpfen.

»Ein Buch der Bibel, wie? Steht denn fest, daß es so was ist?«

»Auf jeden Fall kein Geheimcode für Agenten, wenn du das befürchtest.« Jurnets Lachen klang nicht besonders überzeugend, denn er war auf die gleiche Idee gekommen und hatte deswegen Gewissensbisse.

Rabbi Schnellman konnte ihn beruhigen.

»Es ist eine *Megilla*«, hatte er bestätigt. Sein volles Gesicht glühte, als er von der Lupe aufsah, die er – im Gegensatz zu dem unbekannten Künstler – zum Lesen brauchte. »Das Buch Esther. Perfekte Arbeit. Das erste Mal, daß ich ein Stück in Händen habe, auf dem nichts korrigiert wurde. Wie sind Sie denn da rangekommen?«

»Ich muß Ihnen gratulieren.« Über das Hoteltelefon hörte sich Efrem Ahilars Stimme offen und herzlich an.

Jurnet war nicht nach *politesse* zumute gewesen. »Ich weiß nicht, wovon Sie sprechen«, hatte er gebrummt.

»Von der Mauer. Noch einmal: Ich gratuliere Ihnen. Und auch mir, wie ich zugeben muß – zu meinem Scharfblick. Sie haben Max' Brief nicht an sich genommen. Ich hatte mir's zwar gedacht, aber ich war nicht ganz sicher.«

»Sie haben mir nachgespürt?« fragte der Inspektor verärgert.

»Nicht nötig«, tönte es munter aus dem Hörer. »Danny war die ganze Zeit dort und hat Sie beobachtet. Der Junge, der Sie am Flughafen abgeholt hat.«

»Der? An der Mauer? Ich habe ihn überhaupt nicht gesehen.«

»Wie sich's gehört.«

»Sie haben vielleicht Nerven!« Jurnet schluckte seinen Ärger hinunter. »Sollte das ein Test sein, oder was?«

»Sie haben ihn jedenfalls glänzend bestanden. Ich hörte, Sie verlassen uns morgen mittag.«

»Davon habe ich nichts gesagt.«

»Ich hab' so was gehört. Es stimmt doch, oder?«

»Ja, morgen«, bestätigte Jurnet widerwillig.

»In Ordnung. Danny holt Sie mit dem Wagen ab. Schon um halb elf. Dann brauchen Sie nicht zu hetzen.«

»Sagen Sie das mal Danny.«

Efrem Ahilar lachte.

»Mach' ich.« Nach kurzem Schweigen sprach er in verändertem Ton weiter. »Vor einer Stunde habe ich mit Esther telefoniert. Sie machte einen deprimierten Eindruck. Ich möchte ihr gern eine Freude machen. Würden Sie vielleicht ein kleines Geschenk für sie mitnehmen? Danny bringt es mit, wenn er Sie abholt.«

»Was für ein Geschenk?« fragte der Inspektor mißtrauisch.

Ahilar lachte.

»Keine Sorge, Inspektor. Ich kann Ihnen versprechen, es ist weder Kokain noch sonst was Ungesetzliches. Ich packe es nicht ein, dann können Sie sich's auf dem Flug genau ansehen. Es ist eine *Megilla*, falls Ihnen das etwas sagt.«

»Zufällig ja. Das Buch Esther.«

»Bravo! Sie machen Fortschritte! Das Buch erzählt von der Errettung Israels durch eine tapfere Frau. Werden Sie mir diesen Gefallen tun, Inspektor? Ich wäre Ihnen sehr dankbar.«

»Ich kann nicht sagen, wann ich wieder nach Cambridge komme. Es kann eine Weile dauern.«

»Hauptsache, Sie machen es.« Der Mann ließ sich nicht abwimmeln. »Ich möchte Sie bitten, Inspektor, es ihr persönlich zu überreichen. Sie hat eine gute Meinung von Ihnen, und ich mache mir Sorgen. Sie werden sehen, ob irgend etwas nicht stimmt. Sollte ich mich irren, dann können Sie meine großväterlichen Sorgen zerstreuen. Meine Esther war immer so tapfer – wie die Braut von König Ahasver. Doch jetzt –«

»Keine Sorge«, sagte Jurnet. »Sie wird Ihr Geschenk bekommen, was es auch sein mag. Und vielen Dank für den Chauffeur.« Plötzlich schoß ihm ein irrwitziger Gedanke durch den Kopf. Anscheinend kam er mit diesem Israeli nie zu Rande. »Sie sagen, Sie hätten mich getestet. Wie kann ich wissen, ob der Brief in der Mauernische wirklich vom Professor stammte? Wie kann ich wissen, ob Sie oder Ihr unbezahlbarer Danny nicht leere Bögen in den Umschlag gesteckt haben, um mich an der Nase herumzuführen?«

»Die Frage ist einfach zu beantworten«, sagte Efrem Ahilar. »Überhaupt nicht.«

»Bin gleich wieder da«, sagte Jurnet, als er mit dem Geschenk für Esther Ahilar aus dem Wagen stieg. »Sag Catton, ich sei auf dem Weg.«

»Gut.« Durch die Windschutzscheibe betrachtete Sergeant Ellers den Touristenstrom rings um die Kapelle des King's College.

»Wo kommen die alle her? Wissen die nicht, daß der Sommer vorbei ist, und daß andere Leute arbeiten müssen?« Er lächelte seinen Vorgesetzten frech durch das offene Seitenfenster an. »Schade, daß die junge Dame deine Sonnenbräune aus dem Mittleren Osten noch nicht gesehen hat. Sonst hätte sie sich mit dir in ihrer Bude getroffen, nicht in der freien Natur.«

»Ah ja. Sie sagte, sie brauche frische Luft. Ich treffe sie drüben an der Brücke. Da ist nicht so viel Betrieb.«

Auf der Wiese jenseits des Flusses ging es viel ruhiger zu. Esther Ahilar saß unter einem Baum, in einer selbst geschaffenen Schutzzone, wie eine verzauberte Prinzessin. Jurnet zögerte, bevor er in ihren Bannkreis eindrang. Vor allem ihre atemberaubende Schönheit hielt ihn zurück und brachte ihn völlig durcheinander.

Als er sich zwischen Bucheckern und Zigarettenkippen neben ihr niederließ, fühlte er sich zu alt für derartigen Humbug. Die israelische Sonne hatte ihm wohl nicht nur Farbe verliehen, sondern auch seinem jugendlichen Elan schwer zugesetzt.

Er übergab ihr das Geschenk mit den Worten: »Herzliche Grüße von Ihrem Großvater.«

»Wie nett, daß Sie für ihn den Botenjungen spielen!« Sie legte den Umschlag neben sich. »Ich lese ihn später.«

»Es ist ein Geschenk, kein Brief.«

»Ein Geschenk!« Die kindliche Vorfreude, die sich auf ihrem Gesicht spiegelte, erinnerte den Inspektor daran, wie jung sie war. Voller Nachsicht sah er ihr beim Auspacken zu. Sie folgte seinem Rat und ging sehr vorsichtig zu Werke.

»Es ist eine *Megilla*«, erklärte er unnötigerweise, als sie das Blatt in Händen hielt, »das Buch Esther.«

»Ich sehe selbst, was es ist.« Sie verzog keine Miene. »Mir wird ganz schwindlig, wenn ich draufschaue. Die Wörter laufen im Kreis herum wie Ratten im Käfig.«

»Es ist ein wunderbares Kunstwerk!« protestierte Jurnet entrüstet.

»Ich finde es gräßlich!« Sie hielt ihm das Stück Papier hin, als brenne sie darauf, es loszuwerden. »Hier, nehmen Sie es, wenn Sie so dafür schwärmen.«

»Ihr Großvater wollte Ihnen damit eine Freude machen.«

»Der gute Zeider!« Schamröte stieg ihr ins Gesicht. »Ich bin unmöglich. Er schenkt mir gerne solche Schätze. Bitte erzählen Sie ihm nicht, was ich gesagt habe.« Sie hielt sich den unwillkommenen Schatz näher an die Augen und konzentrierte sich widerstrebend auf die winzigen Schriftzeichen. »›*Vayehi bi'me achashverosh*‹ – Es begab sich zu Zeiten des Ahasver... Ist das nicht ein wunderbarer Anfang? Viel schöner als ›Es war einmal...‹«

Jurnet sah Tränen in ihren großen Augen. »Ich verstehe nicht, warum es Ihnen nicht gefällt.«

»Weil das alles im Kreis läuft und nirgendwo hinführt«, erwiderte Esther Ahilar. »Wie mein Leben.«

Esther Ahilar sagte zu Jurnet: »Wissen Sie, wie Sie mir vorkommen? Wie die Briefkastentante in einer Frauenzeitschrift. ›*Mein Freund hat Schweißfüße. Was soll ich machen? Dr. Tawno Smith geht nicht mit mir ins Bett. Was soll ich machen?*‹ Sie sind der Briefkastenonkel.«

»Keine schlechte Definition für einen Ermittlungsbeamten«, räumte Jurnet ein und zog sich damit aus der Affäre. »Nur, daß ein Polizist wesentlich mehr Fragen als Antworten parat hat.«

Das Mädchen nickte ernst und verständnisvoll.

»Diesmal war also mein Großvater dran. Wie hat er sich gehalten? Hat Ihnen die Reise nach Jerusalem neue Erkenntnisse über den Tod von Onkel Max gebracht?«

»Ich habe Mr. Ahilar viel besser kennengelernt. Ob das die Reisekosten rechtfertigt, wird sich zeigen. Eines weiß ich sicher: Er macht sich wahnsinnig Sorgen um Sie.«

»Mein lieber Zeider!« Ihre Stimme war voller Liebe und Wärme. »Er ist ein wunderbarer Mann. Er hat ein unglaublich gefährliches Leben geführt. Wußten Sie, daß er während des Krieges den Kapos in den Konzentrationslagern Dutzende von Juden buchstäblich unter der Nase weggeschnappt hat? Ich bin ungerecht.« Sie schüttelte selbstkritisch den Kopf. Das dunkle Haar streifte ihr blasses Gesicht. »Ich soll glücklich sein – das ist sein größter Wunsch. Wenn er mir Tawno kaufen könnte – so, wie das Buch Esther –, er würde keine Sekunde zögern. Aber leider geht das nicht, und ich weiß nicht mehr ein noch aus.«

Diesen Eindruck machte sie ganz und gar nicht. Sie saß entspannt da, die Hände im Schoß. Zu ihrem langen Kleid und dem Grün ringsum fehlte nur noch ein Maßliebchenkranz um ihren bildschönen Hals, dann hätte sie einem jener schmalzigen viktorianischen Bilder geähnelt, die man oft auf Weihnachtskarten und Kalendern sieht.

Als hätte sie Jurnets Gedanken erraten, sagte sie mit bedauerndem Lachen: »Wissen Sie, ich habe eine streng viktorianische Einstellung. Sie würden es kaum für möglich halten, daß man als *Sabra*, als Kind eines ungestümen neuen Landes so altmodisch sein kann: Die junge Dame bleibt rein für den Richtigen, der ihr eines Tages begegnen wird. Allerdings kommt es in sämtlichen Romanen zum Happy-End. Der Richtige sagt nicht, ›Wenn du mich glücklich machen willst, dann nimm mein Patenkind.‹«

»Er mag Christopher sehr«, bemerkte Jurnet reichlich lahm.

»Nein«, korrigierte sie ihn entschieden. »Mich mag Tawno

sehr. Christopher liebt er. Eine Zeitlang habe ich mich gefragt, ob er nicht bisexuell ist. Mir hätte das nichts ausgemacht. Er hatte so viele andere Frauen – wieso sollte ich etwas gegen seine Jungs haben, solange er mich ebenfalls liebte? Aber dann dachte ich, Christopher kann ihm sexuell nichts bedeuten, sonst würde er sich nicht wünschen, daß ich mit ihm ins Bett gehe. Er wäre eifersüchtig. Plötzlich wurde mir klar, daß er auf die gleiche Art um Christopher besorgt ist wie mein Großvater um mich. Vielleicht ist er Christophers Vater. Alt genug wäre er. Seine Liebesbeziehung zu Mrs. Maslin dauerte sehr lange, und Mr. Maslin ist kein attraktiver Mann. Ich halte es für möglich.«

»Haben Sie jemals mit Christopher darüber gesprochen?«

»Natürlich nicht! Ich habe Tawno gefragt.« Ihre Augen füllten sich mit Tränen. »Er wurde wütend – etwas ganz Seltenes bei ihm. Ob ich denn glaubte, er würde seine Vaterschaft geheimhalten, falls es so wäre. Er sagte, ich würde nur Unruhe stiften. Wie würden die Maslins dastehen, wenn ihnen eine solche Geschichte zu Ohren käme? Was würde Christopher empfinden? Ich fing an zu weinen und schwor ihm, ich hätte zu keinem ein Wort gesagt. Ich bedauerte, daß ich überhaupt davon angefangen hatte. Gleichzeitig war ich ungemein erleichtert, verstehen Sie? Es bestand keine Gefahr, zwischen Vater und Sohn zu geraten, und das gab mir noch eine Chance.«

»Ja, natürlich.« Jurnet holte tief Luft. »Aber nehmen Sie's mir nicht übel: Der junge Mann muß doch wissen, was Sie für Dr. Smith empfinden. Das sieht doch jeder, der Augen im Kopf hat.«

Esther Ahilar schüttelte den Kopf.

»Christopher hat keinen Blick für so was. Er ist sehr verschlossen. Manchmal frage ich mich, ob er mich überhaupt richtig wahrgenommen hat, um sich gleich auf Anhieb zu verlieben.«

»Das überrascht mich nicht.«

»Es ist mein Ernst«, beteuerte sie. »Hin und wieder war ich schon entschlossen, doch mit ihm zu schlafen; dieses Getue mit der Jungfernschaft ist lächerlich in der heutigen Zeit.

Tawno würde sich freuen, und für mich wäre es auf lange Sicht ebenfalls ein Gewinn. Wie man hört, muß man Lieben erst lernen. Beim erstenmal hat man den Bogen gewöhnlich noch nicht besonders raus. War das bei Ihnen auch so, Mr. Jurnet?« erkundigte sie sich freimütig und gelassen.

Beim Ansturm der Erinnerungen gab es Jurnet einen Stich. Er antwortete betont leger: »Ich muß zugeben, es war keine Meisterleistung.«

»Da haben Sie's!« Sie nickte, als habe sie nichts anderes erwartet. »Wenn ich dann eine Weile darüber nachdenke, ändere ich meine Meinung. Ich bringe es nicht fertig. Und ich sage Ihnen eins, Inspektor: Selbst wenn ich Christopher den Gefallen tun würde... Ich glaube, ich würde ihn damit nicht mal glücklich machen.«

»Jetzt reden Sie Unsinn. Der Junge ist Hals über Kopf –«

»Einerseits ja«, unterbrach sie ihn. »Aber andererseits frage ich mich, ob er mich nicht haßt, *weil* er mich liebt. Vielleicht verstehen Sie, was ich meine. Durch mich kommt er mit seiner Religion in Konflikt. Im Grunde seines Herzens möchte er, glaube ich, lieber wie ein Mönch leben und niemanden lieben außer Gott.«

Esther Ahilar erhob sich voller Anmut. Daneben kam sich Jurnet mit den Grashalmen auf seiner Hose plump und tolpatschig vor. Er nahm das Buch Esther, das sie unter dem Baum liegengelassen hatte, und stand ebenfalls auf.

»Hier. Das dürfen Sie nicht vergessen.«

»Nein.« Ohne hinzusehen, griff sie nach dem Papier. »Wissen Sie, was ich herausgefunden haben, Inspektor? Die Liebe ist nichts Edles, wie ich mir das immer vorgestellt habe... Es ist eine Besessenheit, ohne Erbarmen.« Sie sah den Inspektor traurig an. Jurnet bemerkte, daß sie nun mit stärkerem Akzent sprach. »Uns *Sabras* sagt man immer nach, wir bekämen's nicht so schnell mit der Angst. Dafür wären wir zu arrogant.« Kaum hörbar schloß sie: »Im Augenblick fühle ich mich alles andere als arrogant.«

Im Geiste ging Jurnet sein Repertoire durch. Er versuchte es auf die joviale Tour.

»Junge Dame, das Problem dabei ist, daß Sie sich selbst bedauern; aber in Wirklichkeit gibt es kein Mädchen in ganz Cambridge, das nicht alles drum gäbe, mit Ihnen zu tauschen. Sie sind jung, schön und intelligent. Bei Ihnen läuft alles bestens.«

»Außer mit Tawno.«

»Gut, daß wenigstens einer für'n Fünfer Verstand hat! Denken Sie doch nur an den Altersunterschied! Wenn Sie knapp vierzig sind, ist er ein alter Mann.«

»Ich liebe ihn, solange ich denken kann. Daran ist jetzt nichts mehr zu ändern.«

»Ich habe Ihrem Großvater versprochen, ihm zu erzählen, wie es Ihnen geht.«

»Bitte sagen Sie nichts, was ihm Sorgen machen könnte.« Sie trat aus dem Baumschatten auf den Rasen hinaus. Unter der englischen Sonne war sie atemberaubend schön. »Sagen Sie Zeider, ich hätte ein bißchen Heimweh«, bat sie ihn inständig. »Sonst ginge es mir prächtig. Die Vorlesungen fände ich interessant, das Ambiente sehr romantisch. Erzählen Sie ihm, daß ich glücklich sei – jawohl, glücklich! Das ist keine Lüge. Das Glück hat viele Varianten. Sagen Sie ihm, es gäbe keinen Ort auf der Welt, wo ich lieber wäre.«

»Dann sind Sie nicht deprimiert?«

»Überhaupt nicht.« Sie lächelte den Inspektor strahlend an. »Nur verzweifelt.«

27

»Es liegt in der Luft«, verkündete Kriminalinspektor Catton voller Abscheu. »Schuld sind diese dämlichen Philosophen hier an der Uni. Die beweisen dir, daß die Dinge ganz anders sind, als man meint. Und falls sie doch so sind, geht es nicht mit rechten Dingen zu.«

Jurnet konzentrierte sich auf seinen Tee – ein typisches Knastgebräu mit dem unverwechselbaren Beigeschmack von Eisenspänen. Er fragte sich, was die Feststellung einer Straftat in Verbindung mit Dandy Venables' Leiche mit irgendwelchen Philosophen zu tun haben sollte. Da er die Möglichkeit nicht ausschließen konnte, daß die Polizei in einer altehrwürdigen Universitätsstadt zu Einsichten gelangte, die einem kruden Schnüffler aus dem wesentlich später zu Universitätsehren gekommenen Angleby verwehrt blieben, hielt er erst mal den Mund und wartete ab.

Sergeant Ellers kannte derartige Hemmungen nicht.

»Ich dachte immer, die Philosophen würden einem sagen, wie die Dinge liegen – aber nicht, wie sie nicht liegen.«

»Haben Sie eine Ahnung!« Cattons verächtlicher Ton war nicht gerade das, was man von einem Gastgeber erwarten konnte. »Ich sage Ihnen, bei uns in Cambridge liegt das in der Luft, wie Abgase. Erst wenn's zu spät ist, merkst du, daß es dich krank macht.«

Jurnet war verwirrt und beschloß einzugreifen.

»Worüber reden wir eigentlich?«

»Philosophie und Philosophen. Und über diesen Venables.« Der Kollege aus Cambridge erwärmte sich langsam für sein Thema. »Schon mal was von einem gewissen Wittgenstein gehört?«

»Gesundheit!« gab Ellers keck auf deutsch zurück. »Nicht, daß ich wüßte. Wofür habt ihr ihn eingebuchtet?«

»Überhaupt nicht. Aber wenn's nach mir ginge, hätte er lebenslänglich gekriegt. So ein verdammter Philosoph, hier aus Cambridge. Ausländer. Wissen Sie, was der gesagt hat? ›Die Welt ist die Summe aller Möglichkeiten.‹«

Sergeant Ellers dachte eine Weile nach. »Stimmt doch, oder?« meinte er einsichtig.

Kriminalinspektor Catton rümpfte die Nase. »Na und? Als Philosoph brauchst du nur irgendwelchen Mist aufs Papier zu bringen, der dir grade einfällt, und schon kriegst du den Nobelpreis. Wir haben eben zu viele Schlaumeier hier in Cambridge.« Er bedachte seinen Amtskollegen mit einem Lächeln, das Jurnet mit einigem Wohlwollen als humorvoll einstufte. »Nicht wie in Ihrem guten alten Angleby, wo alle bescheuert sind und gar nicht schlecht damit fahren.«

»Stimmt«, bestätigte Jurnet freundlich. »Ich verstehe aber nicht, was das mit den Ermittlungen über Dandy zu tun hat.«

»Da ist alles offen!« erklärte Catton. »Darum geht's. Da ist so ein Typ voll bis an den Rand, daß ein Streichholz genügt hätte, ihn wie eine Scheißbombe in die Luft zu jagen, und die sagen, es ist alles offen! Überall auf der Welt hieße es Unfall oder Zusammentreffen unglücklicher Umstände oder was weiß ich. Aber nicht hier. Hier, wo die Gelehrsamkeit zu Hause ist, brauchst du mehr als den Beweis, daß Dandy stockbesoffen war. Du mußt dich noch fragen, was dieser dämliche Wittgenstein dazu gesagt hätte.«

»Pech«, erklärte Ellers mitfühlend und kam gleich zum Kernpunkt von Cattons Unzufriedenheit. »Sie meinen, die Akte kann nicht abgeschlossen werden.«

»Genau! Als ob wir nichts anderes zu tun hätten! Das will nicht heißen, daß ihr nicht die Lorbeeren einheimsen sollt, falls wir *tatsächlich* eine Verbindung zwischen dem lieben Entschlafenen und eurem blöden Professor entdecken. Auch wenn wir die ganze Arbeit hatten. Und euer Zigeunerdoktor Smith! Im Auge sollten wir ihn behalten, wie Sie sagten.« Vor lauter Erregung stürzte er seine Tasse Tee beinahe auf einmal hinunter. Dann wandte er sich mit einem Ruck Jurnet zu und sah ihm direkt ins Gesicht. »Wissen Sie, was der sich geleistet hat?« Jurnet schüttelte den Kopf und fragte sich, was er wohl jetzt auf Lager hatte. »Ruft einfach an und meldet, daß er gerade 'ne verdächtige Type dingfest gemacht hat. Einen Kerl, der um sein Haus geschlichen ist. Ob wir ihn bei ihm abholen könnten. Sagt, er mußte den Burschen fesseln, knebeln und im Kohlenkeller einsperren, um ihn zu beruhigen. Ein Russe, den roten Socken nach zu urteilen. Bevor er ihm den Knebel in den Mund steckte, hätte er sich allerdings als hiesiger Polizist ausgegeben. ›Klar, daß er so was behauptet‹, sagt er noch lässig.«

»War's denn einer?« fragte Jurnet, während er sich mit Mühe das Lachen verbiß.

»Joe Burley von der Kripo«, bestätigte Catton verächtlich.

»Hab' ihm schon immer gesagt, seine Socken brächten ihn noch mal in die Bredouille.«

»Levantinisch«, bemerkte der Kommissar. Es klang ungnädig.

»Bitte?«

»Ich sagte levantinisch«, wiederholte er etwas lauter. »Ich rede von der Sonnenbräune, die Sie sich zugelegt haben. Hätten Sie keinen Hut aufsetzen können?«

Einen irrwitzigen Augenblick lang erwog Jurnet, seinem Vorgesetzten von dem Käppchen zu erzählen, das vermutlich noch in der Nische der Westmauer lag. »Es war wirklich sehr heiß«, erklärte er statt dessen in zurückhaltendem Ton.

»Sie brauchen sich nur noch ein paar Perserbrücken über die Schulter zu legen, und schon sind Sie im Geschäft.«

»Ich werde sehen, was sich tun läßt. Gibt es sonst noch etwas, Sir?«

»Tut mir leid, verdammt noch mal!« Sein Tonfall schien anzudeuten, daß Jurnets Rückzug sein Konto mit einem weiteren Minuspunkt belastet hatte. »Der Chef hat mir die Hölle heiß gemacht. Ich habe ihm Ihren Bericht vorgelegt, aber anscheinend hat ihn Ihre Spesenabrechnung weit mehr interessiert, was nicht verwunderlich ist. Dave Batterby und Sid Hale habe ich woanders eingesetzt. Wir kommen nicht weiter, Ben!«

Immerhin besser als ›*Sie* kommen nicht weiter‹. Jurnet war drauf und dran, den indianischen Gleichmut aufzugeben, den er auf seinem unerwünscht braunen Gesicht zur Schau trug. Seine Miene versteinerte sich erneut, als der Kommissar wieder sein Klagelied anstimmte: »Eine Reise ins Heilige Land – und was können wir herzeigen? Ein gebräuntes Gesicht.«

»In Cambridge war es auch ganz schön warm«, gab Jurnet zu bedenken. »Aber es war grüner. Nicht so levantinisch.« Er ließ seinem Vorgesetzten keine Zeit zum Kontern. »Ich weiß jetzt, daß unser Dr. Smith ganz dreist lügt. Die kleine Ahilar hat zwei und zwei zusammengezählt und ihn gefragt, ob Christopher Maslin sein Sohn sei. Da ist er an die Decke gegangen.«

»Und dafür haben Sie Zeit und Geld verschwendet?« Der Kommissar ließ sich nicht beschwichtigen. »Um herauszufinden, daß ein Mann lügt, der in den Mord an Professor Flaschner verwickelt ist? Hätten Sie festgestellt, daß einer aus dieser reizenden kleinen Clique die Wahrheit sagt, so wäre das eine andere Geschichte.«

Der Inspektor erinnerte seinen Vorgesetzten daran, daß Sergeant Ellers und er vor allem deshalb nach Cambridge gefahren waren, um mit Kriminalinspektor Catton über den Spruch des Untersuchungsrichters im Fall Venables zu reden.

»Alles offen!« entrüstete sich der Kommissar im gleichen Tonfall wie der Kollege aus Cambridge. Eine nicht abgeschlossene Akte betrachtete er als weiteren Beweis für behördliche Schlamperei, die er zutiefst verabscheute. Der Oxford-Absolvent stieß gleich zum zweitenmal in Cattons Horn: »Es ist immer das gleiche mit Cambridge. Die Leute leiden an chronischer Unentschlossenheit.«

»Sie meinen, zuviel Philosophie?« Jurnet setzte seine Unschuldsmiene auf. »Eine Überdosis Wittgenstein?«

Der Kommissar starrte ihn an und fing an zu lachen.

»Mein Gott, Ben! Sagen Sie bloß nicht, Sie haben sich an der Uni als Gasthörer eingeschrieben!« Die Stimmung war gerettet – zu beider Zufriedenheit. »Lassen Sie erst mal hören, was der gute Catton mit der *carte blanche* anfangen will, die ihm der Untersuchungsrichter zugeschoben hat.«

»Würde mich nicht wundern, wenn er sie im hintersten Winkel des Aktenschranks verschwinden ließe – als sei die Sache bei der Post verlorengegangen. An seiner Stelle käme ich in Versuchung, es genauso zu machen. Nach wie vor gibt es nur zwei Anhaltspunkte dafür, daß Venables in den Mord verwickelt sein könnte: die sauber entfernte Scheibe und die Tatsache, daß Annie Vanebles mit ihm verheiratet war.«

»Nicht gerade viel«, gab der Kommissar zu. »Aber wenn zwei Zufälle zusammentreffen, ist man immer geneigt zu glauben, daß weder das eine noch das andere ein Zufall sein kann. Sie haben doch sicher Mrs. Venables besucht?«

»Diesmal nicht. Und Dr. Smith ebenfalls nicht. Wozu

auch? Dagegen hätte ich mich gern mit Christopher Maslin unterhalten. Aber der Pförtner vom Bilney College sagte uns, er habe ihn zehn Minuten vorher in Shorts und Turnschuhen zum Joggen rausgehen sehen.«

»*Mens sana in corpore sano*, wie?«

»Keine Ahnung, Sir. Mir tat es nur leid, daß ich ihn verpaßt habe. Die Freude am Laufen hat er von seinem Vater – von Reverend Maslin. Genauso wie den Hang zur Religion. Ich hatte den Eindruck, als hinge das eine mit dem anderen zusammen, und beides sei gleich wichtig. Wenn dich etwas bedrückt, hast du nach Mr. Maslins Auffassung zwei Möglichkeiten: beten oder laufen. Dann klärt sich alles. Ich hätte den Jungen gern noch erwischt.«

Am Anfang der Shire Street, wo er auf dem Heimweg vor einer Ampel halten mußte, fiel Jurnets Blick auf ein Plakat, das ihn veranlaßte, seine Pläne zu ändern. *»Mittwoch letzter Tag«*, verkündete ein greller Aufkleber. Nicht vor dem Ende der Welt, wie befürchtet oder erhofft, sondern die letzte Möglichkeit, Alistair Trings Beitrag zum Thaddeus-Briggs-Jubiläum zu sehen. *Die subatomare Welt: Kunst der Blasenkammer und des Teilchendetektors* – das würde es am morgigen Donnerstag nicht mehr geben.

Als die Ampel grün wurde, lenkte der Inspektor seinen Wagen über den alten Rindermarkt in Richtung Burgbrücke.

»Wir schließen in zehn Minuten«, sagte der Bedienstete am Drehkreuz und lächelte freundlich, als er Jurnet erkannte.

»Ich brauche nur fünf.«

Der Inspektor bezahlte seine Eintrittskarte und ging rasch in den Ausstellungsraum. Anders als beim letztenmal saß diesmal eine junge Frau an einem Tisch und verkaufte Prospekte. Jurnet fischte fünfunddreißig Pence für ein zweites Exemplar aus der Tasche, denn er war überzeugt, daß sie ihn für geizig hielte, wenn er sagte, er hätte schon einen gekauft. Sie machte einen angenehmen Eindruck auf ihn: naiv, aber nicht blöd. Vermutlich hätte sie ihm geglaubt.

»Wir schließen leider in ein paar Minuten.«

»Ja, das macht nichts. Ich war schon mal hier. Wollte bloß noch einmal reinschauen.«

Sie sah den Inspektor mit einem erfreuten, verständnisvollen Blick an.

»Ich weiß, was Sie meinen«, sagte sie. »Als sie mich hier reinsetzten, dachte ich, du lieber Gott, ich sterbe vor Langeweile. Hundertprozentig! Zu dunkel zum Lesen, und nur diese unsinnigen Kritzel vor Augen... Aber jetzt –« Sie lächelte abfällig über ihre eigene Torheit. »Jetzt habe ich das Gefühl, ein Teil von mir geht mit, wenn sie weggebracht werden.«

Als wäre es die natürlichste Sache der Welt, trat sie neben Jurnet, um den prachtvollen bunten Zweig zu betrachten, der sich überraschend scharf von dem schwarzen Untergrund abhob. Gelbe, lila, blaue und rote Fühler griffen in die Unendlichkeit jenseits des Rahmens. Am unteren Ende des goldenen Stengels ringelte sich ein grüner Sproß wie eine Spirale. Der Inspektor mußte an das Buch Esther denken. *»Es begab sich zur Zeit des Königs Ahasver...«*

»Pflanzen aus dem Märchenland«, sagte das Mädchen leise.

Jurnet las laut von dem Kärtchen neben dem Foto ab: *»Ein Hochenergie-Proton (gelb) tritt an der Basis ein und kollidiert mit einem ruhenden Proton. Die kleine Elektronenspirale (grün) zeigt, daß negative Teilchen sich entgegen dem Uhrzeigersinn bewegen und positive mit dem Uhrzeigersinn. Durch das Aufeinandertreffen entstehen sieben negative Pionen (blau) und neun positive Teilchen (rot) –«* Lächelnd brach er ab. »Man hätte Sie mit der Beschreibung beauftragen sollen.«

Sie gingen von Bild zu Bild, versunken in die wirbelnden Kreise und Spiralen, in die Schleier, die über der dunklen Oberfläche schwebten wie kosmischer Staub auf der Milchstraße. Zu Jurnets Freude und Überraschung nahm das Mädchen plötzlich seine Hand. Er fühlte sich auf unerklärliche Weise glücklich – nicht unbedingt, weil er mit einem hübschen Mädchen Hand in Hand ging (was er seit Miriams Abreise nicht mehr getan hatte), sondern weil er erkannte, daß er etwas Bedeutsames gelernt hatte. Etwas Bleibendes. Etwas, was Professor Max Flaschners Tod erklären würde, wenn er erst den Code geknackt hatte.

Die elektrische Klingel verkündete den Feierabend.

Jurnet war dazu erzogen worden, dem Glück zu mißtrauen. »Sie wissen natürlich, daß das alles eine Illusion ist«, sagte er. »Es sind nur aufgemotzte Teilchenspuren – nicht die Wirklichkeit.«

»Teilchenspuren *sind* die Wirklichkeit«, entgegnete sie ungerührt. »Es gibt Leute, die können einen Dinosaurier allein aus dem Fußabdruck rekonstruieren, den er auf feuchtem Boden hinterlassen hat.« Sie hing mit leuchtenden Augen an den Fotografien und nahm sie in sich auf. »Wenn das die Spuren sind, dann stellen Sie sich nur mal vor, wie die dazugehörigen Originale aussehen.«

»Das kann ich mir nicht vorstellen.«

»Ich auch nicht«, sagte das Mädchen. »Das ist ja das Wunderbare: Es übersteigt die Vorstellungskraft.«

Sein Zuhause bereitete ihm den gewohnten Empfang. Die Abfallbeutel auf dem kleinen Vorplatz in einträchtiger Harmonie, der Geruch langsam vor sich hin köchelnder Unterwäsche, die Räucherstäbchen. Bei den O'Driscolls im Parterre war der allabendliche Streit im Gange.

Während der letzte Rest des Zaubers aus der subatomaren Welt verflog, stieg Jurnet die Treppe zu seiner Wohnung hinauf. Dabei fragte er sich, weshalb er das Mädchen aus dem Ausstellungssaal nicht zum Essen eingeladen hatte – oder in sein Bett, oder zum Scrabblespielen. Alles wäre ihm recht gewesen, um seine Einsamkeit zu vergessen.

»Sie müssen jetzt gehen«, hatte das Mädchen gesagt und ihm so unbefangen ins Gesicht gelächelt, daß es nur eine Erklärung geben konnte: Ihr Mann oder ihr Freund wartete auf sie, vielleicht sogar ein paar Kinder. »Nehmen Sie's nicht so schwer.«

Frommer Wunsch, dachte er, als er – auf der Sessellehne sitzend – seine Schuhe abstreifte und sich Gedanken machte, was er denn nicht so schwer nehmen solle.

Bestimmt nicht die Sache mit dem Abendessen. Nachdem er bereits Jack Ellers' Einladung zu Huhn Régence ausgeschlagen hatte, mit dem Rosie ihren lieben Mann am Abend verwöhnen wollte, war er nicht ganz unvorbereitet, als sein Chef auf seine unnachahmliche typische Art das gleiche Thema anschnitt.

»In Angleby ist das Verbrechen nicht ausgestorben, während Sie in Cambridge etwas für Ihre Bildung getan haben.«

»Nein, Sir.«

»Wir können es uns unter den gegebenen Umständen nicht leisten, einen unserer Inspektoren zu verlieren.« Sein Blick deutete an, daß er unter anderen Umständen möglicherweise eine entgegengesetzte Meinung vertreten hätte. »Ich empfehle Ihnen daher, heute abend eine anständige Mahlzeit zu sich zu nehmen, auch wenn es Ihnen gegen den Strich geht.«

»Ich wollte zu Mario gehen.« Jurnet nannte das erste Lokal, das ihm einfiel.

»Gehen Sie doch lieber ins Chop House. Dort kriegen Sie ordentlich was auf die Rippen. Das meine ich wörtlich! Wenn Sie noch lange an dem Fall Flaschner arbeiten, ist das der erste Mord in der englischen Kriminalgeschichte, der von einem wandelnden Skelett aufgeklärt wird.«

»Das Chop House ist keine schlechte Idee«, bestätigte Jurnet. Durch seinen ungnädigen Ton verbarg er, wie sehr ihn die Fürsorge seines Vorgesetzten bewegte. Liebe, ganz gleich in welcher Form, war immer eine heikle Sache.

Nach einer kleinen Pause schob der Kommissar eine versteckte Anspielung auf Miriams Abwesenheit nach – eingedenk ihrer stillschweigenden Übereinkunft, ihren Namen im Gespräch ungenannt zu lassen. »Muß jetzt drei Jahre her sein, daß Mary ihren Bruder in Vancouver besucht hat. Drei Monate war sie weg. Wir waren zum erstenmal in zwanzig Jahren getrennt. Natürlich hat sie mir schrecklich gefehlt – aber eines habe ich gelernt: Selbst in Angleby gibt es Mittel und Wege, sich über die lange Zeit der Einsamkeit hinwegzutrösten.«

»Ja, Sir.«

Dieser Mistkerl! Aber Rabbi Schnellman hatte ihm in nichts nachgestanden:

»Sie haben sich selbstverständlich mit Miriam getroffen.« Es klang wie eine Feststellung.

»Ich habe sie nur von weitem gesehen.«

Bestürzung spiegelte sich auf dem wohlgenährten Gesicht. »Wieso von weitem?«

Von weitem – was hieß das, fragte sich Jurnet nun und vermied es, nach einer Antwort zu suchen. War zwischen ihm und Miriam wirklich alles vorbei? Im grellen Licht Jerusalems hatte es zwar danach ausgesehen; aber hier in Angleby, unter dem weichen Licht, das die Konturen der Stadt verschwimmen ließ und den Beginn des Herbstes ankündigte, war das nicht mehr ganz so sicher. Einerseits. Doch andererseits –

Schluß damit!

Der Inspektor ging in die Küche und fand einen Brotrest, der nur außen Schimmel angesetzt hatte, und eine kleine runde Schachtel mit drei Käseecken in Stanniol, die Miriam aus unerklärlichen Gründen besonders mochte. Jurnet schnitt das Brot zurecht, brühte sich eine Tasse Pulverkaffee auf und setzte sich an den Küchentisch, um eine Käseecke auszuwickeln. Wie immer bei solchen anscheinend einfachen Manipulationen wurde er zunächst ärgerlich, dann packte ihn die Wut; er warf alle drei Käseecken in den Mülleimer, spülte sich die Stanniol-Käse-Mischung von den Fingern und setzte sich übellaunig an den Tisch, um sein Abendessen zu genießen – falls man das so bezeichnen konnte.

Was, zum Kuckuck, sollte er heute abend anfangen? Dem dezenten Rat des Kommissars folgen und zu einer Hure gehen? Oder fernsehen?

Im Schlafzimmer war Miriams Abschiedsgeschenk angeschlossen: ein Fernsehapparat, noch halb verpackt, der Bildschirm zum Bett hin ausgerichtet. Das Gerät sollte den uralten Schwarz-Weiß-Kasten im Wohnzimmer ersetzen, der – Gott sei Dank – schon seit Jahren nicht mehr funktionierte.

Jurnet wollte die Kunststoffverpackung vollständig entfernen, ließ es aber bleiben, weil ihn eine abergläubische Furcht davon abhielt: Wenn er den jungfräulichen Apparat in Gang setzte, wäre alles zu Ende. Miriam würde sich nie mehr blikken lassen, und er wäre dazu verurteilt, für immer und ewig *Dallas* und die Zehnuhrnachrichten anzuschauen.

Weil ihm nichts Besseres einfiel, ging er früh zu Bett. Er lag nackt auf dem Federbett und beschäftigte sich vor dem Einschlafen mit Tawno Smith und seinen Frauen, mit Esther Ahilar und Christopher Maslin – beide jung und schön und trotzdem nicht zufrieden –, und mit den Salomes an der Kanzelwand der Kirche von Feldon St. Awdry. Irgendwie wünschte Jurnet, er hätte mit Christopher reden können; ihm fiel nur nicht ein, worüber. Anscheinend war er sowieso immer beim Joggen.

Komisch, wer in diesem Mordfall alles rannte, angefangen mit dem kleinen Tawno, der auf seine Mutter hörte und um sein Leben rannte. Schläfrig versuchte Jurnet zu ergründen, wieso er einen Augenblick lang vor den Schnörkeln und Wirbeln im Museum geglaubt hatte, die Erklärung für den Mord an Max Flaschner gefunden zu haben. Die Antwort ließ auf sich warten. Zum Teufel damit, dachte er.

Weshalb hatte ihm das nette Mädchen in der Ausstellung zum Abschied geraten, er solle es nicht so schwer nehmen?

Wer nahm hier etwas schwer?

28

Dr. Tawno Smith kam so aufgekratzt und selbstzufrieden in Jurnets Dienstzimmer, daß der Inspektor lächeln mußte – trotz seiner von neuem bestätigten Vorbehalte gegen ihn. Der Kerl war ihm einfach zu dreist. Smith verzichtete auf den angebotenen Platz und sah den Inspektor mit leuchtenden Augen an. Vor Energie sprühend, versicherte er: »Ich schlafe gleich im Stehen ein. Ich habe die ganze Nacht durchgemacht. Aber Sie sollten der erste sein, der es erfährt.«

»Möchten Sie eine Tasse schwarzen Kaffee?«

»Nektar oder gar nichts! Sie sollten es als erster wissen, weil Sie – außer mir – am meisten davon profitieren. Es ist vollbracht! *C'est fini, fertig, finito.* Oder, wie wir Zigeuner sagen, *Jaw si:* So ist es.«

»Ihre berühmte Arbeit zur Dreihundertjahrfeier?«

»Meine berühmte Arbeit zur Dreihundertjahrfeier – was sonst? Warten Sie nur ab, wie sie in dreihundert Jahren *mein* Jubiläum feiern! Bevor ich hergekommen bin, war ich erst auf der Post und dann auf der Bank. Eine Kopie ging per Einschreiben an die Universitätsdruckerei, die zweite habe ich in einem Schließfach deponiert. Jetzt sind wir beide frei!«

»Sie haben was Schärferes getrunken als Kaffee.«

»Ich, als Zigeuner? Das glauben Sie selber nicht. Onkel Max zu Ehren habe ich ein Glas Orangensaft als Trankopfer auf die Erde geschüttet – das war alles.« Tawno Smith trat so dicht an den Inspektor heran, daß er ihm die Hand auf die Schulter legen konnte. »Und? Wollen Sie mir nicht gratulieren?«

Jurnet war die freundschaftliche Berührung irgendwie unangenehm; er drehte seinen Körper weg.

»Kommt darauf an, was drinsteht.«

Erst warf ihm Tawno Smith einen gespielt vorwurfsvollen Blick zu, dann lachte er laut los. Bei so viel überschwenglicher Begeisterung war Jurnet erleichtert, daß er sich dem körperlichen Kontakt entzogen hatte.

»Erzählen Sie mir bloß nicht, Sie hätten die Lektion schon wieder vergessen! Die vier Kräfte – erinnern Sie sich?«

»Ich hab's nicht vergessen. Mir kamen sie eher wie die vier apokalyptischen Reiter vor.«

»Ich rede von der Symmetrie des Universums, und Sie zitieren irgendeinen geistesgestörten Mystiker! Sie enttäuschen mich, Inspektor. Ich dachte, Sie gehörten zu unserer schönen neuen Welt, nicht zu der alten, die wir mit der Jahrhundertwende abgestreift haben. Sie hören sich so an, als würden Sie die Erkenntnis der Relativitätstheorie rückgängig machen, wenn Sie könnten.«

»Wenn ich nur wüßte, wie.«

»Nicht zu fassen!« Tawno Smith schüttelte ungläubig seinen Lockenkopf. »Ein intelligenter Mensch, der nicht an den Fortschritt glaubt!«

»Ich halte nichts davon, Kindern Streichhölzer in die Hände zu geben.«

»Und Sie wollte ich zu meiner Party einladen!«

»Was für eine Party?«

Smith grinste. »Sie findet nicht statt. Kam mir zu melodramatisch vor, wie bei Agatha Christie. Auf dem Weg von Cambridge hierher habe ich alles genau geplant. Ich wollte alle einladen, die auf dem Bankett waren – einschließlich Onkel Max. Ich hätte seinem Geist einen Platz freigehalten. Und am Ende der Party, nachdem alle gegessen und getrunken hatten und jeder jedem um den Hals gefallen war, würde ich wissen, wer von meinen lieben Freunden diesen vortrefflichen Mann auf dem Gewissen hat.« Im gleichen spitzbübischen Ton fuhr er fort: »Dann könnte ich ihn – oder sie – umbringen, den anderen eine gute Nacht wünschen und mich glücklich schlafen legen.«

Jurnet sagte: »Gut, daß Sie sich's anders überlegt haben.«

Der Physiker zog eine Grimasse.

»Ehrlich gesagt, Inspektor Jurnet, fühle ich mich langsam zu alt für solche Scherze. Sie werden's nicht glauben, aber mir steht der Sinn eher nach trauter Zweisamkeit, sprich Ehe. Nachdem Sie jetzt informiert sind, fahre ich mit Freuden nach Hause und feiere meine weltbewegende Leistung mit Annie im Bett. Wieder ein Erbe von Onkel Max. Alles Gute in meinem Leben habe ich ihm zu verdanken.«

»Ihr Glück, daß Mrs. Venables jetzt Witwe ist.«

»Spitzfindiger konnten Sie's wohl nicht formulieren«, meinte Smith ungerührt. »Ich nehme an, Sie haben mit Esther gesprochen.« Jurnet nickte. »Ich weiß nicht, was Sie zu ihr gesagt haben, aber es hatte eine wunderbare Wirkung. Sie war unglaublich lieb zu Christopher. Claire ist für ein paar Tage nach Feldon St. Awdry gefahren. Sie hat ihm den Schlüssel zu ihrem Domizil draußen in Comberton gegeben. Niedrige Räume, Deckenbalken aus Eiche, Rosen vor der Tür. Wie geschaffen für ein junges Liebespaar.« Tawno Smith lachte. »Da sehen Sie mal, wie romantisch ich noch werde auf meine alten Tage. Claire weiß auch, worauf's ankommt. Sie hat den Kühlschrank mit lauter Leckereien vollgestopft –«

»Und Sie machen sich jetzt vermutlich auf den Weg nach Feldon und bringen den Maslins die gute Nachricht.«

»Ich sagte doch schon, ich fahre nach Hause. Im übrigen ist Claire seit längerer Zeit zum erstenmal wieder in Feldon. Da will ich nicht stören. In ein paar Wochen sollen die Salomes vom Bischof geweiht werden, und Simon möchte mit Claire noch verschiedenes besprechen. Daß meine Arbeit fertig ist, erfahren sie von Christopher. Er wird am besten von allen verstehen, welche Bedeutung sie hat.« Er strahlte vor väterlichem Stolz. »Vor kurzem habe ich Masham getroffen, einen der wichtigsten Leute am Bilney College. Sie hätten ihn hören sollen! Christopher könnte eine der mathematischen Größen des Jahrhunderts werden, meint er. Darauf würde er sein letztes Hemd verwetten.«

»Seine priesterlichen Ambitionen hat er wohl aufgegeben?«

Tawno Smith runzelte leicht die Stirn.

»An manchen Tagen wird er von Selbstzweifeln gequält«, räumte er ein. »Aber das ist nur seine natürliche Bescheidenheit. Besser als Überheblichkeit – was Onkel Max mir immer vorgeworfen hat. Hat allerdings wenig genützt. Bei Christopher hängt alles mit Esther zusammen. Darauf setze ich große Hoffnungen. Wenn er bei ihr Erfolg hat, schwebt er sowieso im siebten Himmel. Dann wird der Himmel Gottes uninteressant.«

»Falls sie nicht nur mit ihm schläft, um Ihnen einen Gefallen zu tun«, gab Jurnet zu bedenken.

»Auch wenn sie dem Kaiser von China einen Gefallen täte – Hauptsache, sie schläft mit ihm! Heißt es in Ihrer Branche nicht, *res ipsa loquitur* – ›die Sache spricht für sich selbst‹?« Tawno Smith lächelte. »Ich sage Ihnen eines, Inspektor: Wenn eine Frau zu Ihnen ins Bett steigt, und sie tut es nicht für Geld, so können Sie getrost annehmen, daß es ihr gefällt –

genau wie Ihnen. Wenn Sie tiefer schürfen, sind Sie selber schuld.«

»Danke«, sagte Jurnet, dem der Gedanke an Miriam plötzlich den Hals zuschnürte. »Ich werd's mir merken.« Mühsam brachte er hervor: »Ich nehme an, Sie haben sich schon mit Inspektor Catton in Verbindung gesetzt?«

»Annie wollte ihn anrufen. Ich hab' mich nicht getraut.« Die Augen des Zigeuners blitzten vor kindlichem Übermut. »Er wird's früh genug erfahren, wenn die Medien Wind von der Sache bekommen und aus meiner Arbeit eine gruselige Gutenachtgeschichte für die lieben Kleinen machen.«

»Nicht nur für die lieben Kleinen.«

»Sie kommen mir langsam vor wie Onkel Max. Es wird Zeit, daß ich gehe. Ich lasse Ihnen eine Fotokopie zuschicken, wenn die Arbeit veröffentlicht wird. Sie werden zwar kein Wort davon verstehen, aber das ist egal. Schnippeln Sie sie einfach klein und spritzen Sie Weihwasser drauf. Dann zünden Sie die Schnipsel an und laufen rückwärts dreimal drumherum –«

29

Als Jurnet auf den Vorplatz hinaustrat, stellte er fest, daß der lange Altweibersommer nun zu Ende war. Herbstgeruch lag in der Luft, von moderndem Laub und Kohlendioxyd, das unter der niedrigen Wolkendecke hing. Querköpfig wie er war, stimmte ihn die Veränderung, die über Nacht vor sich gegangen war, nicht unbedingt melancholisch. Im Gegenteil: Der Sommer mit seiner trügerischen Milde, der einem Flausen in den Kopf setzte, hatte schon viel zu lange gedauert. Im Wagen zog er den Choke bis zum Anschlag heraus und empfand es als wohltuend, daß der Motor in der Morgenkühle nicht sofort ansprang.

Ein äquinoktialer Energieschub schien den diensthabenden Sergeant im Präsidium erfaßt zu haben, denn er kam auf ihn zugestürzt, sobald Jurnet die Eingangshalle betrat.

»Ich habe mir schon die Finger wundgewählt –«

»Wo brennt's denn?«

»Fragen Sie mich nicht. Ich habe den Burschen ins Sanitätszimmer gebracht. Wachtmeister Bly ist bei ihm.«

»Bei wem? Wen haben Sie ins Sanitätszimmer gebracht? Und weshalb?«

»Er war voller Blut.« Der Sergeant weidete sich ganz offensichtlich an seinem Spielchen. »Aber keine Sorge: Es ist nicht sein eigenes.«

Mit einer Decke um die Schultern saß Christopher Maslin zusammengesunken auf der hochbeinigen Untersuchungsliege. Die Morgensonne schien durchs Fenster herein und ließ die goldenen Härchen auf seinen nackten Beinen glänzen. Von den knappen Shorts bis zu den weißen Socken war kein Blut zu sehen. Auch nicht im Gesicht des Jungen. Wachtmeister Bly, selbst nicht viel älter als sein Schützling, stand verlegen daneben. Der qualvolle Ausdruck auf dem kreidebleichen Gesicht machte ihn hilflos.

Nach einem Blick in die Runde schickte Jurnet seinen jungen Kollegen weg, um starken heißen Tee zu holen, mit sehr viel Zucker. Erst als die Tür hinter dem Wachtmeister ins Schloß fiel, sprach der Inspektor die bewegungslose Gestalt an. Er sah dem Jungen direkt in die blicklosen Augen, und als er schließlich sprach, war es nur ein einziges Wort.

»Esther –«

Es war das Schlüsselwort. Danach sprudelte es stockend und unzusammenhängend aus ihm hervor. Trotzdem war der Sinn leicht zu erfassen. Jurnet blieb äußerlich gelassen, doch das Mitleid drückte ihm das Herz ab. Der Sommer war endgültig vorüber.

Wachtmeister Bly brachte den Tee und wurde auf die Suche nach Sergeant Ellers geschickt. Nun setzte sich Jurnet neben den Jungen. Er legte ihm den Arm um die zitternden Schultern und hielt ihm die Tasse an die blutleeren Lippen. Christopher Maslin wollte nicht aufhören zu reden; vielleicht konnte er es auch nicht. Er drehte den Kopf weg von dem dampfenden Gebräu. »Sie wollen mich nicht anhören!« rief er.

»Doch«, sagte Jurnet. »Gleich. Trink jetzt.«

Der Junge gehorchte. Plötzlich rutschte ihm die Decke von den Schultern, und man sah, daß sein weißes T-Shirt über der Brust von Blut durchtränkt war. Als er an sich herabblickte, fing er an zu schreien. Jurnet stellte die halbleere Tasse neben dem Telefon auf einem Glasschränkchen ab. Er bemühte sich vergeblich, dem Jungen das T-Shirt auszuziehen. »Geben Sie's auf, es geht nicht runter. Ich muß es anbehalten, bis ich sterbe.« Er sprach die Worte mit erschreckender Klarheit.

»Wenn du meinst.« Der Inspektor zog ihm das Hemd wieder herunter und überzeugte sich dabei, daß Christophers Oberkörper zwar blutbefleckt, aber unverletzt war.

Der Junge schloß die Augen. Erfüllt von dem Horror, der hinter ihm lag, sagte er: »Es muß Ihnen doch jemand erzählt haben, daß sie kein Gesicht hat. Das kann man nicht übersehen. Alles weg. Nur mit einem Auge hält sie noch Ausschau nach mir.«

»Wieso? Wo warst du denn?« erkundigte sich Jurnet im normalen Gesprächston. Er fühlte sich alt und wie erstarrt.

Müde und überrascht sah Christopher den Inspektor an. »Beim Joggen, natürlich. Keine gute Idee dort in Cambridgeshire. Ganz anders als in Norfolk. Jede Menge Tanklaster und Traktoren – unglaublich! Ich kam nirgends von der Straße runter, nur auf einem einzigen Weg. Und der war an einem Feld zu Ende, wo sie gerade Schafe in eine Desinfektionslösung tauchten.« Er verzog das Gesicht zu einem Lächeln, das schlimmer war als sein Horror. »Dumm von mir, einfach davonzulaufen, nicht? Nachdem wir uns in der Nacht so nahe waren. Ich hätte ihr Tee und ein paar Kekse ans Bett bringen sollen, auf einem Tablett mit einem hübschen Deckchen und einer Rose aus dem Vorgarten.« Er schwatzte drauflos: »Sie können sich nicht vorstellen, wie viele Sorten Keks Mutter für uns dagelassen hat. Aber sie schlief noch, und ich wollte sie nicht wecken. Außerdem war ich ein bißchen schüchtern. Sie war so lieb und reizend zu mir, obwohl ich keine besondere

Leistung vollbracht hatte.« Er wurde unsicher. »Das glaube ich wenigstens. Sie meinte, ich hätte alles richtig gemacht, aber ich weiß nicht... Es war das erste Mal, ich habe keinen Vergleich. Seltsam war es schon, so zwischen den Beinen eines Mädchens zu liegen. Völlig anders als erwartet. Irgendwie kam ich mir richtig erleichtert vor, als es vorbei war. Sage ich was Schlimmes?«

»Wir haben das alle durchgemacht«, antwortete Jurnet burschikos.

»Wirklich?« Der Junge schien daran zu zweifeln. »Wenn sie sich deswegen umbringt, muß ich miserabel gewesen sein. Die Pistole hat sie aus Israel mitgebracht. Sie sagte, sie habe sie immer bei sich; eine alte Gewohnheit aus der Armee.« Christopher Maslin versank wieder in seine Selbstbetrachtung. »Ich weiß nicht, ob sie das ernst meinte, vielleicht wollte sie mich nur aufbauen. Ich hätte sie gefragt nach dem Joggen, aber... ohne Mund kann man sowieso nicht antworten, und sie hatte ja keinen mehr.«

Jack Ellers, der mit gezücktem Notizbuch hereingeschlüpft war, verständigte sich wortlos mit seinem Vorgesetzten und verließ leise das Zimmer, ohne etwas notiert zu haben. Jurnet wußte, er würde die Kollegen in Cambridge verständigen. Und unter Sirenengeheul würde Inspektor Catton über die verstopfte Comberton Road jagen, hinaus zu dem Häuschen mit den Rosen vor der Tür.

In plötzlicher Panik fragte Jurnet sich, wieso er nicht früher alle Hebel in Bewegung gesetzt hatte. Konnte Esther Ahilar noch am Leben sein? Tief in seinem Inneren wußte er jedoch, daß er genau aus diesem Grund so lange mit seinem Anruf gezögert hatte. Wenn Esther Ahilar kein Gesicht mehr hatte, dann war ihr Tod ein Segen. Herrgott! Was hatte sie sich angetan! Oder war die ganze Sache von dem heulenden Knaben inszeniert worden, der hier zitternd in seinem blutigen Hemd herumsaß? Joggen gegangen? Hübsche Geschichte!

Jurnet stellte sich Tawno Smith und seine mütterliche Annie Venables im Bett vor und knirschte vor Wut mit den Zähnen. Beim Gedanken an Miriam und die Unbarmherzigkeit der Liebe wuchs sein Zorn ins Unermeßliche. *Wie sollte er's bloß Efrem Ahilar beibringen?*

Gleichzeitig fragte er Christopher: »Was hat dich bewogen, zu uns ins Präsidium zu kommen? Du hättest die Polizei in Comberton anrufen sollen. Es muß doch ein Telefon im Haus sein.«

Der Junge sah ihn entschuldigend an. »Tut mir leid, darauf bin ich nicht gekommen. Ich wollte nur weg. Ich glaube, Esther wollte auch lieber allein sein, so, wie sie aussah. Ich hätte ihr einen Abschiedskuß gegeben, wenn noch was zum Küssen dagewesen wäre, aber dort, wo ihr Mund sein sollte, war nur ein schwarzes Loch und ein paar Fleischfetzen. Ihr Wagen stand vor der Tür, und ich bin eingestiegen. Das mit dem Führerschein geht in Ordnung. Ich habe ihn gerade bekommen. Gleich beim ersten Mal. Gut, nicht?«

»Sehr gut.«

»An sich wäre ich lieber gelaufen. Aber bei dem Verkehr –«

»Du hättest doch nicht bis Angleby laufen können!«

»Nein?« Nach kurzer Überlegung erklärte er in höflichem Ton: »Doch, ich glaube schon. Ich bin ziemlich gut in Form. Ich wäre lieber nach Feldon gefahren, aber Mutter ist dort, und ich wollte ihr nicht gleich sagen, daß Esther ihr hübsches Schlafzimmer ruiniert hat.« Besorgt fuhr er fort: »Die Bettwäsche kann man bestimmt in die Waschmaschine stecken, aber die Tapete... Sie war so hübsch; mit lauter kleinen Blumensträußchen bedruckt –« Tränen flossen ihm über die Wangen. Mit gebrochener Stimme sagte er: »Esther mochte Sie sehr, Mr. Jurnet. Sie sagte, Ihnen könne man vertrauen. Sie wüßten viel mehr, als Sie erkennen ließen –«

Der Inspektor schwieg.

»Aber Sie sind nicht der einzige. Gott weiß auch viel mehr, als er erkennen läßt. Ich bete immerzu, aber er gibt mir nie eine Antwort. Vater sagt, es muß so sein. Eine Antwort zu erwarten, beweist schon einen Mangel an Glauben. Wenn er wenigstens ab und zu antworten würde, wäre mir das ein Trost. Was meinen *Sie* dazu, Mr. Jurnet?«

»Dein Vater weiß bestimmt viel mehr über Gott als ich.«

»Weil er Geistlicher ist, meinen Sie? Ich wollte auch einer werden. Aber Tawno sagt, ich muß die Gaben nutzen, die Gott mir verliehen hat –«

»So drückt er sich aus?«

»Er sagt, die Wissenschaft ist Gottes Antwort. Eine perfekte Gleichung ist besser als ein Psalm, weil sie gleichzeitig dem Lob Gottes und der menschlichen Erkenntnis dient.« Christopher Maslin nahm die Decke und hüllte sich völlig darin ein. Aus seinem dürftigen Versteck verkündete er: »Ich muß ihn fragen –«

»Tawno oder Gott?«

»Beide. Ich muß beide nach der perfekten Gleichung für Esther ohne Gesicht fragen.«

»Während meiner ganzen Laufbahn ist mir noch nie eine Frau begegnet, die sich in den Mund geschossen hat«, erklärte der Kommissar. »Nicht mal eine häßliche, bei der das Aussehen, oder der Mangel daran, der springende Punkt für einen solchen Entschluß hätte sein können. Sie sagen, Esther Ahilar war ein hübsches Mädchen –«

»Eine Schönheit«, korrigierte Jurnet schroff.

»Unglaublich! Und Sie sind beide überzeugt, daß der junge Maslin nichts damit zu tun hat?«

Nach einem Seitenblick auf seinen Freund ergriff Ellers das Wort.

»Er hat wohl etwas damit zu tun, Sir, nur nicht direkt. Er hat sie nicht umgebracht. Inspektor Catton war mit seiner ganzen Truppe am Schauplatz, aber keiner von ihnen zweifelt daran, daß das arme Mädchen selbst Hand an sich gelegt hat. Ein paar Arbeiter, die da draußen Schafe desinfizierten, haben den Jungen mit sauberer Kleidung laufen sehen und ihn wieder auf die Straße dirigiert. Er war gut acht Kilometer vom Dorf entfernt, und das fünf Minuten nachdem eine Nachbarin, eine gewisse Mrs. Wolsey, den Schuß gehört hatte. Sie kochte gerade Eier für die Frühstücksbrote ihres Mannes und kann die Zeit auf die Minute angeben. Die beiden Häuser stehen nebeneinander. Zuerst war sie so überzeugt, einen Schuß gehört zu haben, daß sie von ihrer Hintertür aus zu den Nachbarfenstern hinübersah und sich überlegte, ob sie nach dem Rechten sehen sollte. Am Abend vorher hatte sie das junge Pärchen in dem roten Sportwagen ankommen sehen. Sie fand die beiden reizend. Am Morgen war alles so ruhig und friedlich, bis auf den einen Knall. Da dachte sie, die beiden würden sich schön bedanken, wenn sie hereingeplatzt käme, bloß weil ein Auto vielleicht eine Fehlzündung hatte oder irgend jemand auf Kaninchenjagd war.«

»Hm.« Der Kommissar sah Jurnet stirnrunzelnd an. »Ich bin nicht besonders begeistert, wenn ich höre, welche Mißgeschicke den Leuten zustoßen, die Sie mit dem Fall Flaschner in Verbindung bringen.«

»Nein, Sir.« Zum Ärger seines Vorgesetzten nahm Jurnet die Schuld demütig auf sich. Aus langer Erfahrung wußte er, daß der Kommissar lieber auf Widerstand traf, wenn er – wie im Augenblick – seinem Zorn über ein sinnlos vergeudetes Menschenleben Luft machen wollte.

»Das Mädchen besaß vermutlich keinen Waffenschein.«

»Nein, Sir«, bestätigte Jurnet. Er handelte sich damit erneut einen giftigen Blick ein. »Es ist eine israelische Armeepistole. Christopher Maslin hat sie erzählt, sie habe sie immer bei sich, weil sie sich dann sicherer fühle.«

»Sicherer! Dachte sie, sie käme nach Chicago?«

»Jetzt ist sie auf jeden Fall sicher«, schloß Jurnet.

30

Wie gewünscht, brachten die Maslins für Christopher etwas zum Anziehen mit. Der Junge ließ sich widerstandslos von Simon Maslin ankleiden, bis der Geistliche versuchte, ihm das blutgetränkte T-Shirt auszuziehen.

»Ich muß es anlassen«, erklärte Christopher müde. »ich weiß, es hat eine Wäsche nötig, aber ich muß.«

»Natürlich mußt du es anbehalten«, erwiderte Simon Maslin. »Du wirst schon wissen, wenn du es ablegen kannst. Und jetzt probieren wir mal den Blazer, ja? Sieh mal, die Ärmel! Sie reichen nicht mal bis zum Handgelenk. Erstaunlich, wie du in den letzten Monaten gewachsen bist –« Seine Frau und der Inspektor sahen zu, während Simon Maslin seinen Sohn liebevoll plaudernd anzog. Ja, seinen Sohn, dachte Jurnet. Er hat ihn sich verdient.

Sie saßen zu fünft im Rover und waren schon halb in Cambridge, als Claire zum erstenmal den Mund aufmachte. Ihre Kleinmädchenstimme jagte dem Inspektor eine Gänsehaut über den Rücken. Er hatte befürchtet, daß sie hysterisch werden könnte, und war wegen ihres Verhaltens und ihrer Erscheinung gleichermaßen überrascht und erleichtert gewesen. Die feinen Fältchen in den Augenwinkeln, die nicht ganz so straffe Kinnpartie – all die versteckten kleinen Signale, die auf das Ende ihrer Mädchenjahre hinwiesen, waren verschwunden. Die Natur selbst hatte ihr bei der Flucht aus der Realität geholfen.

»Müssen wir in Cambridge bleiben?« wollte sie wissen. »Wenn ja, hätte ich Annie Bescheid sagen sollen, falls sie noch etwas besorgen muß. Die Frau ist ein wahrer Schatz. Ich weiß nicht, was Tawno ohne sie anfangen würde...« Sie sah ihren Sohn an, der eingezwängt und mit hängendem Kopf zwischen ihr und ihrem Mann saß. Die Besorgnis in ihren Augen ist echt, dachte Jurnet, der sie im Rückspiegel beobachtete; doch etwas anderes macht ihr mehr zu schaffen. »Tawno wird außer sich sein«, sagte sie wie zur Bestätigung von Jurnets Diagnose. »Gerade jetzt, nachdem er sich wieder gefangen hat. Seit Onkel Max' Tod hat er sich nicht mehr so wohlgefühlt. Wußten Sie, daß er mit seiner Arbeit fertig ist? Sie ist schon in der Druckerei.« Das Wort »Druckerei« weckte neue Ängste: »Hoffentlich schreibt die *Cambridge Gazette* nichts über Esther, bevor wir es ihm persönlich sagen können.«

Jurnet spielte den förmlichen Beamten. »Inspektor Catton wird den Jungen nicht lange dabehalten. Der Fall ist absolut eindeutig.« (*Absolut eindeutig* wiederholte seine innere Stimme sarkastisch.) »Die gerichtliche Untersuchung dürfte nur ein paar Tage dauern, je nachdem, wie viele Fälle gerade anhängig sind und wann Mr. Ahilar hier eintrifft.«

Den Gedanken an Efrem Ahilar hätte Jurnet lieber verdrängt; ihn verfolgten vor allem die langen Pausen zwischen Ahilars Worten, die erfüllt zu sein schienen von entsetzlichem Wehklagen über den Tod seiner Enkelin, von dem er soeben erfahren hatte.

Seine Stimme klang schwerfälliger, als Jurnet sie in Erinnerung hatte .»Die Waffe hat sie von mir«, sagte er. »Ich habe sie eingeschmuggelt.«

»Esther oder Sie – da war ich mir nicht sicher.«

»Ich war's. Warten Sie in Heathrow mit Handschellen auf mich. Und Fußfesseln.«

»Ohne die Pistole hätte sie andere Mittel und Wege gefunden.«

»Ja, aber damit hat sie's getan. Und ich habe sie ihr gegeben.« Unvermittelt verfiel er in einen abgehackten Singsang auf hebräisch. Es hörte sich eher an wie ein Fluch, nicht wie ein Gebet. Als er verstummte, bat Jurnet den Israeli so schonend wie möglich, die Gebißaufnahme seiner Enkelin zu beschaffen und mitzubringen.

»Wir müssen sie offiziell identifizieren –«

»Keine Sorge. Ich erkenne meine Esther.«

»Die Gebißaufnahme könnte Ihnen größeren Schmerz ersparen.«

»Welchen größeren Schmerz? Größer kann er nicht mehr werden.«

Nach dem zu urteilen, was Annie Venables auf den Tisch brachte, hatte sie nichts mehr besorgen müssen. Jurnet und Ellers waren dankbar für ihre stillschweigende Annahme, daß Bullen was Gutes und Nahrhaftes vertragen konnten, und ließen sich bei Kräuterlachs *en croute* und Johannisbeerbaiser zum Nachtisch nicht zweimal bitten. Daß auch die Hinterbliebenen sich mit großem Appetit über das Essen hermachten, überraschte die beiden nicht; sie hatten es in ähnlichen Fällen schon oft beobachtet. Selbst Christopher, der nach der Befragung durch Inspektor Catton erschöpft an der Schulter seines Vaters lehnte, mußte nicht genötigt werden. Mit schöner Selbstverständlichkeit hielt Simon Maslin dem Jungen ab und zu einen besonders köstlichen Gabelbissen an den Mund, und Christopher öffnete gehorsam die Lippen. Tawno Smith hatte bei der Nachricht von Esthers Tod laut und ungeniert geweint. Nun betrachtete er Vater und Sohn tief befriedigt und frei von jeglicher Eifersucht. Ein reizender Mann, alles in allem, gestand Jurnet sich ein. Das Essen und ein Glas Rheinwein – ein Wonnetrunk voller Blumenduft – hatten ihn milde gestimmt.

Annie Venables sah großartig aus. Nicht mehr als Haushälterin, sondern als unumstrittene Gastgeberin saß sie Tawno Smith an der Stirnseite des glänzenden Mahagonitisches gegenüber. Als die Penders eintrafen, servierte Millie, eine klapperdürre, muntere kleine Person, gerade den Kaffee. Ihre Anwesenheit war vielleicht der eindeutigste Beweis für den veränderten Status der ehemaligen Haushälterin.

Für die Penders wurde das tragische Ereignis noch einmal dargestellt. Eine neue Klageflut brach los. Tawno wischte sich die Tränen aus den Augen, ging zur gegenüberliegenden Tischseite und lehnte sich über Annies Stuhl. Seine Hand lag auf ihrer Schulter. Er flüsterte ihr etwas ins Ohr, worauf sie nickte und mit bewegter Stimme sagte: »Wenn du willst…«

»Ich möchte gern alles vermeiden, was Annie aufregen könnte«, erklärte Smith seinen Freunden. »Esther hat nichts davon, und sie auch nicht. Sie ist schwanger. Wir haben's gestern erst erfahren, und der Arzt meint, Ruhe und Ausgeglichenheit sind jetzt am wichtigsten.« In die allgemeine Freude und Überraschung hinein sagte er nach einem Schluchzer, den selbst der skeptische Jurnet für echt hielt: »Hebt eure guten Wünsche für einen freudigeren Anlaß auf. Der heutige Tag gehört Esther.«

Möglich. Doch trotz Tränen und Trauer standen alle auf und drängten sich um das glückliche Paar. Nina Pender und Claire Maslin schienen sich über die Neuigkeit genauso zu freuen wie alle anderen. Nur Reverend Simon Maslin blieb wohlwollend lächelnd auf seinem Platz sitzen. Christopher schlief unruhig an seiner Brust.

Adam Pender löste sich aus der Gruppe und trat auf die beiden Beamten zu. Er sah blaß und zermürbt aus.

»Hat das was mit dem Mord an Onkel Max zu tun?« fragte er. Vorwurfsvoll fuhr er fort: »Sie haben den Schuldigen immer noch nicht gefunden!«

»Tut uns leid«, erwiderte Jurnet.

»Ich wollte nicht –« Der Mann fuhr sich mit der Hand durchs Haar und fing noch einmal von vorn an: »Darüber wollte ich mit Ihnen gar nicht reden. Hat Tawno erzählt, daß er seine Arbeit fertig hat?«

»Ja.«

»Wissen Sie auch, daß er mich als Mitautor genannt hat?«

»Davon hat er nichts erwähnt.« Der Inspektor verbarg seine Überraschung nicht. »Sie müssen ja völlig aus dem Häuschen sein! Darüber hatten Sie sich doch beschwert, nicht? Daß man Ihre Arbeit nicht honoriert.«

»Stimmt. Aus dem Grund bin ich auch die Nummer eins auf Ihrer Verdächtigenliste.« Adam Pender holte tief Luft und schlug einen beschwörenden Ton an. »Sehen Sie, Inspektor: Ich wollte nur eine kleine Anerkennung für meinen geringen Beitrag – mehr nicht. In aller Freundschaft und Fairneß. Kein Geschenk! Nicht meinen Namen neben seinem groß auf dem Titelblatt! Das ist lächerlich. Jeder Insider weiß das –«

»Jetzt schauen Sie einem geschenkten Gaul ins Maul. Da serviert Ihnen ein Kumpel die Unsterblichkeit auf einem Tablett –«

»Ja, aber warum?«

»Sicher haben Sie Dr. Smith schon danach gefragt.« Pender nickte finster. »Was hat er geantwortet?«

Ärgerlich und ratlos zog Pender die Schultern hoch. »Daß er mich glücklich machen wollte. Daß mir bestimmt eine Professur angeboten werden würde. Und falls er den Nobelpreis bekäme, würde ich die Hälfte des Geldes sicher gut verwenden können.«

»Sie finden die Gründe nicht überzeugend?«

»Bei Tawno weiß man doch nie, woran man ist!« Ein schiefes Lächeln huschte über sein Gesicht. »Vermutlich gehe ich von mir aus – von wem auch sonst. Ich würde nicht einfach auf den halben Ruhm verzichten – ganz zu schweigen von der Knete.«

»Was wollen Sie denn eigentlich, Mr. Pender? Wie soll man's Ihnen recht machen?«

»Weiß der Henker, was er bezweckt! Vielleicht will er mich bestrafen? Oder erpressen? Vielleicht meint er, ich hätte das Original gestohlen, und läßt mich auf seine teuflische Art dafür bezahlen, indem er mir zu einer Position verhilft, die ich niemals ausfüllen kann. Ich würde unweigerlich auf die Schnauze fallen. Vielleicht habe ich mir auch in bezug auf Nina die ganze Zeit was vorgemacht.« Sein Gesichtsausdruck zeigte, daß ihm diese Möglichkeit am meisten zusetzte. »Sie hatte was mit Tawno, und da er jetzt zum respektablen Ehemann wird, ist das ihre Abfindung – für geleistete Dienste ...«

Christopher Maslin erwachte mit einem Aufschrei: »Esther!«

»Ist ja gut.« Sein Vater wiegte den weinenden Jungen in seinen Armen. »Er ist übermüdet«, sagte er entschuldigend. »Schon als kleiner Junge hatte er Alpträume, wenn er übermüdet war.«

»Dann bringen wir ihn gleich ins Bett.« Annies Stimme klang warm und mütterlich. »Nach allem, was er durchgemacht hat, war er viel zu lange auf. Daß ich nicht früher dran gedacht habe!«

Der Junge befreite sich aus Simon Maslins Armen und erhob sich. »Ich möchte nach Hause«, verkündete er, leicht unsicher auf den Füßen. Das hereinflutende Sonnenlicht tauchte sein Haar in engelhaftes Gold. »Ich möchte nach Hause, zu Gott.«

»Wovon redet er?« flüsterte Nina Pender.

Claire Maslin erklärte: »Er meint die Wandmalereien in der Kirche. Simon und er haben sie ständig im Kopf.« Sie trat dicht an den Jungen heran, nahm seine Hand und küßte sie.

»Wir müssen die gerichtliche Untersuchung abwarten, Liebes. Es ist eine Schinderei, jedesmal hin- und herzufahren. Dein Vater muß heim, weil er den Bischof erwartet, das weißt du ja. Wir beide bleiben hier und lassen uns von Annie verwöhnen.«

Der Junge drehte sich zu Simon Maslin um, der immer noch lächelnd auf seinem Platz saß.

»Gehst du dann an meiner Stelle zu Gott?«

»Klar, mein Junge.«

Christopher nickte, als sei er nun beruhigt. »Du weißt besser als ich, was du ihm sagen mußt.«

»Ich werde mein Bestes tun. Du kannst dich drauf verlassen.«

»Komm jetzt, Liebes«, drängte Claire Maslin. »Gehen wir hinauf.« Als der Junge nach einer Weile noch immer bewegungslos dastand, fragte sie, ohne pikiert zu sein: »Soll dein Vater lieber mit dir nach oben gehen?« Und nach einer längeren Pause: »Oder Tawno?«

Christopher Maslin schüttelte den Kopf.

»Der Polizist.«

Jurnet fühlte sich über Gebühr in die Sache hineingezogen. »O.K., junger Mann.« Er verbarg seine Verlegenheit hinter einem munteren Gehabe, das ihn anekelte. »Los geht's!«

»Zweite Tür links«, verkündete Annie Venables. »Handtücher finden Sie im Wäscheschrank.«

Die drei Abgewiesenen begleiteten das Paar in die Diele und sahen zu, wie der Inspektor mit dem Jungen langsam die Treppe hinaufstieg. Zehn Minuten später, als Jurnet wieder auf dem Treppenabsatz erschien und sich fragte, wieso er der Auserwählte war, standen sie noch an der gleichen Stelle. Außer »Gute Nacht« hatte der Junge kein Wort gesagt.

Jurnet blickte in die nach oben gewandten blassen Gesichter: ein Zigeuner, eine leicht lädierte Märchenprinzessin, ein tölpelhafter Geistlicher. Alle drei wunderbare Menschen, die ihm höllische Angst einjagten.

31

Als Efrem Ahilar in Begleitung von Wachtmeister Bly ins Zimmer trat, stand Jurnet auf, um ihm die Hand zu schütteln.

Esthers Großvater schien sich nicht wesentlich verändert zu haben. Körper und Gesicht wirkten allenfalls noch markanter, gewichtiger auf eine Weise, die sich nicht in Kilogramm messen ließ. Es war, als hätte die Schwerkraft, deren Kalkulierbarkeit Tawno Smith zu Begeisterungsstürmen hinriß, einzig und allein ihn mit einem besonderen Schutzmantel umhüllt – oder mit einem Leichentuch.

Jurnet sagte: »Ich hatte Sie nach dem Gerichtstermin gesucht, aber Sie waren verschwunden.«

»Darüber sollten Sie froh sein.« Ahilar konnte noch lächeln, obwohl auch sein Lächeln – wie alles andere an ihm – eine andere Dimension bekommen hatte. »Ihre Rechtsprechung hätte sicher wenig Verständnis für einen Mord, den ein Großvater wegen unterlassener Verführung seiner Enkelin begeht.« Damit schloß er das Thema ab, als wäre alles Nötige gesagt. »Ich bin hauptsächlich hier, um Ihnen dafür zu danken, wie Sie Ihre Aussage formuliert haben. Ich bin Ihnen sehr verbunden.«

»Ich habe nur die Wahrheit gesagt: daß sie deprimiert war und Heimweh hatte.«

»Natürlich hatte sie Heimweh! Wer aus Jerusalem kommt, hat immer Heimweh. Wenn das nur alles gewesen wäre!« Einen Augenblick lang zeigte seine glatte Fassade einen Riß. »Auch der Pathologe war sehr zurückhaltend. Was hätten die Zeitungen aus den Spermaspuren auf ihren Schenkeln gemacht! Ein Glück, daß er nichts davon erwähnt hat.«

»Dafür gab es keinen Anlaß. Sie war *virgo intacta*. Die Tatsache sprach für sich.«

Efrem Ahilar schüttelte den Kopf.

»Da liegen Sie falsch mit Ihrem Fachjargon, Inspektor. *Virgo*, ja, aber nicht *intacta*. Ich glaube, daß mein armes Mädchen noch nie einen Mann zwischen den Beinen hatte, auch wenn sie in anderer Beziehung so modern und selbstbewußt war. Ich bin überzeugt, sie hat nicht einmal bemerkt, daß Christopher sein Ziel gar nicht erreicht hat.« Er seufzte tief, wehrte sich aber sofort gegen den aufkeimenden Schmerz. »Nicht, daß es etwas geändert hätte. Sie wäre sich genauso beschmutzt vorgekommen. Es lag nicht in Esthers Natur, sich mit Hilfe von Spitzfindigkeiten aus der Affäre zu ziehen, wenn sie nur den einen Ausweg sah.«

Er verstummte. In das lange Schweigen hinein sagte Jurnet leise: »Sie hätten es beim Gebißvergleich belassen sollen –«

Ahilar schüttelte den Kopf. »Das gehört alles zum persönlichen Lernprozeß, werter Herr. Jeder Tod rückt dich dem eigenen ein Stück näher. Ich mußte sie ansehen.« Sein ruhiger Ton paßte nicht zu dem leidenschaftlichen Ausdruck in seinen Augen. »Nicht nur, um sicher zu sein, daß es tatsächlich meine Esther war, die dort – fern von Jerusalem – in einem Fach der Leichenhalle lag. Auch nicht, um mir wieder einmal die Absurdität der Liebe vor Augen zu führen und mir ins Gedächtnis zu rufen, daß es meine Waffe war, die aus ihr dieses zerfetzte Stück Fleisch gemacht hatte. Habe ich Ihnen erzählt«, unterbrach er sich, »daß nach der ganzen Prozedur ein Polizist mit der Pistole in der Hand auf mich zutrat? Der Verwahrungszettel hing noch dran. Ich dachte, wenn er mich doch bloß erschießen würde. Dann wäre die englische Gerichtsbarkeit etwas Wunderbares. Aber nein. Ich sollte nur gegen Unterschrift mein Eigentum in Empfang nehmen und anschließend außer Landes bringen.«

»Und was ist mit Esthers Auto? Wir warten noch auf Ihre Anweisungen.«

»Verkaufen Sie's zugunsten des Polizeifonds. Die nötigen Papiere schicke ich Ihnen zu.«

»Sehr großzügig von Ihnen.«

»Nein«, entgegnete Efrem Ahilar. »Ich möchte nur eine Sache zum Abschluß bringen. Großzügig bin ich nicht. Ich nehme meine Esther mit nach Hause. Erst, wenn ich sie in der Erde von Erez Yisroel zur Ruhe gebettet habe, kann ich sie beweinen – vorher nicht. Dann werde ich unrasiert und in Pantoffeln eine Woche lang auf einem niedrigen Stuhl sitzen, und meine Freunde werden mit Kuchen und Plätzchen kommen und mir Gesellschaft leisten. Wir werden sitzen und trauern, reden, Zitronentee trinken und zur vorgeschriebenen Zeit die vorgeschriebenen Gebete sprechen. Wir Juden haben Übung im Trauern. Wir haben es zur hohen Kunst entwickelt. Und am Ende der Woche gehe ich geläutert wieder an meine Geschäfte. Geläutert, aber ganz und gar unversöhnt mit dem unerforschlichen Gott, der das alles geschehen ließ. Zur Versöhnung bedarf es zuvor der Rache«, schloß er unbewegt. Dann beugte er sich vor und fragte interessiert: »Und wie steht's bei Ihnen, Mr. Jurnet? Sind Sie dem Mörder meines alten Freundes Max schon auf der Spur?«

»Die Ermittlungen laufen auf Sparflamme«, erklärte der Inspektor. Nachdem er die Dinge zum erstenmal beim Namen genannt hatte, wurde ihm seine Lage voll bewußt. »Der Fall zählt nicht zu meinen kriminalistischen Meisterleistungen.«

»Ist es gestattet, einem englischen Polizeibeamten einen guten Rat zu geben?«

»Ich bin für jede Hilfe dankbar.«

»Zwei Dinge.« Der Israeli machte es sich auf dem spartanischen Stuhl so bequem wie möglich. »Erstens: Gibt es sonst keine Hinweise, so suchen Sie im menschlichen Herzen.«

Danke für die Blumen! »Und zweitens?« fragte Jurnet.

»Trinken Sie Orangensaft. Glauben Sie mir: Ich sage das nicht, weil ich damit handle. Sie können auch welchen aus Südafrika oder aus Florida nehmen. Es gibt nichts, was den Geist aufgeschlossener macht. Sie denken, ich scherze? Ich scherze nicht. Sobald ich wieder in Israel bin, schicke ich Ihnen eine Kiste Jaffa-Orangen zum Auspressen.«

»Sehr freundlich von Ihnen, aber tun Sie's bitte nicht.«

»Würde einen schlechten Eindruck machen, was? Ein Geschenk von einem Verdächtigen, das wäre ja Bestechung!« Efrem Ahilar stand auf, um zu gehen. »Dann muß ich mir eben etwas anderes einfallen lassen.«

»Orangensaft!« schnaubte der Kommissar, der den Bericht seines Untergebenen entgegennahm. »Der Kerl muß nicht ganz dicht sein!«

Jurnet sagte: »Der Tod seiner Enkelin hat ihn schwer getroffen.«

»Zweifellos.« Sein Ton wurde eine Spur milder. »Gott sei Dank war er wenigstens mit der Verfahrensweise zufrieden. Es ist nie verkehrt, Ausländern zu zeigen, wie der Hase bei uns läuft.« Sein Gesicht verriet nicht, ob er es ironisch oder wörtlich meinte. »Da haben sie etwas, wonach sie sich richten können. Wie ich höre, muß er sich aber zum Teil bei Christopher Maslin bedanken. Wenn der nicht im entscheidenden Moment zusammengebrochen wäre...«

Jurnet preßte die Lippen zusammen und warf ein abweisendes »Ja, Sir« ein. Es wäre ihm lieber gewesen, das Bild des Jungen vor dem Untersuchungsrichter zu vergessen – seine kaum hörbaren Antworten, die dunklen Augen in dem weißen Gesicht, die noch von Entsetzen erfüllt waren. Zum Glück fing Simon Maslin ihn auf, als er zusammenbrach, sonst hätte er sich beim Sturz auf den Fußboden den Kopf aufgeschlagen.

»Diesem Gerede von Rache messe ich keine große Bedeutung bei.« Der Kommissar klang leicht gereizt. »Im allgemeinen sehe ich es ja nicht allzu gern, wenn ein Mordverdächtiger außer Landes geht. Aber in dem Fall wäre ich nicht traurig zu hören, daß Mr. Ahilar unsere sonnigen Gefilde verlassen hat.«

»Jawohl, Sir.«

»Nur Mut, Ben!« In sein honigsüßes Lächeln mischte sich nur eine winzige Spur Falschheit, als er sagte: »Wir sind keine Übermenschen. Wir können nicht immer Erfolg haben.«

»Nein, Sir«, bestätigte Jurnet, bevor er explodierte. Er brauchte keinen Trost. »Alle sind untereinander so gut befreundet, das macht mir so zu schaffen! So viel Freude und Sonnenschein, daß es einem schlecht werden könnte. Da scharwenzeln sie alle um den großen Tawno herum! Kein

Außenstehender hat die geringste Chance, in den illustren Kreis einzudringen.«

Er holte tief Luft und hatte sich wieder in der Gewalt. »Wissen Sie, was Smith meinte, wenn ich ihn recht verstehe? Die Neuentdeckung in der Welt der Physik ist das Zufallselement. Alles ist voll von umherschwirrenden Teilchen, aber man weiß nie, welches als nächstes losschwirrt. Genau wie im Fall Flaschner.« Der Inspektor wandte sich zum Gehen. »Ich weiß auch nicht, wer von dieser Bande auf dem Sprung ist. Wie die Sache aussieht, kann ich nicht mal den toten alten Professor ausschließen.«

32

Auf dem Schreibtisch des Inspektors lag ein Umschlag – größer als ein Brief, kleiner als ein Päckchen. Sergeant Ellers sah von seiner Arbeit auf und grinste Jurnet an. »Gib acht auf den Klumpen in der Mitte. Hab' mir gedacht, ich lasse es dich öffnen, für den Fall, daß der Inhalt tödlich ist.«

»Ah ja?« Jurnet nahm den Umschlag in die Hand, studierte die Aufschrift und befingerte vorsichtig den kleinen, festen Klumpen. Der pausbäckige Waliser ließ sich nicht beirren. »Der Sergeant vom Dienst sagt, ein Bote aus dem Cotman habe es vorbeigebracht. Er hatte Anweisung, es dir persönlich zu übergeben. Ich sagte dem Sergeant am Telefon, du hättest eine Besprechung mit dem Boss, der Junge müsse warten.«

»Was er nicht gemacht hat, wie ich annehme?«

Ellers lachte. »Wahrscheinlich hatte er Angst, es würde explodieren. Der alte Knabe hat ihm das Päckchen wohl erst bei der Abreise anvertraut, als das Taxi schon vor der Tür stand. Der Junge hatte sein Trinkgeld schon eingestrichen und brauchte nicht damit zu rechnen, daß der Kerl ihn überprüft.«

»Ganz schön abgebrüht!« murmelte Jurnet geistesabwesend. Er hatte die Handschrift auf dem Umschlag erkannt.

»Lieber Mr. Jurnet«, schrieb Efrem Ahilar, »ich muß mich bei Ihnen entschuldigen. Als Sie mich in Jerusalem anriefen, habe ich Sie in Bedrängnis gebracht. Ich ging sogar so weit, Ihre Integrität anzuzweifeln. An der Mauer ließ ich Sie von Danny beobachten. Sie dachten nicht daran, etwas mitzunehmen, sondern ließen noch etwas zurück. Wie die Römer, nicht wahr, Mr. Jurnet, die niemals vergaßen, den Gott des jeweiligen Landes günstig zu stimmen. Warum auch nicht?

Als Sie dann Ihrerseits beleidigend wurden und andeuteten, ich hätte den Brief meines alten Freundes an Gott vielleicht gelesen, bevor ich ihn weiterleitete, spielte ich den Beleidigten und setzte mich aufs hohe Roß, wie man so sagt.

Habe ich Sie wirklich beschämt, Inspektor? Das täte mir leid; denn Sie hatten recht.

Ich habe Max' Brief gelesen, Mr. Jurnet.

Zu meiner Ehrenrettung sei allerdings gesagt, daß ich nur dieses einzige Mal zwischen ihn und seinen himmlischen Briefpartner getreten bin – nicht aus primitiver Neugier, sondern wegen der Anlage, die Sie jetzt in Händen haben müssen. *Was kann es sein?* werden Sie sich bestimmt voller Argwohn fragen. Genau wie ich.

Ich muß vorausschicken, daß mein alter Freund in den letzten Monaten seines Lebens zunehmend reizbarer wurde. Er war ein schwerkranker Mann. Bei unseren häufigen Telefongesprächen sagte er oft Dinge, auf die ich mir keinen Reim machen konnte. Das wäre nicht weiter erstaunlich gewesen, weil es offenbar um die Physik ging, wovon ich rein gar nichts verstehe, aber es klang irgendwie aggressiv und bedrohlich. Nach solchen Gesprächen war ich immer traurig, mit anzusehen, wie ein großer Geist verfiel.

Als ich bemerkte, daß seinem letzten Brief etwas beilag, konnte ich ihn natürlich nicht ungeöffnet in die Mauernische legen. Wußte man denn, auf welche abwegigen Ideen sein kranker Geist kommen würde? Der Gegenstand, den ich im Briefumschlag ertastete, konnte – trotz seiner geringen Größe – durchaus eine Sprengladung enthalten und das vollenden, was Kaiser Titus zweitausend Jahre zuvor begonnen hatte:

die Westmauer in die Luft jagen und damit den Tempel endgültig zerstören. Ich konnte mir zwar nicht vorstellen, daß mein alter Freund eine solche Ungeheuerlichkeit auch nur dachte, aber ich durfte kein Risiko eingehen.

Kurz und gut: Ich habe seinen Brief gelesen und schicke Ihnen eine Fotokopie. Ferner erhalten Sie die Anlage, für die meines Erachtens das größte aller Heiligtümer nicht der richtige Aufbewahrungsort ist. Sollte in einem gerichtlichen Verfahren das Original benötigt werden, so kann ich es Ihnen zusenden. Ich füge auch eine Übersetzung bei; Sie werden sie sicherlich überprüfen lassen. Ein Rabbi hätte damit keine Probleme – falls es in Angleby einen gibt. Max schrieb ein wunderbar reines Hebräisch – eine Freude für das Auge und für den Geist.

Vermutlich ist Ihnen schon jetzt beim Lesen der Gedanke gekommen, der Brief könnte eine von mir ausgeklügelte Fälschung sein. Weshalb sollten Sie mir trauen? Diese Frage läßt sich leicht durch ein Urteil von Experten klären, die Sie wegen der Echtheit von Max' Handschrift sicher befragen werden. Im Haus in der Heathcote Avenue finden Sie viele Schriftproben, die zu Vergleichszwecken herangezogen werden können.

Ich fürchte, Sie sind mir in ganz anderer Hinsicht gram, Mr. Jurnet. Wenn ich nur ein unbeteiligter Zuschauer bin, wie ich behaupte, warum habe ich dann kommentarlos zugesehen, wie Sie Ihre Angel auswarfen, obwohl ich doch wußte, daß in dem Gewässer gar nichts anbeißen konnte? Warum habe ich den Brief nicht – wie jeder brave Brite – sofort der Polizei übergeben, nachdem ich ihn gelesen und seine Bedeutung erkannt hatte?

Aber ich bin kein braver Brite, Mr. Jurnet, wie Sie sehr wohl wissen. Ich bin Max Flaschners ältester Freund. Ich liebte ihn, und ich weiß seinen guten Namen zu würdigen. Selbst jetzt verachte ich mich noch dafür, sein Vertrauen mißbrauchen zu müssen. Wäre Esther noch am Leben, hätten Sie nie etwas von mir erfahren. Aber so –«

Der Brief brach mitten im Satz ab. Ein kurzes Postskriptum auf der letzten Seite besagte, daß Dr. Tawno Smith zu seiner Aufklärung eine Kopie der Übersetzung zugesandt worden war.

Das kleine Silberdöschen sah so aus, als sei es oft benutzt worden. Als Jurnet es leicht widerwillig in die Hand nahm, war er überrascht, wie angenehm das perfekt gearbeitete Oval sich anfühlte, wie harmonisch es sich in seine Handfläche schmiegte.

Jack Ellers trat neben ihn. »Hübsch, der Firlefanz. Soll das 'ne Schnupftabaksdose sein? Oder 'ne Puderdose?« Er deutete auf die feine Linie, den einzigen Hinweis auf eine mögliche Öffnung. »Das nenne ich Handwerkskunst! So was wird heute gar nicht mehr gemacht. Was immer es auch sein mag.«

»Könnte alles mögliche sein.« Jurnet nahm ihm die Dose wieder aus der Hand und fixierte mit gerunzelter Stirn das oben eingravierte einzelne Wort. Der verschnörkelte Schriftzug wollte nicht so recht zu dem klaren Design passen.

»Was Ausländisches«, bemerkte Ellers überflüssigerweise. »Meinst du ein Name?«

»Ich bin genauso schlau wie du.« Um die kunstvollen Schnörkel genauer zu betrachten, kramte Jurnet aus der Schublade eine Lupe hervor. »*Ein-tritts-geld*«, buchstabierte er schließlich. Er hob plötzlich den Kopf, weil ihm etwas eingefallen war: »Hast du mir nicht mal erzählt, du hättest zum Abschluß der Sekundarstufe eine Deutschprüfung gemacht?«

»Stimmt«, bestätigte der pummelige Waliser munter. »Ich hab sie gründlich versiebt. Bin völlig aus dem Tritt seitdem.« Er sah sich das Wort noch einmal an. »*Geld,* das kenne ich. Und *auf Wiederseh'n*. Mehr nicht.«

Nach weiteren vergeblichen Anstrengungen gab Jurnet auf. Er legte das geheimnisvolle Objekt auf den Tisch und ließ seinen Blick darauf ruhen. Das Döschen war wunderschön. Es ging ihm irgendwie gegen den Strich, dem Rat seines Kollegen zu folgen und dem glänzenden kleinen Kunstwerk mit einem Messer zu Leibe zu rücken. Die beiden Hälften aufzubrechen, kam ihm nicht nur barbarisch vor; er scheute sich auch, gewaltsam ein Geheimnis zu lüften, das er möglicherweise gar nicht teilen wollte.

Goldene Sonnenstrahlen fielen durchs Fenster herein und spielten auf dem Silberdöschen wie kühles Mondlicht. Mit dem absurden Gefühl, von einem silbernen Auge beobachtet zu werden, nahm Jurnet Professor Flaschners Brief an Gott zur Hand.

33

»Du, mein Herr und Schöpfer, weißt besser als ich, daß dies vermutlich mein letztes Schreiben ist, mit dem ich mich postlagernd an Dich wende. ›Warum machst du dir überhaupt die Mühe?‹ wirst du fragen. Wenn ich ein wenig warte, habe ich die ganze Ewigkeit, um Dir meinen Standpunkt klarzumachen.

Herr, vergib mir meine Zudringlichkeit. Ich bin ein kluger Mann, wie Du weißt, doch auch ein großer Narr. Mein ganzes Leben lang habe ich Dich angerufen mit den Worten ›Höre, Israel, der ewige unser Gott, der Ewige ist einzig‹, aber erst jetzt, da es dem Ende zugeht, wird mir klar, daß ich nichts von dem Einen weiß, auf den ich blindlings meine ganze Hoffnung gesetzt habe. Ich habe keine Vorstellung von dieser Ewigkeit, in deren Tiefe ich wohl oder übel eintauchen muß wie ein Nichtschwimmer, der sich bisher nur knöcheltief ins Wasser getraut hat.

Wie Du mir hoffentlich freundlicherweise glauben wirst, treibt mich keine verspätete Sorge, welche Art von Unterbringung Du mir jenseits des Drehkreuzes zum Unbekannten zugedacht hast: wie viele Sterne das Haus hat, ob es dort Zentralheizung gibt oder eine Klimaanlage, Fernsehen oder einen Tee-Automaten. Wir Juden hatten auf Erden schon von jeher genug Sorgen, auch ohne uns über das Wesen von Himmel und Hölle den Kopf zu zerbrechen. Trotz meiner Überzeugung, daß Du in diesem Universum unerschöpflicher Möglichkeiten andere – und zweifellos bessere – Methoden vorgesehen hast, als ein Blatt Papier in einer Mauerritze zu deponieren, halte ich an meiner kindlichen Vorstellung fest, einen Briefpartner im Himmel zu haben. Einen, dem ich von mir erzählen kann – von meinen Ambitionen und meinen Vorbehalten. Obwohl mir ein Teil meines Bewußtseins sagt, daß Er schon alles weiß, was es zu wissen gibt, möchte ich ihm berichten wie einem alten Kumpel, für den alles neu und bemerkenswert ist, einem, der mir zwar nie auf gleichem Wege antwortet, sondern mich auf seine eigene Weise wissen läßt, Er habe meine Ergüsse gelesen.

Nun denn.

Wie Du aus dem Briefkopf ersiehst, schreibe ich Dir aus dem Virgin in Angleby. Heute bin ich aus Cambridge angereist, und jetzt ruhe ich mich ein wenig aus von dem Bankett zu Ehren des dreihundertsten Todestages von Sir Thaddeus Brigg. Bis mein alter Freund Efrem diesen Brief in Jerusalem an der üblichen Stelle deponiert, wirst Du mit Sicherheit wissen, daß ich auf dieser herrlichen normannischen Burg hoch oben über der Stadt mehr getan habe, als mir den Bauch mit Leckerbissen vollzuschlagen, die mir nicht bekommen.

Ich werde einen Mord begangen haben.

Darf ich annehmen, daß Du überrascht bist, wenn nicht gar entgeistert – obwohl Du mich als jähzornigen Menschen kennst? Laß mich erklären.

Zunächst, was ich bisher unternommen habe: Heute nachmittag bin ich mit Tawnos Sportwagen von der Heathcote Avenue abgefahren. Annie Venables protestierte heftig, weil sie – völlig zu Recht – meinte, ich sollte überhaupt nicht chauffieren, und schon gar keinen extravaganten Sportwagen. Auf dem Rücksitz lag die Reisetasche, die sie mir gepackt hatte, und ein Aktenkoffer mit sämtlichen drei Kopien des Vortrags, den Tawno, der von London aus direkt nach Angleby kommt, zur Krönung der Dreihundertjahrfeier halten soll. Über den Inhalt des Vortrags wurde bereits seit Monaten spekuliert. Man erwartet ihn mit Gefühlen der Bewunderung und des Neids und mit den düstersten Vorahnungen.

Annie, die gute Seele, dachte, ich sei endgültig unterwegs, als ich den Porsche auf die Straße steuerte und mit fröhlichem Winken davonfuhr. Aber ich lenkte den Wagen nur um die nächste Ecke, stieg aus und lief zur Kreuzung zurück. Dort wartete ich hinter einer Hecke, bis Annie durch die Gartentür trat und – wie üblich – in entgegengesetzter Richtung davoneilte.

Als die Luft rein war, ging ich wieder ins Haus, genauer gesagt, in das Arbeitszimmer, das ich mit Tawno teile. Wir haben darin viele fruchtbare Diskussionen über den verrückten und rätselhaften Kosmos geführt, in den uns einzugliedern Dir gefiel. Erstaunlich, wie wenig dazugehörte, diesen schönen stillen Zufluchtsort in einen Trümmerhaufen zu verwandeln! Die Polster ein bißchen aufgeschlitzt, die mittlere Schublade eines Schreibtischs mit dem Schürhaken bearbeitet, in die Lederoberfläche des anderen mit dem Kompaß einen Davidsstern geritzt. Dann auf den Aktenschrank eingedroschen und die Ordner wüst über den Boden verstreut. Als ich mit diesem notwendigen Zerstörungswerk begann, kamen mir die Tränen. Ich weinte wie ein Kind. Einen Augenblick lang hatte ich das Gefühl, als sei die Verwüstung meines Eigentums – meiner *lares et penates* – verdammungswürdiger als die geplante Auslöschung eines menschlichen Wesens. Doch nach einer Weile wurde ich von einer wahren Hochstimmung erfaßt. Als es geschafft war, keuchte ich vor Anstrengung und Vergnügen. Es hatte mir irrsinnigen Spaß gemacht! Ich ging zum Kaminsims, um die signierte Fotografie von Hermann Göring zum krönenden Abschluß meiner Vernichtungsorgie zu zerreißen; doch als ich sein markantes Gesicht vor mir sah, dieses ach-so-weltmännische Zeugnis für die hauchdünne Trennlinie zwischen Zivilisation und Barbarei, ließ ich das Foto im Chaos zurück.

Als nächstes mußte ich einen Einbruch vortäuschen. Ich behielt meine Handschuhe an, ging nach draußen und entfernte sorgfältig die Scheibe aus der Terrassentür. Dabei entdeckte ich, daß ich ein echtes Talent dafür hatte. Als ich die Scheibe gegen die Wand lehnte, überkam mich das Gefühl, meinen Beruf verfehlt zu haben. Leider war es nun zu spät, daran etwas zu ändern.

Ich ging noch einmal ins Haus zurück, um einen letzten Blick auf den Trümmerhaufen zu werfen, den ich mit dem passenden Ausdruck des Entsetzens bei meiner Rückkehr aus Angleby vorfinden würde. Annie, die Ärmste, wird das Tohuwabohu als erste entdecken. Ich will nicht daran denken, wie schmerzlich es für sie sein wird. Was soll's! Verläuft alles nach Plan, so hat sie einen ganz anderen Grund zum Weinen.

Zum Schluß war meine Hochstimmung ein wenig verflogen; ich schenkte mir also ein Gläschen ein. Mehr als eins, genauer gesagt, und sicherlich mehr, als einem Autofahrer polizeilich erlaubt ist. Ich bin nicht sehr glücklich darüber, denn obwohl ich einen Mord begehen werde, bin ich im Grunde ein gesetzestreuer Bürger, dem es ein Greuel ist, sich über die Regeln einer geordneten Gesellschaft hinwegzusetzen. Ein Wunder (habe ich es Dir zu verdanken?), daß ich auf dem Weg nach Angleby nicht wegen Trunkenheit am Steuer verhaftet worden bin.

Reichsmarschall Görings Erbe liegt geöffnet neben mir, so daß ich aus dem Augenwinkel die beiden Mulden sehe. Eine ist leer. In der anderen liegt die Zyankalikapsel noch auf weißen Satin gebettet wie ein kostbarer Edelstein. Ich schließe die Dose und lese noch einmal die Aufschrift: *Eintrittsgeld.* Wofür? Für Walhall oder für die Hölle? Für das Reich des Vergessens?

Dieser aalglatte Teufel, damals in Nürnberg, am Tag vor der Exekution! Ein Monster, das ich haßte und zugleich bewunderte!

›Sie haben schwer gearbeitet, Max‹, sagte er zu mir. Bemerkst Du die vertrauliche Anrede? Seine Pilotenaugen blitzten boshaft, als ich hölzern meine Antwort stammelte. ›Ich würde Ihnen gern zur Anerkennung etwas schenken, aber leider besitze ich nichts mehr.‹ Ich deutete eine leichte Verbeugung an zum Dank, mehr wagte ich nicht. Er wandte sich zum Gehen mit den Worten: ›Vielleicht fällt mir noch etwas ein.‹

Nach seinem Selbstmord brachten sie mir das Döschen mit der übrigen Zyankalikapsel. Irgendwie war es ihm gelungen, es vor seinen Bewachern zu verbergen. Ich war gerührt und geschmeichelt, das gebe ich zu. Ob Monster oder nicht: Immerhin hatte er sich kurz vor seinem Tod noch die Mühe gemacht, schriftlich zu hinterlassen, daß ich die Dose bekommen sollte. In Freundschaft... Heute frage ich mich jedoch, wieso ich diese zweite Zyankalikapsel immer noch habe. Sie liegt hier auf einem Hoteltisch und wartet darauf, Verwendung zu finden. Wie Du weißt, gab es damals den kleinen Zigeuner auf seinem Schutthaufen noch gar nicht. Ich wußte nichts von seiner Existenz.

Einer wußte davon, nicht wahr, Herr?

Einer.

Was bleibt mir noch zu erzählen, bevor ich herausgeputzt auf die Burg gehe, um meinen geliebten Tawno umzubringen?

Nördlich von Thetford, wo die Straße einen alten Pfad namens Peddar's Way kreuzt, liegt ein Teich in einer Senke. In der Nähe ist eine Parkbucht. Dort bin ich alle drei Exemplare von Tawnos Arbeit losgeworden. Ursprünglich wollte ich sie verbrennen. Aber die Heide war so trocken, daß ich Angst hatte, alles in Brand zu setzen.

Zum Glück fand ich eine große braune Papiertüte. Ich zerriß die Manuskripte in kleine Fetzen und steckte sie mit ein paar Steinen zur Beschwerung in die Tüte. Trotz der geringen Entfernung war es anstrengend für einen alten, kranken, betrunkenen Mann, sich einen Weg durch das Heidekraut zu bahnen, und als ich ans Ufer kam, tanzte mir alles vor den Augen; ich hätte leicht ins Wasser fallen können, samt meiner Papiertüte.

Hast Du mich beobachtet, Herr? Hast Du mich straucheln sehen? Wie gern wäre ich im Wasser versunken, trotz meines ausgeklügelten Plans. Wenn ich starb, würde mein Tawno am Leben bleiben. Betrunken wie ich war, taumelte ich eine Weile am Ufer entlang. Sonne, Himmel und Wasser tanzten einen wilden Reigen. Im köstlichen Augenblick des

Verlöschens packte mich eine unbarmherzige Hand, und eine junge Stimme fragte mitfühlend: ›Geht's Ihnen nicht gut?‹

Es war ein junger Mann in Khaki-Shorts und Wanderstiefeln, mit einem Rucksack auf dem Rücken. Er begleitete mich zum Porsche, an dem er sich kaum sattsehen konnte, und ließ sich erst nach längerem Hin und Her von meiner Fahrtüchtigkeit überzeugen.

Hast Du mir eine letzte Chance gewährt, Herr? Oder war es eine letzte Versuchung? Sehnlichst wünschte ich mir, ich könnte meine Schwäche zugeben, den jungen Mann bitten, mich gegen Bezahlung heimzufahren, und das Ganze vergessen. Mit großer Willensanstrengung sagte ich, es ginge mir ausgezeichnet – vielen Dank. Als er mir schließlich glaubte, rief er mir ein forsches ›Tschüs!‹ zu und machte sich mit federnden Schritten auf den Weg. Es war ein Vergnügen, ihm hinterherzuschauen. Ein Wanderer, wie's aussah. Flügel konnte ich keine entdecken.

Wie Du siehst, Herr, bin ich gesund und munter in meinem gemütlichen Zimmer im Virgin gelandet – frag nur nicht, wie. Du weißt es besser als ich. Ein Wunder! Nüchtern hätte ich es nie geschafft, den Porsche so perfekt einzuparken.

Weißt Du, Herr, wie Du bei den Zigeunern heißt? (Natürlich weißt Du es, da Du ja alles weißt!) Sie nennen Dich Devel, manchmal auch Dibbel oder Dabbel – alles von ›Teufel‹ abgeleitet. Aber vielleicht ist die Wortverwandtschaft nur ein merkwürdiger Zufall. Ich kann Dir nicht sagen, wie erpicht ich darauf bin, die Wahrheit zu hören. Sollten Gott und der Teufel ein und derselbe sein, so würde das allerdings manches erklären, was sich meinem laienhaften Verständnis bis jetzt entzogen hat. Eine von Tawnos Lieblingswendungen ist ›mein liebes Dabbelsken‹, was ›Um des lieben Gottes willen‹ bedeutet. Er sagt es oft mit einem Lächeln im Gesicht.

Um des lieben Gottes willen bringe ich meinen Tawno um.

Nein, ich lüge. Nicht nur um des lieben Gottes willen. Nicht einmal in erster Linie. Nicht einmal um Deiner unvergleichlichen Schöpfung willen, deren Schönheit und Genialität mein Begriffsvermögen ständig bis an die Grenzen auslotet. Ich tue es um der Menschen willen, jener vernunftbegabten koboldhaften Wesen, die Du zu Deinem Wohlgefallen in Dein Schöpfungswerk eingegliedert hast. Und denen Du nachsichtig wie ein liebevoller Vater erlaubt hast, klüger zu werden, als es ihnen selbst und allen anderen guttut.

Hätte nicht ein Gott, sondern ein Mensch das Universum erschaffen, so würde er Anerkennung für seine Leistung fordern. ›Nicht der Rede wert‹, könnte er in falscher Bescheidenheit sagen. ›Habe ich mir an einem regnerischen Nachmittag ausgedacht.‹ Ist Gott möglicherweise ebenso auf Lob erpicht? Weiht Er uns deshalb immer bedenkenloser in seine Geheimnisse ein, damit wir Ihm applaudieren?

Herr, ich kann das von Dir nicht glauben. Entweder gehört diese Welt den Wesen, die Du nach Deinem Ebenbild erschaffen hast, oder sie ist nur ein fauler Zauber, vor dem endlich der Vorhang fallen muß. Einer muß dem Selbstzerstörungswahn Einhalt gebieten – und dieser eine bin ich. Glaube mir, Herr: Wir können uns den Luxus neuer Einsteins nicht leisten. Oder neuer Tawno Smiths.

Sage nicht, daß es zwangläufig neue geben wird, und ich durch Tawnos Tod und die Vernichtung seiner kostbaren Arbeit nur das verzögere, was die Leute gern den Lauf der Zeit nennen: daß andere kommen werden, um Tawnos Erkenntnisse aufzugreifen und weiterzuentwickeln. Als Jude bin ich mir wohl bewußt, daß es so etwas wie endgültige Gefahr gar nicht gibt; dahinter wartet immer schon die nächste. Aber man muß doch nicht blindlings draufloslaufen, bloß weil man annimmt, eines Tages sowieso beim Überqueren der Straße von einem Auto erwischt zu werden.

Herr, einst hast Du von Abraham gefordert, seinen Sohn Isaak zu opfern. Du wolltest ihn auf die Probe stellen. Als Abraham die Probe bestanden hatte, gabst Du den Jungen frei. Indem ich Tawno opfere, Herr, stelle ich Dich auf die Probe. Wenn ich diesen Brief beendet habe, nehme ich die Zyankalikapsel aus Görings Erbstück und stecke sie mir in die Tasche. Heute abend auf dem Bankett, in der herzlichen und gelösten Atmosphäre, die Tawno stets umgibt, lasse ich sie unbemerkt in seinen Orangensaft fallen. Mein geliebter Zigeuner! Er wird kaum leiden. Darum bitte ich Dich, Herr.

Höre, Israel, der ewige unser Gott, der Ewige ist einzig.«

34

Die Umgebung von Feldon St. Awdry war durch den Wechsel der Jahreszeiten nicht schöner geworden. Der bereits kaputte Boden sah noch ausgelaugter aus. Die Kartoffelfelder waren leer, die Zuckerrüben lagen welk auf der Erde – keine vielversprechende Aussicht auf Süße, fand Jurnet.

Sergeant Ellers dachte sich anscheinend Ähnliches: »Von wegen, nebelverhangene Tage und liebliche Fruchtbarkeit!«

Trotz allem fielen den beiden Beamten einige Veränderungen auf. Die Überreste der Hecken, die an zahnlose Kiefer erinnerten, waren zurechtgestutzt. An den Telegrafenmasten hatte die Straßenmeisterei Einbahnstraßen- und Parkverbotsschilder angebracht; Hinweistafeln in pseudogotischen Lettern dirigierten die zu erwartenden Pilger »Zu den Wandmalereien«. Wo die Straße nach links zur Kirche und nach rechts ins Dorf führte, stand ein einsamer Motorradposten.

»Anderson, nicht?« Jurnet lehnte sich aus dem Beifahrerfenster und demonstrierte eine Freundlichkeit, die ihm trotz seiner fremdländischen Visage im Kollegenkreis Freunde verschaffte. »Wissen Sie, wann das große Ereignis steigen soll?«

»In zehn Minuten. Die Medien sind schon da. Alles fotografiert und filmt wie verrückt. Sie haben doch die Malereien gesehen?«

»Wieso?«

»Unmöglich für eine Kirche«, erklärte Anderson. Er gehörte einer Sektenkirche an – noch dazu einer Pfingstgemeinde. »Normalerweise würden sie den Laden sofort dichtmachen. Hier kommt sogar der Bischof und gibt seinen Segen dazu. Herr und Frau Bürgermeister sind auch mit von der Partie.«

»Ein Wunder, daß der Kommissar sich nicht dranhängt«, bemerkte Ellers, als er weiterfuhr. »Als ortsansässiger Kulturritter müßte er doch eigentlich –« Nach einer kurzen Denkpause schloß er: »Vielleicht auch nicht.«

Nie im Leben, dachte sich Jurnet, und rutschte etwas tiefer in seinen Sitz, um die Zuckerrüben aus dem Gesichtsfeld zu verbannen. Man konnte Gift darauf nehmen, daß sein Vorgesetzter im Augenblick nichts sehen oder hören wollte, was auch nur im entferntesten mit dem Mord an Professor Max Flaschner zu tun hatte. Nach Jurnets Meinung würde er sogar so weit gehen, eine Thaddeus-Brigg-Postkarte ungelesen zurückzuweisen, sollte ihm eine solche in seinem vornehmen Haus am Golfplatz – erbaut im neugeorgianischen Stil – zugestellt werden. *Empfänger unbekannt.*

»Es macht alles verdammt wenig Sinn«, sagte Jack Ellers. Er schien dem Gedankengang seines Kollegen telepathisch gefolgt zu sein. »Ein Mord, der keiner ist. Wenn's doch immer so ausginge! Man sollte meinen, er sei überglücklich. Positive Statistik, seine Truppe frei für neue Einsätze. Aber er sieht's als persönliche Beleidigung.«

Im Gegensatz zu seinem Kumpel liebte Jurnet diesen Mann. Er kannte seine Schwächen (die ihn noch sympathischer machten) und seine Stärken und war daher weniger überrascht gewesen. Während der Kommissar das Mordgeständnis des Toten las, der sein Verbrechen nicht mehr hatte ausführen können, stand Jurnet daneben. Er beobachtete den Wechsel der Empfindungen auf den feingeschnittenen Gesichtszügen: Erstaunen zuerst, dann Mißbilligung, zuletzt Verärgerung. Verärgerung, weil man ihn – seiner Ansicht nach – zum Narren gehalten hatte. Leute wie der Kommissar setzten nie aufs falsche Pferd; und falls es aufgrund widriger Umstände doch einmal passierte, mußten Köpfe rollen.

Der Kommissar hatte sich gerade einigermaßen beruhigt und sich mit dem neuen Stand der Dinge abgefunden, als die Ankündigung eines Besuchers sein Blut erneut in Wallung brachte: Dr. Tawno Smith wartete unten.

»Was will er?« fragte er gereizt. »Kein Mensch hat je behauptet, er habe Flaschner absichtlich umgebracht.«

»Bei der möglichen Alternative muß er seinem Schutzengel für das Versehen danken. Außerdem braucht er keine Schuldgefühle mehr zu haben. Nichts rückt das Trugbild von Liebe und Zuneigung besser zurecht, als das Wissen, daß einem die liebsten Freunde oder Verwandten nach dem Leben trachten.«

»Psychologen brauchen wir, das ist es«, meinte der Kommissar säuerlich. Sein aristokratisches Gesicht bekam einen bitteren, eigensinnigen Zug. »Ahilar hätte dem Mann ohne unsere Einwilligung keine Kopie schicken dürfen. Wir hätten das letzte Wort haben müssen.« Mitleid war nun das Mittel seiner Wahl, auf das er sich erbarmungslos und genüßlich stürzte: »Wenn man's recht bedenkt, war es ganz schön herzlos von ihm, ein lebenslanges Gefühl von Vertrauen und Verehrung zu zerstören.«

»Es war Rache. Ahilar macht aus seinem Herzen keine Mördergrube.« Bei dem Gedanken an das tote Mädchen überkam den Inspektor ein nicht unbekanntes Gefühl des Abscheus vor der Menschheit. »Soll ich mit Dr. Smith allein reden, Sir? Oder möchten Sie ihn in Ihrem Büro empfangen?«

Tawno Smith hatte verändert ausgesehen. Natürlich. Es geht nicht spurlos an dir vorüber, wenn du erfährst, daß dein Wohltäter und Ersatzvater dich umbringen wollte – und es auch beinahe geschafft hätte.

Bei Tawno Smith hatte das aber andere Spuren hinterlassen.

Er hatte zugenommen. Nicht so viel, um seinen Bewegungen die tänzerische Eleganz zu nehmen oder den Schalk aus seinen schwarzbewimperten Augen zu vertreiben; aber sein Blick war sanfter geworden. Man konnte sich jetzt sehr gut vorstellen, daß hinter dem etwas fülligeren Äußeren eine prominente Persönlichkeit steckte, eine tragende Säule der Gesellschaft. Jemand, der sich gut im Fernsehen machen würde, einer der oberen Zehntausend mit einem ganz leichten Stich ins Gewöhnliche.

»Das muß ein entsetzlicher Schock für Sie gewesen sein«, sagte der Kommissar, als er ihm die Hand reichte. Jurnet konnte nicht umhin, ihn für seinen Ausdruck aufrichtiger Anteilnahme zu bewundern.

»Ja, sicher.« Zum Erstaunen der beiden Beamten brach er gleich darauf in vergnügtes Gelächter aus. »Wer hätte das von dem alten Teufel gedacht? Pech gehabt, der gute alte Kauz, daß er ausgerechnet im Augenblick der Wahrheit einen Herzanfall kriegt.« Er fing sich wieder. »Was in ihm vorgegangen sein muß, als ich das Glas Orangensaft an seine Lippen führte und er nicht die Kraft hatte, es wegzuschieben!«

Zum erstenmal, seit Jurnet ihn kannte, schien der Kommissar mit seinem Latein am Ende zu sein.

Jurnet sagte: »Im letzten Augenblick hat er die Augen aufgemacht und Sie angesehen. Ich hab's beobachtet.«

»Und?«

Getrieben von einem unverständlichen Gefühl der Loyalität gegenüber dem Toten, fuhr der Inspektor fort: »Wäre doch möglich, daß, obwohl er ja genau wußte, was Sie ihm da reichten, er den Saft nahm, weil er es im letzten Moment aus Liebe zu Ihnen doch nicht übers Herz brachte, seinen Plan zu Ende zu führen. Lieber er als Sie.«

»Sie sind der geborene Romantiker, Inspektor!« Tawno Smiths gute Laune war durch nichts zu erschüttern. »Als nächstes machen Sie mir noch weis, daß Onkel Max den ganzen Stuß glaubte, den er in seinem Brief verzapft hat. Die Welt vor einem neuen Einstein retten – wenn ich das höre! Eifersüchtig war er, weiter nichts. Eifersüchtig, weil ich erreicht hatte, was er sein Leben lang erfolglos gesucht hat.«

Er schüttelte amüsiert den Kopf. »Ich verstehe bloß nicht, wieso mir das erst jetzt aufgefallen ist. Dabei hat er die ganze Zeit alles getan, um mich aufs Glatteis zu führen. Wir haben uns oft stundenlang über meine Arbeit unterhalten. Alles in allem muß ich durch seine geschickt ausgeklügelten falschen Hinweise Jahre verloren haben. Dieser alte Fuchs!«

»Professor Flaschner sagt selbst, er habe sich vor den möglichen Folgen Ihrer Entdeckungen gefürchtet. Wie können Sie sicher sein, daß er eifersüchtig war?«

»Natürlich bin ich mir sicher! Sie sind sich ja auch sicher, daß ich alles falsch interpretiere.« Tawno Smith breitete theatralisch die Arme aus. »War unser von allen betrauerter Professor ein seniler Hanswurst, ein miserabler Verlierer, oder ein postumer Retter der Menschheit? Wir werden es nie erfahren. Aber wenn ich jetzt darüber nachdenke, sehe ich folgendes: Ich hätte ihm nur anbieten müssen, seinen Namen neben meinem auf die Titelseite drucken zu lassen, wie ich's mit Adam gemacht habe – seinen womöglich an erster Stelle –, dann hätte es kein Zyankali im Orangensaft gegeben, das schwöre ich Ihnen!«

Mit blitzenden Augen sah Tawno Smith von einem zum andern. »Es ist mir nie in den Sinn gekommen, sonst hätte ich's sofort gemacht. Ich habe den alten Gauner geliebt. Wenn Sie's genau wissen wollen: Ich liebe ihn immer noch. Er hat mir ein Erbteil hinterlassen, für das ich ihm ewig dankbar bin.«

»Wie man hört, soll er reich gewesen sein«, warf Jurnet ein.

»Doch kein Geld, Sie Schwachkopf! Annie. Meine geliebte Annie Venables, die, wenn alles gutgeht, ab nächsten Donnerstag Mrs. Annie Smith heißen wird. Sie dürfen mir gratulieren!«

Es blieb dem Kommissar vorbehalten, ihm nach einer kleinen Pause von Herzen Glück zu wünschen – was ihm mit erstaunlicher Überzeugung gelang.

Tawno bedankte sich lächelnd. »Wie Mr. Jurnet bereits weiß, ist sie in anderen Umständen. Sie blüht auf wie eine Rose und kocht besser denn je. Onkel Max hat bei mir versagt, und ich fürchte, ich habe auch bei Christopher versagt. Aber wenn Sie noch ein paar Monate warten, zeige ich Ihnen, wie man einen Sohn erzieht!«

»Komischer Heiliger«, erklärte Jack Ellers. Er steuerte den Rover um einen Haufen Zuckerrüben herum, der auseinandergefallen und zum Teil auf die Straße gerutscht war. »Trotz allem: Er ist wenigstens nicht weinend auf der Türschwelle zusammengebrochen. Zumindest darüber wird der Kommissar froh gewesen sein.«

»Keine Spur! So abgebrüht zu reagieren, sei nicht gentlemanlike, sagte er wörtlich. Er konnte sich gerade noch ein ›Auf Wiedersehen‹ abringen. Ein Glück für die Zukunft der Atomphysik, daß der liebe Doktor schon aus dem Zimmer war, als kurz darauf ein Anruf vom Chef kam, der unseren Helden erst richtig auf die Palme brachte. Anscheinend hat dieser Schnürsenkelheini vom Geheimdienst – wie hieß er doch gleich wieder? – einen Tip seiner Herren und Meister weitergegeben. Wir sollten keine schlafenden Hunde wecken. Die Abteilung Sowieso meint offenbar, es mache sich nicht gut, wenn bekannt wird, daß die Supermänner der Wissenschaft, von denen die Zukunft unseres Planeten abhängt, verblödete Mörder sind.«

»Was für ein Pack!« Sergeant Ellers schwieg eine Weile. »Jedenfalls können wir unseren Freund Catton glücklich machen«, überlegte er dann laut. »Wir schicken ihm 'ne Mitteilung, daß er Dandy Venables endgültig ablegen kann. Der Mann soll seine christliche Beerdigung haben, nachdem der Professor erklärt hat, er kenne ihn nicht und könne seine Fensterscheiben alleine herausnehmen.«

»Der arme alte Dandy! Ein ertrunkener Trunkenbold, weiter nichts. Das Ende einer Ära. Nie wieder wird jemand eine Scheibe so sauber entfernen wie er –«

»Professor Flaschner hat dich ziemlich zum Narren gehalten.«

»Klar, aber den gibt's auch nicht mehr. Ich sag dir's: Einbruch wird zu einer raren Kunst.«

Die Kirche von Feldon St. Awdry lag bereits vor ihnen, als Ellers wieder zu reden anfing: »Dieser Smith – als er so lachte. Meinst du nicht, das war gespielt? Versteckt er unter dem Narrenkleid etwa sein gebrochenes Herz?«

»Ich weiß nicht«, murmelte Jurnet. Seit Tawno Smiths Besuch im Präsidium hatte ihn die gleiche Frage gequält. »Ich weiß wirklich nicht.«

An einem zum Parkplatz umfunktionierten Feld wartete beflissen ein Helfer im weißen Mantel. Die beiden fuhren zum Pfarrhaus weiter. Unterwegs passierten sie kleine Grüppchen von Fernsehleuten, die sie nach einem kurzen Blick als Unpersonen ohne Sensationswert einstuften. In der Auffahrt des Pfarrhauses hievten zwei Frauen eine riesige Platte mit Canapés aus einem Kombi und paßten auf, daß sie keine Mayonnaise- oder Lachscremeflecken auf ihre besten Kleider brachten. Die Krempen ihrer Sonntagshüte flappten im Wind.

Claire Maslin trat aus der Haustür und sah den beiden eine Weile zu, bevor sie zu ihnen hinüberging und mit ihrer Kleinmädchenstimme zwitscherte: »Wie *tüchtig* von Ihnen! Ganz zauberhaft!«

Die Damen akzeptierten die Anerkennung mit mäßiger Begeisterung und verschwanden samt ihrer Bürde im Inneren des Hauses. Ihre üppigen Hüften schaukelten unter den geblümten Polyestergewändern. Sie war nicht die beliebteste unter den Pfarrersfrauen, vermutete Jurnet. Kein Hut, keine Handschuhe, das aschgoldene Haar mädchenhaft offen – nichts, was man gegen sie verwenden konnte (in dieser Hinsicht ließ sie sich nichts nachsagen), aber trotzdem... Wenn auch Salome auf der Kanzelwand wer weiß was im Schilde führte, hatte Frau Pfarrer noch lange nicht das Recht, das Haus Gottes in einer Seidenbluse zu betreten, unter der sich – für alle deutlich zu sehen – ihre Brustwarzen abzeichneten.

Offensichtlich erfreut, kam sie auf die beiden Beamten zu.

»Ich bin froh, daß Sie meine Nachricht bekommen haben. Wenn das hier vorbei ist, fahre ich wieder nach Cambridge. Mir lag daran, Sie über Christopher auf dem laufenden zu halten.«

»Wie geht's dem Jungen?«

Mrs. Maslin verschränkte ihre kleinen Hände ineinander. »Ich glaube, er wird sich fangen. Sie können sich nicht vorstellen, wie schrecklich das alles war. Mit Kummer und

Schmerz kann man nach einiger Zeit zu Rande kommen, glaube ich. Es bleibt einem nichts anderes übrig. Aber dazu noch dieser blinde Haß!« Sie holte tief Luft. »Er wollte nicht zurück ins College. Kein Buch hat er angerührt. Er wollte nicht mal mit Simon laufen. Er saß nur herum, meistens in der Kirche. Aber nicht beim Gebet, soweit ich das beurteilen kann. Seine Umgebung hat er überhaupt nicht mehr wahrgenommen, und gegessen hat er wie ein Spatz.« Sie preßte ihre Hände noch fester gegeneinander, als suche die eine bei der anderen Trost. »›Warum ist Tawno nicht mit Esther ins Bett gegangen, dann wäre nichts passiert‹, sagte er immerzu. Ich machte ihm klar, daß Tawno es nur aus Rücksicht auf ihn unterlassen habe, aber er meinte, ich solle mich nicht lächerlich machen. Tawno ginge mit jeder ins Bett. Es sei denn, er sei vielleicht antisemitisch eingestellt und wollte deshalb mit einer Jüdin nichts zu tun haben. Ich konnte es nicht mehr hören, wie er Tawno schlechtmachte. Es war so unfair. Zum Schluß sagte ich zu Simon, es gibt nur eins: Wir müssen Christopher die Wahrheit sagen.«

»Teilte Mr. Maslin Ihre Ansicht?«

»Nein. Er war dagegen. Besonders, nachdem wir erfuhren, daß Annie schwanger ist. Wie würde Christopher reagieren? Schließlich hatte Tawno ihm gegenüber seine Vaterpflichten abgelehnt.« Sie sah dem Inspektor ernst ins gebräunte Gesicht. »Was meinen Sie, Mr. Jurnet?«

»Das kann ich nicht sofort beantworten«, erwiderte er ausweichend.

»Es spielt auch keine Rolle mehr. Ich habe es ihm gesagt. Ich war überzeugt, das würde ihn wieder aufrichten. Schlimm genug, finde ich, wenn man seinen Vater nicht kennt – aber ihn aus Unwissenheit zu hassen, das ist zu viel! Ich erzählte ihm, wie sehr Tawno den kultivierten und intelligenten jungen Mann liebte und bewunderte, zu dem er geworden war. Er habe schon Zukunftspläne für ihn geschmiedet. Esther sei der deutlichste Beweis für Tawnos Gefühle ihm gegenüber. Obwohl er in sie verliebt gewesen sei, habe er sich zurückgezogen, um Christophers Gefühle nicht zu verletzen...«

Schweigend blickte sie hinüber zur Kirche. Auf dem Parkplatz standen inzwischen eine Menge Autos. Von dort aus schlenderten die Leute auf einem Pfad zur Kirche, wo sie von Simon Maslin im Talar freundlich begrüßt wurden. Anscheinend war Claire Maslin am Ende ihres Berichts angekommen. »Hat es etwas genützt?« fragte Jurnet.

»Es war wunderbar!« Ihr Gesicht hellte sich auf. »Er ließ mich alles wiederholen, als könne er's nicht fassen. Wir umarmten uns und weinten ein bißchen. Traumhaft, wenn Tawno in diesem Moment hereingekommen wäre!«

»Ist Mr. Maslin nicht ein bißchen –« Jurnet suchte nach dem passenden Wort und sagte schließlich »– traurig?«

»Ganz und gar nicht! Er fand, ich hätte das Richtige getan. Seine Beziehung zu Christopher ist seitdem noch inniger geworden. Heute früh sind sie lange gelaufen – wie in alten Zeiten. Sie machten die große Runde, über den Steinbruch. Bei ihrer Rückkehr lachten und schäkerten sie wie zwei Schuljungen. Das hätten Sie sehen sollen!«

»Ist Christopher jetzt drüben in der Kirche?«

»Er holt Tawno aus Cambridge ab. Wissen Sie, daß er seine Fahrprüfung bestanden hat? Annie mußte für ein paar Tage zu irgendwelchen Untersuchungen ins Krankenhaus. Tawno ist allein zu Hause. Heute früh hat er am Telefon gejammert, weil er sich von allen verlassen fühlt. Der Porsche ist beim Kundendienst, und Christopher hatte ganz spontan die wundervolle Idee, ihn zur Feier abzuholen. Simon und ich waren ganz gerührt. Die beiden müßten jeden Augenblick hier sein.« Mrs. Maslin sah auf ihre zierliche brillantenbesetzte Armbanduhr – ein sündhaft teures Spielzeug und kaum ein Geschenk ihres Mannes. »Wir müssen auch langsam gehen. Ich hoffe, sie kommen nicht zu spät.«

35

Die kleine Kirche war voll; zuerst bemerkte man die farbenfrohen Kleider der Frauen und den Duft der vielen Blumengestecke. Jurnet schnüffelte mißbilligend, als er aus der bittersüßen Spätsommerluft hereintrat: Chrysanthemen zählten nicht zu seinen Lieblingsblumen.

Die beiden Beamten ließen Mrs. Maslin zu ihrem Platz unter den Prominenten im Vorderschiff schreiten und fanden für sich erst nach längerem Suchen einen Platz weit hinten, wo man zwischen den letzten Kirchenbänken und dem Taufbecken provisorisch ein paar Bankreihen eingefügt hatte – schäbige Bänke, die vermutlich aus der Dorfschule stammten. Eine freundliche Frau, in riesige Karos gekleidet, rückte kichernd zur Seite.

»Ich dachte, ich mach' mich breit und decke es zu.«

Auf dem freigewordenen Sitz hatte jemand in das abgewetzte Holz geritzt: »Sarah Anne Carr fickt nur donnerstags.«

»Prima, Sarah Anne Carr«, kommentierte Jurnet und setzte sich. »Gut zu wissen, daß sich manche Leute noch beherrschen können.«

Ein älterer Mann spielte auf der kleinen Orgel in der Nische neben dem Altarraum. Er spielte nicht schlecht, fand der Inspektor – ein ruhiges, klassisches Stück. Geschäftige junge Männer in ihren Sonntagsanzügen verteilten die Gottesdienstordnung. Vor der Tür zur Sakristei, die für den Festtag zum Ankleidezimmer des Bischofs umfunktioniert worden war, wartete ein Grüppchen verstohlen gackernder Chorknaben in frischgestärkten Hemden. Den Fernsehleuten und Fotografen gelang es kaum, ihre Ungeduld zu verbergen. Einer zog eine halb gerauchte Zigarette hinterm Ohr hervor, starrte sie nikotingierig an und steckte sie unangezündet zwischen seine Lippen.

Auf der weißen Ostmauer tanzte Salome in sechsfacher Ausführung den Tanz, den sie König Herodes vorgeführt hatte. Der Kopf Johannes des Täufers wurde von den Köpfen der Festgemeinde verdeckt. Jurnet sah die Tochter des Herodias zum erstenmal losgelöst von ihrem blutigen Opfer. Er war überrascht, wie unwichtig dieser Teil des Gemäldes für die gesamte Komposition war. Was auch immer Salome bewegt haben mochte – sie tanzte bestimmt nicht, um die sinnliche Begierde eines Mannes zu wecken. In sich selbst versunken, folgte sie mit ihren Bewegungen einem Ritual, das tiefer wurzelte als sexuelle Lust, tief im Ursprung des Seins.

Mühsam löste Jurnet den Blick und sah hinauf zu Gott, der den geköpften Heiligen auf den Knien hielt, doch er blieb an den überdimensionalen Blutstropfen hängen, die ihn auf verwirrende Weise an subatomare Teilchen erinnerten: radioaktiver Fallout der Liebe.

Der Bischof erschien in seiner ganzen Pracht, begleitet von der übrigen Geistlichkeit und den Chorknaben, die nun ehrfürchtig schwiegen. Seine Exzellenz schritt von der Sakristei zum Hochaltar, wo ihn Reverend Maslin erwartete und ihm würdevoll Platz machte.

Der Geistliche strahlte. Sieht nicht aus wie einer, der gerade seinen Sohn verloren hat. Vielleicht hatte Mrs. Maslin recht. Es war höchste Zeit gewesen für das, was sie getan hatte: einen Neubeginn zu wagen, ohne die zerstörerische Last einer ewigen Lüge.

Zur Musik von Thomas Tallis weihte der Bischof die Wandmalereien mit wunderbar ausgewogenen priesterlichen Gesten und widmete sie der Kirche von Feldon St. Awdry. Aufgrund einer Textstelle aus dem Prediger Salomo – *klagen hat seine Zeit, tanzen hat seine Zeit* – gelang ihm die elegante Schlußfolgerung, daß die Zeit des Klagens und die Zeit des Tanzens bei einem so wundervollen Kunstwerk keineswegs unvereinbare Gegensätze sein müßten. Der Schmerz über den barbarischen Tod des Heiligen ließe sich wohl vereinbaren mit der Bewunderung von Salomes Tanzkünsten. Erst als Seine Exzellenz anfing, die »transzendente geistige Natur« des Werkes zu rühmen, spürte Jurnet die Blicke seiner karogewandeten Nachbarin auf sich. Sie zwinkerte ihm ungeniert zu und flüsterte... »Ganz schön weltfremd!«

Die Chorknaben sangen mit unerwartet lieblicher Stimme: *Wenn der Herr nicht das Haus bauet, dann arbeiten umsonst, die daran bauen …*

Simon Maslin war auf seiner Kanzel so zu Hause, daß Jurnet sich gewünscht hätte, er müßte sie niemals mehr verlassen. Seine Ruhe und Autorität schienen ihn zum Paradebeispiel eines Gemeindepfarrers zu machen. Vergessen waren seine körperlichen und geistigen Verschrobenheiten. Es tat ihm auch keinen Abbruch, wenn er hin und wieder stirnrunzelnd über die Gemeinde hinweg zum Vorhang vor der Kirchentür hinüberspähte. (Wahrscheinlich wunderte er sich, wo Tawno und Christopher blieben.) Hier in der Kirche war Jurnet der Tolpatsch. Bei dem Gedanken an Miriam und Rabbi Schnellman fiel ihm die Gottesdienstordnung so oft aus den Händen, daß er sie schließlich zwischen den vom Damenkränzchen bestickten Kniekissen liegenließ.

Reverend Maslin sagte: »Laßt uns beten.«

Der Kniefall – rechts und links flankiert von der Karodame und Jack Ellers – war das Schlimmste.

»Unser täglich Brot gib uns heute«, sagte Simon Maslin ruhig und voller Zuversicht, *»und vergib uns unsere Schuld, wie auch wir vergeben unsern Schuldigern. Und führe uns nicht in Ver-«*

Später fand Jurnet nur eine Erklärung, weshalb er weder die Kirchentür hatte aufgehen hören noch das Gleiten der Gardinenringe auf der Vorhangstange: Er war anscheinend zu sehr mit der Überlegung beschäftigt gewesen, wann er endlich aufstehen könne. Erstaunlich, daß er nicht gehört hatte, wie der eiserne Riegel hochgehoben wurde und dann wieder herabfiel.

Hoch oben auf seiner Kanzel brach Simon Maslin mitten im Satz – mitten im Wort – ab. Seine Herde betete noch eine Weile automatisch weiter, bis auch sie, ohne ihren Hirten, nach und nach verstummte. Der Junge hatte inzwischen ein gutes Stück des Weges zum Altar hinter sich gebracht. Mißbilligend betrachtete Jurnet den schlanken Rücken in dem weißen Trikot, unter dem sich die knochigen Schulterblätter abzeichneten. Von einem Pfarrerssohn hätte man ein wenig mehr Respekt erwarten dürfen. Mußte er unbedingt in Joggingausrüstung in die Kirche kommen – noch dazu an einem solchen Tag? Jurnets zweiter Gedanke war, daß er Tawno Smith nun doch nicht mitgebracht hatte. Vielleicht ganz gut so. Schließlich war es Simon Maslins großer Tag.

Bis Jurnet seine Gedanken ein bißchen auf die Reihe gebracht hatte, waren die Leute auf den vorderen Bänken, die sich fast alle von den Knien erhoben hatten, unruhig geworden. Trotz seiner Größe konnte Jurnet immer noch nicht erkennen, was Christopher so vorsichtig vor sich her trug. Es sah aus wie ein großes silbernes Tablett. Einen Augenblick lang überlegte der Inspektor, ob der Einzug des Jungen nicht zum Programm gehörte; vielleicht hatten ihn die Damen aus dem Pfarrhaus mit ihren feinen Leckerbissen herübergeschickt, damit der Bischof und seine Alte bis zum Mittagessen nicht verhungerten.

Die Unruhe wurde größer. Über den Köpfen sah Jurnet die Mitra in Bewegung. Plötzlich schrie eine Frau gellend auf.

Ohne sich untereinander zu verständigen, sprangen Ellers und Jurnet in den Mittelgang, wo sich inzwischen die Neugierigen drängten.

»Polizei! Bitte lassen Sie uns durch!«

Kein Mensch reagierte. Der Tumult hatte hysterische Formen angenommen. Einem Kameramann, der sich auf einem flachen Sarkophag postiert hatte, rutschte plötzlich die Kamera von der Schulter und schlug krachend auf den Steinboden. Jurnet war drauf und dran, sich durch Körpereinsatz nach vorn durchzukämpfen, als in dem Gedränge zufällig eine Gasse entstand. Bevor sie sich wieder schloß, konnte er einen Augenblick lang alles überblicken – den restlichen Mittelgang und den Altarraum bis zur Ostmauer.

Mit dem Rücken zur Gemeinde setzte Christopher Maslin sein Tablett – oder was immer es war – auf dem Altar ab, genau vor dem Messingkreuz, zwischen den beiden Leuchtern rechts und links. So weit der Inspektor erkennen konnte, lag ein Tuch über dem Tablett, das der Junge nun wegzog und zu Boden fallen ließ. Danach stellte er sich mit dem Gesicht zur Festgemeinde, und der Inspektor sah jetzt, was den Aufruhr verursacht hatte: Die Vorderseite des T-Shirts, die Shorts des Jungen und seine bloßen Beine – alles war über und über mit Blut besudelt. Auch seine Hände und Arme waren voller Blut.

Ausdruckslos starrte Christopher Maslin in die hysterische Menge. Auf dem silbernen Tablett, direkt unter dem Kopf Johannes des Täufers, lag ein weiterer abgetrennter Kopf – dreidimensional. Der Kopf von Dr. Tawno Smith hatte »an höchster Stelle« seine Ruhe gefunden, wie von der Wahrsagerin prophezeit: auf dem Hochaltar der Kirche von Feldon St. Awdry.

Geronnenes Blut verklebte die hübschen Locken, sammelte sich in den Augenhöhlen und rann klebrig aus den Nasenlöchern. Doch das Schlimmste war, daß der Mund von einer ganzen Zitrone offengehalten wurde, garniert wie ein Schweinskopf auf einer Festtafel.

»Mein Gott!«

Die beiden Beamten stürzten durch die wieder geschlossene Gasse vor zum Altar, ohne auf die Leute Rücksicht zu nehmen. Eine Sekunde bevor Christopher seinem Blickfeld entzogen wurde, glaubte Jurnet zu sehen, wie sich dem Jungen eine knochige Hand entgegenstreckte. Jurnet warf einen Blick hinauf zur Kanzel. Sie war leer. Über der Täfelung aus der Zeit Jakobs I. hing ein schwarzes Gewand.

Bis Jurnet und Ellers sich bis zur Kanzel durchgekämpft hatten, drängten sich die Chorknaben im Altarraum, um – halb widerstrebend – einen Blick auf die grausige Trophäe zu riskieren. Der Bischof schlug die Hände vors Gesicht und sprach ein lautes, von Schluchzern unterbrochenes Gebet. Neben ihm saß Mrs. Maslin stocksteif auf ihrem Platz und kreischte wie eine Krähe.

Jurnet packte den kleinen Orgelspieler an den Schultern. »Wohin sind sie gegangen?«

Dieser riß sich erregt los, deutete jedoch mit zitternden Fingern auf die kleine Tür, die von der Kanzel direkt auf den Kirchhof führte; sie stand offen.

Jurnet wollte hinauslaufen, blieb aber vor Überraschung auf der Türschwelle stehen, weil die Atmosphäre draußen so mild und friedlich war. Eine sanfte Brise strich über das ungemähte Gras, so daß es abwechselnd matt und glänzend aussah. Wie Blutstropfen fielen die letzten Blütenblätter vom Klatschmohn. Weiter hinten sah er einen schlanken Mann in priesterlichem Grau und einen großen, schlanken Jungen offensichtlich munter und leichtfüßig über einen Zauntritt klettern. Sie liefen auf einem Fußpfad davon.

»Jack!« Jurnet blickte sich nach seinem Freund um und entdeckte ihn gleich hinter sich. »Hol den Wagen! Schnapp dir einen, der den Weg zum Steinbruch kennt – zum alten Steinbruch, falls es noch andere geben sollte. Auf der Straße muß man schneller hinkommen.« Mit einer Nachlässigkeit, die er später bedauern würde, riß er sich Jacke und Krawatte herunter und hielt beides dem kleinen Waliser hin. »Bis später. Um Himmels willen, beeil dich!

Jurnet rannte los. Er rannte einmal als klassischer Vertreter der ausgleichenden Gerechtigkeit – seelenruhig, unerbittlich, in gemäßigtem Tempo. Zum zweiten rannte er als untrainierter Polizist, der wünschte, er hätte den Mut, seine Hose auszuziehen, die ihn an den Knien behinderte und ihm die Innenseite seiner Oberschenkel wund rieb. Mit der Hose am Leib hatte er so gut wie keine Chance, die Maslins vor ihrem Ziel einzuholen – was immer es auch sein mochte.

Zum dritten rannte er einfach so, als Ben Jurnet. Nur laufen und laufen und laufen. Als er den kritischen Punkt überwunden hatte, fand er jenen hypnotischen Rhythmus, von dem Simon Maslin ihm einmal vorgeschwärmt hatte. Er lief wie in einer Traumwelt, in der sein Zeitempfinden über sein Raumempfinden triumphierte, während an seinem Weg Bäume, Dornengestrüpp, dunkle Kiefern und Heidekraut zurückblieben.

Manchmal sah er den Steinbruch vor sich liegen, doch der Abstand zwischen ihm und den Maslins wurde immer größer. Er bemerkte, daß die beiden sich an den Händen faßten und nebeneinander liefen, wenn der Weg breit genug war. Christophers blutige Hände mußten inzwischen abgefärbt haben.

An einer Stelle ging es in einer langgezogenen Kurve für norfolksche Verhältnisse ziemlich steil nach oben. Ein blaßblauer Himmel säumte den Hügel, aber die Läufer waren verschwunden. Als seine Euphorie auf dem Steilstück etwas nachließ, dachte Jurnet, daß Jack Ellers mittlerweile sicher den Weg zum Steinbruch gefunden und das Nötige getan hatte. Verlegen und stumm würden die drei im Rover sitzen und auf ihn warten. Inzwischen würde Tawnos Blut auch an den Händen des kleinen Walisers kleben.

Jurnet bewältigte den Hang und sah in den wassergefüllten Steinbruch hinab – ein friedvolles oder unheimliches Fleckchen, je nach Geschmack. Nur ein blutbeflecktes T-Shirt schwamm gelassen auf der weiten Wasserfläche und bildete mit seinen kurzen Ärmeln ein verstümmeltes Kreuz. Wenn das Licht ihm keinen Streich spielte, sah das Hemd nicht mehr ganz so rot aus. Vermutlich war ein Teil des Blutes ins Wasser geschwemmt worden – zu wenig allerdings, um das ungetrübte Blau zu stören.

Der Steinbruch war beinahe kreisrund angelegt und fiel an allen Seiten steil ab, bis auf eine, wo vermutlich früher die Zufahrt gewesen war. An der Stelle hatte man den Einschnitt in der Felswand so weit mit Beton aufgefüllt, daß ein auslaufsicheres Becken entstanden war. Nirgends sonst in diesem Rund konnte man leicht ans Wasser gelangen. Die Suche nach Vater und Sohn – jawohl Sohn – mußte nach Jurnets Ansicht an dieser leicht zugänglichen Stelle beginnen.

Der Inspektor erinnerte sich, daß Reverend Simon Maslin die Reinheit des Wassers im Steinbruch gerühmt hatte. Wenn das zutraf, so würde sich diese Tatsache nun gegen ihn richten. Das T-Shirt bewegte sich kaum. Abgesehen von einem gelegentlichen Kräuseln an der Oberfläche, das von einer kleinen Brise hervorgezaubert wurde, die in dem Kessel gefangen war und nicht mehr hinausfand, hätte das Wasser ebensogut aus einem Feststoff bestehen können. Es fiel einem leichter, sich vorzustellen, daß die beiden Vermißten nach ihrem Sprung in die Tiefe dort bewußtlos auf der Oberfläche liegengeblieben waren, als glatt durch sie hindurch in die Tiefe zu gleiten.

Jurnet legte sich auf den Bauch, um über den Rand des Steinbruchs senkrecht nach unten sehen zu können. Dabei fragte er sich, ob die krümelnde, heidekrautbewachsene Kante wohl halten würde. *Kriminalinspektor, Pfarrer und Mordverdächtiger gemeinsam ertrunken.* Der *Argus* hatte lange keine solche Schlagzeile gehabt! Was wichtiger war: Wie würde der Kommissar auf diese heldenhafte Lösung reagieren? *Kriminalinspektor verliert sein Leben bei dem Versuch, einen selbstmordgefährdeten Mordverdächtigen festzunehmen?* Kaum! Wahrscheinlich eher so: *Letzte Worte eines Inspektors der Kripo Angleby: »Ich habe mich nicht ins Kommissariat zurückgetraut, nachdem mir wieder einer durch die Lappen gegangen war.«*

Es kostete Jurnet einige Anstrengung, den Galgenhumor aus seinen Gedanken zu verbannen. In seiner riskanten Bauchlage hatte er zumindest festgestellt, daß er nicht ganz allein an diesem gottverlassenen Ort war. Direkt unter ihm tummelte sich ein Wildentenpärchen. Es tauchte immer und immer wieder. Wonach? Jurnet wollte es lieber nicht sehen. Als der Erpel mit Schwänzchen in die Höh auf einen neuen Erkundungstrip ging, verkündeten seine hübsch gezeichneten, stolz schillernden Schwanzfedern – neu gewachsen nach der Mauser –, daß der Sommer wirklich und wahrhaftig vorüber war.

Im ersten Gang quälte sich der Rover den holprigen Fuhrweg herauf. Jurnet hörte ihn, noch ehe er ihn zu Gesicht bekam. Jack Ellers sprang aus dem Wagen und erfaßte sofort die Lage. Mit zerkratztem Gesicht rannte er den Abhang hoch.

»Wir sind zu weit gefahren!« keuchte er. Von körperlicher

Bewegung hing für ihn nicht gerade das Seelenheil ab. »Sie haben an der Abbiegung quer über den Weg 'ne blöde Dornenhecke gepflanzt. Der Mann konnte also gar nichts dafür. Bis wir uns da durchgekämpft hatten! Kein Wunder, daß er die Nase voll hatte. Warte erst mal ab, wenn der Chef die Lackiererrechnung sieht!«

Jurnet schob sich vorsichtig zurück, rollte herum und setzte sich auf. Schweigend blickte er auf das T-Shirt hinunter. Jack Ellers folgte seinem Blick.

Als hätte das Trikot nur darauf gewartet, daß ein zweiter Kripo-Mann als Zeuge für seine Existenz auf den Plan trat, gab es langsam und nachlässig seine Kreuzform auf, ballte sich zu einem formlosen Fetzen zusammen und sank.

Jurnet stieß unwillkürlich einen leisen Protestschrei aus. Sergeant Ellers, der den Mann kannte und liebte, sah noch eine Weile stumm auf die glatte, leere Wasserfläche. Dann sagte er: »Ich finde, wir sollten die Taucher –«

»Ja. Sollten wir.«

36

Immer noch Hand in Hand, immer noch laufend, erreichten Simon Maslin und sein Sohn den Hügelkamm. Auf dem weichen Boden waren ihre Schritte kaum zu hören. Beim Anblick der beiden Beamten, die wie angewurzelt dastanden und ungläubig verstimmt aufs Wasser starrten, verlangsamten sie ihr Tempo ganz allmählich, als sei es nicht ganz einfach, stehenzubleiben, wenn man einmal seinen Rhythmus gefunden hatte. Selbst danach tänzelte der Junge noch eine Weile auf der Stelle und stand schließlich still.

»Hab ich's doch gesagt, daß wir Sie hier finden würden!« rief Reverend Maslin munter. »Stimmt's, Christopher?« Er wandte sich mit Gesicht und Körper liebevoll dem Jungen zu. »Stimmt's?«

»Ja, Vater.«

Der Junge sprach leise, aber beherrscht. Er war nackt bis

zur Taille und wunderschön anzusehen in der schlanken Kraft seiner Jugend. An seinen Shorts klebte nur wenig Blut, von Armen und Beinen war es beinahe völlig verschwunden. Vermutlich hatte der Schweiß es abgewaschen.

Jurnet blieb auf Distanz, als er mit verbissenem Gesicht sagte: »Ich habe das T-Shirt gesehen und dachte –«

Simon Maslin hatte seine Antwort rasch parat. Keine Sprachschwierigkeiten mehr, keine tölpelhaften Bewegungen.

»Das war ein Irrtum, Mr. Jurnet. Selbstmord ist kein Ausweg für einen Christen. Christopher und ich sind nicht vor dem Leben davongelaufen, wie Sie anscheinend glauben, sondern dem Leben entgegen. Nicht, Christopher? Auf zu neuen Horizonten und – darüber hinaus – zu einem neuen Verständnis von Gottes Wegen.« Mit einem bedauernden Lächeln fuhr er fort: »Es ist schwer zu beschreiben. Würden Sie laufen, wäre es viel leichter zu verstehen.«

»Ich laufe wohl«, widersprach Jurnet. »Zumindest bin ich den ganzen Weg von der Kirche in Feldon bis zu diesem gottverlassenen Fleck hier gelaufen. Trotzdem fehlt mir jegliches Verständnis dafür, daß ein Christ, der nicht mal im Traum an Selbstmord denkt, ganz quietschvergnügt einen anderen Menschen umbringen kann. Noch dazu auf so bestialische Art.« Während er redete, spürte er wieder den vertrauten bitteren Geschmack im Mund – wie immer, wenn er mit gewaltsamem Tod konfrontiert wurde. Er drehte dem Geistlichen ganz bewußt den Rücken zu und sagte zu Christopher Maslin: »Ich muß dich bitten, mit uns ins Präsidium zu kommen.«

»In Ordnung«, erwiderte der Junge rasch, bevor sein Vater einschreiten konnte. »Ich möchte das auch. Ich wollte es Ihnen schon die ganze Zeit erzählen.« Er trat mit ausgestreckten Händen auf den Inspektor zu. »Möchten Sie mir nicht Handschellen anlegen?« Jurnet entzog sich der Berührung und schüttelte barsch den Kopf. »Oder vielleicht Fußeisen, damit ich nicht wieder davonrenne?«

»Diesmal würdest du nicht weit kommen.«

»Ich will nirgendwohin. Ich möchte, daß Sie mich verstehen!« Der Ton des Jungen war drängender geworden. Er faßte nach Jurnets Hand und hielt sie fest, so daß der Inspektor sie nicht so ohne weiteres wegziehen konnte. »Sie sollen verstehen, daß ich nicht jemand bin, der in der Gegend herumläuft und einfach Leute umbringt – nicht mal Tawno. Ich will Priester werden, und ein Priester bringt nicht einfach Leute um. Tawno hat mich dazu gebracht!«

Jurnet riß sich mit einer wenig eleganten Bewegung los.

»Gehen wir.«

»Es ist die Wahrheit!« Der Junge packte den Inspektor am Ärmel, um ihn zurückzuhalten. »Ich wollte ihn wirklich aus Cambridge abholen, weil ich dachte, Vater würde sich freuen. Ihm lag so viel daran, daß alles klappte. Und Tawno war immer so gesellig und unterhaltsam. Ich weiß, daß Mutter denkt, ich würde ihn hassen, wegen Esther. Aber es ist nicht wahr.« Es klang boshaft und gereizt, als er fortfuhr: »Wenn ich jemanden hasse, dann Esther. Die dumme, überspannte Esther. Sie meinte, man kann sich nur lieben, wenn man miteinander ins Bett geht. Und wenn's dann nicht so klappt, muß man sich 'ne Kugel in den Kopf jagen und meiner Mutter das ganze Schlafzimmer versauen.« Er schrie die Worte keuchend heraus. »Wollen Sie wissen, was mein erster Gedanke war, als ich sie ohne Gesicht da auf dem Bett liegen sah? Ich dachte, geschieht dir recht, du dämliches Luder! Das hast du jetzt davon!«

Sergeant Ellers zog sein Sakko aus und legte es dem Jungen um die nackten Schultern.

»Ist ja gut, Junge.«

Christopher Maslin hörte nicht auf zu zittern, aber er redete weiter.

»Tawno wußte, daß Mutter mir gesagt hatte, er sei mein richtiger Vater. Sie muß ihn gleich angerufen haben, nachdem sie endlich die Katze aus dem Sack ließ. Nicht zu glauben, was sie für ein Theater machte. Man hätte meinen können, es sei was Wichtiges, und dabei war's nur kalter Kaffee. Ich war ja kein Kleinkind mehr; dann wäre es etwas anderes gewesen. Aber ich hatte ja meinen Vater, den ich kannte und liebte.« Simon Maslin stieß einen Jubelschrei aus. »Als ich in die Heathcote Avenue kam, hat er mich gleich mit Beschlag belegt. ›Sohn‹ hat er mich genannt, wie in den Cowboyfilmen. Und dann hat er mir erzählt, was ich als Physiker alles erreichen würde – mit seiner Hilfe. Ich sagte, ich wolle Priester werden, aber er ist lachend darüber hinweggegangen, als hätte ich einen Scherz gemacht. Dann hab ich uns Kaffee gekocht. Es sah nicht so aus, als könnte er irgend etwas selbst machen. Wahrscheinlich haben ihn die Frauen um ihn rum völlig verzogen. Wir saßen am Küchentisch, und er fing an, über Annies Kind zu reden: Es würde auch Physiker werden, aber diesmal würde er darauf achten, daß ihm keiner Flausen in den Kopf setzte, wie Simon das bei mir getan hatte. Auf den Gedanken, daß es ein Mädchen werden könnte, kam er überhaupt nicht.

Ich sagte, wir müßten langsam los, aber er hörte nicht auf, von dem Kind zu reden. Allmählich tat mir das arme Wurm richtig leid. Es war noch nicht mal auf der Welt und wurde schon verplant. Ich fragte Tawno, was er denn machen würde, wenn das Kind nicht ganz so helle sei und mit der Wissenschaft nichts am Hut hätte – so wie Annie. Er fand das lächerlich und plauderte weiter drauflos. Ich saß die ganze Zeit da und dachte, wie schön, daß ich Christopher Maslin bin und nicht Christopher Smith. Das Ungeborene tat mir immer mehr leid. Ich wünschte, ich könnte es gleich nach der Geburt mit nach Feldon nehmen, damit es – wie ich – einen Vater hatte, dem nicht der Ruhm über alles ging, sondern das persönliche Glück.

Dann sagte Tawno: ›Du mußt gut sein zu dem kleinen Kerl. Er ist ja dein Halbbruder. Du mußt mir feierlich versprechen, daß du immer alles tun wirst, um ihm zu helfen.‹

So hat er sich wörtlich ausgedrückt. Natürlich hab ich's versprochen. Mir gefiel die Vorstellung, einen Bruder zu haben. Ich hatte mir schon immer einen gewünscht. Jetzt war ich zwar schon erwachsen – aber trotzdem. Ein großer Bruder, der auf ihn achtgibt, das wäre schön für ihn. Das

Schlimme war, daß Tawno überhaupt nicht mehr aufhörte. Langsam sah ich, daß ich meinem kleinen Bruder am besten damit helfen konnte, daß ich ihn von einem Vater befreite, der sich einen Dreck um ihn als Mensch kümmerte. Wichtig war nur der potentielle Nobelpreisträger.«

Christopher Maslin gönnte sich eine kleine Denkpause. Dann sah er Jurnet direkt in die Augen.

»Um ehrlich zu sein: Ich bin nicht *überglücklich*, daß Simon Maslin mein Vater ist und nicht Tawno Smith. Unter den gegebenen Umständen war ich glücklich, aber die Umstände hätten anders sein können. Nein, nicht die Umstände, sondern Tawno. Ich hatte immer mehr das Gefühl, meinen kleinen Bruder retten zu müssen, solange es noch möglich war. Tawno hatte mir sogar das Versprechen abgenommen.«

Der Junge schwieg. Er fing wieder an, am Platz zu laufen.

»Können wir jetzt gehen? Mir wird kalt.«

»Was ist dann passiert?« fragte Jurnet.

»Wissen Sie, kein Mensch darf sich als Gott aufspielen«, bekam er zur Antwort. »Die Menschen müssen nicht glauben, sie könnten das Leben eines anderen bestimmen, das ist allein Gottes Recht. Das ist übelster Götzendienst. Es ist keine Sünde, ein Götzenbild zu zerstören. Es ist die Pflicht eines Christen.«

»Was ist passiert?«

Christopher Maslin sagte widerwillig: »Da lag ein Fleischklopfer aus Holz, mit Metallnoppen auf einer Seite. Tawno ließ sich die dritte Tasse Kaffee einschenken. Ich merkte, daß er nicht besonders erpicht darauf war, mit mir nach Feldon zu fahren. Er brauchte nur Gesellschaft. Ich stand auf, um den Kaffee zu holen. Das dachte er zumindest. Aber ich packte den Fleischklopfer und hieb ihm damit auf den Kopf.«

Simon Maslin bedeckte sein Gesicht mit den Händen und fing an zu weinen.

»Reg dich nicht auf, Vater«, sagte der Junge. »Ich habe ihm nicht wehgetan. Er war sofort tot, das habe ich gesehen. Bei der gerichtlichen Untersuchung stellen sie bestimmt fest, daß er eine sehr dünne Schädeldecke hatte.«

»Aber – der Kopf?« warf Jurnet gepreßt ein. »Weshalb – in Gottes Namen – hast du den abgetrennt?«

»Ich mußte ganz sichergehen.«

»In welcher Beziehung?«

»Daß er auch wirklich tot war. Zigeuner haben da ihre Tricks.« Christopher Maslin wirkte selbstgefällig. »Leicht war's nicht«, bekannte er. Es klang, als erwarte er für seine Leistung besonderes Lob. »Aber Sir Thaddeus hat schließlich auch seinen Kopf verloren. Tawno ist also in guter Gesellschaft.«

»Aber warum hast du den Kopf nach Feldon gebracht und auf den Altar gestellt?«

»Warum nicht? Johannes der Täufer leistet ihm dort Gesellschaft.« Er fing an zu kichern. »Es gibt doch ein Sprichwort: Zwei Köpfe sind besser als einer. Außerdem dachte ich, meine Mutter würde sich über ein Geschenk aus Cambridge freuen.« Bei der letzten Bemerkung hatte sein hübsches Gesicht einen verschlagenen Ausdruck angenommen.

»Komm jetzt«, sagte Jurnet mit belegter Stimme. »Und Sie auch.« Die Aufforderung galt Simon Maslin.

Der Inspektor hatte in den Wind gesprochen. Denn Reverend Maslin lief bereits weit hinten auf dem sandigen Weg.

Völlig ausgelaugt kam Jurnet nach Hause. Ihm schmerzten sämtliche Glieder. Er stellte seinen Wagen inmitten der Plastiktüten ab und stieß sich die Zehen am Kinderwagen der O'Driscolls an. Dankbar genoß er von Etage zu Etage das Nappi-San, die Räucherstäbchen, die vor sich hinköchelnde Unterwäsche. Und wenn er in den nächsten hundert Jahren nicht mehr an die frische Luft käme – es war ihm egal.

Er schloß seine Wohnungstür auf, ging zum Wohnzimmer durch, setzte sich in den Sessel und schlüpfte aus den Schuhen. »Ploing!« hieß ihn der Sessel liebevoll willkommen, wie üblich.

Auch nach dem Duschen fühlte er sich noch steif wie ein Brett. Als er nackt in die Küche ging, sah er Tawnos Kopf auf dem Abtropfbrett stehen... Nein, es war ein Blumenkohl, den er vor Urzeiten eingekauft hatte. Inzwischen hatte er roten Schimmel angesetzt und fing an zu stinken.

Jurnet warf den Blumenkohl in den Abfallkübel und fragte sich, was er noch tun könne, um seine Behausung wohnlich zu gestalten, wie es sich für einen flotten jungen Kripo-Inspektor gehörte, der nichts zu verlieren hatte.

Das Telefon klingelte. Jurnet ging ins Schlafzimmer, setzte sich ans äußerste Ende des Bettes und beobachtete das Instrument auf dem Nachttisch mit den Augen eines Naturforschers, der sich für ein Säugetier in Telefonform interessiert und seine nächsten Bewegungen verfolgt. Er machte sich so klein wie möglich, um es nicht zu verscheuchen.

Es klingelte weiter. Anscheinend kannte es keine anderen Tricks. Kein besonders vielseitiges Wesen! Jurnet fing an zu zählen. Er zählte bis zwanzig, bevor er aufstand und zum Nachttisch auf der anderen Bettseite hinüberging. Dort zählte er noch einmal bis zehn, bevor er den Hörer abhob.

S. T. Haymon

Rockstars hängt man nicht
Ein Inspektor-Jurnet-Roman. Aus dem Englischen von Vera Mansfeldt. 330 Seiten. SP 5534

Ein Werbegag wird blutiger Ernst: Am Morgen nach seinem Konzert hängt der Leadsänger der Rockgruppe »Second Coming« tot an dem Kreuz, an das eigentlich sein Ebenbild aus Wachs gehörte. Inspektor Ben Jurnets Ermittlungen stehen zunächst unter dem Motto »Sex and Drugs and Rock 'n' Roll«...

Blaues Blut
Ein Inspektor-Jurnet-Roman. Aus dem Englischen von Gabriele Broszat. 305 Seiten. SP 5505

»Ein weiteres Meisterstück von S. T. Haymon: diskreter Sex, ein Dutzend unvergeßlicher Charaktere und historische Stätten.«
Kirkus Review

Gefährliche Wissenschaft
Ein Inspektor-Jurnet-Roman. Aus dem Englischen von Vera Mansfeldt. 261 Seiten. SP 5576

Der Tod geht um in der normannischen Burg von Angleby – auf einem Kongreß von Physikern. Inspektor Jurnet erlebt, wie hinter der Fassade akademischer Wohlanständigkeit gefährliche Leidenschaften lauern.

Ritualmord
Ein Inspektor-Jurnet-Roman. Aus dem Englischen von Christine Mrowietz. 266 Seiten. SP 5504

»Die Autorin übertrifft mit dieser Geschichte die meisten Bücher dieses Genres.«
Times Literary Supplement

Mord macht frei
Ein Inspektor-Jurnet-Roman. Aus dem Englischen von Vera Mansfeldt. 266 Seiten. SP 5643

Eine Autobombe jagt Inspektor Jurnets Rover in die Luft. Seine Verlobte Miriam kommt dabei ums Leben. Galt der Terroranschlag ihm oder gar dem Polizeiapparat? War die IRA Drahtzieher des feigen Mords? Jurnets Suche nach Motiv und Mörder wird zu einer Reise in die politische Vergangenheit und Gegenwart Englands, aber auch ins Innerste seines eigenen Herzens.

Mord im Druidenhain
Ein Inspektor-Jurnet-Roman. Aus dem Englischen von Anita Maurus. 327 Seiten. SP 5617

Inspektor Jurnet unternimmt mit seiner Freundin einen Ausflug zu den Ausgrabungsstätten des druidischen Heiligtums und findet prompt in den Dünen eine weibliche Leiche . . .

Marie T. Loy

Mäuschen, deine Schwester ist tot!
Kriminalroman aus Wien.
189 Seiten. SP 5657

Silvester in Wien – während in der Oper die Champagner-Arie erklingt und sich die ganze Stadt im Walzertakt dreht, verliert Anna Pedrini den Boden unter den Füßen. Anna, demnächst fünfzig, geschieden und Starfotografin, wurde an diesem Abend nicht nur von ihrem Liebhaber gedemütigt, ihr ist außerdem hundeelend und sie spürt einen Messerstich im Rücken. Während der Ereignisse der nächsten Tage verliert sie Schritt für Schritt alle Sicherheiten ihres gut eingerichteten Lebens und findet sich plötzlich auf unheilvolle Weise in neonazistische Umtriebe verstrickt: Brutale Skinheads, Wehrsportgruppen, dubiose Staatspolizisten und Herrschaften aus der besseren Gesellschaft stürzen Anna in große Verwirrung. Abgründe, von denen sie nichts gewußt hat, tun sich in ihrer unmittelbaren Umgebung auf. Und sie bezahlt einen sehr hohen Preis, bis sie Freund und Feind unterscheiden kann.

Häschen in der Grube
Kriminalroman aus Wien.
240 Seiten. SP 5663

Margie, fünfzig, von ihrem erfolgreichen Mann Erich getrennt, ist privat und beruflich ziemlich am Nullpunkt: zuviel Alkohol und Einsamkeit, zu wenig Liebe und Geld. Da laufen ihr zwei unterschiedliche Menschen aus der Vergangenheit über den Weg: Anna Pedrini, ihre Feundin und Helferin in der Not, und überflüssigerweise der arrogante Henry, Politiker und Freund ihres Ex-Manns. Zudem schneit ihr Schwiegersohn herein und offenbart einen Erpressungsplan: Erich und Henry sollen wegen kompromittierender Fotos bezahlen, eine Männerliebe, die auch Margies Trennungsgrund war. Als Henry zum österreichischen Innenminister berufen wird, überstürzen sich die Ereignisse und Todesfälle rund um Margie.

»Sehr spannend und dicht geschrieben ist der zweite Krimi der Tirolerin Marie T. Loy. es handelt sich um ein Verwirrspiel zwischen Politik, Wirtschaft und einem geheimnisumwitterten Männerbund, in dessen mörderische Intrigen die 50jährige Heldin Margie gerät.

Welt der Frau

Sarah Andrews

Das Ölfeldkomplott

Emmy Hansen ermittelt. Aus dem Amerikanischen von Susanne Aeckerle. 348 Seiten. SP 5666

Emily (kurz Em) Hansen, jung, ledig, intelligent, burschikos, doch schüchtern und leicht zu verunsichern, hat sich ausgerechnet einen Männerberuf ausgewählt: Sie ist Geologin, hat gerade ihr Studium abgeschlossen und arbeitet nun bei einer Ölgesellschaft auf den Ölfeldern von Wyoming. Als Ems väterlicher Freund und Mentor durch einen dubiosen Autounfall ums Leben kommt, folgt sie ihrer Intuition und stellt hartnäckig Ermittlungen an. Irgend etwas ist faul in der Ölgesellschaft und mit dem vielversprechenden Bohrloch 17-1. Als schwerwiegende Arbeitsunfälle zunehmen und ein weiterer Kollege, inzwischen mißtrauisch geworden, durch einen seltsamen Unfall stirbt, gerät auch Em zunehmend in Lebensgefahr. Doch sie überwindet ihre Furcht und löst den Fall bravourös.

»Das Faszinierendste ist die Tour durch die Welt der Ölfelder, die Sarah Andrews selbst so gut kennt. Und sie belohnt uns mit einem sehr lebendigen Krimi.«

Tony Hillerman

Ein schlechter Tausch

Emmy Hansen ermittelt. Aus dem Amerikanischen von Susanne Aeckerle. 360 Seiten. SP 5680

Emmy Hansen wird als Geologin in die Zentrale der Blackfeet Oilgesellschaft in Denver befördert. Warum hat ausgerechnet Em den hochdotierten Posten erhalten? Noch während ihres Antrittsgesprächs beim Chef segelt ein Mann am Fenster vorbei und stürzt in die Tiefe. Em ist entsetzt. Entsetzt über die Kollegen, die herzlos dumme Witze über den Todesfall reißen, und entsetzt darüber, daß sie an ihrem neuen Arbeitsplatz weder ein konkretes Aufgabengebiet hat noch Informationen bekommt. Doch es bleibt nicht bei nur einem Todessturz aus dem sechzehnten Stock. Em läßt sich bei ihren Ermittlungen nicht abschrecken. Viele Fragen tauchen auf: Was haben zum Beispiel ihre Schulfreundinnen und deren Männer mit den merkwürdigen Todesfällen zu tun? Sie muß auch dieses Mal feststellen, welch tödliche Folgen Geld und Macht im Ölgeschäft haben.

Thomas Adcock

Hell's Kitchen

Ein Neil-Hockaday-Krimi. Aus dem Amerikanischen von Jürgen Bürger. 382 Seiten. SP 5674

Was ist los in Hell's Kitchen, dem verkommenen New Yorker Stadtteil der irischen Einwanderer? Kaum hat Detektiv Neil Hockaday, genannt Hock, von der SCUM-Patrol dort eine bezahlbare Wohnung gefunden, mehren sich die Leichen um ihn: Zuerst trifft es seinen Spitzel, dann liegt der verdächtige Mieteintreiber Griffiths nackt und tot in seiner Badewanne. Die Ereignisse überschlagen sich, als Hock offiziell den heiklen Auftrag erhält, den bedrohten schwarzen Prediger Father Love zu schützen. Als Neil die unheilvolle Verbindung der Fälle erkennt, ist es fast zu spät.

Feuer und Schwefel

Ein Neil-Hockaday-Krimi. Aus dem Amerikanischen von Jürgen Bürger. 352 Seiten. SP 5675

New York, sagt Polizeidetektiv Neil »Hock« Hockaday, zuständig für den sozialen Rinnstein, ist eine Brutstätte für Verrückte. Und einem dieser waschechten New Yorker Irren, dem heruntergekommenen, haßerfüllten Original, das sich Picasso nennt, begegnet Hock. Früher schuf er geniale Wandgemälde für Vergnügungsparks, doch heute ist diese Kunst nicht mehr gefragt. Picasso vegetiert als Penner und Gelegenheitsmaler dahin. Als plötzlich serienweise Bekannte von Picasso umgebracht und die Morde nach seinen blutrünstigen Bildern arrangiert sind, scheint klar, daß der Psychiatriepatient Picasso der Täter ist. Auf der Suche nach ihm gerät Hock in die Welt der Barbesitzer und Schausteller auf Coney Island, stößt auf Immobilienspekulationen, verwickelte Familiendramen und auf viele Menschen, die wie Picasso im Leben gescheitert sind.

SERIE PIPER

Roger Graf

Die haarsträubenden Fälle des Philip Maloney

Kriminalstories. Mit Illustrationen von Christoph Badoux.
272 Seiten. SP 5662

Der ultraschräge Privatdetektiv Philip Maloney geht in Zürich seinem gefährlichen Handwerk nach. Seine Urteilskraft wird gelegentlich getrübt durch den übermäßigen Genuß seines Lieblingswhiskys und den Anblick schöner Frauen. Ständig knapp bei Kasse, löst er ohne Auto und ohne jegliche Computerkenntnisse mit Herz und losem Mundwerk bravourös seine kniffligen Fälle: ob die mordende Sekte im Internet, die verlorene Formel für schmelzsichere Schokolade oder die von einem Golfball tödlich getroffenen Vorstandsmitglieder des Golfclubs – immer weiß Maloney auf alles eine Antwort und hat das letzte Wort.

Ticket für die Ewigkeit

Ein Fall für Philip Maloney.
205 Seiten. SP 2302

Ein Leckerbissen für Maloney-Fans sowieso – und Krimisüchtige im besonderen.

Philip Maloney Tödliche Gewißheit

Kriminalroman.
237 Seiten. SP 5664

Philip Maloney, der schrullige Privatschnüffler, stochert im kalten Züricher Nebel herum und findet die Leiche eines äußerst zweifelhaften Kollegen, der eigentlich schon seit Jahren tot ist. Maloney kooperiert mit seiner klugen und verführerischen Kollegin Jasmin. Beide rollen die alten Fälle des Toten wieder auf und stoßen dabei auf häßliche Querverbindungen zu einem Kindermörder. Jasmins Büro wird auf den Kopf gestellt, in Zürich häufen sich obskure, tödliche Verkehrsunfälle von Mailboxbenutzern, eine merkwürdige Rücktrittswelle hoher Regierungsbeamter löst eine Regierungskrise aus, und Kommissar Hugentobler ist wie immer ratlos. Nichts scheint mehr zusammenzupassen, als ganz unerwartet alles in einem Bürogebäude zum großen Showdown zusammenfließt.

»Man heiße den legitimen Nachfolger jenes von Raymond Chandler geborenen Philip Marlowe herzlich willkommen. Philip-Maloney-Krimis – höherer Blödsinn besonderer Güte.«

Süddeutsche Zeitung

Jerome Charyn

Marilyn the Wild

Supercop Isaac Sidel von der Lower East Side. Kriminalroman. Mit einem Nachwort des Autors. Aus dem Amerikanischen von Uschi Gnade. 206 Seiten. SP 5660

Die Lower East Side in New York ist das Revier des großen blonden jüdischen Supercops Isaac Sidel, der sich über seine Stadt keine Illusionen macht. Die offizielle Politik ist korrupt, das Schulsystem ein Witz, und neben der Polizei sind die einzig funktionierenden Ordnungsmächte das organisierte Verbrechen: die Mafia, chinesische Geheimgesellschaften oder eine Familie von südamerikanisch-jüdischen Kleinkriminellen. Sidels Feldzug gegen das Böse beginnt, als sich diese Guzmans in »seinem« Manhattan auf Zuhälterei und Mädchenhandel werfen und seine alte Mutter von einer Jugendgang in ihrem Second-Hand-Laden überfallen und schwer verletzt wird.

Blue Eyes

Supercop Isaac Sidel von der Lower East Side. Kriminalroman. Aus dem Amerikanischen von Uschi Gnade. 214 Seiten. SP 5667

Patrick Silver

Supercop Isaac Sidel von der Lower East Side. Kriminalroman. Aus dem Amerikanischen von Uschi Gnade. 189 Seiten. SP 5681

In Isaac Sidel, dem mächtigen jüdischen Supercop der Lower East Side, rumort es: Bei seinem Kampf gegen die Verbrechersippe der Guzmans hat sich Sidel einen tödlichen Bandwurm geholt, der ihn von innen aufzehrt. Auch die überraschende Beförderung auf den einflußreichen Posten zum First Deputy kann Sidel nicht aufmuntern, denn er befindet sich wieder auf Kriegsfuß mit den Guzmans. Er ist hinter Guzmans jüngstem, schwachsinnigen Sohn Jerome her, der kleine Buben bestialisch umbringt.

»Dieser Roman ist ein Meisterwerk voll Leben und voller Farben. Charyn hat den Bauch von New York untersucht.«
The New York Times

Der gute Bulle

Supercop Isaac Sidel von der Lower East Side. Kriminalroman. Aus dem Amerikanischen von Jürgen Bürger. 264 Seiten. SP 5678

Sara Paretsky

Blood Shot

Ein Vic-Warshawski-Kriminalroman. Aus dem Amerikanischen von Anette Grube. 352 Seiten. SP 5589

Brandstifter

Ein Vic-Warshawski-Kriminalroman. Aus dem Amerikanischen von Dietlind Kaiser. 410 Seiten. SP 5625

Deadlock

Ein Vic-Warshawski-Kriminalroman. Aus dem Amerikanischen von Katja Münch. 246 Seiten. SP 5512

Eine für alle

Ein Vic-Warshawski-Kriminalroman. Aus dem Amerikanischen von Dietlind Kaiser. 438 Seiten. SP 5685

Engel im Schacht

Ein Vic-Warshawski-Kriminalroman. Aus dem Amerikanischen von Sonja Hauser. 476 Seiten. SP 5653

Fromme Wünsche

Ein Vic-Warshawski-Kriminalroman. Aus dem Amerikanischen von Katja Münch. 227 Seiten. SP 5517

Schadenersatz

Ein Vic-Warshawski-Kriminalroman. Aus dem Amerikanischen von Uta Münch. 272 Seiten. SP 5507

Tödliche Therapie

Ein Vic-Warshawski-Kriminalroman. Aus dem Amerikanischen von Anette Grube. 255 Seiten. SP 5535

Windy City Blues

Vic-Warshawski-Kriminalgeschichten. Aus dem Amerikanischen von Sonja Hauser, Renate Kunze und Vera Mansfeldt. 287 Seiten. SP 5650

Hände hoch, Kleiner!

14 exklusive Kriminalgeschichten. Herausgegeben von Sara Paretsky. Übersetzt von Sonja Hauser, Sylvia List und Michael Hofmann. 278 Seiten. SP 5651

Hamlets Dilemma

12 exklusive Kriminalgeschichten. Herausgegeben von Sara Paretsky. Übersetzt von Sonja Hauser und Michael Hofmann. 249 Seiten. SP 5652

Sister in Crime

Kriminalstories. Herausgegeben von Sara Paretsky. 246 Seiten. SP 5602

Vic Warshawskis starke Schwestern

Kriminalstories. Herausgegeben von Sara Paretsky. 238 Seiten. SP 5601

Jan Guillou

Coq Rouge

Ein Coq-Rouge-Thriller. Aus dem Schwedischen von Hans-Joachim Maass. 440 Seiten. SP 5578

»Clever mischt Guillou verbürgtes Insiderwissen und realistische Fiktion, und so ist ›Coq Rouge‹... zu einer kompakten Agentenreportage geworden, die es mit den Romanen eines John le Carré aufnehmen kann.«

Stern

Der demokratische Terrorist

Ein Coq-Rouge-Thriller. Aus dem Schwedischen von Hans-Joachim Maass. 418 Seiten. SP 5592

»Die präzise Schilderung vom Hamburger Hafenstraßen- und Geheimdienstmilieu, die politische Auseinandersetzung im fiktiven Dialog mit Terroristen, deren Biographien echt sind, fasziniert. Das Ende schließlich schockiert.«

Neue Presse Hannover

Im Interesse der Nation

Ein Coq-Rouge-Thriller. Aus dem Schwedischen von Hans-Joachim Maass. 482 Seiten. SP 5634

»Was die Action-Romane von Guillou so faszinierend macht, ist die Mischung aus Sciencefiction und Insiderwissen.«

Abendzeitung

Feind des Feindes

Ein Coq-Rouge-Thriller. Aus dem Schwedischen von Hans-Joachim Maass. 436 Seiten. SP 5632

Ein hochbrisanter Thriller voller packender Action und mit überraschenden Wendungen.

Der ehrenwerte Mörder

Ein Coq-Rouge-Thriller. Aus dem Schwedischen von Hans-Joachim Maass. 480 Seiten. SP 5644

Unternehmen Vendetta

Ein Coq-Rouge-Thriller. Aus dem Schwedischen von Hans-Joachim Maass. 560 Seiten. SP 5654

Niemandsland

Ein Coq-Rouge-Thriller. Aus dem Schwedischen von Hans-Joachim Maass. 512 Seiten. SP 5656

Der einzige Sieg

Ein Coq-Rouge-Thriller. Aus dem Schwedischen von Hans-Joachim Maass. 600 Seiten. SP 5682

Als in Nordschweden ein LKW-Fahrer ermordet aufgefunden wird, fällt der Verdacht auf den KGB. Die Tat führt Schwedens Topagent Carl Graf Hamilton alias Coq Rouge dem Schmuggel einer russischen Atomrakete auf die Spur.

Frederick Forsyth

»Zeitgeschichte und Erfindung sind bei Forsyth so brillant gemischt, daß man die Grenzen nicht sieht und sich letzten Endes fragen muß, ob man wirklich einen Roman vor sich hat oder eine Reportage aus unseren Tagen.«
Die Welt

Die Akte ODESSA
Roman. Aus dem Englischen von Tom Knoth. 395 Seiten. SP 5522

Das mitreißende Erzähltempo läßt den Leser zum willigen Opfer des Autors werden.«
New York Times

Die Hunde des Krieges
Roman. Aus dem Englischen von Norbert Wölfl. 436 Seiten. SP 5529

In Irland gibt es keine Schlangen
Zehn Stories. Aus dem Englischen von Rolf und Hedda Soellner. 323 Seiten. SP 5637

Am Ende aller Geschichten kommt immer ein überraschender Knalleffekt, raffiniert witzig oder schockierend. Hier beweist sich Forsyth als der unvergleichliche Meister des Nervenkitzels.

Der Lotse
Aus dem Englischen von Rolf und Hedda Soellner. 75 Seiten mit Illustrationen von Chris Foss. SP 5503

McCreadys Doppelspiel
Thriller. Aus dem Englischen von Christian Spiel und Rudolf Hermstein. 496 Seiten. SP 5655

Der Schakal
Roman. Aus dem Englischen von Tom Knoth. 438 Seiten. SP 5511

»Wie Forsyth das Räderwerk einer Verschwörung bloßlegt, das übertrifft in seiner Meisterschaft Fleming und le Carré.«
L'Express

Des Teufels Alternative
Roman. Aus dem Englischen von Wulf Bergner. 512 Seiten. SP 5545

»Die handwerkliche Perfektion ist schier unerschöpflich, das wohlige Gruseln fast endlos.«
Neue Zürcher Zeitung

Der Unterhändler
Roman. Aus dem Englischen von Christian Spiel und Rudolf Hermstein. 526 Seiten. SP 5577

Das vierte Protokoll
Roman. Aus dem Englischen von Rolf und Hedda Soellner. 500 Seiten. SP 5506